世界侦探推理名著文库

[英] 威尔基·柯林斯 著

张艳娟 译

法律与淑女

群众出版社

·北京·

图书在版编目（CIP）数据

法律与淑女／（英）柯林斯著；张艳娟译．—北京：群众出版社，2014.8

（世界侦探推理名著文库）

ISBN 978－7－5014－5255－2

Ⅰ.①法… Ⅱ.①柯… ②张… Ⅲ.①推理小说—英国—现代 Ⅳ.①I561.45

中国版本图书馆 CIP 数据核字（2014）第 166428 号

世界侦探推理名著文库

法律与淑女

［英］威尔基·柯林斯 著

张艳娟 译

出版发行：群众出版社

地　　址：北京市西城区木樨地南里

邮政编码：100038

经　　销：新华书店

印　　刷：北京泰锐印刷有限责任公司

版　　次：2014 年 8 月第 1 版

印　　次：2014 年 8 月第 1 次

印　　张：12.875

开　　本：880 毫米×1230 毫米　1/32

字　　数：329 千字

书　　号：ISBN 978－7－5014－5255－2

定　　价：36.00 元

网　　址：www.qzcbs.com

电子邮箱：qzcbs@sohu.com

营销中心电话：010－83903254

读者服务部电话（门市）：010－83903257

警官读者俱乐部电话（网购、邮购）：010－83903253

文艺分社电话：010－83903973

总序

阅读经典　收获智慧

于洪笙

在色彩缤纷的世界文学园林里，侦探推理小说是一株盛开着奇异的花朵、分外引人入胜的巨大乔木。《中国大百科全书》“外国文学卷”对“侦探推理小说”这个词条是这样定义的：它是西方通俗文学的一种体裁，与哥特式小说、犯罪小说以及由它们衍生出来的间谍小说、警察小说、悬疑小说同属惊险神秘小说的范畴。侦探推理小说主要描写具有惊人推理、判断能力的人物根据一系列的线索，破解犯罪（多是凶杀）的疑案。它的结构、情节、人物，甚至环境都有一定的格局和程式，因此它也是一种程式文学。

但就是这种文学样式，在自己并不太长的发展历史中，创造出两个奇迹：其一，产生了一个读者不准其死去的文学形象“福尔摩斯”。英国作家柯南·道尔一八八七年在《血字的研究》中创造了他，从此福尔摩斯成为人类智慧的符号并承担起人类“保护神”的重任。这不仅标志着福尔摩斯这个人物形象在文学意义上的不朽，更重要的是在现实生活中世界读者对它的需求，这是从人类文学产生之日起任何文学形象所不能比拟的。其二，产生了一位被称作“侦探小说女王”的作家——阿加莎·克里斯蒂。在她生前，即二十世纪六十年代，她的作品就在一百多个国家发行了四亿多册，仅次于《圣经》。如果考虑到《圣经》的销售主要依赖于悠久的宗教历史和庞大的教会系统作为背景的话，那么克里斯蒂就是世界文学史上最受读者欢迎的作家了。

不朽的人物形象、世界上最高的图书销售量，均是在侦探推理小说领域创造的。如果我们还不能就此下结论说侦探推理小说是最好的文学样式，那么至少可以说它是最受读者欢迎、极具文学魅力的文学样式。

自一八四一年美国作家爱伦·坡创作《莫格街凶杀案》之后，侦探推理小说便以其曲折的情节、强烈的悬念、严谨的逻辑为表现手段，闪耀着理性的光芒，以智慧文学的形式显示出独有的魅力，在世界文坛上脱颖而出。从此，侦探推理小说便在世界各国拥有广大的读者，有关图书始终占据着国际图书市场销售量的四分之一以上，成为其他文学类图书难以企及的畅销、长销的图书类型。究其原因，侦探推理小说强大的生命力无非是由它的内容和形式所决定的。首先，侦探推理小说的巨大魅力，在内容上与它在审美上的主体意识被读者认可有关。一篇（部）优秀的侦探推理小说，不管故事发生在何国何时，不论篇幅长短，它都不能缺少一位正面人物。这个正面人物继承的是世界文学传统，如史诗、悲剧中的英雄原型。在这个带有英雄色彩的正面人物即“侦探”身上，体现着人文精神和对人性的优点的描述，如正义、智慧、维护文明秩序，为纠正法制生活中的失衡、偏颇而奋不顾身等。他的主体人格应该是伸张正义、嫉恶如仇、尽忠职守、视死如归。这样一个在社会生活中具有奉献精神、牺牲精神的文学角色被创造者赋予的理想的色彩，是人类在生存、繁衍、发展、进步、创造文明的过程中所必须发扬光大的。正如比利时著名诗人维尔·哈伦所说：“文学的主旋律是对人的肯定和人性的张扬。”因为信仰、理想犹如阳光对于万物，是被人类自己肯定、歌颂的，所以它便具有了永久的魅力。这种理想色彩的魅力，满足着人类对英雄的崇拜需求，也就是人类对自己理想的肯定。

与此同时，侦探推理小说是用故事的载体，反映着人类同自身存在的毒瘤——犯罪的斗争，是人类对自身文明进化过程的不断反思。文明与犯罪，是人类历史进程中的双生子，而人类是必须要前进的，因此，同形形色色的犯罪做斗争，则集中反映着正义与邪恶、文明与贪欲、“真善美”与“假恶丑”的较量，体现着人类对自身理想的坚定捍卫。在这种较量中，文学的真谛得到了阐述。从这个角度讲，侦探推理小说还应在“智慧文学”前面加上“理想文学”。

同时，关于侦探推理小说在文本形式上的魅力，早在二十世纪三十年代，意大利杰出的马克思主义理论家安东尼·葛兰西就做了研究。他写道：“侦探推理小说这类书籍为什么总是令人读得如此入迷？它们能使人们得到什么样的满足？符合怎样的兴致？它们能给予人们什么样的特殊幻美？……阅读时，人们在幻想着‘美丽的’、‘有趣的’冒险，这种冒险应是个人不受约束的主动的精神表现。”

好奇地逗留在事物面前，屏住呼吸并密切地注视它们的奇异性，这是人的特性。而正是这种好奇心，促使人类产生了区别于动物的伟大的想象功能。想象，这一人类本身所具有的天性，是人类生存、发展和创造文明的需要。正是想象才构成了人类行为中的创造性的基本特征。没有了想象，只知道追求近前的目标，人们就会减弱并失去活力。正是想象，激发着人类走向一个又一个未知的世界。在想象中去探秘，去历险，去体验英雄般的感受，人们这一古老的愿望正是在侦探推理小说中得到了满足。

作为一种智慧文学，侦探推理小说情节的主要框架是解谜，而读者的阅读实质上即是参与分析、判断、推理的解谜过程。对青少年读者来说，这更能激发他们的好奇心及探险、揭秘的心理，进而满足他们想象的乐趣、思索的乐趣、发现的乐趣、参与的乐趣，使他们在阅读的愉悦中不知不觉地进行了思维训练，提高了智能。因此，人们称侦探推理小说是“脑力体操”，这种脑力体操对当今的青少年尤为重要。

日本东京创造力开发研究所所长山上定也先生认为：“推理锻炼可以使头脑聪明，而作为一个现代人，应当及时掌握当代独特的成功利器——信息推理术，并把它和演绎法相结合，这能使你由此及彼、由表及里、举一反三、触类旁通，从而以高超的创造力迎接信息社会的挑战。”这番话倒是从另一个角度回答了孩子们为什么爱读侦探惊险作品的问题。一九九八年，由中国出版工作者协会少儿读物工作委员会和中华读书报社联合进行的“中国的孩子爱读什么书”的调查结果显示，侦探惊险作品超过“卡通漫画”及“寓言童话”，独占鳌头。

基于以上原因，由北京侦探推理文艺协会和群众出版社联合策划，决定推出《世界侦探推理名著文库》这套丛书，作为献给全国热爱这一文学样式的广大读者的一份珍贵的礼物。北京侦探推理文艺协会是我国目前在侦探推理文学研究、创作领域唯一的专业协会；群众出版社则是最早翻译出版《福尔摩斯探案全集》和大量世界侦探推理佳作的全国著名的出版机构，在此样式的出版上声誉卓著。协会与出版社强强联合推出这套丛书，意在从权威的角度向读者推荐世界侦探推理文学领域的泱泱名作，其中包括这一文学样式在一百七十多年发展历程中涌现出的众多流派的巅峰之作。与此同时，对收入本套丛书的每部作品，我们均特邀专家撰写导读文章，发挥他们各自独特的审美才华，对文库收纳的众文本进行阅读上的尽情评点，从而使广大读者更加明白什么叫精彩、什么是名著、悬疑之美是如何形成的……从某种角度上看，我们这种阅读加欣赏、点评的做法是希冀读者在读完文库后能有一个宏观上的史线般的阅读收获，即知晓在世界侦探推理文学领域有哪些优秀的代表作家，那些精彩绝伦的作品为什么能够影响至今。如果这些不是我们的奢望的话，那么丰富的知识信息定会使这些图书成为读者朋友阅读、收藏、研究这一文学样式的最佳文本。

爱因斯坦说过："我们所能有的最美好的经

历是对神秘的感悟。它是坚守在真正艺术和真正科学发源地的基本感情。谁要是体验不到它，谁要是不再有好奇心，也不再有惊讶的感觉，那就形同行尸走肉……”让我们放松心情，敞开胸怀，捧上这些充满神秘、惊险、智慧并能引发我们的好奇心的经典之作！让阅读这些作品成为我们人生最美好的经历吧！

（本文作者为中国人民公安大学教授、北京侦探推理文艺协会常务副会长）

导读

道德与情感的良心拷问

王振清

英国著名作家威尔基·柯林斯创作的《法律与淑女》出版于一八七五年。当我翻开这部侦探推理小说名著，一页一页地读下去的时候，仿佛走进了一座古老而神秘的档案馆，开启了尘封已久的卷宗。它似乎离我们很远，却又毫不陌生。

故事从英格兰教堂的婚礼仪式开始。年轻的瓦莱里亚和尤斯塔斯邂逅相识。两人一见钟情，不顾家人和亲友的反对，毅然结合。瓦莱里亚成为伍德维尔夫人，蜜月旅行时她“偶遇”借故未参加婚礼的婆婆，意外地发现婆婆姓麦卡伦，而非伍德维尔，这无疑说明丈夫是用假名与其结婚的。这桩婚姻合法吗？其中究竟隐含了什么秘密？她苦苦地查询，结果令她大为吃惊：丈夫不仅结过婚，而且曾因投毒谋杀前妻而被起诉。尽管苏格兰法庭以“证据不足”结案，但一团阴霾却笼罩在丈夫尤斯塔斯的头上，挥之不去。定罪证据不足，证明清白同样证据不足，因此只能折中裁断。尤斯塔斯是无辜的，但他只能保持沉默。现在，他新婚的妻子——一位执着的淑女——凭着对丈夫的挚爱和对丈夫清白的确信，为还原真相，毅然走上了充满艰辛的证明清白之路。

几乎无人相信她会成功，她要走的简直就是一条不归之路。她丈夫为此而离她远去，上了战场（这里蕴含着对妻子真挚的爱）；对儿媳开始有好感的婆婆更是苦口婆心，劝其罢手。摆在瓦莱里亚面前的艰难，可想而知。其一，时过境迁，证据难觅；其二，苏格兰法律制度繁复苛刻，而她却对法律一无所知；其三，一名孤身弱女子，几乎无人能帮助她；其四，也是最大的困难，那就是她所要挑战的是法庭的裁决。要知道，在任何社会形态下，庞大的法律机器都是难以撼动的，她是在向法律机器宣战。

故事情节发展到最后，案件的结果甚至都显

得不那么重要了，重要的是那些扣人心弦的精妙过程。在这里，我们不能不惊叹于威尔基·柯林斯这位推理小说巨匠的神奇写作功力。

柯林斯作为推理小说作家，其作品有一个突出的特色：逻辑思维缜密，说服力强。尤斯塔斯的前妻服毒前的那封遗书对于案件的走向至关重要，却被撕碎后丢弃于垃圾堆中。一定会有人质疑：时间过去数年，风吹雨淋，信件的碎片能够复原吗？作者告诉我们——可以。信件的碎片被随意倒在垃圾中之后，连续多日，其他垃圾一次次地被倒在碎片上，乃至堆积成了小小的垃圾山，形成了一道道保护层，这就使得信件的碎片得以保留和最终复原。对于细节如此关注，不能不使人坚信这近乎奇迹的发生是可信与可靠的，绝非仅凭想象与杜撰。柯林斯作品的第二个特色就是：不惊不乍，从容道来，字里行间透露出理性的平和。这或许与柯林斯青年时期研读过法律，并做过律师的人生经历密不可分。例如，对苏格兰法律制度包括对法庭陪审团的描写，无不透露出他的法律功底，这恰恰是一些侦探推理小说作者的缺憾和作品容易显露瑕疵的短板。

正如一些评论家所指出的，柯林斯对侦探推理小说的突出贡献有两个：一是将中短篇引向了长篇，这是十分不易的。没有宏大的时代背景相映衬，没有厚重的社会生活作底色，没有对人物的准确把握和深度刻画，由短变长，谈何容易！二是前面有所涉及的，就是对人物形象的塑造。前贤曾言："文学即人学。"离开对人物的深度刻画，文学一定不成其为文学。

读罢本书，掩卷沉思，书中塑造的数十个鲜活的人物，栩栩如生，浮现于脑海。他们各自独特的性格，绝无雷同与概念化的丝毫痕迹。作者对这一重要创作原则的精准把握，不失为一种典范。

在这样一部经典作品面前，我真的看不出，人们关于侦探推理小说所谓的"雅与俗"之争，究竟有多大意义。谁能说《法律与淑女》不是高雅文学殿堂中一件可以传世的无价瑰宝呢？

（本文作者为北京侦探推理文艺协会副会长，曾任北京市高级人民法院副院长）

致读者

为您奉上这本书时，我没有序言可写。我只请求您能牢记这些公认的真理。当您阅读虚构的作品时，它们偶尔会从您的记忆中溜走。那么，承蒙您记住：首先，人类的行为不是一成不变地受纯理性的法律控制的；其次，据朋友们的见解，我们绝不总是惯于——特别是当我们恰巧是女人时——把我们的爱施予最应该得到爱的事物；最后，在我们有限的个人经历中，可能有些个人品格还没有完全显现出来，有些事情还没来得及发生。尽管如此，这些与生俱来的品格和没来得及发生的事情仍然可能是最完美的。我感觉该说的话都说了，在此向您真诚地说声“再见”。

威尔基·柯林斯

一八七五年二月一日于伦敦

目 录

目录

目 录

目录

第一章　新娘的失误

“因为古时仰赖神的圣洁妇人，正是以此为妆饰，顺服自己的丈夫。就如撒拉听从亚伯拉罕，称他为主。你若行善，不因恐吓而害怕，便是撒拉的女儿了。”

我的姨父斯塔克韦瑟用这几句众所周知的话结束了英格兰教堂里的婚礼仪式，合上了手里的书。隔着弯曲的围栏，他望向我，宽阔红润的脸上露出关切、和蔼的神情。我的姨妈——斯塔克韦瑟夫人——此时就站在我旁边。她突然拍了一下我的肩膀，说：

“瓦莱里亚，你结婚了!”

我的思维跑到哪儿去了？我的注意力被什么吸引了？我不知所措，我什么都不知道。我被惊醒了，然后看着我的新婚丈夫。他似乎和我一样不知所措。我相信，同一个时刻，我们俩萌发了同样的念头。这真的可能吗？不顾他母亲对我们婚事的反对，我们成了丈夫和妻子？姨妈又拍了拍我的肩膀，解决了我的问题。

“挽住他的胳膊!”她不耐烦地悄声对我说。

我抓住了他的胳膊。

“跟着你姨父。”

我迅速地挽紧丈夫的手臂，跟在姨父和帮他主持婚礼的助理牧师后面。

两位牧师把我们领进了小礼拜堂。教堂坐落在伦敦一个阴暗的角落里，位于城区和伦敦西区之间。天阴沉沉的，空气沉闷又潮湿。我们举办的这个沉闷的小型婚礼，和沉闷的街区、阴沉的天气倒是十分契合。现场没有丈夫的亲戚和朋友。我在前面提过了，他的家人不同意他的婚事。除了姨父和姨妈，我这边也没有其他的亲戚参加。我已经失去了父母亲，我只有极少的朋友。本杰明，我最亲爱的父亲的忠诚的老部下，为了“将新娘交给新郎”，出席了婚礼。我还是个孩子时就认识他了，对我这个可怜的孤儿，他就像父亲一样。

按照惯例，婚礼的最后一项是新郎新娘在结婚证书上签字。在混乱时刻（而且缺乏指导性的信息）我犯了个错误——不吉利，姨妈认为，预示了将来的不幸——我签的是结婚以后的名字，不是结婚前用的名字。

“这是什么?”姨父大叫道，嗓门很高却充满快乐，“你已经忘了自己的姓名？很好！很好！但愿你永远不会为这么轻易地和它说再见而后悔。再来一次，瓦莱里亚——再来一次。”

我努力用颤抖的手握紧鹅毛笔，写下了我婚前的姓名，字迹很潦草。

轮到我丈夫签名了。我惊讶地注意到，他的手也在颤抖，于是他制造了一个他习惯签名的最差的范本。

当姨妈被要求签上她的名字时，她虽然心里很不情愿，也只能答应了。“一个糟糕的开始!”她用笔的羽毛杆指着我的第一个不吉利的签名说，“我对我丈夫说——我希望你不会生活在对它的遗憾里面。”

就算那时的我既无知又单纯，可是姨妈过分挑剔的迷信说法还是让我心里产生了一丝不安。我能感觉到丈夫紧握着我的手，这给了我一些安慰。分别时，姨父衷心地祝愿我生活幸福，他的声音对我来说是一种用语言形容不出来的安慰。为了主持我的婚礼，这个好人专门从北部乡村他的牧区（自从父母双亡后，那里就是我的家）赶了过来。他和姨妈计划乘坐中午的火车返回。姨夫用他那长而有力的双臂紧紧地拥抱了我，然后给了我一记响亮的吻，那声音肯定连站在教堂外边等着看新郎新娘的人都听得清清楚楚。

“衷心地希望你健康快乐，亲爱的。你已经长大了，完全可以给自己作出选择了。伍德维尔先生，我没有冒犯你的意思，你和我是新朋友。我向上帝祷告，瓦莱里亚，你的选择也许会被证实是正确的。没有了你，我们的家将会沉闷无趣，但我不是在抱怨，亲爱的。相反，如果你生活中的这个变化能让你更快乐，我也很高兴。好了！好了！别哭了，否则勾得你姨妈也要哭了——她在生活中可是从来不开玩笑的。另外，哭是会毁了你的美丽的。擦干眼泪，照照那面镜子，你会看到我说的是对的。再见，孩子，愿上帝保佑你！”

他搂着姨妈匆匆离去。看到我少女时代最后一位真正的朋友兼保护人时，我的情绪有些低落，因为我对他的爱和我对丈夫的爱是一样的。

下面该和老本杰明告别了。“希望你一切都好，亲爱的，别忘了我。”这就是他对我说的所有的话。可就是这简单的几句话，让我想起了过去的生活情景。父亲在的时候，一到周日，本杰明就会到家里和我们一起吃饭，而且他总会给我带些小礼物。当他吻我的脸颊时，我差不多又要“毁了我的美丽”（姨父刚才已经指出了这一点）了。我听到他自顾自地叹了口气，似乎对我将来的生活，他也不抱太大的希望。

丈夫的声音惊醒了我，也让我的思绪转向了更快乐的思考。

“我们走吧，瓦莱里亚?”他问。

往外走时，我想起了姨父的建议，便让我丈夫停下了脚步。也就是说，我想看看小礼拜堂壁炉上面的那面镜子里，我到底什么样。

我在镜子里看到了什么？

一个个子很高、身材苗条的二十三岁的年轻姑娘。走在大街上，她根本不会惹人注意，因为她既没有时尚的金发也没有时尚的粉腮。她的头发是黑色的，梳着显得她年纪大的发型，满头的大波浪由前额向后简单地扎起（就像梅第奇的维纳斯的发型），显得下面的脖子很长。她面色苍白，除了突然激动的瞬间，脸上一点儿血色也没有。她的眼睛是深蓝色的，蓝得常会被误以为是黑色的。她的眉型很好，只是太浓了，而且描得太黑了。她的鼻子是鹰钩鼻，单就鼻子来讲，显得有点儿太大了，不太好看。嘴，是她脸上最漂亮的部分，纤巧柔美，风情万种。至于整张脸，大体上是：下半部分过于细长，从眼睛到额头之间的上半部分又过于宽。镜子里映照出的完整画面，描绘出了一个尽管脸色过于苍白，尽管不说话时过于稳重严肃，但却相当高雅的女人——简单地说，是那种第一眼看上去不会令人眼前一亮，但通常被看上第二眼，有时甚至是第三眼，就会赢得尊重的人。至于她的衣着，是在刻意地隐瞒而不是宣告，那天上午她结婚了。她穿着一件装饰着灰色丝绸的灰色羊绒束腰外套，下身是一条同样材质和颜色的裙子。头上和衣服相配的，是一顶衬托着白色平纹细布的羽状褶裥的无边女帽，帽子上面一朵深红色的玫瑰，作为唯一的积极的色彩，完成了全身着装的整体效果。

我对镜子里看到的我自己的描述是成功了，还是失败了？这不是我说了算的。对于我自己的个人形象，为了避免两方面的自夸——贬低的自夸和赞美的自夸，我尽了最大的努力。至于其他的，写得好还是不好——感谢上帝，都写完了。

还有，我在镜子里看到的站在我身边的是谁？

一个比我矮点儿的男人，而且他不幸的容貌使他看上去比实际年龄要大。他的前额过早地秃掉了，下巴上大把的栗色胡须和嘴唇上长垂下来的髭须里已经夹杂着灰色。他的脸色正是我想要的那种，棱角分明的面部轮廓也是我想要的那种。他用我在男人脸上见到过的最温柔、最优雅的一双眼睛（淡棕色的）望着我。他不常笑，可笑起来很亲切。他非常从容谦逊的举止里，还有一种潜在的诱惑力，让人（特别是女人）无法抗拒。他走起路来有点儿跛，这是他过去在印度服役时受伤后落下的毛病。所以，为了随时随地能站得稳当，不管在屋外还是屋里，他都带着一根把手古怪的粗竹拐杖（一种古老的心爱之物）。虽然有这个小小的缺陷（如果它算缺陷的话），但他既不用提醒，走路也不缓慢，更不笨拙。他走起路来稍微有些跛脚（这也许是我的偏爱），反倒让他拥有一种自然而然的独特的优雅，看上去比其他男人随心所欲的行走姿势更赏心悦目。最后要说的，也是最重要的一点：我爱他！我爱他！我爱他！这就是在我们举行婚礼这天，我为丈夫描绘的肖像画。

镜子把我想知道的都告诉了我。我们终于离开了小礼拜堂。

那天一大早天空就阴云密布，我们待在教堂里时天色越来越暗，然后大雨倾盆而下。教堂外围观的人们撑着雨伞冷漠地盯着我们俩看。我们穿过层层人群，赶紧钻进了马车。没有欢呼喝彩，没有灿烂阳光，没有铺路鲜花，没有华美盛宴，没有婚礼感言，没有伴娘，没有父亲和母亲的祝福。一个沉闷的婚礼——这是不可否认的——还有一个糟糕的开始（如果斯塔克韦瑟姨妈是对的）！

到了火车站，上了为我们预留的那个包厢。乘务员特意收取了他的小费后，才细心地拉上了车厢一侧的窗帘，把所有窥探的目光都挡在了外面。一段漫长的等待后，火车开了。丈夫用一只胳膊搂住了我。“终于！”他在我耳边悄悄地说，眼睛里全都是爱，便再也说不出更多的话，只能温柔地搂紧了我。我也偷偷地用一只胳膊搂住了他的脖子，用我的双眼回答着他的双眼。婚后我们的嘴唇第一次相遇，久久不愿分开。

天哪，对那次旅行的记忆就浮现在眼前，正如我上面写下的！让我擦干眼泪，今天就写到这里吧。

第二章 新娘的思绪

旅行进行了一个多小时后，我们俩都不知不觉地有了变化。

尽管还是亲密地挤坐在一起，他的手握着我的手，我的头倚在他的肩上，可是渐渐地我们都不知不觉地陷入了沉默中。难道那些有限但却动人的爱的语言都让我们说完了吗？还是在享受了感情浓烈的语言上的奢华后，不用说话就一致作出了决定，要去品尝浓烈感情中的更深沉、更美好的喜悦呢？我几乎不能确定。我只知道某种奇怪的改变让我们相对无言。我们前进着，每个人都沉浸在自己的幻想里。他单单在想我，就像我单单在想他一样吗？旅程结束前，我在怀疑。又过了一会儿，我可以肯定了，他的思绪飘离了他年轻的妻子，全都向内转向了他那不幸的自我。

对我来说，感觉到他在身边时，心里就会充满了不为人知的快乐，这本身就是一种奢侈。

我在脑海里描绘了我们在姨夫家附近第一次相遇的画面。

北部乡村著名的鲑鱼溪，穿越多岩沼泽地带的沟壑后，闪着波光，泛着泡沫，蜿蜒而去。傍晚时分，凉风习习。落日低挂，日光射透厚重的云层，染红了西天。溪流拐弯处，突出的堤岸下面，是一汪平静的回水深潭。一个孤独的钓鱼人站在那里正在抛投鱼饵。一个姑娘（就是我自己）站在岸上，急切地等着看鲑鱼被人从水里钓起。下面的钓鱼人却看不到我。

那一刻来了——鱼儿上钩了。

一会儿站在堤岸底部有些水平的沙地上，一会儿（当溪水又拐回来时）站在岩床上湍流的浅滩中，钓鱼人追着上钩的鲑鱼，放线，再收线，艰难、棘手地跟鱼儿“博弈”着。为了观看这场鲑鱼和人之间的技术加智力的较量，我也沿着堤岸追着他看。和斯塔克韦瑟姨父生活在一起这么久了，知道他热衷于一些户外运动，也学到了一些知识，特别是垂钓的艺术。我还在追着那个陌生人，双眼目不转睛地盯着他手里的鱼竿和鱼线，根本没留意脚下，结果意外地踩进岸边突起的松土里，立刻掉进了溪水里。

岸并不高，水也不深，河床上全是沙子（对我来说太幸运了）。除了受了点儿惊吓，弄湿了衣服，我没什么可抱怨的。过了一会儿，我不好意思地从水里上了岸，又站在了结实的地面上。尽管间隔的时间很短，可对于鱼儿的逃脱来说却足够长了。钓鱼人听到了我出于本能的第一声惊叫，他转过了身，然后把鱼竿扔到一边，要来救我。我站在岸上，他站在下面的浅水中，我们第一次彼此相对。我们的目光相遇了，我确信我们的心也在那一刻相遇了。这一点我非常肯定，我们忘记了绅士和淑女的身份，在狂热的沉默中，我们就这样彼此对视着。

是我先恢复了正常。我跟他说了什么呢？

我说了一些我并没有受伤的话，然后又催他赶快跑回岸边去，试试看还能不能再钓到那条鱼。

他不情愿地回去了。他又回过头来找我了——当然，没钓到那条鱼。如果今天钓鱼的是姨夫，我知道他会多么痛苦和失望，于是我非常真诚地道了歉。为了弥补我的过失，我甚至热心地告诉他，沿着溪水再往下游走走，也许他可以在那儿再试试。

他不听我说话，只是恳求我回家换掉那身湿衣服。我根本不在乎衣服湿不湿，可是不知道为什么，我听从了他。

他和我一起走。我回牧区的路也是他回旅馆的路。他告诉我，他来我们住的这个地方，是因为这里的安静和隐匿，跟钓鱼的地方差不多。他从他住的旅馆房间的窗子里，看到过我一两次。他问我是不是牧师的女儿。

我说他猜对了。我告诉他牧师娶了我母亲的妹妹，父母去世后他们俩就是我的父亲和母亲。他问我明天能不能冒昧地去拜访斯塔克韦瑟博士——他会提起他的一个朋友的名字，他相信牧师一定认识那个人。我邀请他来做客，好像那里已经是我的家了。我被他的眼神和声音迷住了。在这之前，我经常以为，真实地以为，自己恋爱了。可是对于那些男人中的任何一个人，我还从来没有产生过像对面前这个男人的这种感觉。他离去的时候，黑夜似乎突然降临了，遮住了周围的景物。我靠在了牧区的大门上。我不能呼吸，也不能思考，我的心怦怦乱跳，好像要飞出胸膛似的——这一切都因为一个陌生人！我羞得脸发烧。但是，噢，不管怎么说，我是那么快乐！

现在，距离初次相遇不过几个星期，我已经让他坐在了我身边。他终身属于我了！我抬起靠在他胸口的头来端详他。我像个刚刚得到一件新玩具的孩子——我想要确定一下他的确是我一个人的。

他一动不动地坐在包厢的一角。难道他深深地沉浸在自己的思考里吗？那么他想到我了吗？

为了不打扰他，我又轻轻地把头放下。我的思绪又一次飘回到过去，脑海中出现了悬挂在过去的金色画廊里的另外一幅画。

地点在牧区的花园。时间是晚上。我们俩偷偷地约会。在家人看不到的地方，我们慢慢地来回溜达着，一会儿在灌木掩映的小路上，一会儿在迷人月光笼罩下的开放草地上。

我们早就表白了我们的爱，而且把生命都献给了对方。我们的兴趣已经合二为一，可以共享彼此生命中的幸福和痛苦。那天晚上心情不好，我出去和他约会，想从他那儿得到安慰，想从他的声音里得到鼓励。他刚一拥抱我就听到我叹了口气，于是他温柔地把我的脸迎向月光，想读懂我脸上的烦恼。要知道，在最初相爱的日子里，他从我脸上读到的总是快乐。

"你带来了坏消息，我的天使，"他边温柔地撩起我前额的头发边说，"我在这儿看到了皱纹，它们把焦虑和忧伤告诉了我，我几乎要希望我对你的爱真的能少点儿了，瓦莱里亚。"

"为什么?"

"那样我就能让你重获自由。我最好离开这个地方，你的姨父就满意了，你也就能从现在困扰着你的烦心事里解脱出来了。"

"别这样说，尤斯塔斯！如果你想让我忘掉烦恼的话，说你爱我比以前更深了。"

他用一个吻代替了这句话。那一刻我们完全忘掉了生活道路上的艰难—— 一个眼中完全只有对方的美妙时刻。我回到了现实中，经历过的一切给我的回报就是，我更坚强也更平静了，并准备为了另外一个吻，把所有的困苦再经历一遍。只要给了女人爱，就没有她不敢冒的险、不能忍受的痛苦。

我们又开始慢慢地踱步，这时他问我："对我们的婚事，他们又有新的反对理由了吗?"

"没有，他们的反对已经结束了。他们终于记起我已经长大成人了，我能为自己作选择了。尤斯塔斯，他们乞求我放弃你。我一向以为相当坚强的姨妈居然哭了——这是我第一次见她流泪。一向对我慈爱有加的姨父，比以前对我更和蔼，也更好了。他告诉我，就算我坚持要成为你的妻子，婚礼那天他们也不会抛弃我的。不管我们的婚礼在哪儿举行，他都会到那儿为我主持的，而且姨妈会陪我一起去教堂的。不过他恳求我认真考虑考虑我正在做的事情，让我答应暂时和你分开一段时间——如果我不赞成他的看法，可以再征求一下其他人的意见。噢，我心爱的人，他们盼着我们分开，似乎你是男人中最差的那个，而不是最好的那个。"

"昨天又有事情发生，增加了他们对我的不信任吗?"他问。

"是的。"

"什么事情?"

"你还记得你向姨父提到一位你和他共同的朋友吗?"

"是的。我提到了菲茨·戴维少校。"

"姨父给菲茨·戴维少校去信了。"

"为什么?"

他只说了这一个字，用一种完全不正常的语调，声音听上去相当陌生。

"要是我告诉了你，尤斯塔斯，你能不生气吗?"我说，"根据我对姨父的了解，他给少校写信的目的有好几个，其中一个目的就是问问他知不知道你母亲的住址。"

尤斯塔斯一下子愣在那里。

那一刻我也站住了。我心想，就算没有惹他生气的危险，我也不敢再冒险了。

说实话，他第一次向姨父提出我们的婚事时，他的做法的确有一点儿不负责任和古怪（表面看起来）。牧师自然问到了他的家庭。他回答说父亲去世了，还说尽管他并不乐意这样做，可他同意把结婚的打算告诉他的母亲。他要去探望她，还告诉我们她也住在乡下——没有专门提她的住址。两天后，他回到了牧区，带回了一个惊人的消息。他的母亲不是故意不尊重我和我的亲人，但是她完全不同意儿子的婚事。如果伍德维尔先生坚持要娶斯塔克韦瑟博士的外甥女，那么她（包括和她意见一致的其他家庭成员）拒绝出席婚礼。我们要求尤斯塔斯对此作出解释时，他告诉我们说，他的母亲和姐妹们希望他跟另一个女人结婚，她们对他选择了一位家里人都不认识的陌生人感到恼怒和失望。这个解释对我来说足够了，事实上，它意味着一种对我和尤斯塔斯的恭维，女人总是乐于接受这种恭维。可它不能让姨父和姨妈满意。针对这个奇怪的消息，牧师向伍德维尔先生表达了想给他母亲写封信，或者能和她当面谈谈的愿望。尤斯塔斯坚决拒绝透露他母亲的住址，牧师的干涉显然一点儿用也没有。姨夫立刻认定，住址这么神秘，暗藏着某些不可告人的秘密。他拒绝接受伍德维尔先生向我的求婚提议。当天，他就给自己的朋友——菲茨·戴维少校写了信，跟他打听伍德维尔先生的有关情况。

在这种情况下提起姨父写信的目的，无异于踩在极其脆弱的地面上冒险前进。尤斯塔斯问了我一个非常容易回答的问题，这才把我从后面的尴尬里解救出来。

“你姨父收到菲茨·戴维少校的回信了吗?”他询问道。

“是的。”

“他让你看回信了吗?”他的声音随着话语变弱了，脸上突然流露出焦虑，我看得很清楚。

“为了给你看，我把回信带来了。”我说。

他几乎是从我手里把信抢过去的。他背对着我，就着月光看信。信很短，很快就看完了。信的内容当时我就能背下来，现在我还能背下来。

> 亲爱的牧师，尤斯塔斯·伍德维尔先生对您说的一切都是真实的。他的出身和地位都表明他是一位绅士，而且他继承了一笔每年两千英镑、供他自由支配的财产（出于他已故父亲的心愿）。
>
> 你永远的朋友劳伦斯·菲茨·戴维

“还有比这更清楚的回答吗?”尤斯塔斯把信递还给我时问道。

“如果是我写信打听你的情况，”我回答道，“那它对我来说已经足够清楚了。”

“那么对你的姨父来说还不够清楚吗?”

“当然。”

“他说了什么?”

“你有必要知道吗，亲爱的?”

“我想知道，瓦莱里亚。在这件事情上，我们俩之间一定不能有秘密。你姨父给你看上校的回信时说了什么吗?”

“是的。”

“说了什么?”

“姨父对我说，他的问询信写了整整三页纸。他特别让我留意，少校的回信只有一句话。他说：‘我要亲自去找菲茨·戴维少校，把整个情况跟他谈谈。你看，他根本没有注意到我的提议。我跟他要伍德维尔先生母亲的住址。他略过了我的提议，同时也略过了我的请求。他故意限制自己，只给了尽可能短的事实陈述。利用你自己的判断力，瓦莱里亚，作为一位出身高贵又有教养的绅士，并且是我的朋友，他的这种无礼不是相当明显吗?’”

说到这儿，尤斯塔斯打断了我。

“你回答姨父的问题了吗?”他问。

“没有。”我回答道，“我只是说我不理解少校的做法。”

“那么你姨父又说什么了?如果你爱我，瓦莱里亚，就告诉我真相。”

“他用了非常强硬的语言，尤斯塔斯。他是位老人，你一定别生他的气。”

“我不会的。他说了什么?”

“他说：‘记住我的话！一定有某件跟伍德维尔先生或者是他的家庭有关的事情，菲茨·戴维少校不敢随便泄露。这是合理的解释，瓦莱里亚，这封信就是个警告。把它给伍德维尔先生看看，把我刚刚对你说的话也告诉他，如果你愿意……’”

尤斯塔斯又打断了我。

“你能肯定你姨父说了这些话?”他问道，用心察看着我的表情。

“非常肯定。不过姨父说的那些话我并没有说。求你千万别那么想!”

他一下把我搂到了怀里，然后凝视着我的眼睛。他的样子吓坏了我。

“再见，瓦莱里亚!”他说，“当你嫁给一个比我更快乐的人时，亲爱的，尽量好心地想想我。”

他打算离开我。从头到脚，我被一股充满恐惧的痛苦吓住了，我只能紧紧地靠在他身上。

“你的话是什么意思?”我刚能开口讲话就迫不及待地问道，“我是你的，而且只属于你。我说了什么，我又做了什么，让你说出这些可怕的话来?”

“我们必须分开，我的天使。”他难过地回答说，“你一点儿错都没有，不幸的事都是我做的。我的瓦莱里亚!你怎么能嫁给一个你最亲近的人和最亲爱的朋友怀疑的人呢?我一直过着沉闷的生活。你对我的同情，带给我的美好的安慰和友谊，是我在其他女人那里从来没有找到的。唉，失去你我很难受!重新回到过去那种没有朋友的生活中，我也很难受!可我必须作出牺牲，亲爱的，都是为了你好。那封信为什么会是这样的，我知道的不比你多。你的姨父能相信我吗?你的朋友们能相信我吗?最后一个吻，瓦莱里亚!原谅我爱上了你——充满激情地、一心一意地爱上了你。原谅我，让我走吧!”

我不顾一切地拼命拉住他。他的眼睛根本不看我，他的话让我心里充满绝望。

“你到哪儿，”我说，“我就跟你到哪儿!朋友——名誉——我根本不关心我失去了谁，我失去了什么。噢，尤斯塔斯，我只是个女人——别逼我发狂!没有你，我不能生活。我必须成为你的妻子!”说完这些我能说得出的疯话，内心的痛苦和疯狂便化作呜咽和奔涌而出的泪水。

他屈服了。他用迷人的声音安慰我，他用温柔的爱抚使我恢复了正常。他呼唤头顶的星空作证，他把全部生命都献给了我。他发誓说——天哪，用那么庄严、那么动听的语言——他一整天都在想，他究竟怎样做才能证明他是对得起我这样的爱的。难道他没有高尚地履行誓言吗？那个难忘夜晚的以身相许之后，紧接着的不是圣坛上的婚礼和上帝面前的誓约吗？啊，多么美好的生活在等着我！它会带给我多么巨大的幸福！

又一次，我抬起了靠在他胸口的头，品味着望着他坐在我身边的珍贵的喜悦——我的生命，我的爱，我的丈夫，我自己的！

沉浸在对过去的回忆里，我几乎不能把自己唤回眼前的甜蜜现实中来。我用脸颊轻轻地碰碰他的脸颊，在他耳边温柔地说："噢，我多么爱你！我多么爱你！"

我的脸立刻缩了回来。我的心停止了跳动。我用手摸了摸脸。我在脸颊上摸到了什么？一滴眼泪（我并没有哭——我太高兴了）！

他的脸还是扭向一旁。我用双手使劲地把它扳转过来面对着我。

我看着他——于是看到我的丈夫，在我们结婚的当天，眼睛里面全是泪水。

第三章　拉姆斯盖特海滩

尤斯塔斯成功地让我安静下来，不再惊慌。但是很难说他也成功地说服了我的心。

他对我说，他一直在拿现在的生活和过去作比较。他想起了过去那些年里痛苦的记忆，于是他满脑子都是忧郁和疑虑，他担心没有能力让我跟着他过上幸福的生活。他问自己是不是遇见我太迟了。如果他不是一个被过去的一次次失望腐蚀和毁掉的人该有多好！这些疑虑和恐惧压在他的心上，越来越重，于是他的双眼充满了被我察觉到的泪水。现在他乞求我，用我对他的爱，让那些泪水从我的记忆中永远消失。

我原谅了他，还安慰他，让他振作起来，可是有的时候想起我亲眼看到的这些还是会暗生烦恼。有的时候我也会问自己，我真的得到我丈夫的充分信任了吗，就像我信任他那样？

我们在拉姆斯盖特下了火车。

最受人喜爱的海滨浴场上现在一个人也没有，炎热的季节刚刚结束。我们的蜜月旅行安排了乘游艇巡游地中海，游艇是一个朋友借给尤斯塔斯的。我们俩都喜欢海，考虑到结婚时的那种气氛，都盼着能逃离开朋友和熟人的关注。怀揣着这个期盼，在伦敦秘密地举行了婚礼后，我们决定通知游艇的主人，让他在拉姆斯盖特跟我们会合。从这个港口上船，比从泊满私家游艇的怀特岛上船，我们能够拥有更多的私人空间（对游客来说，夏季已经接近了尾声）。

三天过去了——美妙的、独处的三天，美好的、幸福的三天，直到我们的生命结束时，永远忘不掉，也永远不会再有了。

第四天清早，天快亮的时候，一件意外的小事发生了。它引起了我的注意，尽管我从来没有过这样的经历。

一夜没有梦，睡得正香甜的时候，不知为什么，突然醒了，一种从来没有过的紧张和不安笼罩了我。以前住在牧区的时候，再大的声响都影响不了我睡觉，这成了被人常常议论的没有恶意的话柄。只要头一挨枕头，女仆不来敲门，我就不知道什么叫“醒”。一年到头，我总是享受着孩子般的没有人打扰的酣睡。

可现在我醒了，比我平时醒来的时间早了好几个小时，没有明确的原因。我努力让自己平静下来，再睡会儿。努力一点儿用也没有。不安控制了我，我甚至不能静静地躺在床上。身边的丈夫睡得很香。我担心影响到他，于是坐起身来，穿上睡袍、拖鞋，下了地。

我走到了窗前。灰色的平静的海平面上，太阳正在东升。暂时，眼前壮观的景象使我躁动不安的神经平静了下来。可是，很快地，刚才那种不安又回来了。我在屋子里慢慢地走过来又走过去，直到我厌烦了这单调的运动。我抓起了一本书，又把它放在了一边。我的注意力集中不了，那本书的作者也没有能力把它唤回来。我又站了起来，望着尤斯塔斯，然后欣赏着、迷恋着熟睡中的他。我走回到窗前，却厌倦了清晨的美景。于是我坐到了镜子前面，望着镜子里面的自己。就因为比平时醒得早，我看上去那么憔悴、疲倦。我又站了起来，却不知道该做什么。我开始忍受不了房间四面墙壁的束缚了。我拉开了通向我丈夫更衣室的那扇门，走了进去，想试试这样是不是能让自己放松一些。

我留意到的第一件东西是他的梳妆盒，敞开着搁在梳妆台上，里面装着瓶瓶罐罐还有刷子、梳子。刀子和剪子放在一个格子里，文具放在另一个格子里。我闻到了香水和护发油的味道。我一边往外取这些小瓶，一边忙着用自己的手绢擦拭着它们。一件一件地，我把盒子里的东西都移出来了。盒子的衬里是蓝色的天鹅绒。我发现盒子的一角有一根散开的蓝丝带。我用拇指和食指捏住丝带，向上一拉，才发现这个盒底是假的，在它下面还有一个隐蔽的隔层，里面放着信件。我当时十分意外，于是，出于任性、好奇，还有为了消磨时光……对我来说，把那些信拿出来完全是一种娱乐，就像刚才把盒子里的每一样梳妆用品拿出来一样。

我找到一些对账单，我对它们没兴趣。还有几封信，不用说，我只看了看上面的地址就搁在了一边。然后，在最底下，是一张照片，翻扣着，背面写着字。我看那字迹时，看到了这句话：

“给我亲爱的儿子——尤斯塔斯。”

他的母亲！那个那么固执、那么无情地反对我们结婚的女人！

我急忙把照片翻了过来。原以为会看到一个刻薄、暴戾、面目可怕的女人，可让我惊讶的是，那张脸上风韵犹存。虽然表情过于僵硬，可不失动人、温和与慈爱。满头的灰发烫成了一排排的精致小卷，梳着老式发型，由中间分开梳向两边。戴着一顶朴素的蕾丝女帽。嘴角边一块明显的东西，显然是块胎记，给这张脸添加了独有的特征。我看了又看，把这张脸牢牢地记在了心里。这个女人，这个几乎侮辱了我和我的亲人的女人，抛开所有的怀疑和怨恨，单从她的相貌上看，是个具有与众不同的魅力的人——认识她应该是一种快乐，也是一种特权。

我陷入了沉思。什么都不能让我安静下来，这张照片的发现却让我安静了下来。

楼下厅堂里的钟敲响了，它提醒了我时间过去很久了。我小心翼翼地把东西一一放回了梳妆盒（从那张照片开始），跟我发现它们时完全一样，然后回到了卧室。望着还在安稳地熟睡着的丈夫，一个问题自己愣是闯进了我心里：是什么让那个亲切、温和的母亲那么坚决地非要把我们分开，那么严厉、那么无情地宣布她不同意我们的婚事呢？

尤斯塔斯睡醒后，我能直接问他这个问题吗？不，我害怕冒那么大的险。我们已经达成了默契，不提他的母亲。另外，要是知道我打开了他梳妆盒下边那个秘密的隔层，他一定会生气的。

吃过早饭后，我们终于有了游艇的消息。船就安全地泊在内港，游艇驾驶员正在船上等着接受我丈夫的命令呢。

尤斯塔斯还在犹豫，要不要邀请我跟他一起上船去。对他来说，清点一下船上的物品是必要的，比如相关的航海图、气压计、食品和水的储备等，然后才能确定有没有问题。女人对这些事情没有太大的兴趣。他问我是不是愿意等他回来。那天的景色美得醉人，潮水正在退去。我恳求他能让我在海滩上走一走。我们住的这家旅店的老板娘当时恰好在我们房里，她主动要求陪我散步，照顾我。尤斯塔斯同意了，他让我们朝着布罗德斯泰尔斯的方向，想走多远就走多远，等安排完船上的事情，他就到海滩上来找我们。

过了半个多小时，我和老板娘已经在海滩上了。

那个美好的秋日上午的景色实在太迷人了。拂面的清风，澄碧的天空，波光粼粼的蔚蓝海面，被阳光照得发亮的岩石和岩石脚下茶色的沙，英吉利海峡航道上缓缓驶过的海船——一切都让人那么兴奋，一切都让人那么高兴。我真的相信要是只有我一个人，我会像个孩子一样快乐地跳起舞来。唯一影响我快乐心情的，就是老板娘那不知疲倦的舌头。她是个热心人，人很和善，没什么头脑，一直滔滔不绝地说着话，也不管我是不是在听。她总是习惯地称我“伍德维尔太太”，我认为以她和我的身份，这样平等地称呼有点儿太随便了。

我们走了出去。走了大概有半个多小时后，赶上了一位夫人。

海滩上，她一直在我们前面走着。

从她身边经过时，她恰好从兜里掏出了手绢，不经意地带出了一封信。信掉在了海滩上，她却没有注意到。我离那封信最近，于是捡起来递还给她。

她回过身来感谢我。一瞬间，我呆呆地停住了，脚底下仿佛生了根似的。梳妆盒里那张照片的原型！我丈夫的母亲就站在这里，和我面对着面！我认出了那满是精致小卷的灰发、那温和亲切的表情和那嘴角的胎记。不可能有错，就是他母亲本人！

老夫人自然而然地把我的慌乱误认为是羞赧。她得体地开始和我亲切地聊天，然后我就跟这个曾经坚决地拒绝接受我成为她的家庭成员的女人肩并肩地走在海滩上。我觉得特别不安，我根本不知道该不该担起这个责任，那就是在我丈夫不在场的情况下，告诉她我是谁。

过了一会儿，走在我婆婆另一侧的老板娘的话，帮了我的忙。我无意中说起，我们一定快走到这次散步的终点——那个叫布罗德斯泰尔斯的小海滨浴场了吧。"噢，没有，伍德维尔太太！"那女人习惯性地这样叫着我，抑制不住地大声说道，"没有你想得那么近！"

我望着老夫人，心怦怦乱跳。

让我大吃一惊的是，她的脸上没有流露出一点点的异样。老伍德维尔夫人还是从容淡定地跟年轻的伍德维尔夫人说着话，好像她在这之前的生活里，从来就没有听说过她自己的名字！

一定是我的脸色和举止泄露了我正在忍受的内心的不安。老夫人讲完了另外一句话，恰巧看了我一眼。她一惊，然后用她一向的亲切的口气对我说：

"我担心你的心理负担太重了。你的脸色十分苍白——看上去很疲惫。来，坐在这儿，我把我的嗅盐瓶借给你用用。"

我不由自主地跟着她来到岩壁脚下。几块从高处坠落下来的石灰岩块成了我们的座位。我茫然地听着健谈的旅店老板娘表达着她对我的同情和歉意。我机械地接过了我丈夫的母亲递给我的嗅盐瓶。听到了我的名字之后，她竟然还像面对一个陌生人那样友善。

要是只考虑我自己，我相信我早就激动地挑明了一切。可是，我还得考虑尤斯塔斯。他和他母亲的关系怎么样，是敌对的还是友好的，我一无所知。我该怎么办？

这时，老夫人还在非常体谅地跟我说着话。她说她也很累。她昨晚待在拉姆斯盖特看护一位近亲，在床边陪了一夜。前天她才接到电报，说她的一个姐妹病得厉害。她一个人生活，感谢上帝，仍然腿脚灵便、身子硬朗。于是她想到立刻动身去拉姆斯盖特，这是她的责任。接近黎明的时候，病人的情况才有所好转。

“医生向我保证说，夫人，目前没有危险了。于是我想，陪了一夜的床，要是在海边走走，也许我的精神会好一些。”我听她讲完了这些话。我明白这些话的意思，可是由于我的特殊身份，我还是太慌乱、太胆怯了，根本不能接着跟她对话。老板娘有个明智的提议，于是老板娘接过了她的话茬儿。

“有位先生正朝这边走呢，”她指着拉姆斯盖特的方向对我说，“你肯定走不回去了。我们请他从布罗德斯泰尔斯替我们叫辆马车到这儿来吧！”

那位先生离我们更近了。

我和老板娘同时认出了他。是尤斯塔斯如约来接我们了。老板娘抑制不住地非常直率地表达了她的想法：“天哪，伍德维尔夫人，太幸运了！是伍德维尔先生本人！”

我又一次看着我的婆婆。那个名字又一次没有对她产生任何影响。她的眼神比不上我们的眼神，她还没有认出她的儿子。他的眼神和我的一样好，于是他认出了他的母亲。那一刻他仿佛遭了雷击般地站住了。然后，他走了过来。他拼命控制着情绪，脸色苍白，眼睛盯着他的母亲。

“你怎么在这儿？”他对她说。

“你好吗，尤斯塔斯？”她平静地回答道，“你也听说姨妈生病了？你知道她住在拉姆斯盖特？”

他没有回答。老板娘从刚才的对话里得出了肯定的结论，她惊讶地看看我，又看看我婆婆，就连她的舌头都被惊得不好使了。我看着我丈夫，等待着，看他接下来会怎么办。要是他再迟疑片刻才承认我的身份，那我今后生活的全部过程也许就被改变了——我会看不起他的。

他没有迟疑。他走到我身边，握住了我的手。

“你知道她是谁吗？”他对母亲说。

她礼貌地回过头来看着我，回答说：

“我在海滩遇到的一位夫人，尤斯塔斯。我掉了封信，是她好意地还给了我。我想我听到过她的名字，”她转向老板娘，“伍德维尔夫人，不是吗？”

丈夫的手不知不觉地越握越紧，已经抓疼了我。他默认了母亲的说法，只是没有胆怯也没有犹豫地补充了一句。

“妈妈，”他非常平静地说，“这位夫人是我的妻子。”

她本来一直坐着，现在却缓缓地站起身来，一言不发地面对着她的儿子。第一次，一丝惊讶从她脸上掠过。不过我还是成功地捕捉到了交织着愤怒和轻蔑的眼神，那是我能从一个女人的眼中看到的最可怕的眼神。

“我可怜你的妻子。”她说。

说完这句话，她没有再说什么，只是抬起一只手冲着身后摆了摆，然后接着往前走，像我们最早看到她时那样，独自一人。

第四章　回家的路上

就剩下我们俩了，一度我们谁都不说话。是尤斯塔斯先打破了沉默。

“你能走回去吗？”他对我说，“或者我们接着走到布罗德斯泰尔斯，然后从那里坐火车返回拉姆斯盖特？”

他很镇定地问我，言谈举止里只有关心，好像什么事情都没有发生过。不过他的眼睛和嘴唇还是出卖了他。它们告诉我，他的心里因为敏感正在痛苦着。刚刚发生的独特的一幕，不但没有把我剩下的最后一点儿勇气夺走，反倒让我的神经兴奋起来，我恢复了自控力。尤斯塔斯把我介绍给他的母亲时，他母亲的不寻常举动，就算没有伤害到我的自尊，就算没有激起我强烈的好奇，可毕竟我是个女人……她鄙视他、同情我的背后隐藏着什么秘密？她两次听到我的名字都漠然得让人无法理解又该怎么解释？为什么她要离开我们，好像跟我们待在一起是件让她反感的事情？现在对这些神秘事情的关注成了我生活里最大的兴趣。能走吗？在这股狂热的期盼里，只要我丈夫一直在我身边，路上能向他提问，我觉得自己似乎能走到世界的尽头！

“我已经完全恢复了，”我说，“我们回去吧，就像来的时候一样，走回去。”

尤斯塔斯瞥了老板娘一眼。老板娘当然明白他的意思。

“我不能再打扰你们了，先生，”她飞快地说，“我在布罗德斯泰尔斯还有事情要办。而且，现在我离那儿这么近，我得继续往前走。再见，伍德维尔太太。”

她在我的名字上面明显加重了语气。她走的时候还意味深长地看了我一眼，这一眼我根本不明白是什么意思（那一刻我心不在焉）。我既没有时间也没有机会问她是什么意思。生硬地微微弯下腰，跟尤斯塔斯告辞后，她像尤斯塔斯的母亲一样离开了我们。沿着通往布罗德斯泰尔斯的路，她快步走了。

终于，只剩下我们俩了。

我迫不及待地开始了我的探究。我没有浪费语言在开场白上。我用最直接的语言问他：

“你母亲这么做是什么意思？”

他没有回答我的问题，而是突然爆发出一阵大笑——笑声很高，很放肆，很猛烈，跟我听过的他从前的声音一点儿都不像……跟我了解的他的性格不一样：那么奇怪，又那么可怕。我就站在海滩上，公然向他抗议了。

“尤斯塔斯！你不像你自己了。”我说，“你差点儿吓坏了我。”

他没有理会我。他好像正在追赶他心里那辆刚刚出发的欢快的思维列车。

“太像我的母亲啦！”他惊叹道，一副他觉得他不可阻止地被自己的某种异想天开的想法改变了的样子，“把一切都告诉我，瓦莱里亚！”

“告诉你？”我反问道，“发生了这些事情之后，你的确有责任把一切都跟我说清楚。”

“你没发现那是个玩笑吗?”他说。

“我不但没有发现那个玩笑,”我继续说道,“而且从你母亲说的话和做的事中看到了一些东西,这些东西你必须给我一个认真的解释。”

“我最最亲爱的瓦莱里亚!如果你像我一样了解我母亲的做事方式,就不会希望我对她的行为做出认真的解释了。认真对待我母亲的想法吧!”他又是一阵大笑,“亲爱的!你不知道你让我多么的开心。”

一切都是被迫的,一切都是那么不自然。他,那么细腻、那么高雅的男人—— 一位最高等级的绅士——现在却是这么粗鲁和庸俗!一种让我对他的全部的爱产生了怀疑的感觉突然而至,我的心随之下沉,这种感觉我无法抗拒。在无法言说的苦恼和惊慌中,我问自己:“我的丈夫开始欺骗我了吗?我们结婚还不到一个星期,他就在演戏,而且演得非常糟糕了吗?”

为了赢得他的信任,我让自己换了一种方式。显然,他决定要把自己的想法强加给我。于是我决定,从我的角度去接受他的想法。

“你说我不了解你的母亲,”我温柔地说,“你能帮助我去了解她吗?”

“帮助你去了解一个连她自己都不了解自己的女人并不容易,”他回答说,“但我可以试试。我可怜的亲爱的母亲的性格中最关键的一点,总而言之——古怪。”

如果让他从整本词典里挑选出一个最不恰当的词来形容我在海滩上碰到的那位夫人的话,那么“古怪”就是那个词。即使是一个孩子看到了我所看到的,听到了我所听到的,也会发现他在逃避——十分明显地、不顾一切地逃避——事实真相。

“记住我说过的话,”他接着往下说道,“要是你想了解我的母亲,那么按照我一分钟后的要求去做——告诉我发生的一切。起初,你是怎样开始跟她讲话的?”

"你的母亲告诉你了，尤斯塔斯。我正好走到她身后，这时她偶然掉出了一封信——"

"不是偶然，"他打断了我，"那封信是故意掉出来的。"

"不可能！"我惊叫道，"为什么你的母亲要故意掉出那封信？"

"注意她性格的关键点，亲爱的——古怪！我母亲是在用这种奇怪的方式来结识你。"

"结识我？我刚刚告诉过你，我当时正好走到她身后。在我率先跟她讲话之前，她不会知道有我这样一个人存在的。"

"你这是猜测，瓦莱里亚。"

"我确信这一点。"

"对不起——你并不像我一样了解我的母亲。"

我开始对他失去耐心了。

"你是想告诉我，"我说，"你母亲今天出现在海滩上就是为了结识我？"

"毫无疑问。"他冷静地回答道。

"为什么她连我的名字都不知道？"我大喊道，"两次啊，老板娘叫我伍德维尔夫人，她都听到了。而且，两次啊，我以我的名誉向你保证，她都没有一丝一毫的反应。她看着，表演着，好像在她从前的生活里从来没有听到过她自己的名字。"

"'表演'是个准确的词，"他说，还像刚才一样冷静，"并不是只有站在舞台上的女人才会表演。我母亲的目的就是要让她自己跟你完全熟悉起来，于是她扮演一个陌生人跟你说话，好让你失去警惕。采取那种拐弯抹角的方式来满足对并不接受的儿媳妇的好奇心，太像她了！你已经被调查了。关于你自己，还有关于我，你被仔细地盘问了。而你认为正在跟一个偶然认识的人讲话，于是天真地回答了她的问题。这就是我的母亲！她是你的敌人，记住，不是你的朋友。她是在寻找你的缺点，而不是你的优点。你很想知道为什么她听到你的名字却一点儿反应都没有，可怜的无辜的人！我可以告诉你这一点——当我把你介绍给她，消除了你们彼此之间的神秘感时，你才发现了我母亲性格中真实的一面。你看到了她有多么生气。那么，你知道这是为什么了。”

我什么也没说，让他往下说，我只是听着。唉，我的心情特别沉重！我很清醒，也很失望！我崇拜的偶像，我生活的伴侣，我的领路人和保护人——他已经坍塌得如此矮小了吗？他会堕落到如此不知羞耻地支吾搪塞吗？

在他对我说的这些话里，有一句是真的吗？没错！我如果没有发现他母亲的照片，就不会知道，甚至不会隐隐约约地猜想她到底是谁，这当然是真的。除了这一点，剩下的都是谎话。笨拙的谎言至少说明了一点，他并不习惯撒谎和欺骗。天哪！如果我丈夫的话可以相信，那他的母亲一定跟踪我们到了伦敦，跟踪我们进了教堂，跟踪我们到了火车站，跟踪我们来到了拉姆斯盖特！可以断言，她知道我是尤斯塔斯的妻子，她一直在海滩上等我，为了“结识我”这个特别的目的，故意把信掉在了海滩上。还可以断言，这些令人难以置信的事情，都是实实在在地发生了的！

我什么也说不出来。我默默地走在他身边，虽然感觉很痛苦，但我确信，在我和我丈夫之间横亘着一个鸿沟，那就是他的家庭秘密。即使不是在身体上，而是在精神上，我们也已经分离了——就在我们新婚仅仅四天之后！

“瓦莱里亚，”他问，“你没有话对我讲吗？”

“没有。”

“你对我的解释不满意吗？”

他问这个问题时，我从他的声音里察觉到了一丝颤抖。自从我们讨论这个问题以来，这种情况第一次出现。那是一种我在跟他交往的过程中已经非常熟悉了的语气。男人对深爱他的女人会产生成千上万种的不可思议的感应，我怀疑这里面有比他的声音更让我无法抗拒的感应。我不是那种轻易流泪的女人——我以为，那不是我的性格。但是当我从他的语气里听出了那点儿小小的自然而然的变化时，我的心绪又回到了那个快乐的日子（我也说不清楚是为什么），那天是我先承认我爱上了他。我突然哭了起来。

他一下子停住了，也不说话，然后握住了我的手。他想看我的脸。

我始终低着头，眼睛盯着地面。我为自己的软弱和精神需要感到羞愧。我决心不看他的脸。

就这样谁也不说话。突然，他跪在我的脚下，绝望的哭声像一把刀子刺穿了我的心。

"瓦莱里亚！我卑鄙——我虚伪——我辜负了你。我刚才说的每一句话你都不要相信——谎言，谎言，由于胆怯而说出的可鄙的谎言！你不知道我经历过什么，你不知道我经受了什么样的折磨。噢，亲爱的，千万别看不起我！我刚才对你说了那些话，我一定是发疯了。你好像受到了伤害，你好像生气了，我不知道该做些什么。我想分担你的痛苦，哪怕是片刻——我应该隐藏秘密，也这样做了。千万别再求我告诉你事实真相了！我的爱人！我的天使！那是我和我母亲之间的事情，它不能扰乱你的生活，现在没有人再拿它当事了。我爱你，崇拜你，我整个的心与灵，都是你的。就这样吧，忘掉发生的一切。你再也不会见到我的母亲了。明天我们就离开这个地方。我们会坐着游艇离开。只要我们为彼此活着，住在哪里还重要吗？原谅并且忘掉吧！噢，瓦莱里亚，瓦莱里亚，原谅并且忘掉吧！"

他脸上的痛苦无法形容，他声音中的痛苦也无法形容。记住这一点——我爱他。

"原谅很容易，"我难过地说，"为了你，尤斯塔斯，我会尽量忘记它的。"

我边说边轻轻地把他扶了起来。他吻了我的双手，十分谦卑，脸上甚至不敢流露出我熟悉的感激的神情。我们又开始慢慢地往回走，可是尴尬的感觉还是横在我们中间。我实在受不了，我竟然在大脑里搜寻起话题，好像和一个陌生人走在一起。为了表示对他的原谅，我请求他给我讲讲那艘游艇。

他像一个溺水的人紧紧抓住那只救援的手一样，紧紧地抓住了这个话题。

就着游艇这个既简单又乏味的话题，他讲啊，讲啊，讲啊，似乎他的生命都依赖于此——在余下的返程路上，他的嘴一刻也不能停歇。对我来说，听他讲话是件可怕的事情。他正在对他自己真实的本性、对成见和他的生活习惯进行强暴。通过这种强暴，我能估计出他——他平常是个沉默而且喜欢沉思的人——正在经受着什么。我尽最大努力克制着自己，终于回到了旅店。我不得不借口说太累了，请求他让我一个人待在我的房间里。我要休息一会儿。

“明天我们起程吗？”我正往楼上走，他突然追问道。

明天跟他一起起程去地中海？在游艇那狭窄的有限空间里，只有他和我两个人度过一周又一周，一天天地让他的那个可怕的秘密把我们分离得越来越远？一想到这些，我就发抖。

“明天确实太仓促了，”我说，“你能多给我点儿时间，为这次航行做些准备吗？”

“噢，当然，你愿意待多长时间都行。”他不是非常乐意地回答道（像我想的那样），“你休息的时候，我还有一两件小事情要解决。我想，我会回到游艇上的。我还能为你做些什么，瓦莱里亚，在我离开之前？”

“没事了。谢谢你，尤斯塔斯！”

他匆匆忙忙地去了港口。如果他一个人待在自己的房间里，那么他会害怕自己的想法吗？让领航员和乘务员一起去比只有我们两个人更好吗？

问这些问题没有用。关于他，关于他的想法，我了解什么呢？我把自己锁在了房间里。

第五章　女房东的发现

我坐了下来，努力让我的心平静下来。为了对我丈夫尽责，也对我自己尽责，现在，到了该决定接下来做些什么的时候了，或者根本不必考虑。

努力超出了我的能力。身心俱疲，我完全不能进行正常的思考。我隐约地感觉到，如果我不管不问，就永远也没有希望驱散掉笼罩在我们已经开始的那么幸福的婚姻生活上的阴影。为了保全面子，我们可以住在一起。但是忘掉发生的事情，或者让我对目前的处境非常满意，我做不到。我作为女人为了得到安宁要做的——大概是我作为妻子最关心的——就是搞清楚我婆婆的行为为什么这么神秘，还有就是弄明白回来的路上我丈夫说的那些忏悔和自责的疯话到底是什么意思。

我想进一步明白我的处境——没有再多的要求了。当我问自己下一步该怎么办时，无望的混乱、发狂的疑惑充满了我的内心，我变成了情绪最低落并且最无助的女人。

我放弃了内心的挣扎。带着沮丧、麻木，还有难以控制的绝望，我倒在了床上。实在太累了，我睡着了，但却时睡时醒，心神不宁。

我被敲门声吵醒了。

是我丈夫吗？我起身去开门时冒出了这个念头。又要考验我的耐心和勇气了吗？一半紧张一半性急地，我问谁在门外。

是女房东的声音：

“要是你愿意的话，能和你说会儿话吗？”

我开了门。说实话，尽管我是那么地深爱他，尽管我为了他离开了家人和朋友，但在那个痛苦的时刻，知道不是尤斯塔斯回来了，这对我来说真是个解脱。

等不及我的邀请，女房东就进了屋，坐在了我身边。她已经不满足于只是她自己声明她和我是平等的了。她攀着社会阶梯又上了一级，站在施惠的平台上，仁慈地俯视着我这个值得同情的人。

“我刚从布罗德斯泰尔斯回来，”她开始说话了，“我希望你能对我公平些，相信我是真心地为发生的事情感到遗憾，好吗？”

我弯着腰，什么也没说。

“作为一个淑女，”女房东接着说道，“虽然家庭的不幸让我沦落到了靠出租房屋为生，但我还是个淑女——我对你深表同情。当然，不只是同情，我会主动承担责任的。我是说我没有责备你，没有，没有。我注意到你婆婆的行为，你和我一样震惊。这说明了许多，确实说明了许多。无论如何，我要履行我的责任。尽管它不讨人喜欢，但是这个责任并没有因此减轻。我是个单身女人，不是需要改变我的境况——我恳求你能明白这一点……而是出于审慎。我处于这样的境地……我只接待最值得尊敬的人。在我家住宿的客人，身份一定不能有秘密。客人身份的神秘带来的是——让我怎么说呢？我希望没有冒犯你。我是要说……一个必然的污点。非常好，现在我让你用你自己的判断力来判断它。一个处于我这种境地的人能希望暴露沾染上的污点吗？我是出于一个姐妹和基督徒的本分才说这些话的。我确信，作为一个淑女，我甚至会不惜称你是一个凄惨的失势的淑女，你会明白的。”

我再也忍不下去了，打断了她的话。

“我明白，”我说，“你想通知我们，退掉你家的房子。你想让我们什么时候离开？”

女房东举起一只细长、瘦削、发红的手，姐妹般地悲伤地抗议了。

“不，”她说，“不是那种口气，也不是那个样子！你会生气是正常的，你会愤怒也是正常的。但是，现在请尽量控制你自己的情绪。用你自己的判断力判断一下，退房的通知我们会提前一个星期的。为什么不拿我当朋友？你不知道我做了多么大的牺牲、多么痛苦的牺牲——完全是为了你。”

“你！”我惊呼道，“什么牺牲？”

“什么牺牲？”女房东重复了一遍，“我已经降低了自己淑女的身份。我已经丧失了自尊。”她停顿了一下，一只手突然抓住了我，非常激动，却不失友好，“天哪，我亲爱的可怜人儿，”这个让人无法忍受的人哭喊道，“我发现了一切！一个恶棍欺骗了你。你和我一样，没有结婚！”

我把手从她的手里抽了出来，愤怒地从椅子里站了起来。

“你疯了吗？”我问道。

女房东眼睛望向天花板，那样子就像一个已经决定殉道，并且高兴地这样做了的人。

“是的，”她说，“我现在开始认为我是疯了，疯到献身给一个不领情的女人，献身给一个对姐妹般的基督徒的自我牺牲并不感激的人。好吧，我再也不会那样做了。上帝宽恕我，我再也不会那样做了！”

“再也不会做什么？”我问。

“跟踪你的婆婆，”女房东突然从殉难者变成了专横的泼妇，大叫道，“想到这些我就脸红。我紧紧地跟着那位非常值得敬重的人，一直跟到了她家门口。”

在此之前，自尊心一直支撑着我。它不再支撑我了！我跌坐回到椅子里，不再掩饰我对将要发生的事情的担心。

“在海滩上离开你时，我曾看了你一眼，”女房东继续说道，声音越来越大，脸色也越来越红，“一个心存感激的女人应该能明白那一眼的含意。没关系！我再也不会那样做了。我在大岩壁的通道处赶上了你的婆婆。我跟着她——哎哟，现在我觉得太丢人了！我跟着她到了布罗德斯泰尔斯车站。她坐火车回到了拉姆斯盖特，我也坐火车回到了拉姆斯盖特。她往住处走，我也往她住处走，跟在她后面，像只狗。哎哟，太丢人了！当时我想，真是幸运啊！现在我不知道该怎么认为——那房子的主人正好是我的一个朋友，而且她正好在家。同客人有关的事情，我们俩无话不说。我能够告诉你，夫人，你婆婆的名字到底叫什么。由于再好不过的理由，她不知道伍德维尔夫人这个人。她的名字不叫伍德维尔。她的名字（也是她儿子的名字）叫麦卡伦。麦卡伦夫人——已故麦卡伦将军的遗孀。没错！你丈夫并不是你丈夫。你既不是少女、妻子，也不是寡妇。没有比你更惨的了，夫人——你离开我家吧。”

当她拉开房门要出去时，我拦住了她。这一次她挑起了我脾气上的毛病。她对我的婚姻的质疑反倒比一味地顺从让人更能忍受。

“把麦卡伦夫人的地址给我。”我说。

女房东的愤怒已经没了，只有惊讶。

“你不是想要告诉我，你要亲自去找老夫人吧？”她说。

“除了老夫人，没有人能把我想知道的事情告诉我，”我回答道，“你的发现对你来说可能已经够了，可对我来说它还不够。我们怎么知道麦卡伦夫人没有结过两次婚，并且她的第一个丈夫的名字可能不叫伍德维尔呢？”

女房东的惊讶消退了。此刻，全都是好奇。实际上，正如我曾经说过的，她是个和善的女人。她发起脾气来火暴但却短暂，来得容易，去得也容易（和善的人通常都这样）。

“稍等一下!”她跟我提出了条件,“要是我给了你地址,你能不能答应回来后把你婆婆告诉你的一切都告诉我?”

我答应了她,于是得到了地址。

“没有恶意。”女房东突然恢复了我熟悉的样子,说道。

“没有恶意。”我用最大的诚意回答道。

十几分钟后,我已经到了婆婆住的地方。

第六章　我自己的发现

幸运的是，我按响了门铃后，开门的不是房东。一个傻乎乎的女用人，根本就没想到要问我的名字，就让我进去了。“麦卡伦夫人在家里，家里也没有客人。”跟我讲完这些后，她领我上了楼，也没有通报一声，就把我带到了客厅里。

我的婆婆独自坐在工作台旁边，织着东西。在我出现在客厅门口的那一刻，她停下了手里的活儿。然后，她站了起来，用一个居高临下的手势示意我，让她先说话。

“我知道你来这儿的目的，”她说，“你来这儿是要问问题的。饶了你自己，也饶了我吧。我预先警告你，我不会回答任何有关我儿子的问题。”

她的口气很坚决，但并不严厉。我的回答也很坚决。

“夫人，我来这儿不是问您有关您儿子的问题的，”我回答说，“我来——要是您能原谅我的话——是问一个有关您自己的问题的。”

她一惊，从花镜上面敏锐地盯着我。显然，我让她感到诧异了。

“问题是什么?”她打听道。

“现在我才知道，夫人，您的名字叫麦卡伦，”我说，“您的儿子跟我结婚时用的名字是伍德维尔。据我所知，关于这种情况唯一的体面的解释，就是我的丈夫是您第一次结婚生的儿子。我的幸福生活危如累卵。您能好心地想想我的处境吗?您能让我问问您，您是不是结过两次婚，您的第一个丈夫的名字是不是叫伍德维尔?”

她没有回答我的问题，而是稍微考虑了一下。

“以你的处境，提出这个问题是再自然不过的事情，”她说，“但是我想我最好还是不要回答它。”

“我能问问为什么吗?”

“当然。如果我回答了你这个问题，只会引出其他的问题，所以我不得不拒绝回答它们。对不起，让你失望了。我再说一遍我在海滩上说过的话——对于你，我只有同情。要是在结婚之前你能征求我的意见，我会非常高兴地接受你成为我最信任的人。现在太晚了，你已经结婚了。我劝你尽量利用你的身份，安心地满足现状吧。”

“请原谅我，夫人，”我抗议道，“在目前的情况下，我不知道我是否已经结婚了。如果您不启发我的话，我只知道，您儿子跟我结婚时用的不是他自己的名字。我怎样才能确定，我是不是他的合法妻子?”

“我相信你是我儿子的合法妻子，这件事情是毫无疑问的。”麦卡伦夫人回答说，“无论如何，就这件事情取得一份法律鉴定书很容易。如果鉴定书里说你的婚姻不合法……我儿子是个绅士，他不会故意欺骗一个爱他并且信任他的女人。他会公正地对待你的，我也会公正地对待你的。如果法律鉴定结果跟你的合法主张相悖，那么我答应回答你提出的一切问题。其实，我相信你会成为我儿子的合法妻子的。我再说一遍，尽量利用你的身份。为你丈夫对你的挚爱而感到满足吧！要是你珍视内心的平静，还有今后的幸福生活，就请放弃知道比现在更多的事情的企图吧！”

她好像讲完了最后一句话，又坐下了。

再抗议也没有用——我能从她的表情里看到这一点，我从她的声音里也听到了这一点。我转身拉开了客厅的门。

“您对我太刻薄了，夫人。”就要离开时我说，“我任由您摆布，而且我必须服从。”

她突然抬起头望着我，友善、端庄、年老的面庞发红了。

“上帝可以为我作证，孩子，我真心实意地同情你。”

瞬间的情绪爆发之后，她一只手拿起了编织物，另一只手示意我可以走了。

我默默地向她鞠躬告辞，然后走了出去。

走进这幢房子时，我根本不能确定我将要得到什么。离开这幢房子时，问题完全解决了，那就是不管发生什么事情，我都要揭开这母子二人隐藏的秘密。至于名字的问题，我现在看得很清楚，我本应该一开始就这样认为。假设麦卡伦夫人真的结过两次婚（像我曾经轻率地假想的那样），那么当她听到有人用她第一个丈夫的名字喊我时，她肯定不会一点儿承认的迹象都没有。其余的都很神秘，这一点不再神秘。不管尤斯塔斯的理由将会是什么，他的确已经用一个假名字娶了我。

离家门口越来越近了，我看到我丈夫在门前走来走去，显然是在等我回来。我决定，要是他问我去哪儿了，我就坦白地告诉他我去了哪里，还有发生在他母亲和我之间的一切事情。

他急忙迎了上来，表情和举止中带着不安。

“帮我一个忙好吗，瓦莱里亚？”他说，“你不介意跟我坐下一班火车返回伦敦吧？”

我看着他。用流行的话说就是，我几乎不能相信我的耳朵。

“是生意上的事情，”他接着说道，“除了我，别人都没兴趣。它要求我必须在伦敦。我以为，你现在还不想出海旅行，对吧？我不能把你一个人丢在这里。去伦敦待上一两天，你不反对吧？”

我没有反对。我太想回去了。

在伦敦，我能得到法律鉴定，它会告诉我是不是合法地嫁给了尤斯塔斯。在伦敦，我能得到我父亲最忠诚的老伙计的帮助和建议。除了本杰明，我没有人可以信任。尽管我深深地爱着我的姨父斯塔克韦瑟，可是关于我目前的需要，我还不敢跟他说。当我在结婚证书上写下错误的名字时，他的妻子就已经告诉过我，那是一个糟糕的开始。我能承认这一点吗？在蜜月结束之前，我的骄傲让我不敢承认他的妻子是对的。

两个多小时后我们就在火车站了。啊，第二次旅行跟第一次旅行形成了多么强烈的对比！在来拉姆斯盖特的路上，所有人都看得出来我们是新婚燕尔的一对。在回伦敦的路上，则没有人注意我们，没有人会怀疑我们已经是老夫老妻了。

我们住进了波特兰宫隔壁的一家私人旅馆。

第二天早晨，早饭后，尤斯塔斯声称，为了处理生意上的事情，他必须离开我。我之前跟他提起过要在伦敦买些东西。他非常愿意我一个人出去转转，条件是得乘坐饭店提供的马车。

那天早晨我心情沉重：我敏感地觉察到我们俩之间谁都不承认的疏远感增加了。我丈夫拉开门要出去了，又回来吻了我一下才走。这个小小的、事后才想起来的温柔之举感动了我。那一刻我很冲动，我用一只胳膊绕住他的脖子，温柔地搂紧了他。

“亲爱的，”我说，“充分相信我吧。我知道你爱我，让我看到你也信任我！”

他苦涩地叹了口气，挣脱了我的怀抱——伤心地，而不是恼怒地。

“瓦莱里亚，我想我们都同意了，不要再提那个话题，”他说，“它只会让你忧伤，也让我忧伤。”

他仓促地离开了房间，好像连自己都不敢相信了，怕再说出些不该说的话。被他拒绝之后，我的感受反而更好。我立即叫了马车。我急于摆脱掉自己的想法，用行动和变化来寻求解脱。

作为外出的理由，我先驱车去了商店，买了我向尤斯塔斯提到过要买的东西，然后专心做了我心里一直想做的事情。我去了老本杰明那位于圣约翰·伍德小道上的小别墅。

他一从初见到我的惊讶中回过神来，就注意到我看上去脸色苍白、忧心忡忡。我立刻坦率地承认，我遇到了麻烦。在他的小书房里（本杰明总是想尽一切办法收藏图书，是个伟大的图书收藏家），我们俩一起坐在明亮的炉火边。我把在这里告诉你们的一切，全都毫无保留地、准确地告诉了我的老朋友。

他难过得说不出话来。他热烈地、紧紧地握着我的手。感谢上帝，没有让我父亲活到今天，听到他刚刚听到的这些话。停顿了一下之后，他用一种不相信的质问的口气自言自语地念叨着我婆婆的名字。

"麦卡伦？"他说，"麦卡伦？我在哪儿听到过这个名字呢？为什么这个名字我听起来不陌生呢？"

他放弃了搜肠刮肚的回想，认真地问他能为我做些什么。我回答说，他首先要帮助我消除怀疑——我无法忍受的怀疑，弄清我是不是合法地结婚了。在我说这些话的那一刻，他过去为我的父亲工作时的那种劲头，又回来了。

"你的马车就在门外，亲爱的。"他回答道，"不能再浪费哪怕片刻的时间了，跟我去见我的律师。"

我们驱车去了林肯律师学院。

在我的要求下，本杰明把我的情况告诉了律师，还说这是我关心的一个朋友的情况。律师立刻给出了答案。我已经结婚，真诚地相信我丈夫的名字就是我认识他时的名字。我婚礼的见证人——我的姨夫、姨妈还有本杰明——跟我一样，完全是真诚的。基于这些情况，在法律上是没有疑问的。我的婚姻是合法的，不管是麦卡伦还是伍德维尔，我是他的妻子。

这个明确的答案去除了我的忧虑。我接受了老朋友跟他一起回圣约翰·伍德的邀请，和他共进了午餐。

在回去的路上，我又转到了另外一个问题上，现在它成了我最关心的问题。我再次下定决心，要找到尤斯塔斯不用真实姓名跟我结婚的原因。

我的同伴摇着头，他恳求我在打算做一件事情之前一定要考虑好了。他几乎是在逐字地重复我婆婆的建议。“顺其自然吧，亲爱的。为了你自己内心的平静，对你丈夫的爱情感到满意吧。你知道你是他的妻子，你也知道他爱你。难道这些还不够吗?”

对此，我的回答只有一个：生活，像我的好朋友刚刚说的这种情况下的生活，我会完全忍受不了的。任何事情都改变不了我的决心，因为任何事情都不能让我和我丈夫像现在这样和谐地生活。是否愿意向他老板的女儿伸出援助之手，只取决于本杰明。

老人的回答完全符合他的性格。

“说吧，你需要我做什么，亲爱的?”这就是他说的所有的话。

当时我们正经过波特曼广场旁边的一条街。我正要张嘴，话已经到了嘴边，却看到了我的丈夫。

他正从一幢房子的台阶上走下来——好像拜访之后正要离开。他的眼睛盯着地面，我们的马车经过时他没有抬眼。当他身后的仆人关上大门时，我注意到那房子的门牌号码是十六号。在下一个街道拐角处，我看到了街道的名字——维维安街。

“您恰巧知道谁住在维维安街十六号吗?”我问我的同伴。

本杰明一惊。他刚对我说了那些话之后，我的这个问题当然非常奇怪。

“不知道。”他回答道，“为什么你问这个问题?”

“我刚刚看到尤斯塔斯从那儿离开。”

“没错，亲爱的，那又怎么样?”

“我的心情很糟，本杰明。我丈夫做的每一件事情我都不明白，现在我的怀疑更重了。”

本杰明抬起了他那双布满皱纹的苍老的手，然后又把它们搁在了膝盖上，一言不发地悲伤地面对着我。

“我再跟你说一遍，”我接着说，“我无法忍受我的生活。如果再让我对我爱的人究竟是谁充满疑问地活着，我不知道我会干出什么事来。您处世经验丰富，假使您像我一样得不到尤斯塔斯的信任，假使您像我一样喜欢他，而且您的感觉就像我感受到的一样痛苦——您会做什么？”

我的问题很直接。本杰明也给了我一个直接的回答。

“我想我会想办法，亲爱的，向你丈夫的一些亲密的朋友，”他说，“先小心地打听一下那个地区。”

我丈夫的一些亲密的朋友？我暗自思忖。我只知道他的一个朋友——我姨夫和他通过信——菲茨·戴维少校。当这个名字又回到了我的记忆中时，我的心跳加快了。就按照本杰明的建议去做？就请菲茨·戴维上校帮助我？就算他拒绝回答我的问题，我也不会比现在更无助。我决定试一试。目前，唯一的困难就是找不到上校的地址。在姨夫的要求下，我已经把他的信还给了姨夫。我记得上校来信的地址好像是伦敦的某个地方。其他的想不起来了。

“谢谢你，老朋友，你已经给我出了个好主意。”我对本杰明说，“你家里有姓名地址簿吗？”

“没有，亲爱的，”他困惑地看着我，回答道，“但是很容易，我可以打发人去借一本来。”

我们回到了别墅。他立刻打发仆人到最近的文具店去借一本姓名地址簿。我们刚坐下准备吃饭，仆人就拿着姓名地址簿回来了。我在字母“F”一栏内寻找上校的名字，却被一个新的发现惊呆了。

“本杰明！”我说，“有一个奇怪的巧合。看这儿！”

他朝着我手指的地方看去。菲茨·戴维上校的地址是维维安街十六号——就是我们的马车经过时我看到我的丈夫正离开的那幢房子！

第七章　去少校家之前

“没错，”本杰明说，“这的确是个巧合，而且——”

他停了下来，看着我。他似乎有点儿担心我接受不了他心里想对我说的话。

“接着说啊！”我说。

“而且，亲爱的，从发生的事情上，我看不出任何值得怀疑的地方。”他继续说道，“在我看来，人在伦敦，就应该去看看他的朋友，这对你丈夫来说是非常正常的事情，就像我们在回这儿的路上要经过维维安街一样正常。这似乎是合情合理的。你说呢？”

“我已经告诉过你，由于尤斯塔斯，我心情不好。”我回答说，“要我说，他拜访菲茨·戴维少校至少是有目的的。这不是一次普通的拜访。我确信这不是一次普通的拜访！”

“我们接着吃午餐吧！”本杰明温和地说，“这儿有个羊腰子，亲爱的——一个普通的羊腰子。对它有什么怀疑吗？非常好，那么，让我看看你对羊肉的信心。请吃吧！还有葡萄酒。在那瓶红葡萄酒里没有神秘的东西，瓦莱里亚，我可以发誓只有清澈的葡萄汁。即使我们无法相信其他的事情，也让我们相信葡萄汁吧。祝你健康，亲爱的。”

我很容易就被老人的亲切和幽默感染了。我们边吃边喝，聊着过去的日子。和这位父亲般的老朋友在一起，有一会儿我几乎是快乐的。为什么我不同样是个老人呢？为什么我没有经历过神秘莫测的爱，经历短暂的欣喜、残酷的失败、苦涩和不确定的收获呢？窗台上的花篮里，深秋的花朵在落日的余晖中鲜艳夺目。壁炉边本杰明的小狗非常惬意地享用着它的午餐。隔壁屋子里的鹦鹉愉快地尖叫着，展示着它的歌唱才能。我毫不怀疑作为一个人拥有极大的特权，但是作为一只动物或者一株植物就得不到快乐吗？

片刻的舒解很快就结束了，我所有的忧虑又回来了。当我起身告辞时，我又成了一个充满怀疑、不满和沮丧的人。

“答应我，亲爱的，做任何事情都不要鲁莽。”给我开门时，本杰明说。

“去找菲茨·戴维少校鲁莽吗？”

“是的，如果你亲自去的话。你不知道他是哪一类人，你不知道他会怎样接待你。让我先试试，就像谚语里说的，铺好路。相信我的经验，亲爱的，在这种情况下没有什么比得上铺路了。”

我考虑了一下。在我说“不”之前考虑一下，是我的好朋友应该做的。

我决定不管情况会怎样，我都将用自己的双肩承担起责任来。好还是不好，富有同情心还是残忍——少校毕竟是个人。一个女人的影响是让他说出秘密的最安全的影响——从他那里得到的结果就是这样一个我已经看见的结果。没有痛苦的威胁，对本杰明讲这些并不容易。我和老人约定第二天早晨在旅馆见面，到时再详细商量怎么办。我私底下决定利用这段时间去拜访菲茨·戴维少校（如果事情顺利的话），我这样做是不是太不光彩了？

“做任何事情都不要鲁莽，亲爱的，这关系到你自己的利益。

做任何事情都不要鲁莽。”

这是那天分手时，本杰明对我说的最后两句话。

我发现尤斯塔斯在旅馆里我们的起居室里等我。跟我上次见到他时相比，他的情绪似乎已经恢复过来了。他手里拿着一张展开的信纸，高兴地抢先一步来迎我。

“我生意上的问题解决了，瓦莱里亚，比我预想的要快。”他欢快地说，“你要买的东西都买到了吗，美丽的夫人？你也没事了？”

上帝保佑！我已经意识到不能相信他一时的兴奋。我小心翼翼地问道：

“你的意思是今天没事了？”

“不但今天没事了，明天和下个星期，还有下个月，甚至明年……跟我知道的一切正好相反。”他用一只胳臂搂着我的腰，兴高采烈地回答道，“看这里！”

他举起手里那张我已经注意到了的展开的信纸，让我看。这是一封给游艇主人的电报，通知他我们已经安排好今晚就返回拉姆斯盖特，我们应当做好准备随下一次潮水巡游地中海。

“我就等你回来了，”尤斯塔斯说，“然后就去办公室把这封电报发走。”

说这话时，他已经穿过了房间，去按门铃。我制止了他。

“恐怕我今天不能去拉姆斯盖特。”我说。

“为什么不能？”他突然变了口气，厉声问道。

我敢说这对某些人来说似乎是可笑的，可对我来说却是真的。当他用一只胳膊搂住我时，的确动摇了我拜访菲茨·戴维少校的决心。甚至来自他的一个细小的关心，就偷走了我的心，然后温柔地诱惑我去屈从。但是他的口气中吓人的变化使我成了另外一个女人。我再次感觉到，比以前更强烈地感觉到，处在我这种危险的境地，沉默地站在这里是没有用的，而退缩比无用更糟糕。

“对不起，让你失望了。”我回答道，“立刻通知我做好准备去远行，这对我来说是不可能的，我在拉姆斯盖特已经告诉过你了。我需要时间。”

“为什么？”

不只是他的口气，还有他的表情，在他问这第二个问题时刺激了我的每一根神经。他激起了我心里——我说不出怎么样和为什么——对他用假名字同我结婚所产生的愤怒。如果在那一刻讲话，我会说出一些当时感觉较好却会后悔的话，担心自己轻率地回答。于是我什么也没说。与众不同的女人能够估计到沉默付出的代价，而与众不同的男人能够明白我的沉默让我的丈夫多么生气。

“你需要时间？”他重复道，“我再问你一遍——为了什么？”

我的自我控制力终于到了极限，我控制不住了，像一只冲破笼子的鸟儿，轻率的回答脱口而出。

“我需要时间，”我说，“让自己习惯我正确的名字。”

他突然黑了脸，向我靠近了一步。

“你‘正确的名字’是什么意思？”

“你当然知道，”我回答道，“我曾经以为我是伍德维尔夫人，可现在我发现我是麦卡伦夫人。”

听到他自己的名字，他惊得向后退去，好像我扎了他一下，脸色变得死人般的惨白。我担心他要晕倒在我的脚下。天哪，我的舌头！我的舌头！为什么我没有管住我那让人痛苦的、制造麻烦的女人的舌头？

“我没有吓唬你的意思，尤斯塔斯，”我说，“我是随便说说的，求你原谅我。”

他不耐烦地挥了挥手，好像我说的这些后悔的话是他正要从身边赶走的有形的东西——就像夏天总来滋扰的烦人的苍蝇。

“你还发现了什么？”他声音不高却很生硬地问道。

“什么也没有，尤斯塔斯。”

“什么也没有？”他重复完这句话，停顿了一下，然后厌烦地一只手罩在额头上，“当然什么也没有，”他继续自言自语道，“否则她就不会在这里了。”

他又停顿了一下，然后目光犀利地望着我。“千万不要再说你刚才说过的话了，”他继续说，“为了你自己，瓦莱里亚，也为了我。”他跌坐进旁边离他最近的一把椅子里，不再说话。

我当然听出了其中的警告，但是真正让我产生想法的是前面他自言自语的那句话。他说：“当然什么也没有，否则她就不会在这里了。”要是除了名字的真相我还发现了其他真相，它会妨碍我回到丈夫的身边吗？他话里的意思是什么？他担心的那种发现意味着立刻并且永远地分开我们吗？我一声不吭地站在他坐的椅子旁边，使劲想从他脸上为那些可怕的问题找到答案。谈起他对我的爱，他总是那么富于表情。可现在，他什么也没有告诉我。

他坐在那里，根本不看我，陷在自己的思考里。过了一段时间，他突然站起来，拿起他的帽子。

“借给我游艇的朋友在城里，我想我最好去看看他，告诉他我们的计划改变了。”他边说边把那封电报撕得粉碎，一副闷闷不乐的放弃的样子。

“显然你决定不跟我出海了，”他接着说道，“我们最好放弃它。我不明白还能做什么。你呢?”他的语气几乎是一种轻蔑的语气。我对自己太灰心了，我让他太惊慌了，我顾不上生气了。

“你想怎样就怎样吧，尤斯塔斯，”我悲哀地说，“从任何方面来看，似乎都毫无希望。只要我被你关在信任的大门外边，无论在陆地还是在海上都无关紧要——我们不会过得快乐。”

“如果你能控制你的好奇心，”他苛刻地说，“我们可能过得非常快乐。我以为我娶了一个超越了她的性别的普遍弱点的女人。一个好妻子应该懂得最好不要去探查跟她无关的她丈夫的事情。”

容忍这话很难，可是我容忍了。

“跟我无关吗?”我温柔地问道，“当我发现我的丈夫跟我结婚时用的不是真实姓名，当我听到你母亲明确地说她同情你的妻子……跟我无关吗？你指责我的好奇心让人无法理解，尤斯塔斯，因为我无法接受你让我置身其中的这种处境。你的令人痛苦的沉默，使我的快乐枯萎了，这是对我的未来的威胁。你的令人痛苦的沉默，从我们的婚姻生活一开始，就让我们彼此疏远了。于是你就可以为了这种感受而指责我吗？你对我说，我是在探查跟你有关的事情……它们不只是你的，我对它们也有兴趣。噢，最亲爱的，为什么你要拿我们的爱和彼此的信任开玩笑呢？为什么你总让我蒙在鼓里？”

他的回答生硬、冷酷又简短：

“为了你自己好。”

我沉默着转身走开了。他把我当成了孩子。

他跟着我，一只手沉重地放在我的肩上，强迫我再一次面对他。“听着，”他说，“我将对你说的这些话，是我第一次说，也是最后一次说。瓦莱里亚！要是你发现了我现在不让你知道的事情——从那一刻起你就会过上痛苦的生活，你的平静生活就会结束。你的日子将成为可怕的日子，你的夜晚将充满恐怖的噩梦……注意，自始至终都不是我的错！在你生活的每一天，你都会感到一些新的不信任，一些渐渐加剧的对我的害怕，而且你始终都会非常不公正地对待我。我以一个基督徒的信仰、一个男人的名誉保证，在这种情况下，如果你再往前走一步，你余生的幸福就结束了！好好想想我对你说的这些话，你有足够的时间反省。我要去告诉我的朋友，我们去地中海的计划取消了。天黑前我可能回不来。”他叹了口气，用一种无法形容的悲伤眼神望着我。“我爱你，瓦莱里亚，”他说，“不管发生了什么，上帝可以为我作证，我对你的爱比以前更深了。”

他这样说着，离开了我。

我必须写写我自己真实的一面，尽管这样显得很奇怪。我不会假装分析我自己的动机，甚至不会假装猜想其他女人处在我的位置会怎么做。我是真实的。我丈夫那可怕的警告——它的神秘和它的暧昧更可怕——对我没有产生威慑作用，反而刺激了我，使我下定决心去找到他向我隐瞒的事实真相。他走了还不到两分钟，我就按铃叫了一辆马车，让它送我去维维安街的菲茨·戴维少校家。

等车时，我来来回回地踱着步——我激动得发狂，根本不能静静地坐着。偶然间，我看到了镜子里的自己。

我自己的脸让我吃惊：那么憔悴，那么疯狂。我能让自己这个样子去见陌生人，并希望给对方留下对我自己有利的必要的印象吗？据我所知完全相反，我的全部未来也许都有赖于第一眼看到菲茨·戴维少校时我留给他的印象。我又按了铃，叫一个客房服务员跟我回趟房间。

我没有自己的仆人。要是坚持原先的安排，游艇上的女乘务员就可以充当我的服务员。没关系，只要有个女人来帮帮我就行。客房服务员来了。关于我个人的外表问题，由于当时内心的混乱和绝望，我没有更好的主意，只能向这个根本不认识的人请教。她是个中年女人，丰富的社会经验和经验带来的恶俗明明白白地写在她的举止和表情里。我把钱放在了她的手里，多得让她惊讶。她用一个玩世不恭的笑谢了我，显然把她自己邪恶的解释当成了我贿赂她的动机。

“我能为您做些什么，夫人？”她谨慎地悄声对我说，“别大声说话！隔壁有人。”

“我想让自己看上去最好，”我说，“所以我让人叫你来帮帮我。”

“我明白，夫人。”

“你明白什么了？”

她意味深长地点点头，又悄悄地说：

“上帝保佑您。我经常干这个！”她说，“是去见一位绅士吧！别介意，夫人，我没有恶意。”她不再说话，仔细端详着我。“如果我是您，我不会换衣服，”她接着说，“这颜色很适合您。”

对这女人的无礼感到愤怒已经太迟了。没有别的办法，只能利用她了。另外，她对服装的感觉是对的。那是一种雅致的玉米黄色，装饰着靓丽的蕾丝花边。没有比它更适合我的了。我的头发无论如何都需要好好收拾收拾了。客房服务员重新梳理了它们，娴熟的手法表明她在美发方面不是个新手。她放下梳子和刷子，看着我，然后转向梳妆台，寻找什么东西。显然，她没找到。

“你把它放在哪儿了？”她问。

“什么意思？”

“看看你的脸色，如果他见到你这个样子，会吓坏的。你必须抹点儿腮红。你把它放在哪儿了？怎么，你根本没有？你从不用它？天哪，天哪，我的天哪！”

那一刻，惊讶让她完全失去了自制力！恢复正常以后，她恳求我能让她离开一分钟。我知道她要去干什么，就让她去了。她拿着胭脂和珍珠粉回来了。我没有制止她，什么也没说。我看到，镜子里面，我的面色人为地靓丽起来了，我的双颊人为地红润起来了，我的双眼人为地明亮起来了——面对这样的做法，我从不退缩。我让这令人作呕的欺骗继续了下去，我甚至赞美完成这一切后产生的非凡的美丽和优雅。“任何事，”在那个痛苦时刻的疯狂里，我在心里想，“只要它能帮助我赢得菲茨·戴维少校的信任！任何事，只要能弄清我丈夫最后说的话的真正意思！”

我容貌的改变很成功。客房女服务员用她那恶毒的食指指着镜子里面。

“记住了，夫人，你打发人去叫我时你是什么样子。”她说，“你自己再看看现在的你是什么样子。你是伦敦最美丽的女人。啊，当一个女人知道怎样使用它时，珍珠粉实在是件好东西！”

第八章　女人们的朋友

当马车载着我来到菲茨·戴维少校家时，我发现把我当时的感受形容出来是不可能的。实际上，从真正的意义上说，我怀疑，我是不是真切地感受到了或者想到了。

从我把自己交到客房女服务员手里的那一刻起，我似乎处在某种失掉了我平常的身份的情形中—— 一步步地丢掉了我自己的性格特点。平常，我的性格属于紧张焦虑型，我总是把可能遇到的困难人为地夸大。平常，在跟重要的陌生人见面前，我总是满怀期待。我会考虑自己该说什么，不该说什么。现在，对于跟少校的见面，我连想都没想。我感觉到了冲动的自信，还有对他的盲目的信任。现在，我既不会为过去，更不会为将来忧虑。我冲动地活在当下。我望着车窗外掠过的一家家店铺，还有擦肩而过的一辆辆马车。我留意着——没错！而且享受着——人行道上行人偶尔向我投来的羡慕的眼光。我对自己说："期盼跟少校成为朋友是一件看起来很不错的事情！"当马车停在维维安大街少校家的门前时，毫不夸张地说，我只有一种盼望——盼望少校待在家里。

一个没穿制服的仆人打开了大门，是个看上去像是年轻时当过兵的老人。他用严肃又专注的目光上下打量了我，渐渐放松了警惕，暗暗地接受了我。我请求见菲茨·戴维少校。他的回答让我完全看不到希望：主人在不在家，他也不能确定。

我把名片递给他。我的名片，是婚礼的配套部分，上面当然印着假名字——尤斯塔斯·伍德维尔夫人。仆人把我带到一间屋子里，然后手里拿着我的名片走了。

我四下里看了看，注意到正对窗户的那面墙上有个门，通向某间里屋。那门不是普通的门，它跟那堵隔断墙的厚度非常吻合，并且靠门槽开合。再走近一点儿去看，我发现它没有被朝外拉开，门的另一边完全看不见，只留了一丝缝隙，却足以将隔壁房间里的声音送到我的耳朵里。

“她请求见我时，奥立弗，你是怎么说的？”一个男人小心地问道，声音压得很低。

“我说我不能确定您是否在家里，先生。”领我进来的仆人回答说。

一阵沉默。显然，菲茨·戴维少校会先说话的。我等着听他再说些什么。

“我想我最好不见她，奥立弗。”少校的声音又响起来了。

“很好，先生。”

“说我出去了，你不知道我什么时候能回来。如果她找我有事，请她留言。”

“好的，先生。”

“等等，奥立弗！”

奥立弗停了下来。又一阵沉默，比刚才的沉默时间还长。然后主人开始考问仆人。

“她很年轻，奥立弗？”

“是的，先生。”

“而且——漂亮?”

“我个人认为，不只是漂亮，先生。”

“是吗?是吗?所谓的美丽女人——嗯，奥立弗?”

“当然，先生。”

“高吗?”

“差不多跟我一样高，少校。”

“是吗?是吗?是吗?身材很好?”

“像棵小树一样苗条，先生，而且像标枪一样挺拔。”

“进一步考虑以后……我在家，奥立弗!带她进来!带她进来!”

现在看来，至少有一件事情是毫无疑问的：我请客房的女服务员帮我是对的。如果我面无血色、头发蓬乱地来见他，奥立弗会怎样向他的主人形容我呢?

老仆人回来了，领着我穿过走廊，进了里屋。菲茨·戴维少校迎上前来。少校是什么样子的呢?

他是个六十岁的先生，似乎保养得很好，身材瘦小。非常惹人注意的是他那特别的大鼻子。除了这些特点，我还注意到的，依次是：他美丽的棕色假发；他闪亮的灰色小眼睛；他红润的面庞；他短短的军人式的髯须，染成了跟假发相搭配的颜色；他洁白的牙齿和动人的微笑；他时髦的蓝色双排扣大衣，扣眼处插着一枝山茶花；还有他奢华的戒指——他亲切地示意我坐下时，一粒红宝石在他的小指上闪闪发光。

“亲爱的伍德维尔夫人，您能来真是太好了!我早就盼着能拥有认识您的幸福感。尤斯塔斯是我的一位老朋友。听说他结婚了，我向他表示了祝贺。允许我做个小小的坦白吗?……见到他的妻子后，我开始嫉妒他了。”

我生活的未来，很可能就掌握在这个人手里。我仔细打量着他，使劲想从他的脸上看出他的性格来。

看着我的时候，少校灰色的小眼睛中闪亮的目光柔和起来。跟我说话的时候，少校强硬坚决的语调降到了最低度，而且那么温柔。从我进屋的那一刻起，少校的举止就表达着一种欣赏和敬重混合在一起的快乐。他把椅子靠近了我，仿佛坐在我的身旁是一种特权。他握住我的一只手，把我的手套举到他的唇边，仿佛那只手套是这世界上能够制造出来的最精美的奢侈品。“亲爱的伍德维尔夫人，”他轻轻地把我的手放回到我的膝盖上说，“原谅一个由于您的魅力而崇拜您的老家伙吧。您的确让这幢阴暗的房子明亮起来了。见到您是一件多么愉快的事情啊！”

这个老人没有必要做这个小小的坦白。出于本能，女人、孩子和狗都知道真正喜欢自己的人是谁。女人们拥有一位多情的朋友——可能同时是一位危险的朋友——菲茨·戴维少校。还没来得及让自己在椅子里坐好之后再开口回答他的问题，我就了解了他的这一特点。

“谢谢您亲切的接待和可爱的恭维，少校。”我说，尽量控制着自己，尽可能轻松地配合着主人轻松的语气，“您已经坦白过了，能让我也坦白一次吗？”

菲茨·戴维少校又把我的手从膝盖上拿了起来，然后把他的椅子拉得离我尽可能地近了。我严肃地盯着他，想设法挣脱他的手。菲茨·戴维少校握得更紧了，他开始告诉我他这样做的原因。

“刚才是我第一次听您说话，”他说，“我被您迷人的声音征服了。亲爱的伍德维尔夫人，原谅一个被您的魅力征服了的老家伙吧！别连这点儿天真的小小的快乐都不给我。借给我——我希望我能拥有——这只美丽的手。我就是这样一位美丽双手的赞美者。只有握着一只美丽的手，我才能更好地倾听。夫人们满足了……我的这个弱点。请您也满足我吧，行吗？那么您想说什么？”

“我想说，少校，您亲切的欢迎让我特别感动。因为，正好，我想请您帮我一个忙。”

我意识到，说这话时，我正在接近我这次有点儿唐突的来访的目的。但是菲茨·戴维少校的赞美以如此惊人的速度从一个高潮到达了另一个高潮，我感觉到对它采取切实阻止行动的重要性了。我借助那些预示性的话，如“求您帮个忙”去执行阻止任务——我不相信没有用。我的上了年纪的崇拜者轻轻地放下我的手，然后尽可能优雅地转移了话题。

“忙是当然要帮的!”他说，“那么现在——告诉我——我们亲爱的尤斯塔斯怎么样了?”

“焦虑，而且没精神。”我回答道。

“焦虑，而且没精神?”少校重复了一遍，“一个娶了您的令人羡慕的人，焦虑而且没精神？简直难以置信！尤斯塔斯太让我厌烦了。我将把他从我的朋友名单里面去掉。”

“要是那样，就把我和他一起去掉吧，少校。我的精神状态也很差。您是我丈夫的老朋友。我可以向您坦言，我们的婚姻生活刚刚开始，但并不是很快乐。”

由于惊讶，菲茨·戴维少校文雅地皱了一下眉（眉毛染成了跟他的胡须相配的颜色)。

“已经!”他惊叫道，“尤斯塔斯是用什么制造的？他不欣赏您的美丽和优雅吗？他是最麻木的人吗?”

“他是最好也是最亲爱的人，”我回答说，“可是他过去的生活里有些可怕的秘密——”

我不能再说下去了——菲茨·戴维少校故意打断了我。表面上看，他做得非常圆滑而且非常客气，但是我从他明亮的小眼睛里看到了一种眼神，这眼神明明白白地说：“要是您愿意在棘手的地方冒险，夫人，别邀请我陪着您。”

“我迷人的朋友!”他惊呼，“我可以称呼您为‘我迷人的朋友’吗？您具有……在我发现的另外一千种可喜的品质中……丰富的想象力。别让它占了上风！接受一个老家伙的建议，别让它占了上风！喝点儿什么，亲爱的伍德维尔夫人？来杯茶?”

“请用我正确的名字称呼我，先生。”我大胆地回答说，“我有个发现，我知道，您也知道，我的名字叫麦卡伦。”

少校一惊，小心地望着我。他变得严肃起来，再说话时，语气也完全变了。

“我可以问问，”他说，“您刚才向我提到的发现，跟您的丈夫交流过吗？”

“当然！”我回答说，“我认为他应该给我一个解释。我要求他告诉我他这个特别的做法是什么意思——他拒绝了我，他说的话让我害怕。我向他的母亲求助——她也拒绝解释，还用言语羞辱了我。亲爱的菲茨·戴维少校，没有朋友站在我这边。除了您，我没有人可找！尽量帮帮我吧——告诉我为什么您的朋友尤斯塔斯用一个假名字娶了我！”

“尽量帮帮我吧，”少校回答道，“关于这件事情不要要求我说一个字。”

他望着我。他的回答让人很不满意，但他好像真的同情我。我决定尽最大的努力去说服他，我下定决心不要被一开始的拒绝打败。

“我必须请求您，”我说，“想想我的处境。知道了我已经知道的，却不能知道更多的，我怎么能生活下去呢？我宁肯听您告诉我最可怕的事情，也不愿意像现在这样被谴责，让它成为永远的担忧和永远的悬念。我全心全意地爱我的丈夫，但我不能在这种情形下跟他一起生活。这种痛苦会把我逼疯的。我只是个女人，少校。我只能把自己交托给您的仁慈。不要——恳求您，恳求您不要让我蒙在鼓里！”

我说不出更多的话了。在这个不计后果的冲动时刻，我一把抓住他的手，把它举到了我的唇边。这位爱向女人献殷勤的老先生惊呆了，好像我用电击了他。

“我亲爱的，亲爱的夫人！”他惊叫着，“我说不出来有多么同情您！您迷住了我，您征服了我，您让我大受感动。我能说什么？我又能做什么？我只能效仿您令人钦佩的真诚和您无畏的坦率。您告诉了我您的处境，然后让我也告诉您我的情形是怎样的。让自己冷静下来，恳求您让自己冷静下来！我这儿有个嗅盐瓶，专门给女士用的。让我去拿来。”

他给我拿来了嗅盐瓶，在我的脚下放了个小凳子，乞求我给自己足够的时间冷静下来。“可恨的白痴！”他体贴地转过身去时，我听到他自言自语道，“要是我是她的丈夫——不管结果是什么，我都会告诉她真相！”

他指的是尤斯塔斯吗？他打算做他处在我丈夫的位置上会做的事情。他真的打算告诉我真相了吗？

刚刚冒出了这个想法，声音很大的急切的敲门声便让我一惊。少校站住了，仔细地听。过了一会儿，门开了，可以清楚地听见走廊里女人的衣裙发出的沙沙声。少校赶紧走到房门口，动作敏捷得像个年轻人。还是太迟了，他刚要开门，门就被从外面猛地推开了。那个衣裙发出沙沙声的女人闯了进来。

第九章　少校的失败

菲茨·戴维少校的客人原来是个丰满的、眼睛大大的、穿着讲究的姑娘，她面色红润，头发是淡黄色的。她毫不掩饰看到我的惊讶，只看了我一眼，然后就转向了少校，对少校说她很抱歉打扰了我们。这个人显然认为，我绝不可能成为老先生崇拜的对象，所以她毫不费力地就掩饰掉了发现我们在一起而产生的忌恨。菲茨·戴维少校用他自己一贯的无法抗拒的方式接待了她。像他投入地吻我的手一样，他吻了这个穿着讲究的姑娘的手。他告诉她，她看上去太迷人了。然后他领着她，带着他的欣赏和敬重混合在一起的快乐，回到了门边。她就是从那扇门进来的——直接通向走廊的另一扇门。

"不必道歉，亲爱的，"他说，"这位夫人在和我商量点儿生意上的事情。音乐老师正在楼上等你呢。开始上课吧，我马上就去找你。再见，我迷人的学生！"

听完了少校的几句简短的客气话，年轻女人悄悄地对少校说着什么，边说边用她那圆睁着的双眼不信任地看着我。门在她身后关上了。轮到我了，菲茨·戴维少校正好有空儿来处理我的事情。

“我把那个年轻人称作我的一个绝妙的发现。”老先生得意地说，“我可以毫不犹豫地说，她是欧洲最棒的女高音。我是在火车站碰到她的，你相信吗？她在一家小吃店的柜台后面，穷酸而单纯，正在清洗酒杯，而且一边干活儿一边唱着歌。天哪，多么特别的歌声！她的高音音域让我万分激动。我对自己说：‘这儿有一位天生的首席女歌唱家，我要带她离开这儿！’她是我这一生带出去的第三个人。我要让她先接受必要的训练，然后带她去意大利，让她在米兰成为一名出色的歌唱家。从那个单纯的姑娘身上，亲爱的夫人，您看到了一个未来的歌后。听！她开始拔高了！多棒的声音啊！很好！很好！好极了！”

他说话的时候，未来歌后尖利的女高音在整幢房子里回响。年轻女人的声音的高度是毫无疑问的，但是我个人认为，她的声音的甜美和纯净，很值得探讨。

作为对少校的回应，说了几句必要的客气话后，我大着胆子让菲茨·戴维少校回到他的客人进屋时我们俩正在讨论的话题上。少校极不情愿地回到了中断发生时他正要提到的危险话题上。他用食指为楼上的歌声打着拍子。他问我的嗓音怎么样，是否唱歌。他评论说，对他来讲没有爱和艺术的生活是难以忍受的。一个男人处于我这样的境地，恐怕早就没了耐心，恐怕早就放弃了让人反感的挣扎。可作为一个女人，而且已经看到了我的结果，我的决心是无敌的。我把少校的抵抗力完全耗尽了，迫使他无条件地投降了。他再次下定决心跟我讲起了尤斯塔斯。他讲得很坦诚，而且直奔主题——补充上这一点对他才算公平。

“在他还是个孩子的时候，我就认识您的丈夫了。”他开始说道，“在他过去生活的某个时期，一个可怕的灾难落到了他的头上。他的朋友们都知道那个不幸的秘密，而且都认真地替他保守着那个秘密，也就是他不让您知道的那个秘密。只要活着，他就不会告诉您那个秘密。而且他也不让我说，我已经用名誉向他保证过了。希望您能明白面对尤斯塔斯时我的处境，亲爱的伍德维尔夫人。下面请听我说！”

“您仍然叫我伍德维尔夫人。”我说。

“您的丈夫希望我这样做，”少校回答说，“他第一次去您的姨夫家里拜访时，不敢说他的真名，就用了伍德维尔这个假名。现在他不会向其他人承认的，抗议也没有用。您必须像我们一样，给一个不讲道理的人让路。除了固执己见这一点，从其他方面来看，他都是这个世界上最好的小伙子。要是您问我的看法，我实话对您说，我认为他用假名追求您并且娶了您是不对的。娶您做妻子时，他相信他的名誉和他的幸福全要依靠您的保守。为什么他跟您一样不愿意相信那个关于他的麻烦的故事？在这一点上他的母亲非常同意我的看法。您一定不要因为你们结婚后她拒绝信任您而责备她，当时已经太迟了。你们结婚前，她已经尽力了，除了泄露秘密这件事情——作为一个好母亲，这是她必须遵守的。她劝自己的儿子要公正地对待您。她不同意你们的婚事的主要原因是尤斯塔斯不听从她的建议把他真正的处境告诉您。当我决定把这个告诉您时，我保证我说的话都是经过慎重考虑的。就我而言，我尽了最大的努力支持麦卡伦夫人。尤斯塔斯写信告诉我他准备娶我的好朋友斯塔克韦瑟博士的外甥女时，他还提出让我做他的证婚人。我回信告诫他，我跟这件事情没有关系，除非他把有关他自己的全部事实真相告诉他未来的妻子。他不听我的话，像不听他母亲的话一样。同时，他让我注意，我答应过他替他保守秘密。斯塔克韦瑟写信给我时，我没有别的选择，只能让自己卷进了这场我完全不同意的欺骗，或者用一种非常小心、非常简短的口气回信，让我们的通信从一开始就结束。我选择了后者。我担心已经把我多年的好朋友得罪了。您现在明白我痛苦的处境了吧。就在今天，尤斯塔斯来过这里，担心您向我提出您刚才提过的要求，他提醒我提防着点儿！他告诉我一次不凑巧的意外，您偶遇了他的母亲，并且您已经知道了他的姓名。

他表明他到伦敦来就是为了这个专门的目的，亲自来和我谈谈这个严重的问题。‘我知道您的弱点，’他说，‘就是总是对女人感兴趣。瓦莱里亚知道您是我的老朋友，她肯定会写信给您，甚至会非常冒失地跑到您家里来。重申您把我人生中的重大灾难当作秘密保守的诺言，以您的名誉担保，请您发誓。’这是他的原话，我清楚地记得。我试图轻松地对待这件事。我取笑‘重申我的诺言’这荒谬的戏剧性的主张，还有跟它有关的其余的一切。一点儿用也没有！他拒绝离开我家，用过去经受过的不应当经受的苦难提醒我——可怜的家伙！最后他哭了。您爱他，我也爱他。我按照他的意愿做了，您会惊讶吗？结果就是我做出了一个男人能够做出的最庄严的双倍承诺，什么都不会告诉您。亲爱的夫人，在这件事情上我由衷地站在您这一边，我渴望去除您的忧虑。可是，我能做什么呢？”

他停下了，等待着，严肃地等待着听到我的回答。

我没有打断他，自始至终都在听他讲。当他提到尤斯塔斯时，他的举止和自我表达方式的显著变化，让我惊慌。这种惊慌还从来没有过。这个没有说出的故事一定相当可怕（我在心里想），即使只是提到它都会让无忧无虑的少校这么认真、这么难过——不再微笑，不再赞美我，甚至不再关心楼上的歌声！得出这个令人吃惊的结论时，我的心沉了下去。进到这幢房子里来之后，我头一次束手无策。我不知道该说什么，也不知道该做什么。

我就那样坐着。那一刻，找到我丈夫向我隐瞒的秘密的决心，从来没有那么坚定！我无法解释这个坦言透露出的我性格里的非常矛盾的一面。我只能按当时的实际情况来描述事实。

歌声在楼上继续着。菲茨·戴维少校还在固执地等着，想听我说些什么，想知道接下来我决心做什么。

我还没决定好说什么或是做什么，家里便发生了另外一件小事。门外响起的敲门声告诉我们，一位新客人就在门外。这一次，走廊里没有女人衣裙发出的沙沙声。这一次，进来的只有老仆人一人，手里拿着一束艳丽的鲜花："克拉琳达夫人亲切地问候，提醒菲茨·戴维少校约会的事情。"又一位夫人！这一次，是个有头衔的夫人—— 一个不是屈尊隐蔽，而是派人送花送信的惹人注目的夫人。少校头一次向我致歉……写了几行字作为回复，然后叫人拿出去交给了信使。门又被关上之后，他从那束精美的花束中间仔细地挑出了一枝。"我可以问问，"他以一贯的非常优雅的姿势把那枝花递到了我的面前，"现在您明白我在您丈夫和您之间所处的微妙的位置了吗？"

花束的出现造成的小小的中断给我的思维注入了新的冲动。从某种程度上说，是让我恢复了正常。至少我能让菲茨·戴维少校满意地认为，他的考虑全面、谦恭有礼的解释并没有被我抛弃。

"我衷心地感谢您，少校。"我说，"您说服了我。为了我，一定不能要求您忘掉您曾经向我丈夫做出的承诺。那是一个庄严的、我必须遵守的承诺，我非常明白那一点。"

少校如释重负地长出一口气，拍拍我的肩膀，对我刚刚说的话非常满意。

"说得太好了！"他接着说，立即恢复了轻松的表情和情人般的举止，"亲爱的夫人，您天生就富有同情心。您精准地看出了我现在的处境。您知道吗，您让我想起了迷人的克拉琳达夫人！她也是天生就富有同情心，而且精准地看出了我现在的处境。我非常乐意介绍你们彼此认识。"少校一边说一边入神地用他的大鼻子闻着克拉琳达夫人送来的鲜花。

我仍然想达到我的目的，作为一个活着的最固执的女人（尽管到现在才被发现）。

"能认识克拉琳达女士我会很高兴，"我回答说，"同时——"

"我将组织一个小型的宴会。"少校突然热情迸发，接过了我的话茬儿，"你跟我，还有克拉琳达女士。我们年轻的首席女歌唱家晚上也会来，给我们演唱。让我们列个菜单好吗？可爱的朋友，您秋天最爱喝什么汤？"

“同时，”我坚持道，“回到我们刚刚谈论的话题——”

少校的笑容不见了，那支准备记下我秋天最爱喝的汤名的笔从少校手里掉落了。

“我们一定要回到那个话题吗？”他可怜地回答道。

“就一会儿。”我说。

“您让我想起，”菲茨·戴维少校悲哀地摇摇头接着说道，“我的另一个迷人的朋友—— 一个法国朋友——莫利弗洛太太。您是个不达目的不罢休的人。她恰好在伦敦。何不让她也加入我们的小型宴会？”这个念头让少校高兴起来，他又拿起了笔。“告诉我，”他说，“您秋天最爱喝的汤是什么汤？”

“对不起，”我开口说，“我们刚刚谈到——”

“天哪，饶了我吧！”菲茨·戴维少校大声地说，“这是另外一个话题吗？”

“是的，这就是另外一个话题。”

少校又放下了手中的笔，懊悔地把莫利弗洛太太和秋天的汤从他心里打发走了。

“是吗？”他耐心地点点头，脸上带着顺从的微笑，“您想说——”

“我想说，”我接过话来，“您的承诺只是发誓不把我丈夫向我隐瞒的秘密告诉我。您并没有答应他，要是我冒昧地问您一两个问题，您也不能回答我的问题。”

菲茨·戴维少校警惕地举起了手，用他那双明亮的灰色小眼睛狡猾地瞥了我一眼。

“打住！”他说，“可爱的朋友，打住！我知道您的问题将把我引到哪儿去，我还知道一旦我开始回答它们将会产生什么样的结果。今天您丈夫到这儿来时，他乘机提醒过我，说我被漂亮女人控制时就像水一样意志薄弱。他说得很对。我是像水一样意志薄弱，我无法拒绝一个漂亮女人。亲爱的并且令人尊敬的夫人，不要滥用您的影响力了！不要让一个老兵言而无信！”

此时我拼命想说些什么来捍卫我的动机。少校的两只手作哀求状地紧紧握在一起，用坦率的、充满恳求的目光望着我。

“为什么要逼迫?”他问道，“我无力反抗。我是一只小羊羔，为什么要拿我作祭品？我承认您力量强大，全靠您的仁慈了。我在青年时期还有成年后遭遇的所有的不幸都来自女人。我现在在年龄上一点儿优势也没有——我的一只脚已经迈进了坟墓。我只是喜欢女人，只是像以前一样随时准备被她们引入歧途。骇人听闻，是不是？但是太真实了！看看这个标记。”他撩起一绺美丽的棕色假发，让我看他额边的一个可怕的伤疤，“那时以为会致命的伤，是手枪里的一颗子弹导致的。”他接着说道，“不是为我的祖国服役时得到的——噢，当然不是！是为一个伤势严重的夫人服务时得到的。在国外的一次决斗中，被她的恶棍丈夫打的。噢，她值得我这样做!”回忆起那位死去的、也许不存在的夫人，他充满深情地吻了自己的手一下，然后指着挂在对面墙上的一幅田园风光水彩画，“那件精美的作品，”他继续说，“曾经属于我。很多年前它被卖掉了。那么谁得到了那笔钱？女人们——上帝祝福所有的女人——当然是女人。我不后悔。如果我还有一笔财产，毫无疑问它会走同样的路。您的令人崇拜的性别使我的生命、我的时间以及我的金钱都成了它的可爱的玩具，而且大受欢迎！我留给自己的一样东西，就是我的名誉。现在，它有危险了！是的，要是您用这对可爱的眼睛和温柔的声音提出您的聪明的小问题，我知道会发生什么事情！您会把我所有的财产里的最后一样也是最好的一样从我这里夺走。我被人这样对待理所当然吗——被您，我迷人的朋友？被您和这世界上所有的人？噢，呸！呸!”

他停了下来，像刚才那样望着我——一副坦率的、充满恳求的模样，头略微歪向一边。从我个人的观点出发，我又一次试图提起我们反复争论的话题。菲茨·戴维少校立刻让自己拜倒在了我的仁慈之下，比先前更坦率。

“让我做这广阔宇宙中任何其他的事情都可以，”他说，“除了让我失信于朋友。别再让我做那件事了。只要能让您满意，没有我不愿意做的事情。我说了就要去做，注意！”他接着说，身体弯得离我更近了，语气也比刚才更严肃了，“我想您很不习惯。期望一个您这种处境的女人答应让她的余生都被蒙在鼓里是荒谬的。不！不！就在此刻，要是我看到您正在靠自己的力量去查明尤斯塔斯坚持向您隐瞒的事实真相时，我应该记得我的承诺。像其他所有的承诺一样，它是有局限和保留的。考虑到个人的名誉问题，我不能帮您，但是我不会阻止您自己去寻找事实真相。”

最后，他非常认真地说，用力地强调了最后一句话。我用突然离开了我的椅子这个动作，对它作了更加有力的强调。跳起来的冲动无法扼制。菲茨·戴维少校在我的脑海中撩起一个新的想法。

“现在我们互相理解了！”我说，“我会接受您的个人条件，少校。除了您刚刚提议的和您个人约定一致的事情，我不会要求您做任何事情。”

“我提议什么了？”他询问道，有点儿惊慌地望着我。

“您不必后悔任何事情，”我回答说，“您不会轻易同意任何事情。我能问个放肆的问题吗？假设这幢房子是我的而不是您的……”

“把它当成您的，”多情的老先生大声说，“从顶楼一直到厨房，把它当成您的！”

“非常感谢，少校。我会把它当成我的，就一会儿。您知道——每个人都知道——女人的一大弱点就是好奇心。假设在好奇心的驱使下我去检查我的新家里的每一样东西……”

“是吗？”

“假设我从一间屋子到另一间屋子，搜检了所有的东西，察看了所有的地方，您认为会有机会吗？”

聪明的少校料到了我的问题的实质。他照着我的样子，吃惊地跳了起来，脑子里有了一个新主意。

“会有机会，”我接着说，“用我自己的方式在这幢房子里找到我丈夫的秘密吗？只回答一个字，菲茨·戴维少校！就一个字——

是，还是否?”

“别让自己太激动了!”少校大叫道。

“是，还是否?”我更激动地重复了一遍。

“是。”少校说——经过片刻的思考后。

这就是我寻找的答案，但是它还不够清楚。现在我得到了它，我很满意。我感觉有必要把它引向（如果可能的话）细枝末节。

“‘是’意味着这儿有关于那个秘密的某种线索吗?”我问，“比如，我的眼睛能够看到或者手能够摸到的某样东西，要是我能找到它的话……”

他又在琢磨。我明白我已经用某种我自己都不知道的方式让他产生了兴趣。于是我耐心地等着，直到他准备好回答我的问题。

“您提到的那样东西，”他说，“那个线索——您这样叫它——可能会被看到，也可能会被摸到，假如您能够找到它的话。”

“在这幢房子里?”我问。

少校向我靠近一步，然后回答道：

“就在这间屋里。”

我的大脑开始眩晕，我的心脏猛烈地跳动。我试着想说话，但却徒然，这种努力几乎让我窒息了。沉默中，我能听到楼上房间里音乐课还在继续。那个未来的首席女歌唱家已经完成了音阶练习，现在正在用意大利歌剧选段试唱。刚听她唱的时候，她正在唱选自《梦游女》的可爱的曲调。直到今天，如果不是在想象中被立刻万分激动地领进了维维安街这间关键的密室里，我绝对不会听到那么动听悦耳的音调。

少校——这一次，他自己也被强烈地感动了——首先打破了沉默。

“还是坐下吧，”他说，“请坐这把舒服的椅子。您太激动了，需要休息。”

他是对的。我已经站不住了。我跌坐在椅子里。菲茨·戴维少校按响了门铃，在门边对仆人吩咐了几句。

“我在这儿待了很久了，”我虚弱地说，“告诉我是不是妨碍您了。”

“妨碍?”他带着抑制不住的微笑重复说，“您忘了您是在您自己的房子里!”

仆人回来了，拿着一小瓶香槟，还有满满一盘精致的美味小点心。

“这酒是我专门给女士预备的，”少校说，“点心是直接从巴黎送到我这儿的。算是照顾我，您一定得吃点儿东西。然后——”他停顿了一下，非常专注地望着我。“然后，”他接着说，“可以让我去楼上找我那年轻的首席女歌唱家，把您一个人留在这里吗?”

此时此刻，我心里正想向他提出这个请求，不可能有比这个请求更微妙的暗示了。我抓住他的手，感激地紧紧握住它。

“我未来全部生活的宁静很成问题，”我说，“把我一个人独自留在这里时，您以宽宏大量的同情心允许我检查这间屋子里的每一样东西吗?”

他没有回答我的问题，而是示意我喝香槟，再吃块点心。

“这是严肃的事情，”他说，“我希望您处在最佳状态。恢复体力——然后我会对您说的。”

我照着他的吩咐做了。那美味的发泡葡萄酒立刻就让我恢复了体力。

“是您确切的希望吗，”他接着问，“让我把您一个人留在这里，好搜查这间屋子?”

“是我确切的希望。”我回答道。

“同意了您的请求，我自己就得担巨大的责任。尽管这样，我还是同意了，因为我真的相信——您也相信——您未来生活的宁静完全有赖于您发现的事实真相。”说话时，他从口袋里掏出两把钥匙。“您自然会产生怀疑，”他接着说，“对您在这儿能够发现的任何上着锁的门。这间屋里唯一上锁的地方就是高书架下面的食橱的门，还有角落里那个意大利橱柜的柜门。那把小钥匙是开书架下面的食橱门的，那把长钥匙是开橱柜门的。”

解释完了，他把钥匙放在了我面前的桌子上。

“直到现在，”他说，“我都在严格遵守我向您丈夫做出的承诺。不管您搜查这间屋子后的结果是什么，我会继续信守我的承诺。为了名誉，不论是语言上还是行为上，我都没有帮助您。我甚至没有随心所欲地给您提供一点儿最最微小的暗示。明白吗？”

“当然！”

“非常好。现在我还有最后一句忠告给您，然后我的话就说完了。要是您万一成功地找到了线索，记住这句话——随后的发现将是一个可怕的发现。它对您的打击将直达心灵，要是您对自己承受打击的能力有一丝的怀疑，就请务必放弃找出您丈夫秘密的念头，立即并且永远！”

“谢谢您的忠告，少校。我必须直面发现行动的结果，不管它是什么。”

“您确实下定决心了？”

“确实。”

“非常好。您喜欢用多长时间都行。这幢房子，还有这幢房子里的每一个人，由您随意支配。要是您需要男仆，按一下门铃。要是您需要女用人服侍您，按两下门铃。不时地，我会亲自来看看您进行得怎么样了。您知道，在您看得起我待在我家的这段时间里，我会对您的舒适和安全负责任的。”

他拿起我的手放在他的唇边，最后一次专注地盯着我。

“我希望我不是在冒一个天大的危险。”他说——更多地是对他自己说，而不是对我说，“在我一生中，女人导致我做了很多鲁莽的事情。我想知道，您会导致我做下最鲁莽的事情吗？”

说完最后这几句不详的话，他隆重地鞠了一躬，然后把我独自一人留在了屋子里。

第十章　寻　找

壁炉里的火并不旺，那天室外的空气中已经有了一些冬天的寒意（我在来这儿的路上就注意到了）。

可是，菲茨·戴维少校离开后，我的第一感觉就是燥热和压抑。这种感觉导致的正常结果，就是自由呼吸的困难。我猜想，当时神经紧张引起的激动导致了这种感觉。我摘掉了帽子、披风还有手套，把窗子打开了一小会儿。外面什么也看不到，只有一个铺砌好的庭院（正中间有个天窗），庭院的尽头是少校的马厩。

我在窗前站了几分钟，让自己冷静下来，让精神振作起来。也就是说，我开始了对环绕着我的四面墙壁以及它们围起的所有的东西的第一步检查。

我对自己的镇静感到吃惊。或许，我跟菲茨·戴维少校的见面，耗尽了我对强烈情绪的感知力——至少暂时是这样。独自一人对我来说是一种调整，开始寻找对我来说是一种放松，这是我目前唯一的感觉。

屋子是长方形的。两面短些的墙壁中的一面上面，嵌着那扇我已经提到过的通向里屋的门。另外一面短些的墙壁差不多都被那扇望出去就是庭院的宽大的窗子占据了。

先从那扇门的门口看起吧。以家具的形式摆放在那面墙的两头的……那是什么？原来是两边各一张牌桌。每张牌桌上方的墙面上，都安装着一个镀金的雕刻托架，每个托架上面摆放着一只华丽的瓷碗。

我拉开了牌桌下面的抽屉，里面只有纸牌、常用的筹码和记分牌。只有一副牌被打开过，其余的牌都和刚从商店里买回来时一样，包装完好。我一张一张地检查了那副散开的纸牌。没有字迹，没有任何形式的标记，任何一张上面都没有。书房的梯子靠在书架上，借助于它，我又检查了两只瓷碗的里面。两只瓷碗都是空的。这一面墙还有哪些地方可以检查呢？两个墙角处各放着一把镶嵌着木头的小椅子，椅子上面是红丝绒垫。我掀起丝绒垫，检查了垫子的下面。还是什么都没发现。我把椅子摆放回了它们原来的位置。我对这一面墙的检查全部结束了。到目前为止，我什么也没找到。

我走到对面的那面短墙前——那面带窗户的墙。

窗子（我说过了，差不多占据了那面墙的整个宽度和高度）被分隔成了三部分，窗子的两侧装饰着大方的深红色天鹅绒窗帘。堆在一起的宽大、厚重的天鹅绒，让那一面墙只剩下了两个角落，角落里摆放着两个精雕细刻的古色古香的立柜。柜子由一排排抽屉组成，柜子上面摆放着两个做工精细的青铜复制品（尺寸缩小了），一个是《米洛斯的维纳斯》①，一个是《性感的维纳斯》。菲茨·戴维少校允许我做我高兴做的事情。于是我把每个立柜的六个抽屉全都拉开了，毫不迟疑地查看了抽屉里面的东西。

从右手边角落里的立柜开始，我的调查很快就结束了。全部六个抽屉都一样，放满了化石收藏品。它们和少校生命中的过去某段

① 即断臂的维纳斯。——译者注

时期有关（根据放在某些抽屉里的奇特的文字说明判断），当时他在矿山上做投机生意，不是很成功。除了化石和它们的说明之外没有别的东西，这令我非常满意，于是我转向左手边角落里的另外一个立柜。

这个柜子里，东西的种类很多，我查看它们用的时间自然地长了许多。

最上边的抽屉里是整套木工工具的微型收藏品——有年头儿的纪念物，可能是很多年前少校还是个孩子时，他的父母亲或者是朋友们把这样一套玩具工具作为礼物送给了他。第二个抽屉里塞满了另一种类型的玩具——少校的女性朋友专门为他制作的礼物。绣花的背带、精巧的烟斗、有趣的针垫、漂亮的拖鞋、闪光的钱包，所有这些东西不厌其烦地证明了女性朋友对他的喜爱。第三个抽屉里的东西就没太大意思了，全是陈年旧账。为了找到有可能夹在账页间的单页纸张，我在检查每册账簿时，一一打开了它们，抖了又抖。一点儿用也没有。然后，我拉开了第四个抽屉。在这儿，我发现了更多过去遗留下来的进行金钱（罚款）交易时收到的账单，整齐地装订在一起，每一张背面都有文字。在这些账单里面，我发现了一沓零散的纸张，都是不重要的东西。第五个抽屉里乱糟糟的。我先拿出来的是松松的一捆卡片，卡片上面罗列着少校从前在伦敦和巴黎时参加或者举办宴会的菜单。接下来，是满满一盒精美的彩色羽毛笔（显然是一位女士送的礼物）。再接下来，是一些从前的请柬。再接下来，是几本折了页角的法语剧本和歌剧剧本。再接下来，是一个微型的开塞钻、一包香烟和一串生锈的钥匙。最后，是一本护照、一组行李标签、一个破损的银质鼻烟壶、两个雪茄烟盒，还有一张破损的罗马地图。“不会再有我感兴趣的东西了。”当我关上第五个抽屉、打开第六个（也是最后一个）抽屉时，我想。

第六个抽屉立刻让我感到既惊讶又失望——里面只有一只打碎的花瓶的碎片。

当时，面对着立柜，我坐在一把低矮的椅子里，处在发现最后一个抽屉里空无一物之后刹那间的愤怒之中。我抬起一只脚，打算把抽屉踢回到原来的位置。这时，通向走廊的那扇门开了，菲茨·戴维少校站在我的面前。

他只看了我一眼，目光就向下移到了我的脚上。他看了拉开的抽屉片刻，我从他的表情里看到了一个变化。只不过是片刻，但是，就在那一刻，他用一种意外的怀疑和惊讶的眼神望着我——似乎他抓住了我那只握有线索的手。

“但愿没有打扰您，”他说，“我只是顺便来问个问题，就一会儿。”

“什么问题，少校？”

“在您调查的过程中，注意到我的任何信件了吗？”

“还没有，”我回答道，“要是发现了信件，我自然不会冒昧地查看它们的。”

“关于这件事，我想跟您说一下。”他接着说道，“在楼上的时候，我突然想起来，我的信件可能会让您为难的。处在您的位置上，对那些不便冒昧查看的信件，我也会怀疑的。我想我可以合理地解决这个问题，尽管会给我们两个人带来小小的麻烦。要是我简单地告诉您我的那些信对您正在努力进行的寻找没有帮助，这一点也不违背我对您做出的任何允诺和保证。就像对待那些您认为不值得检查的东西一样，您可以放心地省略掉它们——我能确信。您明白我的意思了吗？”

“十分感谢您，少校——我非常明白。”

“感到累了吗？”

“一点儿也没有。谢谢您。”

“您还在希望成功吗？还没有开始气馁吗？”

“我丝毫不会气馁的。您好心离开之后，我想再坚持一段时间。”

我们俩说话的时候，我并没有关上那个抽屉。回答他的问题时，我无意间瞥了一眼那些花瓶的碎片。这时，他早已恢复了镇定自若。他做出漠不关心的样子，也瞥了一眼那些花瓶的碎片。我还记得他刚进屋时流露出的怀疑和惊讶的眼神，我认为他的漠不关心演得有一点点过了。

“情况似乎并不乐观。”他面带微笑，指着抽屉里的那些碎片说。

“表象并不总是可信的。”我回答道，“以我目前的处境，我能做的最明智的一件事情，就是怀疑一切，甚至一只破碎的花瓶。”

说这话时，我倔强地望着他。他转变了话题。

“楼上的音乐干扰您了吗?”他问。

“一点儿也没有，少校。”

“现在它很快就要结束了。音乐老师要走了，意大利语老师刚到。我正在不惜一切代价，让我那年轻的首席女歌唱家成为一个最有造诣的人。在学习演唱的同时，她还必须学习音乐的特殊语言。等我带她到意大利时，我会让她的口音也完美起来。她公开演唱的时候会被当成是意大利人，这是我最大的野心。离开之前我还能为您做些什么？我能让人再给您送些香槟吗？请说是的!”

“万分感谢，少校。现在不需要香槟。”

他在门边转身离去时送了我一个飞吻。与此同时，我看到他的眼睛冲着书架顽皮地瞟了一眼。只不过一瞬间——在他离开这间屋子之前，我差点儿没有察觉到。

又剩下我自己了，我盯着书架——这是我第一次用心地盯着它。

一件古旧的橡木雕刻的漂亮家具，靠在那面跟这幢房子的走廊平行的墙边。除去被占据的空间，在这间屋子的上部，从开在走廊上的第二扇门边起，书架差不多占据了整个一面墙的宽度，一直到窗户边。书架的顶上成对地摆着一溜儿花瓶、枝状大烛台和小雕像。顺着这溜儿摆设，我发现书架的顶上还有一块空地儿，正好挨着窗户。跟它相对应的挨着门的另一头，却是一个图案非常奇特的漂亮的油漆花瓶。应该摆在书架顶层的另一头、跟它对应的那只花瓶到哪儿去了？我返回到那个拉开的立柜的第六个抽屉前，又查看起来。碎片的图案没有错，这只破碎的花瓶就是曾经摆在书架顶上靠近窗户、现在空着的那块地方的那只花瓶。

有了这个发现后，我取出了那些碎片，哪怕是非常小的一片碎瓷，一片又一片地仔细地检查了它们。

我对古董一无所知，估计不出这个花瓶的价值，也估计不出它的年代，甚至不知道它是英国产的还是外国造的。瓶子的底色是一种柔和的乳白色，上面描画着花冠和爱神丘比特。花瓶的两侧各环绕着一枚大奖章。一枚奖章上用细腻精美的笔法画了一个女人的头像。象征美丽的少女，或者女神，也可能是某个著名人物的肖像——我对这方面了解不多，不好说。另一枚奖章上镶嵌着一个男人的头像，也被加工成了古典的风格。底座上装饰的是倚在草地上、身穿华托式①服装的男女牧羊人，还有他们的狗和绵羊。它被摆放在书架顶上，完好无损的时候就是这个样子。什么样的意外让它变成了一堆碎片？菲茨·戴维少校发现我在立柜抽屉里找到了艺术品的碎片时，为什么脸色会变呢？

这些碎片留下了上面这些没有答案的严肃问题——这些碎片绝对什么也没有告诉我。可是，如果我自己对少校的观察是可信的话，要接近我正在寻找的线索，就要依靠——直接或者间接地——这只破碎的花瓶！

现在我知道的只有这些，纠缠在这些问题上是没有用的。于是，我返回到书架前。

到现在为止，我一直认定（没有任何充分的理由）我正在找寻的线索一定会以一张写着字的纸的形式出现。现在我想到了这一点——在我察觉了少校的小动作之后——那个线索很可能以一本书的形式出现。

我顺着低处的几排书看了过去。我站在离书架很近的地方，这

---

① 指法国画家华托作品中的女子服装式样。——译者注

样能够看清书脊上的名字。我看到包着红色摩洛哥皮的《伏尔泰》、蓝皮的《莎士比亚》、绿皮的《沃尔特·斯科特》、棕皮的《英格兰历史》、黄色小牛皮的《年度登记簿》。看到这儿，我停了下来，那么长的成排的卷册已经让我厌烦和泄气了。我怎样才能把这儿所有的书都查上一遍呢？就算我真的把它们检查了一遍——我在找什么呢？

菲茨·戴维少校曾经提到了一件可怕的倒霉事，是它玷污了我丈夫过去的生活。那件倒霉事的任何痕迹或者与它类似事情的任何暗示性的线索，会以哪一种可能的方式存在于《年度登记簿》的存档中，或者是《伏尔泰》的书页之间呢？这样的空想似乎很可笑。仅仅打算朝这个方向做一次认真的搜查无疑是在肆意地浪费时间。

可是，少校的确偷看了一眼书架。还有，那个破碎的花瓶从前就摆在书架上。这些细节给我提供了充分的理由，让我把花瓶和书架联系了起来，当成了发现之路上的里程碑了吗？一时冲动地作出决定，并不是一件轻松的事情。

我抬头向书架的上部望去。

这儿收藏的图书看起来种类丰富了许多，体积比下面的书小一些，也不像下面的书排列得那么整齐。有些书是布面装订的，有些书就是纸面平装的。有一两本倒了，平躺在架子上。我看到到处都是书被抽走却没有重新放回来的空当。简单地说，在书架的上部，没有让人泄气的整齐。凌乱的书架似乎暗示着也许会有意想不到的导致成功的某种幸运的偶然。我决定，如果把所有的书都查一遍的话，就从上部开始。

书房的梯子哪儿去了？

我把它靠在把这间屋子从前面分隔出来成为里屋的那面隔断墙上了。我朝那面墙望过去，自然也是朝那扇门望过去——刚进到这幢房子里来时，我就是在那扇没有完全拉上的门边，听到了菲茨·戴维少校向他的仆人询问我的外貌的。在我造访期间，还没有人移动过这扇门。走出这间屋子的每一个人都使用开向走廊的那扇门。

就在我四处察看的时候，有人在外屋挪动东西。这一挪动，突然让光线从没有完全拉上的门留下的细缝里射了进来。有人在透过那个缝隙监视我吗？我轻轻地走到门边，向后一推，门敞开了。是少校，我发现他待在外屋里！我从他的脸上看出来——他一直在监视书架边的我！

他把帽子拿在手上，显然是要出门。于是，他巧妙地利用了这个细节，给出了他离门这么近的一个似是而非的理由。

“我希望我没有吓着您。”他说。

“您让我有点儿吃惊，少校。”

“我很抱歉，也很惭愧！我正要去开门，告诉您我不得不出去一趟。我收到了一位夫人的紧急消息。一位迷人的夫人，我特别希望您认识她！她遇到了麻烦，可怜的人儿。您知道，没什么钱……和想要他们的钱的人的肮脏交易……和一个丈夫。噢，天哪，一个根本配不上她的丈夫！一个非常有趣的人。您让我有点儿想起她了——你们俩站立的时候头部的仪态是一样的。我出去不会超过半个小时。我能为您做些什么？您似乎累了。求您让我派人再送些香槟来吧。不？答应我需要的时候就按铃。行了！再见，迷人的朋友。再见！”

他一转身，我就拉上了门，然后坐了一会儿，让自己冷静下来。

他一直在监视书架边的我！这个得到了我丈夫信任的人，这个知道哪儿能找到线索的人，一直在监视书架边的我！现在这一点是毫无疑问了。菲茨·戴维少校已经不由自主地给我指出了秘密的藏匿之处！

我漠然地看了看靠着我还没检查过的第四面墙摆放的其他家具。我不带一点点好奇地随意看了看散放在桌面上和壁炉架上的精致的小玩意儿。如果在其他情况下，每一件都可能成为我怀疑的对象，可是以我目前的心境，就连那些水彩画都引不起我的兴趣了。

我无精打采地看了看，大多是女人的肖像——无疑，全是少校轻易崇拜的偶像——我无心关注它们了。我在那间屋里要做的事情从书架开始，到书架结束（现在我坚信这一点）。我从座位上站起身来，去取书房的梯子，决定开始对书架上部的调查工作。

我去取梯子时路过一张桌子，看到了菲茨·戴维少校留在上面的让我随意支配的钥匙。

两把钥匙中小一点儿的那把立刻让我想起了书架下面的橱柜。我奇怪地忽略了这些。一种对那些上着锁的门的隐隐约约的不信任，一种对那里面隐藏的东西的隐隐约约的怀疑，偷偷地溜进了我的心里。我让梯子留在原来的地方，靠着墙，自己先去查看橱柜里放了些什么东西。

橱柜一共有三个。当我打开了第一个橱柜门时，楼上的歌声停止了。从喧闹到沉寂，突然改变的那一刻有某种东西几乎让人无法忍受。我猜想一定是我的神经过于紧张了。这幢房子里面接下来发出的声音——没有比一个男人下楼梯时靴子发出的吱吱响声更引人注意的了——让我浑身发抖。无疑，那个男人是音乐老师，上完了课正在离去。我听到大门在他身后关上的声音——我被那个熟悉的声音吓了一跳，似乎那是一个我从来没有听到过的可怕的声音！然后又是沉寂。我尽量让自己兴奋起来，开始仔细检查第一个橱柜。

它被隔成了两层。

上层只有成盒的雪茄，一盒一盒地排列着。下层全是贝壳收藏品。它们被杂乱地堆放在一起——显然，少校认为他的雪茄比他的贝壳更有价值。我仔细搜查了下层任何可能藏有东西的我感兴趣的物品。除了贝壳，什么也没发现。

我打开第二个橱柜门时，开始变弱的光线打击了我。

我望向窗外。刚刚傍晚。光线变暗是云聚集在一起造成的（云聚在一起，遮住了阳光，天才暗了下来）。雨点急速地拍打着玻璃，秋风在庭院的角落里悲哀地呼啸着。重新开始搜寻之前，我弄旺了炉火。我想，我的神经又出毛病了。我颤抖着走回书架边。我的双手在发抖：我不知道自己这是怎么了。

在第二个橱柜的上层，我看到了一些非常漂亮的贝雕，衬着棉絮，放在洁净的纸盒里。在橱柜的一角，一个纸盒下面露出一个小手抄本的白纸。手抄本上记的原来是贝雕的目录——仅此而已！

转向橱柜的下层，我发现了更多珍奇品：日本的象牙雕刻，还有中国的珍稀丝绸。我开始对发掘少校的珍藏这件事情感到厌烦了。搜寻的时间越长，似乎离我心里想得到的东西就越远了。关上了第二个橱柜的柜门后，我差不多开始怀疑还有没有必要浪费我的时间，去打开第三个也就是最后一个橱柜了。

稍微想了一下，我确信还是接着搜寻好。现在我已经开始了对书架下部区域的细查，应该坚持到最后。我打开了最后一个橱柜。

上层搁板上只有一样东西，唯一而且庄重——一个包装豪华的笔记本。

通过跟现代图书体积的比较能够断定，它的开本比一般书大。盒子的封面是蓝色的天鹅绒，装饰着美丽的阿拉伯风格的银扣钩，还有一把同样的贵金属制成的锁，保护笔记本不被人偷看。拿起笔记本时，我发现那把锁是开着的。

我有权利用这个意外，打开那个本子吗？后来，我向一些朋友提出了这个问题，男女朋友都有。女朋友们都认为，我的做法是完全合理的——鉴于我处在危险之中，我可以利用少校房子里的任何一本书。

男人们的看法就不同了，他们坚决认为我应该把本子放回蓝色天鹅绒盒里，不要打开，然后锁上柜门，谨小慎微地防止再被它诱惑而打开它。我敢说男人们是对的。

可是，作为一个女人，我打开了那个笔记本，没有片刻的犹豫。

纸张是上等牛皮纸，纸面上到处都是设计得格调高雅的彩色图饰。那么这些被高度装饰的纸张里面包含了什么样的内容呢？让我极其震惊并且反感的是，每一页纸的中间都整齐地放着一绺头发。

头发下面有文字说明，表明它们是来自不同女人的爱情纪念品，她们在少校生命的不同时期感动了他那颗善感的心。除了英语，说明文字还用了另外一种语言。但是它们显然是为了同一个古怪的目的，那就是提醒少校，是在什么日子里，他的各种各样的情感过早地结束了。例如，第一页展示了一绺淡黄色的头发，下面写着这样几行字："我爱慕的麦德琳。永恒的忠贞。唉！一八三九年七月二十二日！"下一页展示的头发的颜色略微深了点儿，头发下面是一段法语文字说明："克莱门斯。我灵魂的偶像，永远的忠诚者。唉！一八四〇年四月二日！"接着是一绺红色的头发，头发下面是用拉丁文写成的悼词。这一次，分手日期旁边附带着一个注释，说明这个女人是古罗马人的后裔，因为她对菲茨·戴维十分忠诚，所以才适当地用拉丁文写下了悼词。后面是更多的一绺绺的头发，还有更多的说明，看得我已经厌倦了。带着对帮忙往这里填充头发的那些人的反感，我放下了笔记本，可随后一想，又拿了起来。到目前为止，我已经彻底地检查了出现在我眼前并引起我注意的每一样东西。不管乐意还是不乐意，像我已经开始的这样继续下去，并且把这个笔记本彻底检查一遍，对我自己来说是相当重要的，这是明摆着的事情。

我一页一页地翻下去，直到第一次出现了空白页。因为从这一页开始一直到最后一页全是空白页，所以为防万一，我倒提着笔记本，抖动起来，看看能不能抖出些夹在两页纸之间的我没有注意到的散页或者是卡片。

这一次，一个令我愤怒和沮丧的无法形容的发现让我的耐心有了回报。

一张装裱在卡片上的小照片从笔记本里掉了出来。我扫了一眼，是一张两个人的合影。

我认出其中一个人是我的丈夫。

另外一个人是个女人。

对我来说，这是一张完全陌生的脸。她并不年轻。照片上的她坐在一把椅子里面，我丈夫站在她的身后，俯身向她，握着她的一只手。那女人长得凶巴巴的，而且不好看，强烈的情绪和明显的固执明明白白地写在她的脸上。尽管她长得这么难看，但是当我注意到他们为了让画家将两个人物形象融为一体而刻意做出了亲密的、挚爱的举动时，我感到一阵出于妒忌的剧烈的痛苦。尤斯塔斯向我求婚的时候，简单地告诉过我，在遇到我之前，他曾经不止一次地设想自己和人恋爱了。这个其貌不扬的女人是他倾慕的女人中的一个吗？她和他非常亲密也非常恩爱，才会在画像时让他握着她的手吗？我看了又看，直到我再也无法忍受他们。女人是奇怪的动物，即使对于自己来说都是神秘的。我把那幅画像扔到了橱柜的角落里。我愤怒了。我恨，是的，我全心全意地恨她——那个握着他的手的女人，那个任性的、凶巴巴的不认识的女人！

此时，橱柜的下层还有待我去搜查呢！

我跪下来，开始搜查下层——如果能够的话，我渴望把控制了我的可耻的妒忌从我的情绪中清除掉。

不幸的是，下层除了少校当兵时的纪念品外，什么都没有了，包括他的剑、手枪、肩章、腰带，还有一些不重要的士兵的装备。我对这些东西一点儿兴趣也没有。我的目光又回到了橱柜的上层。而且，我就像个白痴（要想描绘出那一刻的我，没有比“白痴”更温和的词了）一样，又拿出了那张画像，想再看看，让自己毫无益处地再愤怒一次。这次我注意到了刚才没有注意到的东西，画像的背面写了几行字（是女人的笔迹）：

“送给菲茨·戴维少校，还有两只花瓶。朋友 S. 和 E. M.”

两只花瓶中的一只就是那只被打碎的花瓶吗？我曾经注意到的菲茨·戴维少校脸上的变化，是由某种过去跟它有关系的、在某方面影响了我的联系造成的吗？也许是，也许不是。当对画像背面的大写字母的更严重的质疑摆在我面前时，我不想沉浸在对这个话题的思考中。

“S. 和 E. M.”？后面两个字母可能是我丈夫的名字——他的真

名字——“尤斯塔斯·麦卡伦”的缩写。如果是这样的话，那么第一个字母（“S”），很可能是指她的名字。她有什么权利把她自己和他以那种形式结合在一起呢？我略微想了想——我尽力地想了想——突然记起尤斯塔斯是有姐妹的。我们结婚之前，他不止一次说到过她们。我已经疯狂到用妒忌我丈夫的姐妹来折磨自己了吗？也许的确是这样："S"可能代表他的姐妹的教名。当我渐渐地接受了这个新的解释时，我由衷地为自己感到惭愧。我这样想他们，是多么严重地冤枉了他们啊！我把画像翻了过来，虽然悲哀但却忏悔似的以一种更加亲切也更加真实的对他们的正确看法重新审视这幅画像。

现在，我自然地在这两张脸上寻找亲人的相像的地方——一点儿也不像。恰恰相反，无论是五官的形状还是表情，他们彼此的长相没有任何相像的地方。她真的是他的姐妹吗？我打量着画像里描绘的她的双手。她的右手被尤斯塔斯紧紧地握着；她的左手放在自己的膝盖上，在第三个手指上——可以清清楚楚地看到——戴着一枚结婚戒指。我丈夫的哪位姐妹出嫁了呢？当他向我提到她们时，我亲口问过他这个问题，我清楚地记得他的回答是否定的。

最初出于本能的妒忌最终把我引向了正确的结论，这可能吗？如果可能，那么这写在一起的三个字母意味着什么？那枚结婚戒指意味着什么？老天哪！我正在看被我丈夫深爱的一个对手的画像，那个对手就是他的妻子吗？

我吓得大叫一声，扔掉了画像。在那个糟糕的时刻，我觉得似乎我的意志崩溃了。我不知道会发生什么，也不知道接下来我该做什么，如果在那些折磨着我的情感里面，我对尤斯塔斯的爱没有占据最高的位置。那份忠诚的爱让我的头脑清醒过来，那份忠诚的爱唤醒了我的更优越、更高贵的感觉。我铭刻在内心深处的那个男人，能够像“他和另外一个女人结婚”这个虚幻的想法所暗示的那样卑鄙和缺德吗？不！我的想法是卑鄙的，我的想法是缺德的，哪怕仅仅是片刻这样想他！

我从地板上捡起那张让人憎恶的画像，把它放回到笔记本里。我匆匆地关上了橱柜门，取来了梯子，把它靠在了书架上。现在，我只有一个想法，那就是利用任何一种工作来逃避我自己的想法。不管我怎么努力地抵制它，我都感觉让我堕落的那个可恶的猜忌又回来了。那些书！那些书！我唯一的希望，就是让自己的身心完全被那些书吸引住。

我刚把一只脚搁在梯子上，就听到房门——通向走廊的那扇门——被打开了。

我回过头，以为能看到少校。我看到的却是少校那个未来的首席女歌唱家。她进来后就站在门边，用她那溜圆的眼睛定定地看着我。

“我能站很长时间，”那姑娘冷冷地开口说道，“但是在这种情况下我不能再站了。”

“你不能再站了是指什么？”我问。

“要是你在这儿只待了一分钟……可你已经在这儿待了两个多小时了。”她接着说道，“只有你自己，待在少校的书房里。我一向爱妒忌，所以我想知道这是什么意思。”她朝我走近了几步，脸色阴沉，有些威胁的味道。“他准备带你出去演出吗？”她尖刻地问道。

“当然不会。”

“他没有爱上你，对吧？”

在其他情况下，我可能会让她离开这间屋子。可是，以我的处境，在那个关键时刻，任何一个人的出现对我来说都是一种积极的解救。即使她的问题很粗鄙，她的举止毫无教养，对孤独的我来说，这个姑娘也是一个受欢迎的入侵者：她给我提供了逃避自己的机会。

“你的问题提得很不客气，”我说，“可是，我原谅了你。你可能不知道我是个结了婚的女人。”

“那又怎么样？”她回敬道，“已婚，还是单身，对少校来说都是一样的。那个自称克拉琳达夫人的厚颜无耻的荡妇结婚了，可她一周给少校送三次花！倒不是我在乎，是你要当心那个老白痴。我已经丢掉了火车站的工作，所以我得维护自己的利益，要是让别的女人进来插在我和少校之间，后果不堪设想。那就是困难所在，你不明白吧！看到他把你留在这里，就像女主人一样随便做你喜欢做的事情，我的心情并不轻松。我无意伤害你的感情！我只是说出自己的想法——我这样做了。我想知道你在干什么，独自一人，在这间屋子里。你是怎么认识少校的？在今天以前我从来没有听他说起过你。"

在这个陌生姑娘自私和粗俗的外表下面，是一种坚定的坦率，这对她的辩解是有利的——至少合我的心意。从我这方面，我也坦率地回答了她的问题。

"菲茨·戴维少校是我丈夫的一个老朋友。"我说，"出于我丈夫的原因，他对我很友善。他允许我在这间屋子里寻找——"

我停住了，不知道该怎样用言语来表述我所做的事情，才能既什么也不告诉她，又成功地彻底消除她对我的不信任。

"在这间屋子里寻找——找什么？"她问。她的目光落在书房的梯子上，我仍然站在梯子旁边。"找一本书？"她追问道。

"是的，"顺着她的提示，我说，"找一本书。"

"你还没找到它吗？"

"没有。"

她严厉地望着我，公然地在那儿想我是不是讲了真话。

"你好像是个好人，"她终于下定了决心，"你一点儿也不高傲。要是可能的话，我会帮助你的。这儿的书我已经反复地翻过了，对它们我比你熟悉得多。你想找什么书？"

她问这个尴尬问题的时候，头一次注意到了克拉琳达夫人送来的花束，少校把它放在了桌子边上。这个古怪的姑娘立刻忘掉了我和我的书，像个泼妇一样猛地扑向那束鲜花，居然用双脚踩烂了它！

“哼!”她怒吼道，“要是克拉琳达夫人在这儿，我会用同样的方式对待她。”

“少校会怎么说?”我问。

“我会担心这个吗?你以为我怕他?就在上周，我打碎了摆在那儿的一件精美的瓷器，全都因为克拉琳达夫人和她的花!”

她指着书架顶上挨着窗户那块空空的地方。顺着她手指的方向看过去时，我的心猛地一跳。她打碎了那只花瓶！找到秘密的方式也许会通过这个姑娘透露给我?我一个字也说不出来，只能望着她。

“是的!”她说，“那东西就摆在那里。他知道我非常恨她的花，于是他把她的花插在那个我够不着的花瓶里。那件瓷器上画着一张女人的脸。他对我说，那是她的脸的生动描绘，克拉琳达夫人跟我一样，都不像她。我情绪非常激动，拿着当时正在读的那本书站起来，冲着那张画上的脸砸了过去。花瓶倒了，哎呀——掉在了地板上。稍停一下！我想知道，那就是你正在寻找的那本书吗?你像我一样，喜欢读《审判》吗?”

《审判》?我听的对吗?是的，她说的是《审判》。

我肯定地点点头作为回答。我仍然讲不出话来。那姑娘以她一贯镇定的方式从容地走到了壁炉边，拿起了煤钳，又回到了书架这边。

“那本书掉到这儿了，”她说，“在书架和墙壁之间。我马上会把它够出来的。”

我浑身僵硬地等着，没有说一句话。

她一只手拿着煤钳，另一只手拿着一本没有任何包装的书，靠近我。

“是那本书吗?”她说，“打开它，看看。”

我从她手里接过书来。

“这本书非常有趣，”她接着说道，“我已经读了两遍了。提醒你，我相信他最终做了那件事。”

做了哪件事？做了什么？她在谈论什么？我想问她这些问题。我徒劳地挣扎着，只说出了这句话："你在谈论什么？"

她似乎对我失去了所有的耐心。我一把从她手中夺过了那本书，把它摊开在桌子上。我们俩并排站在桌边。

"我敢说你像个婴儿一样无助！"她轻蔑地说，"看那儿！是那本书吗？"

我读了扉页上的前几行字：

审判尤斯塔斯·麦卡伦的全记录

我顿住了，抬头看了她一眼。她吓得尖叫一声，惊得向后退去。我又低头看扉页，读下面的几行字：

因被怀疑毒杀他的妻子

好了，上帝的怜悯光顾了我。好了，一阵昏厥的黑色空白吞噬了我。

第十一章 苏 醒

我开始有了知觉。首先想起的，就是有关痛苦的记忆——沉闷的痛苦，好像身体里的每一根神经都被扭曲着拽出了我的身体。因为说不出话来，因为跟出于本能的让我苏醒过来的努力的可怕的对抗，我整个人都在挣扎、颤抖。我愿意付出一切，只要能够大声地喊出来，去乞求我周围的那些看不见的人把我送还给死亡。那种说不出话来的痛苦控制了我多长时间，我不知道。经过一段更长的时间之后，我慢慢地感觉到一种解脱后的昏昏欲睡。我听到了我自己吃力的呼吸声。我感到自己的双手就像婴儿的双手似的无力地机械地挪动着。我虚弱地睁开了眼睛，看了看周围，仿佛经受了死亡的折磨后，唤起了新的感觉，在一个全新的世界里。

我首先看到的是个男人—— 一个陌生人。他静静地移出了我的视线。他消失的时候，招手把另外一个人叫了过来。

那个人缓慢地而且极不情愿地靠近了我躺卧的沙发。出于高兴，我虚弱地叫了一声，努力地伸出无力的双手。靠近我的那个人是我的丈夫！

我热切地望着他。他根本不看我。他的双眼望着地面，脸上流露出奇怪的慌乱和忧虑，然后他也移出了我的视线。我最先看到的那个不认识的人，跟在他的后面走出了房间。我在后面虚弱地喊他的名字："尤斯塔斯！"他没有答应，也没有再回来。我吃力地把头挪到了枕头上面，好看看沙发的另外一边。仿佛在梦里，另外一张熟悉的面孔出现在我的面前。慈善的老朋友本杰明坐在那里望着我，眼睛里含着泪花。

他站起来，用他一贯的简单的慈爱方式，默默地握住了我的手。

"尤斯塔斯在哪儿？"我问，"他为什么走了，抛下了我？"

我还很虚弱。问这个问题的时候，我机械地环视了一下这间屋子。我看到了菲茨·戴维少校。我看到了那张桌子，就是在它的上面唱歌的姑娘打开了那本书给我看的。我看到姑娘孤零零地坐在角落里，用手绢擦着眼睛，她好像在哭。在那个神秘的时刻，我的记忆力恢复了。那张致命的令人震惊的扉页又回到了我的眼前。现在它唤醒了我的一个感觉，就是渴望见到我的丈夫，把我自己投进他的双臂，告诉他我坚信他的清白，我是那么真挚地深爱着他。我用虚弱的颤抖的手抓住了本杰明。"把他给我带回来！"我激动地哭喊道，"他在哪儿？帮我起来！"

回答我的是一个陌生的声音，镇定而亲切：

"让您自己冷静下来，夫人。伍德维尔先生就在隔壁的房间里，他在等着，直到您恢复过来。"

我看着他，认出这个陌生人就是跟着我丈夫走出房间的那个人。为什么他独自回来了？为什么尤斯塔斯不像这里的其他人一样，跟我待在一起？我试着起身，下地。陌生人轻轻地把我按回到了枕头上。我努力反抗他，当然毫无用处。他的手坚定地按着我，像刚才一样温柔。

"你必须休息一会儿，"他说，"你必须喝点儿葡萄酒。如果你现在就让自己行动的话，你会再次虚弱的。”

老本杰明俯下身来，对我耳语道：

“这是医生，亲爱的。你必须照他的吩咐去做。”

医生？他们叫了医生来帮助他们！我开始模模糊糊地明白了我的晕厥表现出的症状一定比通常女人们晕厥时严重得多。我用一种无助而暴躁的方式，哀求医生向我说明我丈夫的与众不同的不在现场。

“你为什么让他离开这间屋子？”我问，“就算我不能去找他，你为什么不让他到这儿来陪我？”

医生显然不知道该怎样回答我的问题。他看了看本杰明，然后才说：“你想和伍德维尔先生说话吗？”

轮到本杰明的时候，他看了看菲茨·戴维少校，然后说：“你想吗？”少校示意他们俩都离开这儿。他们俩一起站起身，走进里屋，拉上了身后的门。就剩下我们的时候，那个以那么离奇的方式向我暴露了我丈夫的秘密、一直待在角落里的姑娘，走近了沙发。

“我想我最好也走，行吗？”她问菲茨·戴维少校。

“要是你愿意的话。”少校回答道。

他说这句话的时候相当冷淡（正如我想到的）。她猛地扭过头去，愤怒地用后背对着他。“我必须替自己说句话！”这个奇怪的姑娘歇斯底里地大喊道，“我必须说句话，否则我就要爆炸了！”

说完了这个奇怪的开场白，她突然转向了我，冲着我如湍急的流水般一通发泄。

“你听到少校是怎么跟我讲话的了吧！”她说，“他责怪我……我多可怜啊……因为发生的这一切。我跟刚出生的婴儿一样清白。我的行为是出于好意的。我想你需要那本书。我直到现在都不明白，当我打开那本书的时候，是什么让你虚弱得昏死过去的。可是少校却责备我！好像是我的错！我本不属于那类软弱的人，但是我可以告诉你，我感到软弱了。是的！虽然我不是因为它而软弱，但我的确感觉到了。我出身于有名望的家庭——我可以肯定。我叫霍伊蒂——霍伊蒂小姐。我有属于我的自尊，它被伤害了。我是说，当我发现自己并没有责任却被人责怪的时候，我的自尊受到了伤害。即使应该有人承担责任，那也应该是你。不是你对我说你在找一本书吗？不是我出于好意，偶然地把它拿给你的吗？现在医生已经让你又苏醒过来了，我认为你应该自己这样说。我认为你应该为一个用歌声和身体语言拼命工作的可怜的姑娘大声讲话——她是一个没有别的人可以为她讲话的可怜的姑娘。要是你这样做了，我会跟你一样受人尊重。我叫霍伊蒂。我的父母亲是做生意的，我的妈妈很阔气，他们是最佳伴侣。”

霍伊蒂小姐就站在那儿。说到这里时，她用手绢捂住了脸，大哭起来。

让她为发生的这一切承担责任当然不公平。我尽可能和善地回答她的问题，我也试着向菲茨·戴维少校说明情况，为她辩解。他知道那一刻我正承受着多么可怕的焦虑，于是出于体谅地拒绝听哪怕一句话。他把安慰年轻的首席歌唱家的任务完全承担了起来。他对她说了什么，我没有心思去听。他冲着她耳语了几句，然后吻了她的手，领她出了房间（仿佛领着一位公爵夫人），以此结束了他对霍伊蒂小姐的抚慰。

“我希望那个愚蠢的姑娘没有惹您生气，在这样的时候！”当他重新回到沙发边时，真诚地说，“对于发生的事情，我说不出有多么悲痛。您应该记得，我曾经小心地警告过您。尽管这样，要是我能事先想到——”

我没有让他再说下去。没有人的预见能够阻止这样的事情发生。另外，像这样可怕的发现，我宁肯发现了它，并且像我现在这样承受它带来的痛苦，也不愿被蒙在鼓里。我把这些想法告诉了他。然后我把话题转向我现在最感兴趣的问题——有关我那不幸的丈夫的话题。

“他是怎么来到这幢房子里的？”我问。

“我回来后不久，他就和本杰明先生来了。”少校回答说。

“我生病之后很久吗？”

“不。我刚刚打发人去请医生——感觉您受到了严重的惊吓。”

“是什么把他带到这儿来的？难道是他回到旅馆后，开始想念我了吗？”

“是的。他回来得比预想的早点儿，在旅馆里没有找到你，让他心神不安。”

“他怀疑我和你在一起吗？他是从旅馆到这儿的吗？”

“不是。看来他先去找了本杰明先生，向他打听您。他从您的老朋友那里听到了什么，我不知道。我只知道他来这儿时，本杰明先生陪着他。”

这个简短的说明对我已经足够了——我明白发生了什么事情。尤斯塔斯用我不在旅馆里的事实轻易地就吓坏了头脑简单的本杰明。而且，一旦惊慌失措，本杰明就会被轻易地说服，把我们俩说过的关于菲茨·戴维少校的那几句话重复一遍。我丈夫出现在少校的家里就是最好的解释。可是恰好在我刚刚苏醒过来的时候，他却离开了这间屋子，这种反常的做法仍然需要解释。当我问菲茨·戴维少校这个问题时，他看上去相当尴尬。

“我几乎不知道该怎样跟您解释，”他说，“尤斯塔斯既让我震惊，又让我失望。”

他说这话时表情非常凝重。他的表情告诉我的比他说的话告诉我的更多，他的表情提醒了我。

“尤斯塔斯没跟您吵架吧？”我问。

“噢，没有！”

“他知道您并没有违背您对他的承诺吗？”

“当然。我的年轻的歌唱家霍伊蒂小姐把发生的一切完全告诉了医生。医生当着她的面向您丈夫重复了她的陈述。”

“医生看到那本《审判》了？”

“医生和本杰明先生都没有看到那本《审判》。我已经把它锁起来了，我还小心翼翼地把这个可怕的故事当作秘密保守了起来，不让他们知道您和那个犯罪者的关系。本杰明先生显然有些怀疑。可是对您晕厥的真正原因，医生没什么想法，霍伊蒂小姐也没有想法。他们俩都相信您是严重的神经疾病在发作，还有您丈夫的名字确实是伍德维尔。最忠实的朋友能够做的全部事情就是不要伤害尤斯塔斯，我这样做了。不过，他一直责备我让您进了我的房子。更糟的是，远比这个更糟的是，他坚称今天发生的这件事已经致命地让您疏离了他。'我们的婚姻生活走到头了，'他对我说，'现在她知道我就是那个由于毒死了我的妻子而在爱丁堡接受审判的人！'"

我惊恐地从沙发里站了起来。

"天哪！"我哭叫道，"难道尤斯塔斯认为我会怀疑他的清白吗？"

"他认为，不管是让您还是其他的任何人相信他的清白，都是不可能的。"少校回答道。

"扶我到门那儿去！"我说，"他在哪儿？我一定要见到他！"

说完这几句话，我就筋疲力尽地跌坐回了沙发里。菲茨·戴维少校从桌子上的瓶子里倒了一杯葡萄酒，坚持让我喝了它。

"您会见到他的，"少校说，"我答应您。在您见到他之前，医生不许他离开这幢房子。只要等一会儿！可怜的、亲爱的夫人，再等等，等到您更强壮起来，也许就需要几分钟时间！"

除了听他的话，我没有别的选择。唉，坐在沙发里的可怜又无助的片刻！我没有办法把这种状况描写出来，因为只要回想起来就会令人颤抖，即使过了那么长的时间。

"把他带到这儿来！"我说，"求您了，求您了，把他带到这儿来！"

"谁会去劝他回来呢？"少校悲哀地说，"我说过，他几乎是个疯子！在您第一次睁开眼睛看到他的那一刻，他怎么能离开您呢？面对这样一个人，我怎么能，其他人又怎么能成功呢？医生照看您的时候，我看到尤斯塔斯独自一个人待在隔壁的房间里。他不相信您对他的清白的信任，也不相信我对他的清白的信任，我试着通过一个老朋友对他的每一次争论和每一次恳求使他动摇。他却只给了我一个回答。不管我怎样解释，怎样恳求，他都固执地向我提起苏格兰裁决。”

“苏格兰裁决?”我重复道，“那是什么?”

少校听了这个问题，显得非常惊讶。

“您真的从来没有听说过那本《审判》?”他说。

“从来没有。”

“我认为这很奇怪，”他接着说，“当您告诉我您发现了您丈夫的真名字时，显然这个发现没有在您心里产生任何痛苦的联想。就在三年前，全英格兰的人都在谈论您的丈夫。几乎没有人会对他用假名字避难的行为感到惊讶，可怜的家伙！那时您在哪儿?”

“您是说三年前?”我问。

“是的。”

我明白了为什么对这件几乎没有人不知道的事情，我却奇怪地一无所知。三年前，我父亲还活着。我和他住在意大利乡下的一幢房子里——房子在山上，靠近锡耶纳①。在很长一段时间里，我们既看不到一张英文报纸，也碰不上一个英国游客。在那些从英格兰寄给我父亲的信里面一定会提到那个著名的苏格兰审判，但是他从来没对我讲过。也许，他确实提到了那个案子，可是过了这么长时间，我已经忘记了。“告诉我，”我对少校说，“那个裁决是什么，使得我的丈夫对我们充满了可怕的怀疑？尤斯塔斯是个自由的人，裁决结果当然是无罪，对吗?”

菲茨·戴维少校悲哀地摇了摇头。

“尤斯塔斯是在苏格兰接受审判的，”他说，“有一项判决是苏格兰法律承认，却不被地球上的任何其他文明国家的法律认可的。在苏格兰，当嫌犯被带到陪审团面前，他们拿不准该判刑还是宣告无罪的时候，可以采取一种折中的形式来表达这种‘拿不准’。一

① 意大利中部城市。——译者注

方面，如果有足够的证据，那么他们裁决一个嫌犯有罪是有道理的；另一方面，如果没有足够的证据让他们彻底地相信一个嫌犯是清白的，那么他们就会以证据不足的裁决把自己从困难中解脱出来。”

“那就是尤斯塔斯受审的结果吗?”我问。

“是的。”

“我丈夫有罪，陪审团不是很满意；我丈夫无罪，陪审团也不是很满意——那就是苏格兰裁决的意思吗?”

“那就是苏格兰裁决的意思。三年了，陪审团成员们对他的怀疑一直写在公开的记录上。”

噢，我可怜的爱人！我清白的受难者！我终于理解了这一点。他娶我时用的假名字、他警告我要尊重他的秘密时说的那些可怕的话——出于同情心，我全都可以理解。现在，我全都弄明白了。苏格兰裁决突然让我作出了一个大胆的决定，这决定让我强壮起来，我又从沙发里站了起来。首先，它太神圣，我太不顾一切，以至于我不能对其他的任何人讲，除了我丈夫。

“带我去见尤斯塔斯，”我说，“我现在已经强壮得足以承受任何事情了。”

少校探究性地看了我一眼之后，默默地把他的一只胳膊伸给了我。我们俩一起离开了这间屋子。

第十二章　苏格兰裁决

我们沿着走廊一直走到了尽头。菲茨·戴维少校拉开了一扇门。那是一间细长条的屋子，建在这幢房子的后院里，被用作吸烟室，沿着院子的一侧一直延伸到了马厩的墙边。

我丈夫一个人待在里面。他坐在屋子的尽里头，靠近壁炉的地方。看到我进来，他站了起来，面对着我，默不作声。少校蹑手蹑脚地替我们带上了门，退出了屋子。尤斯塔斯甚至没有往前移动一步来迎接我。我奔向他，用双臂搂住了他的脖子，吻他。拥抱没有回应，吻也没有回应。他被动地任由我摆布——仅此而已。

"尤斯塔斯，"我说，"我从来没有像此时此刻这样爱你！我对你的同情从来没有像现在这么强烈。"

他不慌不忙地挣脱了我的双臂。他像个陌生人一样，呆板而谦逊地示意我找把椅子坐下。

"谢谢你，瓦莱里亚，"他用经过控制的冷静的口气回答道，"发生了这些事情之后，你没有必要对我解释什么，也没有必要再说什么。谢谢你。”

我们俩一直站在壁炉前面。然后他离开了我—— 一个人低着头慢慢地走开了。显然，他打算离开这间屋子。我跟着他，抢到了他的前面，让自己站在他和门的中间。

“你为什么要离开我?”我说，“你为什么用这么冷酷的方式跟我讲话?你生气了吗，尤斯塔斯?我最亲爱的，你确实生气了，我求你原谅我。”

“应当是我请求你的原谅，”他回答道，“瓦莱里亚，我乞求你原谅我使你成为我的妻子。”

他说这些话时声音里是一种没有希望的、心碎的谦卑，他恐惧得不敢看我。我把一只手放在他的胸口，说：“尤斯塔斯，看着我。”

他缓缓地抬起了头，看着我的脸，两只眼睛冷漠、空洞，眼里没有眼泪。他用平静、顺从却又无法改变的绝望的目光望着我。陷在那一刻的彻底的悲惨里面时，我是喜欢他的。我和我的丈夫一样平静、冷漠。他让我沮丧、心寒。

“可能吗?”我说，“你怀疑我对你的清白的信任吗?”

他没有回答我的问题，自顾自地痛苦地叹了口气。“可怜的女人，”就像一个同情我的陌生人那样，他说，“可怜的女人!”

我的心膨胀得仿佛要炸开了。为了支持自己，我把手从他的胸口拿开，放到了他的肩上。

“我没有请求你可怜我，尤斯塔斯，我请求你公正地对待我。你没有公正地对待我。在我们刚刚认识、彼此相爱的日子里，就算你信任我，把事实真相告诉了我，甚至把所有的事情都告诉了我，比我现在知道的全部还要多，上帝可以作证，我还是会嫁给你的!我相信你是个清白的人，现在你对此还会怀疑吗?”

“我不怀疑这个，”他说，“你所有的冲动都是高尚的。你正在高尚地讲话，还有高尚地同情我。就算我比你看得更远，你也别怪我，我可怜的孩子。就算我看出了将要发生的事情——的确要发生的——在残酷的未来。”

“残酷的未来?”我重复道,“你这是什么意思?”

“你坚信我是清白的,瓦莱里亚。陪审团怀疑这一点,而且把那种怀疑留在了记录上面。面对裁决,你有什么理由相信我是个清白的人?”

“我不需要理由!我相信,不管裁决是什么。”

“你的朋友们会同意你的做法吗?当你的姨夫和姨妈知道了发生的事情——早早晚晚,他们肯定会知道的——他们会怎么说?他们会说:‘他一开始就很恶劣;他向我们的外甥女隐瞒了他曾经被当成嫌犯进行审判;他用一个假名字娶了我们的外甥女。他也许会说,他是清白的,可那只是他自己的说法。当他被带上审判席时,判决是证据不足。证据不足对我们是无效的。如果陪审团没有公正地对待他,如果他是清白的,那么必须让他证明这一点。’这就是全世界对我的看法和议论。这也将成为你的朋友们对我的看法和议论。那个时候就要到了,瓦莱里亚。那时你,就连你,也会觉得你的朋友们有理由站在他们的立场上提出请求,而那些请求,站在你的立场上是没有理由提出的。”

“那个时候永远不会到来!”我激动地回答道,“你这样想,是冤枉了我,也侮辱了我!”

他把我的手从他身上拿了下来,退后了一步,脸上带着一丝痛苦的微笑。

“我们结婚才几天,瓦莱里亚。你对我的爱是新鲜的、年轻的。时间,它能让一切消逝,也能让那份爱的最初的热情消逝。”

“绝对不会!绝对不会!”

他又向后退了一步,离我更远了。

“看看你周围的世界,”他说,“最幸福的妻子跟丈夫偶尔也会有误解和争吵;最灿烂的婚姻生活也会有短暂的阴霾。当我们遇到那样的日子时,你现在感觉不到的种种疑虑和担心,到那个时候就会一齐找上你。当乌云遮蔽了我们的婚姻生活——在我第一次讲了刺耳的话的时候，在你第一次生气地反击了我的时候——你待在自己的屋子里，在孤独中无法入睡。在深夜的寂静里，你就会想起我的第一任妻子悲惨的死亡。你就会想起我对整个事情负有责任，而且我的清白从来没有被证实过。你心里就会想：‘事情是从她活着的时候，他说了一句刺耳的话，她生气了，回了他一嘴开始的吗？像陪审团里的部分人担心的那样，她因此而结束了生命。有一天我也会因此而结束生命吗？’一个妻子就会问自己这些骇人听闻的问题！你就会因为这些问题而窒息，像个被吓坏了的善良的女人。你就会因为这些问题而缩手缩脚。然后，第二天早晨我们碰面的时候，你就会警惕起来。我看得出这一点，在内心深处我也知道这意味着什么。这加重了我的痛苦，下一次说出来的狠话可能会更难听。紧接着你对我的看法就会让你非常生动、非常清晰地想起，你丈夫曾经被当作投毒犯进行审判，他的第一任妻子的死亡疑点从来没有彻底搞清楚。在这里，构筑家庭地狱的原材料正在为我们搅拌，你看到了吗？当我发现你在查找事实真相时，我警告你，我严肃地警告你，别去碰它，我这么做什么也不为吗？现在，你病了，我能一直守在你的床边，能不让你想起我原先娶的那个女人活着的时候，发生在另外一个病床边的，我做的最清白的事情吗？要是我帮你倒药，我做了一个可疑的动作——你会想起他们说的，我在她的药里下毒，毒死了她。要是我给你端一杯茶来，就会让记忆中一个可怕的怀疑苏醒——你会想起他们说的，我把砒霜放在了她的茶杯里。要是我离开房间时吻了你一下——你会想起他们指责我吻她是为了保全面子并在护士面前制造假象。像这样的关系，我们还能一起生活吗？没有人能忍受这样的痛苦。就在今天，我对你说过：‘在这种情况下，如果你再往前走一步，你余生的幸福就结束了。’你走了那一步——我和你的幸福都结束了。杀死了爱情的怀疑也扼杀了我和你的今生今世！”

我始终在强迫自己听下去。最后这几句话，让他正在我面前描绘的未来图景变得可怕得让人无法忍受。我拒绝再听他说下去。

“你正在说的太可怕了!”我说，“以你我的年纪，难道我们不应该充满爱、充满希望吗?你这样说是对爱和希望的亵渎!”

“等你读了审判记录，就明白了。”他回答道，“我认为，你想读它，对吗?”

“逐字逐句地读，以达到我的目的，尤斯塔斯。”

“不管你的目的是什么，瓦莱里亚，也不管你的爱和希望有多大，都不能改变残酷的事实。我的第一任妻子死于中毒，陪审团的裁决并没有把我彻底从导致她死亡的罪行中解脱出来。当你不知道它的时候，幸福的可能性总还是存在的。现在你知道了它，我再说一遍——我们的婚姻生活结束了。”

“不，”我说，“现在我知道了它，而我们的婚姻生活刚刚开始，以一个新的理由——对你妻子的爱——开始!”

“你这是什么意思?”

我又走近了他，握住了他的手。

“你告诉我，全世界对你的议论是什么?”我问，“你告诉我，我的朋友们将如何议论你?‘证据不足对我们是无效的。如果陪审团没有公正地对待他，如果他是清白的，那么让他证明这一点。’这些话是你让我的朋友们说出来的。我把它们当成了我的说法!我说，证据不足对我是无效的。尤斯塔斯，为了一个无罪的裁决，证明你的正确……为什么你什么也不做，就让三年时间白白地过去了?我可以猜猜为什么吗?你在等你的妻子帮助你。她就在这儿，亲爱的，全心全意地做好了帮助你的准备。她就在这儿，带着生命中的一个新的目标——让全世界看到，让苏格兰陪审团看到，她的丈夫是个清清白白的人!”

我的精神振奋起来，我的心跳充满了活力，我的声音在房间里回响。我激起他的兴奋了吗?他的回答是什么呢?

“读读《审判》!”这就是他的回答。

我抓住了他的胳膊。在愤怒和绝望中，我使出全身的力气晃动他。上帝宽恕我吧，我差不多要殴打他了，因为他说话的腔调，还有他看我的眼神！

“我告诉过你，我想读《审判》。”我说，“我想和你一起，一行一行地读它。一些辩解不清的误会已经造成了。有利于你的、应该被发现的证据，还没有被发现。令人怀疑的情况还没有被调查。狡猾的人还没有被监视。尤斯塔斯！我确信你和帮助你的人们有了某些可怕的疏漏，我深信不疑。当我在隔壁房间里第一次听到那个可恨的裁决时，我就想到要纠正它，这是我想到的第一个解决办法。我们要纠正它！我们必须纠正它，为了你，为了我，也为了我们的孩子，要是我们幸福地有了孩子的话。噢，我最亲爱的，别用那么冷酷的眼神看着我！别用那么生硬的口气回答我！别这样对待我，似乎我正在无知地、疯狂地说着永远不可能发生的事情！”

然而，我没有能够唤起他的兴奋。出于同情，他下面说出来的话更冷淡——仅此而已。

“我的辩护是由本地最出色的律师做的。”他说，“在这样的人们尽了他们最大的努力却仍然失败了之后——我可怜的瓦莱里亚，你能做什么，我又能做什么？我们只能屈从。”

“绝不！”我喊道，“最出色的律师也是普通人，再伟大的人以前也有可能犯过错误。你不能否认这一点。”

“读读《审判》。”第三次，他说出了这几个残酷的字眼，便不再说话了。

在由于感动不了他而产生的彻底的绝望情绪中，我敏锐地、悲苦地感受着他的冷漠和高傲（如果我必须承认的话），当我怀着献身和热爱的真挚激情对他说出所有的话时。我想起了菲茨·戴维少校这个最后的依靠。那一刻，我心乱如麻。少校已经试着劝说他并且失败了，可没有影响到我。面对现实，我对他的老朋友的影响力充满了盲目的信任，哪怕我仅仅能够成功地让他支持我的看法。

“没人能说服您了吗？”我说。他把脸扭到了一边，没有回答我的问题。“至少你能等我一下，”我接着说道，“除了我的看法，我想让你听听另外一种意见。”

我离开了他，返回了书房。菲茨·戴维少校不在那儿。我敲了敲跟外屋连通的那扇门。立刻，少校亲自开了门。医生已经走了。本杰明还待在屋里。

“您愿意跟我来对尤斯塔斯说几句话吗？”我说，“哪怕您只说我想让您说的话——”

还没来得及说下面的话，我就听到这幢房子的大门被打开又被关上了。菲茨·戴维少校和本杰明也听到了。他们彼此默默地对视着。

少校刚想阻止我，我已经往回跑了，跑回那间我看到尤斯塔斯的屋子。屋里没有人。我的丈夫已经离开了这幢房子。

第十三章　男人的决定

一开始我冲动地决定不顾一切地追赶尤斯塔斯——在众目睽睽之下，穿过大街小巷。

本杰明和少校都反对我这个轻率的决定。他们请求我自尊自重，可对我的情绪没有产生丝毫的影响（直到现在我都记得这一点）。然后他们不停地恳求我耐心些，为了我的丈夫。为了表示对尤斯塔斯的宽容，他们乞求我等上半个小时。要是到那个时候他还没有回来，他们答应亲自陪我到旅馆里去找他。

为了表示对尤斯塔斯的宽容，我答应等一等。在那个我生命的关键时刻保持被动虽不得已，但却是必要的。在那种情况下忍受的痛苦，我无法用语言描述。不如继续我的叙述，这样会更好一些。

是本杰明率先问的我，在我和我丈夫之间发生了什么事情。

“你可以直言，亲爱的，”他说，“我知道你在菲茨·戴维少校家的这段时间里发生了什么。没有人告诉我这些，是我自己发现的。不知道你记不记得，在我的小别墅里你第一次向我提到‘麦卡伦'这个名字时，我突然一惊。当时，我也猜不出为什么。现在，我知道为什么了。"

听了这话，我把我对尤斯塔斯说了什么话和他听了我的话之后的反应都毫无保留地告诉了他们。让我彻底失望的是，他们俩都站在了我丈夫那一边——把我对他处境的看法纯粹当作是空想。他们也这样说，就像他曾经说过的："你没有读过《审判》。"

我实实在在地被他们激怒了。"事实对我来说足够了，"我说，"我们知道他是清白的。为什么他的清白没有办法被证实呢？它应该被证实，它必须被证实，它也终将被证实！要是《审判》告诉我它不能被证实，那我拒绝相信《审判》。少校，那本书在哪儿？让我亲眼看看，是不是他的律师们没有给他的妻子留下任何可以做的事情。他们像我爱他一样爱他吗？给我那本书！"

菲茨·戴维少校看着本杰明。

"要是我把书给她，只会给她增加打击和忧虑。"他说，"你不同意我说的吗？"

本杰明还没来得及回答，我便插话了。

"要是您拒绝了我的要求，"我说，"少校，您将逼着我跑到最近的书商那里，买一本《审判》。我决定读它了。"

这一次，本杰明站在了我这一边。

"没有什么能让情况比现在更糟了，先生。"他说，"要是允许我给些建议的话，让她按照她自己的想法去做吧。"

少校站起来，从意大利橱柜里拿出了那本书——为了安全地保管，他把它藏在了那里。

"我年轻的朋友告诉我，她已经对您讲了几天前她遗憾地发脾气的事情。"他一边把书递给我，一边说，"当时我没有意识到，她在忘乎所以地毁坏了花瓶的时候，手里拿的是什么书。当我把您留在书房里时，我认为《审判》还放在它原来的地方——书架的上层。而且我承认我有些好奇，想知道您是不是能想到检查那个书架。那个破碎的花瓶——现在没有必要对您隐瞒了——是您丈夫和他的第一任妻子送给我的一对花瓶中的一只，就在那个可怜的女人可怕的死亡之前一个星期。当我发现您盯着那些碎片时，我的第一感觉是您已经站在发现的边缘了。于是我以为是我向您泄露了一直困扰着我的类似的事情。您好像注意到了。”

“我的确注意到了，少校。而且我也有个隐隐约约的想法，就是我正在接近真相。可以看看您的表吗？我们等了半个小时了吗？”

我的急躁误导了我。半个小时的折磨还没有结束。

沉重的一分钟又一分钟，缓慢，更加缓慢——仍然没有任何我丈夫回来的迹象。我们试着继续我们的谈话，但是失败了。什么也听不到，只有大街上常有的声音打破了这可怕的沉默。等待让人越来越不耐烦。在我试着想打破这种沉默的同时，一种不祥的预感越来越重地压在了我的心上。我颤抖着问我自己，是否我们的婚姻生活已经结束了？是否尤斯塔斯已经真的离开我了？

少校注意到——感觉迟钝的本杰明还没有发现——在焦虑和彻底的压抑下，我的忍耐性越来越差了。

“走吧！”他说，“咱们去旅馆。”

这时距离半个小时还有差不多五分钟的时间。为了他留给我的这最后的五分钟，我感激地看了少校一眼。我对他什么也没说，也没有对本杰明说什么。在沉默中，我们三个人上了一辆出租马车，往旅馆赶去。

在门厅里碰上了老板娘。从她那儿没看出什么来，也没有听说任何有关尤斯塔斯的事情，只听说楼上有封信，放在起居室的桌子上。信是几分钟前一个邮差刚送到旅馆的。

我提心吊胆、气喘吁吁地跑上了楼，两位先生跟在我的后面。信封的地址栏里是我丈夫的笔迹。看到那几行字时，我的心一沉。他给我写信只能出于一个理由，那个封着口的信封里装的是他辞别的话。我恍恍惚惚地坐在那里，信就在膝盖上，我却打不开它。

好心的本杰明试图安慰并鼓励我，可对女人颇富经验的少校却警告老人注意保持安静。

“等一下！”我听到他小声地说，“现在跟她讲话没有好处，给她点儿时间。”

少校的话突然刺激了我，我立刻把信递给了他。要是尤斯塔斯真的离开了我，那么片刻的时间也很重要。给了我时间，可能会失掉找回他的机会。

“您是他的老朋友，”我说，“少校，打开他的信，给我念一下。”

菲茨·戴维少校打开信，亲自读起来。读完之后，他不屑地把信扔在了桌子上。

“他这么做只有一个原因，”他说，“这个人疯了。”

那些文字告诉了我一切。我知道了更糟糕的结果。当然，既然知道了结果，我就能够读信了。信是这样写的：

我挚爱的瓦莱里亚：

当你读这封信时，你是在读我写给你的告别词。我回到了孤独的没有朋友的生活中——认识你之前的我的生活。

亲爱的，你经历了残忍的对待。你被诱骗嫁给了一个曾因毒害他的第一任妻子而被公开起诉的人——他没有能够体面地完全澄清这个指控。你知道这一点！

当我欺骗了你，还以这样的身份面对你时，你还能够和我彼此信任、彼此尊敬地继续生活吗？在你不知道事实真相时，和我一起幸福地生活是可能的。现在你知道了一切，就不可能了。

没错！我能给你的唯一的补偿就是——离开你。立刻并且永远地离开我的不光彩的生活，这是你未来能够幸福的一个机会。我爱你，瓦莱里亚，真心地，一心一意地，满怀激情地爱着你。但是被毒死的女人的鬼魂出现了，横在我们中间。即使人们认为我伤害了我的第一任妻子，我也是清白的。我的清白还没有被证实。在这个世界上，我的清白永远也不会被证实了。你年轻、可爱、高贵、有前途，瓦莱里亚，用你罕见的魅力和快乐的天分，祝福其他人吧！祝福对我不起作用了。被毒死的女人站在我们中间。如果你现在和我生活在一起，你会像我一样看到她。你永远也不应该忍受那样的折磨。我爱你。我离开了你。

你认为我倔强又残忍吗？稍微等等，时间会改变你的想法。当日子年复一年地过去，你会在心里想："虽然他欺骗我很卑鄙，但他还不失高尚。他自愿释放了我，还算个男人。"

是的，瓦莱里亚，我要充分地、完全地释放你。如果可以解除我们的婚姻，那就解除吧。通过一切你可能被建议采用的方式恢复你的自由吧。我预先向你保证，我完全而且绝对地服从你。关于这个问题，我的法律顾问们会给出必要的说明。你的姨夫只要跟他们对话就行了，我想对于我这样公平地对待你的决定，他会满意的。现在我关心的事情只有一件，那就是你在以后的日子里的安宁和幸福。在你和我的婚姻中，再也不会找到你的安宁和幸福了。

我能写的就这些。这封信会在旅馆里等你。试图追赶我是没有用的。我知道我的软弱，我的心里全是你。如果让我再见到你，我恐怕会向你让步的。

把这封信给你的姨夫看看，也给能够给你有价值的建议的朋友们看看。我只能签下我的那个不光彩的名字。每一个人都会理解并且为我这样做的动机而鼓掌的。这个名字证明了——充分地证明了——这封信的正确。原谅我，并且忘掉我。再见！

尤斯塔斯·麦卡伦

在这些话语中，他离开了我。那时我们结婚——六天。

第十四章 女人的回信

在此之前，我是完全开诚布公地写我自己的。而且，我想我可以公正地补充一点，那就是我还有些勇气。可当我回头再看我丈夫的辞别信，并且努力回忆它在我内心深处搅起的激烈的抗争风暴的时候，我丧失了坦率，也丧失了勇气。不！关于我自己我不能说实话，关于我自己我不敢说实话，在那个可怕的时刻。男人们！根据你们对女人的观察，想象一下我的感受。女人们！审视你们的内心，靠你们自己的力量，来理解我的感受。

当我的心又平静下来时，我做了一件更容易的事情。我给我的丈夫回了封信。我会把回信在下面写出来的。在某种程度上，它会让你看到，他的逃离对我的心灵产生了多么大的影响（持久的那一种）。它还将展现出，我在后面的章节中肯定会描述的在新的陌生的生活里，支撑着我的动力和鼓舞着我的希望。

在父亲般的老朋友本杰明的关照下，我搬离了旅馆。他在他的小别墅里专门为我准备了一间卧室。在那儿，我度过了同我的丈夫分开之后的第一个夜晚。临近清晨时分，我疲倦的大脑才休息了一会儿——我睡着了。

早餐时间，菲茨·戴维少校来访，询问我的情况。前一天，他已经好心地主动替我去和我丈夫的律师们谈过了。他们表示他们知道尤斯塔斯去了哪里，但是他们同时声明，他绝对不允许他们把他的地址告诉任何人。他们的“说明”中同他们的当事人的妻子相关的其他方面，是“过分地慷慨”（他们乐于这样表述）。只要我写信给他们，他们就会通过邮局把它提供给我。

这就是少校带来的消息。带着让他显得与众不同的圆滑，凡是跟我的健康状况无关的问题，他都避免提到。那天，我回答了这些问题之后，他才从我这里离开。然后，他和本杰明在别墅的小花园里长谈了一次。

我退回到我的房间里，给斯塔克韦瑟姨夫写信。我把发生的一切都原原本本地告诉了他，还把我丈夫的信抄写了一份给他。做完这件事情，我到外面走了走，一边呼吸新鲜空气，一边想心事。很快我就感觉累了，于是回到我的房间里休息。慈爱的老本杰明给了我彻底的自由。只要我高兴，我就可以一个人待着。将近下午的时候，我又开始感觉到有一点点像过去的我自己了。我的意思是，我能够想起尤斯塔斯却没有痛哭流涕，也能够和本杰明讲话却没有让这位亲爱的老人感到难过和担心。

那天晚上，我多睡了一小会儿。第二天早晨，我有了充沛的精力来面对当时我认为自己应该承担的首要的也是最重要的义务——给我丈夫回信的义务。

我是这样写给他的：

尤斯塔斯，我仍然很虚弱、疲倦，不能给你写得太长。但是我心里很清楚，对你和你的信我都有自己的看法。而且现在你离开了我，我知道我该做什么。处在我这种情况下的某些女人，可能会认为你已经丧失了赢得她们的信任的全部权利。我不那样想，所以我写信告诉你我心里是怎么想的，用我能够使用的最直白、最简洁的文字。

你说你爱我——然后你离开了我。我不能理解爱着一个女人，然后离开了她。对我来说，不管你对我说了、对我写了多么无情的话，也不管你离开我的方式多么残忍，我爱你，而且我不会放弃你。不！只要我活着，我就是你的妻子。

这让你吃惊吗？它让我吃惊。如果另外一个女人以这样的方式写信给一个像你对待我这样对待她的男人，那么该如何解释她的行为？我相当困惑。如何解释我自己的行为，我也相当困惑。我应该恨你，可是我不能不爱你。我为自己感到羞愧，但是事实就是这样。

你不必担心我会想尽办法找到你，也不必担心我会努力说服你回到我身边。我还没有愚蠢到去做那种事情。你现在的心态并不适合回到我的身边。你整个人都不正常了，浑身上下，从头到脚。等你恢复正常的时候，我非常自负地认为你会主动回到我的身边。那么我会意志薄弱地原谅你吗？是的，我当然会意志薄弱地原谅你的。

但是你怎样才能恢复正常呢？

不分白天黑夜，我苦苦地思考着这个问题。我的结论是，你将再也不会恢复正常了，除非有我帮助你。

我会怎样帮助你呢？

这个问题很容易回答。法律不能帮你做成的事情，你的妻子一定能帮你做成。还记得在菲茨·戴维少校家后院的小屋里我们俩在一起时我说过的话吗？我对你说，当我得知苏格兰陪审团所做的事情后，首先想到的就是，纠正他们的可耻的裁决。太好了！你的信让我心里的这个信念更加坚定了。我能够把你夺回来，让你扮演一位悔过的、钟情的丈夫的唯一机会，就是把那个阴险的、证据不足的苏格兰裁决改变成公正的、无罪的英格兰裁决。

你对一个无知的女人在信中显露出的对法律的熟知感到惊讶吗？我一直在学习，亲爱的，法律和淑女已经开始相互了解了。坦白地说，我已经查阅了奥格尔维的《皇家词典》。奥格尔维告诉我："一个证据不足的裁决只能说明，陪审团认为，证明嫌犯有罪的证据不充分。一个无罪的裁决表示陪审团认为嫌犯是清白的。"尤斯塔斯！这应当是全世界，特别是苏格兰陪审团对你的案子的普遍看法。我要努力实现这个目标，如果上帝宽恕我！

我更想知道的是，在我需要帮助的时候，谁能帮助我。我曾经一度希望我们能够联手，一起来做这项有益的工作。希望破灭了。我不会再指望你，也不会求你来帮助我。一个和你想法一样的男人，对他人没有任何帮助——他的悲惨境遇让他看不到希望。就这样吧！我会期待两个人一起工作。所以我应该找一个人来帮我——别担心，我找到了他。

关于我的计划，没什么可说的——我还没有看那本《审判》。我知道你是清白的，这对我来说就足够了。如果一个人是清白的，就一定有一条证明清白的途径。必须做的一件事情就是找到这条途径。不管有没有帮助，迟早我会找到它的。没错！在我了解案子的个别细节前，我肯定地告诉你——我能找到它！

你也许会嘲笑我的盲目自信，你也许会为此哀叹。我没有假装地想知道我是被嘲笑的对象还是被同情的对象。只有一件事情我是确定的：我想把你夺回来。一个在全世界面前证明了清白的男人，他的人品和名字没有一点儿瑕疵——感谢他的妻子。

有时间给我回信，尤斯塔斯。经历过这件令人难以接受的事情之后，相信我。

深爱你的瓦莱里亚

这就是我的回信！糟糕得像篇拼凑稿（希望现在我能写一封更好的信）。如果我可以这样认为的话，那么它只有一个优点——它是我的真实想法和感受的诚实表述。

我把它念给本杰明听。他惊慌得不知所措，习惯地举起了双手。“它似乎是所有的信件中最鲁莽的一封，”亲爱的老人说，“瓦莱里亚，我从来没有听说过一个女人做你打算做的事情。上帝啊，帮帮我们！我无法了解新的一代。我多么希望你的姨夫斯塔克韦瑟在这儿，我想知道他会说什么。噢，天哪，这样一封妻子写给丈夫的信！你真的想要寄给他吗?”

更让我的老朋友惊讶的是，我居然不通过邮局邮寄。我希望去看看我丈夫留下的说明。于是我带着信亲自去见了他的法律顾问们。

事务所由两个合伙人组成。他们俩同时接待了我。一位瘦弱，带着酸酸的微笑。另一位肥壮，长着一对暴戾的眉毛。他们两个我都非常不喜欢。显然，他们也非常不信任我。我们的谈话从争执开始。他们让我看了我丈夫的说明。在其他事项中约定，只要他活着，他个人收入的一半用于供养他的妻子。我断然拒绝碰他的钱，哪怕是一法新①。

两位律师自然因我的这个决定而震惊了。在他们的整个律师从业经历中，这类事情还从来没有发生过。他们同我争论，想说服我。长着一对暴戾的眉毛的律师想知道我的理由是什么。那位带着酸笑的合伙人讽刺地提醒他的同事我是个淑女，因此没有理由可讲。我只回答说：“请转交这封信，先生们。”然后离开了他们。

---

① 英国旧时的铜币，相当于四分之一便士。——译者注

我没有希望在我真的不应该得到的这几张纸上面要求个人财产。实话实说，现在尤斯塔斯已经离开了我，我的自尊心不允许我接受他的帮助。我个人的一点点财产（一年八百英镑），是在我结婚的时候确定的。作为一个单身女人，它远远超出了我的需要，我认为现在它对我来说足够了。本杰明坚决要求我把他的小别墅当成自己的家。在这种情况下，我决定为我丈夫恢复名誉这件事情所需要的花销，就成了我不得不提供的唯一的支出。我将独立承担这笔费用——我决心要独立承担。

当我沉浸在对自己的缺点和错误的忏悔中时，还应该加上一点才对，那就是尽管我仍然深深地爱着我那误入歧途的不幸的丈夫，但我发现宽恕他的一个小过错并不容易。

其他的事情我都能原谅，唯独不能原谅他向我隐瞒了他娶了他的第一任妻子这件事情。为什么时不时地，我还会感觉那么痛苦，我不能解释。我认为，这实际上是嫉妒。可是，我意识不到我在嫉妒，特别是当我想起那个可怜的女人的悲惨的死时。还有，偶尔灰心和生气的时候，我常常自言自语："尤斯塔斯不应该对我保守那个秘密。"如果我是个寡妇，又从来没有告诉他这件事，他又会说些什么呢？

回到乡村别墅时，天已近晚。本杰明显然等我很久了。我刚要按响门铃，他就为我打开了花园的大门。

"亲爱的，准备好，有个大大的惊喜。"他说，"你的姨夫，尊敬的牧师斯塔克韦瑟博士，从北部地区来了，正等着见你呢。他今天早晨收到了你的信，一看完信他就坐上了到伦敦的头班火车。"

紧接着，姨夫用他那有力的双臂拥抱了我。以我目前被人遗弃的处境，教区牧师长途跋涉到伦敦来看我，我感受到了他的关心，充满了感激。眼泪充盈了我的双眼——眼泪，没有痛苦的眼泪，对我只有好处。

"我亲爱的孩子，我来是要带你回老家。"他说，"没有语言能表达我强烈的愿望，要是你从来没有离开过你的姨妈和我该有多好。好了！好了！我们不说它了。伤害已经发生了，下一件事情就是尽我们所能来修复它。要是我的胳膊刚好能够到你的那位丈夫，瓦莱里亚……好了！好了！上帝宽恕我吧，我忘了自己是个牧师。我还忘记了什么？对了，你的姨妈要把她最真挚的爱送给你。她更迷信了。她对这件痛苦的事情一点儿都没有感到惊讶。她说，这一切都是从你在教会的登记册上签错了名字开始的。你记得吗？有这回事吗？哈哈，我的妻子，她是个荒谬的女人！不过她是好意——实际上她有一颗美好的心灵。要不是我阻止她，她就跟我一起长途跋涉到这儿来了。我说：'不行，你待在家里照看这幢房子和牧区，我会把孩子带回来的。'瓦莱里亚，你还住你原来的卧室，你知道的，白色的窗帘，用蓝色的带子向上卷起！我们坐明天早晨九点四十分的火车回牧区，要是你起得来的话。"

回牧区？我怎么能那么做呢？要是我让自己隐匿在偏远的北部地区的一个小村庄里，怎么会有希望实现现在支撑我活下去的唯一的目标呢？很简单，让我和斯塔克韦瑟博士一起回他的家是不可能的。

"姨夫，我真心地感谢您，"我说，"但是恐怕我暂时不能离开伦敦。"

"你暂时不能离开伦敦？"他重复道，"这姑娘是什么意思，本杰明先生？"

本杰明避开了直接的回答。

"这儿非常欢迎她，斯塔克韦瑟博士，"他说，"只要她决定和我待在一起。"

"等于没回答。"姨夫敷衍地回了他一句，然后转向了我。"这儿的什么东西让你非要留在伦敦？"他问，"你一向不喜欢伦敦的。我想这里一定有原因吧！"

就因为迟早我会把我的秘密告诉我好心的监护人兼朋友，所以没有办法，只能鼓起勇气，把我心里的想法老老实实地告诉他。牧师屏住气，沮丧地听着。听我说完之后，他转向了本杰明，脸上除了紧张，还有惊讶。

“上帝，帮帮她吧！”可敬的牧师大叫道，“这件糟糕的事情已经让她精神错乱了！”

“我认为你不会赞成她这样做的，先生，”本杰明用他一贯的温和方式说，“我承认我自己是不赞成的。”

“‘不赞成’不是这个词，”牧师反驳说，“劳驾别那么软弱无力。一个疯狂的行动——应该这么说，要是她明白她在说什么的话。”他朝我这边转过身来，就像他平常做下午礼拜仪式时向一个固执的孩子讲解教义那样看着我。“你不明白，”他说，“对吧？”

“姨夫，非常抱歉，辜负了您的好意，”我回答说，“但是我必须承认，我当然明白。”

“坦白地说，”牧师反驳说，“苏格兰最出色的律师们都失败了，你却认为你能成功，你太自以为是了。他们所有的人一起努力都没能证明这个人的清白，而你却要单枪匹马地去证明它。的确，你是个了不起的女人。”姨夫突然由愤怒变成了讽刺，大叫道，“那么请允许一位过去没做过律师的普通乡村教区牧师问问，你打算怎样去做呢？”

“我打算从阅读《审判》开始，姨夫。”

“一个年轻女人的愉快阅读！接下来，你会想读一大批污秽的法国小说。好吧，那么读完了《审判》，然后做什么？你考虑过这些吗？”

“是的，姨夫，我想过了。我首先会尝试着得出关于那个真正罪犯的某些结论，在阅读完《审判》之后。然后，我会列出一份能为我丈夫作证的证人名单。我会去找那些证人，告诉他们我是谁，我想要什么。我会问他们那些严肃的律师认为不合身份而没问过的各种各样的问题。通过收集到的答案，我会被引导，决定接下来做什么。在这个过程中，无论碰上什么样的困难，我都不会气馁。姨夫，这些就是现在我的全部计划。”

本杰明和牧师互相看了看，似乎他们不相信自己的感觉。于是，牧师说话了。

“你是想告诉我，”他说，“你将要走遍这个国家，去乞求陌生人们的怜悯，面对旅行期间可能遇到的无论多么艰难的情况吗？你，一个年轻女人，被你丈夫抛弃了！没有人保护你！本杰明先生，你听到她的话了吗？你能相信你的耳朵吗？我向上帝声明，我不知道我是醒着还是在做梦。看看她——只要看看她！她冷静而轻松地坐在那儿，好像根本没说过那些特别的话，也不准备去做任何有违常规的事情！我该拿她怎么办？这是个严重的问题——我到底该拿她怎么办？”

“姨夫，让我尝试一下吧，尽管在您看来很鲁莽。”我说，“只有它才能安慰、支持我。上帝知道，我需要安慰和支持。千万别认为我太固执。我做好了准备，去迎接前进路上的重重困难。”

牧师恢复了讽刺的语调。

“噢！”他说，“你要迎接那些困难，对吧？好了，不管怎么说，你已经有收获了。”

“在我之前的许多别的女人，”我接着说，“她们也面对过重重的困难。她们战胜了它们——为了她们深爱的男人。”

斯塔克韦瑟博士的忍耐力已经到了最后的极限，他缓缓地站了起来。

“如果我没有理解错的话，你仍然爱着尤斯塔斯·麦卡伦先生？”

“是的。”我回答道。

“那个重大投毒案中的男主角？”姨夫紧追不舍，“那个欺骗并且抛弃了你的男人？你爱他？”

“我比从前更爱他了。”

“本杰明先生，”牧师说，“从现在开始，一直到明天早晨九点钟之前，要是她恢复正常的话，请把她和她的行李送到我现在住的地方——洛克斯利饭店。晚安，瓦莱里亚。我会和你的姨妈商量一下下一步怎么办。我没有什么可说的了。”

“姨夫，告别时吻我一下。”

“噢，没问题。我会给你一个吻的，只要你喜欢，瓦莱里亚。再过生日我就六十五岁了，我过去认为我这一生中对女人还是有些了解的，可现在看来我似乎一点儿都不了解。本杰明先生，这是洛克斯利饭店的地址。晚安。”

把斯塔克韦瑟博士送出花园大门之后，返回来时，本杰明看上去非常严肃。

“亲爱的，求你听听劝。”他说，“我不要求你过多地考虑我对这件事情的看法，但是你姨夫的意见的确值得考虑。”

我没有回答。再说什么也没有用。我下定了决心，哪怕被误解、阻止，也要去承受。“晚安，亲爱的老朋友。”这是我对本杰明说的全部的话。然后我转身离去，双眼充满了忏悔的泪，把卧室当成了我的避难所。

百叶窗还没有放下，秋日的月光照进小屋，一片光亮。

站在窗前，向外望去，我想起了另外一个夜晚的月光。那是结婚前，我和尤斯塔斯一起在牧区的花园里散步。那个夜晚，我在前面的文字中已经提到过了，那时我们的结合面临着许多障碍，那时尤斯塔斯提议解除我们的婚约。我又看到了那张心爱的脸，他在月光下看着我。我又一次听到了他说的话，还有我说的话。“原谅我爱上了你，”他说，“充满热情地、全身心地爱你。原谅我，让我走。”

我回答说：“噢，尤斯塔斯，我只是个女人，别让我发狂！没有你我不能活。我必须，而且将要做你的妻子！”可是现在，婚姻把我们结合在一起之后，我们却被分开了！分开了，却还像从前一样充满热情地相爱着。为什么？因为他被指控犯了一个他从来没有犯过的罪，还因为苏格兰陪审团没能看清他是个清白的人。

我望着美丽的月光，追寻着这些记忆和这些想法。一个新的热情点燃了我。“不！”我在心里说，“在我丈夫的案子上，不论是亲戚还是朋友都不能让我动摇、放弃。证实他的清白是我一生的工作，我今晚就开始这项工作！”

我放下了百叶窗，点燃了蜡烛。在寂静的夜晚，我独自、独立地向摆在我面前的辛苦又可怕的旅程迈出了第一步。从扉页到结尾，没有停歇，没有漏掉一个字，我读完了我丈夫谋杀他第一任妻子的《审判》。

第十五章
审判的故事：前奏

在开始讲述审判的故事之前，让我先坦白我的另一个弱点。我不能说服自己，再一次把仍然在公开侮辱我丈夫名字的讨厌的扉页抄写了一遍。在本书的第十章，我已经抄写过一遍了。一遍足够了。

翻到《审判》的第二页，我看到有个说明——向读者保证，这份对案件审理过程的详细记录是绝对准确的。编者形容说，他自己像在享受某些特权带来的乐趣。所以，主审法官亲自校订了他向陪审团提请的指控。还有，效仿主审法官的做法，控辩双方的首席律师们修正了他们支持或反对嫌犯所做的发言。最后，为了确保不同证人所作证词的记录的可靠性，特别对它进行了逐字逐句的修正。看到这份说明，我略感轻松，审判的故事中的每一点、每一项，都是完全真实的讲述，从一开始就让我满意。

下一页更吸引我——列出了这次审判的参与者。他们掌控着我丈夫的名誉，也掌控着我丈夫的性命。下面就是那份名单：

法官：德拉姆芬尼克阁下（高等法院副院长）
　　　诺布尔柯克阁下
检察官：明特洛（检察长）
　　　　唐纳德·德鲁先生（副检察长）
原告代理人：詹姆斯·阿利斯先生（苏格兰律师）
辩护人：法麦克尔（资深权威律师）
　　　　亚历山大·克罗克特先生（律师）
被告代理人：索尼班克先生（苏格兰律师）
　　　　　　普莱莫尔先生（苏格兰律师）

接下来是对嫌犯的起诉书。我不愿意抄写那些粗俗的文字，充满了不必要的重复（我对这个问题了解不多，可对糟糕的文法还是有经验的），我清白的丈夫在此被严重不实地指控毒杀了他的第一任妻子。在我的眼里，越少提到那个不实的、可恶的起诉书，这一页纸看上去就越舒服，越真实。

简而言之，当时，在检察长大卫·明特洛先生的提议下，尤斯塔斯·麦卡伦被控谋杀，指控他在中洛锡安区的乡下叫作格兰尼奇的住所里毒杀了他的第一任妻子。他们宣称毒药是嫌犯恶毒地给他妻子萨拉的，有两次机会，以砒霜的形式，投入茶水、药液中，“或者以某种检举人不知道的其他方式投入检举人不知道的食物、饮料和物品中”。进一步断言，嫌犯的妻子因为她丈夫在上述两次投毒机会中的一次获得成功而死亡。她就这样被她的丈夫谋杀了。下一个段落声称，前面提到的尤斯塔斯·麦卡伦被带到了检察长和中洛锡安区代理郡长约翰·达维奥特先生面前，在爱丁堡当场签署了一份声明，表示他是清白的（在一个指定的日子，即十月二十九日）。这份声明被保存在起诉书里面，和确定的证据、书信及物品等放在一起，并列出了一份详细的清单，作为指控嫌犯的证据。通过上述起诉，得出了结论：如果对犯罪嫌疑人的指控被证实了的话，那么前面提到的尤斯塔斯·麦卡伦应当接受法律的制裁，以儆效尤。

起诉书中就这些内容！我全看完了。看完它，我很高兴。

接下来的三页纸，是相当长的一份对书信、证据和物品的详细记录。下面，按这样的顺序，罗列出了证人名单，投票选出了审理该案件的陪审团成员（共十五名）。然后，审判报告终于开始了：自动分成了三大疑问，跟我的想法一致。按照我当时看到的样子，我把它写在了这里。

第十六章 第一个疑问：女人是被毒死的吗？

十点钟，案件开始审理。在爱丁堡最高法院，嫌犯站在被告席上。他有礼貌地向法官们鞠躬致礼，然后低声辩称他是无罪的。

在场的每个人都注意到，嫌犯的脸上流露出强烈的痛苦表情。他的脸像死人一样苍白。他根本不看旁听席上的观众。当某些证人出场指证他时，他会暂时关注他们片刻。其他时间，他都盯着地面。当证词涉及他妻子的疾病和死亡时，他被深深地触动了，把脸埋在双手中。这个案子中的嫌犯（尽管是个男人），他的自制力远不如法庭审判的上一个谋杀嫌犯—— 一个女人。确凿的证据证明她是有罪的，人们议论纷纷，都感到惊奇。现场有人（只是极少数人）认为，嫌犯的这种不镇定是一种迹象。在他们看来，以他目前的可怕的处境，镇定意味着一个残忍的无耻的罪犯的赤裸裸的满不在乎，这本身就提供了一种推定——不是无罪，而是有罪。

第一个证人名叫约翰·达维奥特，中洛锡安郡代理郡长。他接受了检察长（代表控方辩护律师）的询问。他说：

“嫌犯当时因犯罪被提交到我这里讨论。十月二十九日，他做出了一份署名声明。事先我们已经对嫌犯及时地发出警告，声明是他在自由与自愿的状态下做出的。”

在对声明做了说明之后，代理郡长接受了资深权威律师（作为被告方辩护律师）的交互询问，然后给出了下面的证词：

“嫌犯被指控的罪名是：谋杀。在他做出声明之前，已经向他传达了这一点。针对嫌犯所提的问题，一部分是我提的，一部分是另一位官员（苏格兰地方检察官）提的。他的回答非常明确，而且我个人认为，是毫无保留的。声明中做出的陈述全部是对我本人和地方检察官的问题的回答。”

然后，郡长办公室的一个书记员正式出示了声明，并且确认了证人之前提交的证据。

第二个证人的出现在公众席上引起了明显的骚动。她就是在麦卡伦夫人生病的最后时刻照顾她的护士，名叫克里斯蒂娜·奥姆塞。

首先做了形式上的回答之后，护士（由检察长询问）继续作证：

“我最早被派去照顾夫人，是在十月七日。她当时得了重感冒，左膝关节还有风湿病。在这之前，我听说她的身体相当好。对护士来说，跟她相处习惯了，明白怎么照顾她之后，她并不是一个非常难伺候的人。最主要的困难是她的脾气造成的。她不是个好发脾气的人，但却任性、暴躁、容易激动，以致大发雷霆，说话做事不计后果。这种时候，我认为她的确不知道她在做什么。我个人的想法是，是婚后生活的不幸让她变得易怒了。她更不是一个沉默寡言的人。实际上，她愿意和像我这样的地位比她低的人无所顾忌地闲聊，聊她自己，还有她遇到的麻烦。例如，我们待在一起很长时间、彼此非常熟悉之后，她毫无顾虑地告诉我，她很不幸福，她的丈夫使她产生了许多烦恼。一天晚上，她睡不着，心神不安地对我说——”

资深权威律师在这儿打断了她，他代表嫌犯发言了。他向法官们吁求说，是否像这样松散、不可靠的证词，法庭也能够采纳？

检察长（代表原告发言）声称出示证据是他的权利。在这个案子中，人们在一个不带偏见的证人的证词中发现，丈夫和妻子在生活中的关系是最重要的。这个证人是个非常值得尊敬的女人。她在不幸的夫人临终时照顾了她，赢得了夫人的信任，这份信任是她应得的。

经过简短的商议之后，全体法官一致决定，上述证词不被采纳。证人亲眼看到、观察到的丈夫和妻子间的关系，是他们能够接受的唯一证据。

然后，检察长继续对证人的询问。克里斯蒂娜·奥姆塞接着作证，她的证词如下：

“因为是护士，我比那幢房子里的其他人见到麦卡伦夫人的机会更多，这是必然的。凭着经验，我能够讲出许多别人不知道的事情，因为他们只是偶尔到她房间里去一下。

“例如，我不止一次亲眼看到，麦卡伦先生和夫人不住在一起时非常快乐。关于这一点，我能举个实例，不是听别人说的，是我亲眼看到的。

“在我照顾麦卡伦夫人的后期，一个年轻的寡妇，名叫博莉夫人——麦卡伦先生的表妹——来到格兰尼奇，住了下来。麦卡伦夫人嫉妒这位夫人。这是在她去世的前一天，麦卡伦先生到她房间里来询问她夜里情况怎么样时，她当着我的面表现出来的。‘噢，’她说，‘你从来没有关心过我睡得怎么样！你关心的是我睡得好，还是我生病了呢？博莉夫人这一夜是怎么过的？今天早晨她比以前更美丽了吧？回去找她吧，求你回去找她吧！别在我这儿浪费时间了。’她一开始就用这种态度说话，然后自己就情绪激动，狂怒起来。当时我正在给她梳头。在那种情况下，感觉我在场不合适，我想离开那间屋子。她不让我走。麦卡伦先生觉得，正如我所做的，我的职责就是退出，而且他这样明白地说了。麦卡伦夫人却坚持让我留下来，对她的丈夫说话非常无礼，以致他说：‘要是你不能控制自己的情绪，不是护士离开就是我走。’即使这样，她也拒绝让步。‘一个很好的借口，’她说，‘好回去找博莉夫人。滚！’就着这句话，他走出了房间。他刚关上门，她就开始在我面前辱骂他，她的举止非常让人震惊。她断言，他最乐意听到的消息就是她的死讯。我大着胆子，非常谦恭地劝说她。她拿起发刷就朝我砸了过来，而且当场就打发我走，不让我再照顾她了。我离开了她，在楼下等着，直到她怒气消退。然后，我又回到她的床边。暂时地，一切恢复了正常。

“我在这儿补充一句话也许不会有错，它可能有助于说明麦卡伦夫人对她丈夫的表妹的嫉妒。麦卡伦夫人是个非常普通的女人。她的一只眼睛有轻微的斜视，这真是我的不幸（如果我可以使用这样的措词）。她的脸是我见过的最没有光泽的脸，长满了斑斑点点。相反，博莉夫人是个非常有魅力的夫人。她的双眼总是炯炯有神；她的脸光洁细腻，非常美丽。可怜的麦卡伦夫人说起她时很不实事求是，说她是化妆化出来的。

“不，已故夫人肤色上的瑕疵，并不是她的病造成的。我倒是认为她自己本来就是这样。

“她的病嘛，要是让我形容的话，也许挺棘手，但无关紧要。直到最后一天，她的病都没有一点点加重的迹象。当然，她患了风湿的膝盖会痛，特别是当她活动膝盖时，会引起剧烈的疼痛。躺在床上不能动，这让她十分厌烦，这是毫无疑问的。但是，在致命的疾病发作前，夫人没有其他的任何症状让她或者别人担忧。她有很多自己的书，还有纸笔放在专供病人用的小桌上。小桌装有滚轴，可以放在她感觉最舒服的位置上。不时地，她看看书并且写很多东西。其他时间，她就静静地躺着，想她自己的心事，或者跟我、跟一两个定期来看望她的住在附近的女友聊天。

“据我所知，她写的差不多全是诗歌一类的东西。她是个写诗高手。只有一次，她让我看了她的几首诗。我对这样的东西是外行。她的诗属于忧郁的那种。她对自己绝望了，她想知道自己为什么会被生下来。全是些没有意义的东西。她的丈夫进来后，不止一次地因为他的冷酷和对妻子优点的无知而受到冷嘲热讽。简而言之，她用舌头和笔来发泄不满。有时即使是来自天堂的天使也不能让麦卡伦夫人满意，这种情况相当的频繁。

“已故夫人在生病的所有日子里，都住在同一间房里—— 一间位于二楼的大卧室（跟所有的最好的卧室一样）。

“是的，根据我对它的记忆，那个房间的平面现在就精确地呈现在我的眼前。一扇门通向大过道（或者叫走廊），所有的房门都开在那儿。一侧的第二扇门，通向麦卡伦先生的睡房。与它相对的一侧的第三扇门，和一间小学习室（或者叫书房）相通。他们告诉我，这是麦卡伦先生的母亲住在格兰尼奇时用过的，其他人很少，甚至从来没有进去过。我在格兰尼奇的时候，麦卡伦先生的母亲不在那儿。卧室和这间书房之间的门上着锁，钥匙被人拿走了。我不知道谁拿着那把钥匙，也不知道是否不仅有一把钥匙存在。我知道的是，那扇门从来没有被打开过。只有一次我跟女管家一起从开在走廊上的第二扇门进了书房。

“我请求说说我能够说的，我自己知道的，关于麦卡伦夫人的病，以及结束了她的生命的突然变化。当时，在医生的建议下，我把日期、时间等做了记录。来这儿之前，我看过了我的记录。

“从十月七日我第一次被叫去看护她，到那个月的二十日，她的健康状况在缓慢地但却稳定地改善。无疑，她的膝盖还在疼，但是炎症已经消失了。至于其他的症状，除了长期卧床造成的虚弱和她的易怒，她真的没什么问题了。或许我应该加上这一点——她睡觉不好。但依靠医生专门开出的安眠药，我们治好了它。

“二十一日早晨，六点过几分，我听到了第一次摇铃警报，麦卡伦夫人出了问题。

“在我提到的那个时间，我被她放在床头柜上的手摇铃叫醒了。

让我先为自己说两句，凌晨两点多钟我才在卧室的沙发上睡了，实在是太累了。当时麦卡伦夫人还醒着，她正跟我生气呢。晚上她用她的梳妆盒梳理完毕后，我试图说服她让我把梳妆盒从床头柜上拿走。它占去了很大一块地方，而在清晨之前她不可能再用它了。但是，她坚决要求我把它放在那儿。梳妆盒里有面镜子。尽管她长得很普通，可她对那面镜子里的自己从来没有厌烦过！我看到她发脾气了，所以我向她让步了，让梳妆盒就那么放着吧。然后，我发现她阴沉着脸不和我说话，我给她安眠药时她也倔强地不肯吃，所以我就在她床边的沙发上躺下了，像我刚才说的，睡着了。

“她的铃一响，我就起身到了她床边，准备工作。

“我问她怎么了。她抱怨说虚弱、沮丧，还说她生病了。我询问她，是不是在我睡着的时候吃过什么药或者食物。她回答说，她丈夫大约一个小时前来过，发现她还睡不着，就亲自喂她吃了安眠药。她正说话时，麦卡伦先生（就睡在隔壁房间）过来了。他也被铃声叫醒了。他听到麦卡伦夫人对我说吃安眠药的事情之后，什么也没说。看样子他似乎被妻子的虚弱吓坏了。我提议她喝一点儿葡萄酒，或者喝点儿兑水白兰地。她回答说，她的胃灼痛得厉害，像葡萄酒和白兰地这么烈的酒她咽不下去。我把一只手放在她的胃上——非常轻。可我一碰，她就痛得尖叫。

“这个症状让我们感到十分害怕。我们打发人到村里去请麦卡伦夫人生病期间为她看病的内科医生盖尔先生。

“和我们一样，对病人病情的恶化，医生也说不清楚。听她喊口渴，他让她喝了点儿牛奶。喝了牛奶之后没一会儿，她就吐了。看来呕吐减轻了她的痛苦。很快她就昏昏欲睡，然后睡着了。盖尔先生走时命令我们，要是她再犯病，就立刻派人去叫他。

“这一类事情没有再发生。接下来的三个多小时里，病情没有变化。将近九点半时，她醒了，然后询问她丈夫的情况。我告诉她，他已经回自己的房间了，并问她是不是叫人找他来。她说：‘不。’我又问她想不想吃点儿或者喝点儿什么。她又说‘不’，神态相当茫然、麻木。然后她让我下楼去吃早餐。下楼时，我遇到了女管家。她邀请我到她的房间里共进早餐，不用像平时那样在用人的厅堂里吃了。我在女管家那儿逗留的时间不长，肯定不超过半个小时。

“再上楼时，我遇到了下等女用人，她正在清扫楼梯。

“那姑娘告诉我，在我离开去女管家房里这段时间里，麦卡伦夫人喝了一杯茶。是麦卡伦先生的贴身男仆，在他的主人的指示下，命令人为他的女主人送的茶。这个下等女用人倒了茶，亲自送到了楼上麦卡伦夫人的房间里。她敲了门，是她的主人开的门，并亲手从她手里接过了茶杯。他把门开得很大，所以她看到了卧室里面，注意到只有主人自己和麦卡伦夫人在一起。

“和下等女用人简单说了几句话之后，我就回到了卧室。那儿没有人。麦卡伦太太非常安静地躺在那里，她的脸转向枕头里侧，我看不到。靠近床边时，我踢到了地板上的什么东西——是只摔碎的茶杯。我对麦卡伦夫人说：‘夫人，茶杯怎么碎了？’她没有转过脸来看我，用一种古怪的、模糊不清的声音回答说：‘是我掉在地上的。’‘茶您没来得及喝吗，夫人？’我问。‘不，’她说，‘是在喝完茶之后把茶杯递还给麦卡伦先生时掉的。’我提这个问题，是希望知道，万一茶杯落地，茶水洒掉了，有没有必要再为她倒些茶来。我确定对我提的问题和她的回答记得很准确。我又问她是否一个人待了很久，她简单地说：‘是的，我一直想睡觉。’我说：‘您觉得很舒服吗？’她又回答：‘是的。’她的脸始终不高兴地冲着墙，没转过来看我。弯腰为她整理被褥时，我正好面朝着她的床头柜。总是搁在柜上的纸和笔被弄乱了，其中的一支笔上还带着没干的墨水。我说：‘夫人，您一定没有写东西吧！’‘为什么没有？’她说，‘我又睡不着。’‘又写了一首诗？’我问。她自顾自地笑了—— 一声痛苦的笑。‘是的，’她说，‘又一首诗。’‘太好了，’我说，‘看上去您似乎又恢复了。今天我们不会再需要医生了。’她不耐烦地挥了一下手，什么也没说。我没明白她这个手势的意思。于

是，她又说话了，非常蛮横地说：‘我想一个人待着，离开我。’

“除了照她的话去做，我没有别的选择。据我观察，她什么事也没有，所以护士也没事可做。我把摇铃的绳放在她的手能够到的地方，就又下楼了。

“根据我的推测，半个多小时过去了。我一直注意着摇铃，但是它始终没响。我非常不安——我也不知道为什么。其实，她跟我说话时那种古怪的模糊不清的声音一直让我的心吊着。让她一个人待得太久，我也不满意，可是，我又不愿意在她没有摇铃叫我之前回去，惹得她大发雷霆。于是我斗胆跑到一楼那间叫‘晨间起居室’的房间里，去和麦卡伦先生商量。通常上午他都在那儿。

“可是，这一次，我往晨间起居室里看时，里面没人。

“同时，我听到外边露台上传来主人的声音。我走出去，发现他正在和他的一位老朋友（像博莉夫人一样）、住在这儿的客人德克斯特先生讲话。德克斯特先生坐在楼上他房间的窗前（他是个残废，只能坐在轮椅里移动），而麦卡伦先生正站在底层的露台上同他讲话。

“‘德克斯特！’我听到麦卡伦先生说，‘博莉夫人在哪儿？你看见她了吗？’

“德克斯特用他一贯的快速的、不拘礼节的方式回答说：‘我没有！关于她，我什么都不知道。’

“然后我走了过去，请求他原谅我打扰了他们的谈话。我向麦卡伦先生提起我正面临的困难，是该回到他妻子的房间里去，还是一直等到她摇铃叫我。他还没有来得及给我建议，男用人就出现了。他告诉我，麦卡伦夫人的铃刚才响了，响得非常猛烈。

“当时是将近十一点钟。我以最快的速度爬上楼梯，匆忙回到了卧室。

“还没有开门，我就听到了麦卡伦夫人的呻吟声。她处于可怕的疼痛中，感觉胃里、喉咙里像着了火般的灼热，和今天清晨发病时的症状一样。尽管没有医生，可我从她的脸色中能够看出，这第二次发作远比第一次严重得多。摇铃让人去叫麦卡伦先生之后，我跑到门口，看看有没有仆人正好可以进来帮帮忙。

“我看到走廊上只有一个人，就是博莉夫人。她正从自己的房间走过来。她说她是来打听麦卡伦夫人的健康状况的。我对她说：‘夫人，麦卡伦夫人病得很厉害。能告诉麦卡伦先生，让他派人去请医生吗？’她立刻跑下楼去做我让她做的事情去了。

“我刚到病床边不久，麦卡伦先生就和博莉夫人一起进来了。麦卡伦夫人奇怪地看了他们一眼，那眼神我根本描述不出来。然后，她命令他们离开她。博莉夫人非常惊恐地立刻退了出去。麦卡伦先生向床边走近了一两步。他的妻子用同样的奇怪的眼神又看了他一眼，然后大喊道（好像一半是在威胁他，一半是在哀求他）：‘和护士一起离开我，滚！’他只对我耳语了一句‘已经派人去请大夫了’，就离开了房间。

“盖尔先生到来之前，麦卡伦夫人的病来势凶猛。她神志不清、口吐白沫，吐出来的东西隐约带着血丝。看到这些，盖尔先生的表情非常严肃。我听到他自言自语地说：‘这意味着什么？’他尽了最大的努力来减轻麦卡伦夫人的痛苦，但是我看得出来，没什么好结果。过了一会儿，她的痛苦似乎减轻了一点儿。然后是更厉害的发作。之后是又一次停歇。不管她是不是在忍受痛苦，我发现她的手和脚始终是冰凉的。而且，医生关于她的脉搏的报告也是一样的——非常微弱、无力。我问盖尔先生：‘先生，怎么办？’盖尔先生对我说：‘我不能再自己承担起责任了，必须从爱丁堡请位内科医生来。’

“格兰尼奇马厩里最快的一匹马被套上了车，马车夫全速赶往爱丁堡，去接著名的杰罗姆医生。

“等待医生的时候，麦卡伦先生和盖尔先生一起来到麦卡伦妻子的房间。她已经筋疲力尽，但她立即抬了抬手，示意他出去。他尽量抚慰她，说服她让他留在这里。‘不！’她仍然坚持让他离开她的房间。他好像感觉到了什么——在这样的时刻，而且当着医生的面。趁她没注意，他突然走近她的床边，吻了她的前额。她尖叫着退缩着。盖尔先生制止了他，把他带出了房间。

“下午，杰罗姆医生到了。

“这个重要的医生到来的时候，正好看到了她的又一次疾病发作。他一句话也没说，仔细地观察她。实际上，当发作停止时，他仍在仔细地研究她，沉思默想。我想，他恐怕永远也不会给她做检查了。他终于满意了，让我离开一下，他要单独和盖尔先生说话。‘需要你在这儿时，我们会摇铃的。’他说。

“过了很长时间他们才摇铃叫我。我还没被叫回卧室里时，马车夫又出发了。他第二次去爱丁堡，送一张杰罗姆医生写给他的管家的字条，说他不可能返回市里了，让几个小时后去他那里看病的病人们先回去。我们中的一些人认为麦卡伦夫人的情况很糟糕。另外一些人则认为，医生还有救她的希望，只不过期望能有更多的时间来做这件事。

“终于叫我上去了。我一进卧室，杰罗姆医生就出去和麦卡伦先生说话了，留下盖尔先生和我在一起。从那一刻起，只要可怜的夫人活着，我就再也没有机会单独和她在一起了——两个医生中总有一个待在她的房间里。为他们准备了快餐，但是他们俩还是轮流吃饭—— 一个人替另一个人在床边值班。如果他们是在对病人施行治疗，那么我对这样的举动一点儿也不感到惊讶。可是他们的治疗结束了，他们待在房间里的唯一的任务似乎就是值班。我对此困惑不解。值班是护士的工作。我认为两位医生的行为很古怪。

“到病房里的灯被点着的时候，我明白终点离她近了。除了双腿偶尔抽搐，她似乎痛苦小多了。但是看上去她双眼深陷，皮肤湿黏冰凉，双唇变成了带着点儿蓝色的苍白。现在什么也唤不醒她了，除了她丈夫来看她时做的最后的努力。他是和杰罗姆医生一起进来的，看上去被吓坏了。她已经不能说话了，可她看到他的那一刻，微弱地示意和出声地表明她还像原来一样坚决不让他靠近。他支撑不住了，盖尔先生不得不强行把他架出了房间。没有其他人被允许去看望病人。德克斯特先生和博莉夫人在门外不停地询问——也没有让他们进去。当傍晚来临的时候，两位医生分别坐在床的两侧，静静地望着她，静静地等待着她的死亡。

“将近八点了，她的双手和双臂好像都不起作用了，无助地耷拉在被褥外边。又过了一会儿，她进入了一种昏睡状态，渐渐地，她沉重的呼吸声变弱了。九点二十分，杰罗姆医生让我把灯拿到床边。他看着她，把手放在她的心脏处。然后他对我说：‘护士，你可以下楼了，一切都结束了。’他转向盖尔先生：‘你去问问麦卡伦先生能否来见我们。’我为盖尔先生拉开门，跟着他出去了。过了一会儿，杰罗姆医生又把我叫回来，让我把房门钥匙给他。当然，我照着他的话做了，但是我想这也很奇怪。当我下楼来到用人的厅堂时，发现大家普遍感觉出事了。我们全都心神不安——不知道为什么。

“过了一小会儿，两位医生离开了这幢住宅。麦卡伦先生根本不能接待他们，听听他们怎么说。在这种困境下，他们只能同麦卡伦先生的老朋友、当时待在格兰尼奇的唯一的先生——德克斯特先生谈了谈。

“睡觉前，我上楼去为夫人的遗体入殓做准备。停放她的那间房间上了锁，通向麦卡伦先生房间的那扇门和通向走廊的那扇门一样，都紧锁着。钥匙都被盖尔先生带走了。两个男用人站在卧室外边值守。一直到清晨四点他们才能离开——他们只能告诉我这些。

“在缺乏任何解释和说明的情况下，我冒昧地敲响了德克斯特先生的房门。从他的嘴里，我第一次听到了这个让人震惊的消息——两位医生都拒绝出据正常死亡的证明！第二天早晨将对尸体进行解剖。”

对克里斯蒂娜·奥姆塞护士的询问，到这儿就结束了。

虽然我对法律一无所知，但我也能看出这份证词将对陪审团成员的内心产生什么样的影响，给他们留下什么样的印象。首先，让人们看到我丈夫有两次投毒的机会——一次是在药中，一次是在茶中。然后，原告辩护律师引导陪审团推断出：囚犯利用这些机会摆脱了一位丑陋又爱妒忌的妻子，他再也不能忍受她那让人讨厌的脾气了。

询问达到了这个目的后，检察长完成了他对证人的取证。资深权威律师为了嫌犯的利益采取了行动，然后通过对护士的交互询问让她说出了麦卡伦的妻子性格中惹人喜爱的一面。如果他这个努力成功了，陪审团也许会重新考虑他们得出的妻子是个让丈夫忍无可忍的人的结论。在这种情况下，丈夫毒死妻子的动机何在（到目前为止）？嫌犯犯罪的推定又从何而来？

在这位经验丰富的律师的逼问下，护士不得不展示了我丈夫的第一任妻子的完全不同的新的一面。下面是资深权威律师从克里斯蒂娜·奥姆塞那里得到的证词内容：

"我坚称麦卡伦夫人的脾气非常暴躁。但是，她的确有对她的暴躁造成的冒犯做修正的习惯。当她安静下来时，她总是请我原谅她。她致歉时非常优雅。她做这些事情时举止很迷人。她说话做事像个有教养的夫人。然后又回到——她的个人长相。尽管她的脸很普通，但她的身材很好。别人告诉我，她的双手和双脚曾经被雕刻家制成了模型。她的声音让人觉得非常舒服，据说身体好的时候她的歌唱得很动听。在穿着方面，她是周围居住的夫人们模仿的典范（如果她的仆人的话可信的话）。至于博莉夫人嘛，她的确嫉妒这个年轻美丽的寡妇，但她同时也显示出她有能力控制这种局面。博莉夫人是通过麦卡伦夫人才住进来的。由于麦卡伦夫人的健康状况，博莉夫人曾经希望推迟她的来访。是麦卡伦夫人自己——不是她的丈夫——决定不应该让博莉夫人失望，她应该及时访问格兰尼奇。此外，麦卡伦夫人（除了她的脾气）很受朋友们欢迎，也很受仆人们欢迎。得知她去世之后，这幢房子里没有一个人的眼睛是干的。而且，更进一步地讲，护士在场时发生的那些家庭内部的小争执——麦卡伦先生从来没有发过脾气，更没有使用过尖刻的语言。

当争吵发生时，他似乎更抱歉而不是生气。”陪审团成员从道德上认为：这样的女人会激怒她的丈夫，使他丈夫毒害她吗？这样的男人能去毒害他的妻子吗？

完成了有利于被告的反面印象的询问后，资深权威律师坐下了。接下来传唤的是医学证人。

他们的证词简单却最有说服力。

杰罗姆医生和盖尔先生肯定地断言，疾病的症状是砒霜中毒的症状。外科医生随后进行了尸检。他也肯定地断言，内脏器官的样子证实，杰罗姆医生和盖尔先生认为他们的病人死于中毒是对的。最后，为了让这一证词无懈可击，两位化学分析师亲自当庭出示了他们在身体内部找到的砒霜，这些砒霜的量足以致死两人而不是一人。面对这些证据，交互询问只不过是个形式。审判材料中提出的第一个问题——女人是被毒死的吗？——有了肯定的答案，这个答案让怀疑的可能性一点儿也没有了。

下面传唤的证人与接下来提出的问题有关。难解又可怕的问题——谁毒死了她？

第十七章　第二个疑问：谁毒死了她？

医生和化学分析师作证结束后，第一天的案件审理结束了。

第二天，人们都怀着好奇心，期待着检方即将出示的证据。现在法庭要听到的是，案件在格兰尼奇发生后，官方指定人员对这起案件进行调查取证时看到了什么，又做了什么。苏格兰地方检察官作为依法指导案件初步调查的官方指定人员，成为第二天的审理中第一个被传唤的证人。

检察长对他进行了询问。苏格兰地方检察官的证词如下：

“十月二十六日，我收到了爱丁堡的杰罗姆医生和居住在靠近爱丁堡的小村庄丁多维的执业医师亚历山大·盖尔先生的信。信中讲的是尤斯塔斯·麦卡伦夫人充满疑点的死亡，她死在离丁多维很近的名叫格兰尼奇的她的丈夫的家里。在刚刚提到的信中，还附有提交给我的两份报告：一份记录了已故夫人的尸体检查结果；另一份叙述了在对尸体的某些内脏器官进行化学分析之后得到的发现。

两份报告证实的结果是：尤斯塔斯·麦卡伦夫人死于砒霜中毒。

“在这种情况下，我搜查了格兰尼奇的住宅和其他地方，并询问了住在里面的人，只不过是为了搞清楚夫人的死亡情况。

“检察院没有对任何人提出与死亡相关的犯罪指控，我收到的两位医生的信中也没有，更没有任何其他形式的指控。对格兰尼奇和其他地方的调查从十月二十六日开始，直到二十八日才结束。二十八日，根据报告中确定的发现以及我自己对送到我办公室的信件和其他证据的仔细检查，我对嫌犯提出了犯罪指控，并获准拘捕了他。十月二十九日，郡长对他进行了询问，然后把他交给法庭审判。”

检察官结束了陈述，接受了交互询问（只就技术问题）之后，检察院的其他人员接受了传唤。这些人讲故事的兴趣让人吃惊。他们的陈述是决定性的发现，证明苏格兰地方检察官对我丈夫谋杀他妻子的指控是正当的。第一个证人是郡长办公室的一个工作人员，他说他叫艾赛亚·斯库克拉夫特。

由副检察长德鲁先生和检察长一起对他进行了询问。艾赛亚·斯库克拉夫特说：

“十月二十六日，我得到批准，去了爱丁堡附近名叫格兰尼奇的乡村住宅。我是带着检察官的助手罗伯特·洛里一起去的。我们首先搜查了尤斯塔斯·麦卡伦夫人去世时住的屋子。在床上和安装在床上的可移动小桌上，我们找到了书、纸、笔，还有一张纸，上面有手写的没有完成的诗——后来确定那是死者的笔迹。我们把这些物品用纸包好，封存了起来。

“然后我们打开了卧室里的一个印度橱柜。我们在这儿找到了更多的诗，写在一沓沓的白纸上，都是同一个人的笔迹。我们还发现了——先是几封信，然后是一张纸片。纸片被揉成一团扔在柜子搁板的角落里。我们经过仔细检查，在这张纸片上发现了一个药剂师的印制标签。我们还在纸片折叠的地方找到了零星的白色粉末。这张纸和那几封信都被仔细地放进封套里，像前面的其他物品一样被封存起来。

“对这间屋子的进一步的调查，没能让我们找到有助于搞清楚事情真相的证据。我们检查了死者的衣服、首饰和书籍。这些东西我们留在了那儿，走的时候把屋子上了锁，带走了钥匙。我们还找到了她的梳妆盒，把它密封之后，和我们在屋子里找到的其他物品一起带回了检察院。

“之后，我们接到检察官的新指示，第二天继续对住宅进行检查。我们从和麦卡伦夫人去世时所住房间相通的那间卧室开始检查。人死之后，它就被锁上了，在那儿没有找到任何有价值的线索。我们接下来要检查同一层楼的另外一个房间，被告知嫌犯当时正躺在里面——他生病了。

“据说他的病是由于妻子的死亡，还有随后的诉讼导致的神经系统疾病。我们得到报告说，他本人根本不能行动，很不适合见陌生人。不过，我们坚持进入了他的房间。我们问他有没有从他过去住的、他已故妻子隔壁的睡房里搬移东西到他现在躺的这间睡房里来，他没有回答。他只是闭着双眼，好像虚弱得不能同我们讲话，或者虚弱得没有注意到我们。我们没有过多地打扰他，开始搜查这个房间。

“我们正全力以赴地搜查时，一个奇怪的声音打断了我们的工作。我们好像听到外边走廊里有轮子的滚动声。

“门开了，旋即进来一位先生—— 一个残疾人。他坐在轮椅里，自己推着自己。他把轮椅直接转到了嫌犯床边摆放的小桌处，在他耳边说了几句话。声音太低，听不到他说的是什么。嫌犯睁开了眼睛，快速地示意了一下作为回答。我们非常恭敬地通知这位残疾的先生，此时此刻我们不能允许他待在这间房里。显然，他不拿我们的话当回事。他只是回答：‘我的名字叫德克斯特。我是麦卡伦先生的一位老朋友。是你们闯入了这里，而不是我。’我们再次通知他必须离开这间屋子，特别指出他把轮椅抵靠在床边的小桌上已经妨碍了我们的检查。他只是讥讽地说：‘难道你们自己看不见吗？那只是一张桌子，再也没有别的东西了！’作为对他的问题的回答，我们警告他，我们是在法律许可的情况下采取行动，如果他妨碍我们执行公务的话，会被拘留的。发现他没有挪动的意思，我抓住轮椅，把他推到了一边。与此同时，罗伯特·洛里把桌子搬起来，放到了屋子的另一头。因为我冒昧地动了他的轮椅，残疾的先生突然大发雷霆。‘我的轮椅就是我，’他说，‘你怎么敢把手放在我的身上?’我先拉开了门，然后，为了帮助他，用我的手杖，而不是我的手，从后面狠狠地推了轮椅一把——就这样，把它，还有他，安全、迅速地送出了房间。

“为了避免其他人再闯进来，我锁上了门，和罗伯特·洛里一起检查床头桌。床头桌有个抽屉，我们发现那个抽屉被锁得紧紧的。

“我们跟嫌犯要抽屉的钥匙。

“他断然拒绝了，还说我们没有权利开他抽屉上的锁。他那么愤怒，甚至宣称他因为太虚弱而不能从床上起来，真是我们的幸运。我谦恭地回答说，是我们的职责让我们不能不检查这个抽屉，而且，如果他仍然拒绝交出钥匙的话，我们就不得不把桌子带走，让铁匠把锁打开。

“我们还在争执时，有人敲门了。

“我小心地开了门。原以为又是残疾的先生，没想到门外站着的却是一个陌生人。嫌犯像见到朋友和邻居一样招呼他，急切地恳请他把他保护起来。我们发现同这位先生打交道很愉快。他主动告诉我们，是德克斯特先生派人请他过来的。他本人是位律师，他要求看看我们的搜查证。看完后，他立刻对嫌犯说（显然让嫌犯大吃一惊），他必须服从，让检察员对这个抽屉进行检查，即使极不情愿。于是，没有别的麻烦，他得到了钥匙，亲自为我们打开了抽屉。

“我们在抽屉里找到了几封信，还有一本巨大的笔记本。笔记本被上了锁，上面刻着镀金的‘我的日记’的字样。照例，我们占有了那些信和那本日记，把它们密封好之后交给了检察官。同时，这位先生代表嫌犯写了一份抗议书，还递给我们一张他的名片。名片告诉我们，他是普莱莫先生——嫌犯的代理人之一。名片和抗议书跟其他文件存放在一起，由检察官保存。在格兰尼奇没有其他的重要发现。

“下一步的调查把我们带到了爱丁堡，去找那个我们在揉皱的纸片上发现了他的标签的药剂师。按照指示，我们还要向其他的同样的药剂师取证。十月二十八日，检察官掌握了我们能够搜集到的全部信息，我们的工作暂时告一段落。”

斯库克拉夫特和洛里的证词到此结束。交互询问没能改变证词，显然，这对嫌犯是不利的。

接下来传唤的证人让情况变得更糟。现在，那个药剂师的出庭作证，让我那不幸的丈夫的境况比以前更危险了。

安德鲁·金利，药剂师，来自爱丁堡，作证如下：

“由我售出的毒药，我有一个专门的登记册。我出示了登记册。那天，站在被告席上的嫌犯——尤斯塔斯·麦卡伦先生——走进我的商店，说他想买些砒霜。我问他买它做什么，他告诉我，是他家的园丁要的，溶解后用来杀死花房里的小虫子。同时他提到了他的名字——麦卡伦先生，来自格兰尼奇。我立刻吩咐我的助手取来了砒霜。一共两盎司，我在登记册上做了必要的记录。麦卡伦先生在登记册上签了名。作为证人，我在他的后面签上了我的名字。他付了钱，带着两小纸包砒霜走了——外层的包装纸上贴了有我名字和地址的标签，还有大写的‘毒药’字样，和现在出示的在格兰尼奇找到的那张纸上的标签一样。”

下一个证人彼得·斯托克代尔（也是来自爱丁堡的药剂师）说：

“被告席上的嫌犯造访我的商店，是在我登记簿上记录的那天——比金利先生记录的日期晚几天。他想买六便士的砒霜。我的助手叫我——平时是他在卖药。我的商店有个规定，除了我本人，别人不能出售毒药。我问嫌犯，他需要砒霜做什么。他回答说，他要用它杀死家里的老鼠，他家住格兰尼奇。我说：‘难道我是在荣幸地同格兰尼奇的麦卡伦先生讲话吗?’他说那就是他的名字。我把砒霜卖给了他，大约一盎司半。砒霜装在瓶子里，我在瓶子上贴上了‘毒药’的标签，是我自己的笔迹。他在登记册上签了名，付过钱之后，拿着砒霜走了。”

交互询问对他们证词中某些技术上的质疑是成功的。但是两个人的证词中都提到的“事实上是我丈夫本人购买的砒霜”这个可怕的细节，依然没被推翻。

接着出场的证人——格兰尼奇的园丁和厨师——更加残忍地收紧了缠绕着嫌犯的“不利证词的链条”。

询问中，园丁宣誓之后说：

“在你提到的那天，以及其他的日子，我从来没有收到过嫌犯以及任何其他人给我的砒霜。在格兰尼奇的温室和花园里，我从来没有使用过砒霜这样的溶液，也从来不允许我手下的工人使用它。我不同意把砒霜用作杀灭鲜花和植物中大量滋生的害虫。”

下一个被传唤的是厨师，他像园丁一样肯定地说：

“任何时候，我的主人和其他人都没有给过我砒霜去灭鼠，根本不需要这种东西。我声明，我发誓，我在住宅里和它的周围从来没有见到过老鼠，也从来没有听说过有老鼠大批地出没。”

格兰尼奇的其他用人都给出了类似的证词。对他们的交互询问什么也没有得到，除了房子里可能有老鼠，尽管他们并不知道。关于毒药，所有人的追踪直接指向了我的丈夫，没有别的人。他买砒霜已经被证实了，所以他手里有砒霜，这是上述证词证明的一个结论。

后面的几个证人都尽力强调了家庭对嫌犯的指控。手里有砒霜，他用它做了什么？在证词的引导下，陪审团推断出他用砒霜做了什么。

嫌犯的贴身男仆宣誓之后作证说，在女主人死亡的那天早晨九点四十分，主人按铃，让他命人给她送杯茶过去。他是在麦卡伦夫人的房门口接到命令的。门开着，他敢肯定当时除了他的主人以外，没有别人。

接着出场的下等女用人说，十点以前，她泡了茶，亲自送到了楼上麦卡伦夫人的房间。门开着，主人从她手里接过了茶。她能看到屋里——女主人的房里只有麦卡伦先生一个人。

克里斯蒂娜·奥姆塞护士被第二次传唤。她重复了那天麦卡伦夫人第一次发病时对她说过的话。她在清晨六点对护士说："大概一个小时前，麦卡伦先生来过。他发现我还没睡着，于是喂我吃了安眠药。"克里斯蒂娜·奥姆塞在沙发上睡着时，是清晨五点钟。护士更进一步地发誓说，她检查了装安眠药的药瓶。根据瓶上的测标，她发现跟她上一次喂药后的药量相比，少了一剂药量。

在这种场合下，交互询问激起了人们的特别兴趣。向下等女用人和护士提的最后几个问题，第一次揭示了辩护的本质是什么。

对下等女用人进行交互询问时，资深权威律师问道：

"你为麦卡伦夫人整理房间时，注意过水池中剩下的水是黑色的还是蓝色的了吗？"证人回答说："我从来没有注意过这种事情。"

资深权威律师接着问：

"你在枕头下，以及麦卡伦夫人房里任何可以藏东西的其他地方，发现过关于怎样改善肤色的图书或者是小册子吗？"证人回答说："没有。"

资深权威律师继续问：

"你是否听麦卡伦夫人说过，作为改善肤色的好东西，砒霜可以用来洗脸或者做药呢？"证人回答说："从来没有。"

同样的问题又问了护士，她的回答也全部是否定的。

那么，在这里——抛开那些否定的回答——对于陪审团和听众来说，辩护律师的用意第一次隐约可见。为了避免在这么严肃的问题上犯错误，证人们退下之后，审判长（高等法院副院长）向被告的辩护律师提了这个直截了当的问题：

“全体法官和陪审团成员希望清楚地了解你对女仆和护士进行交互询问的目的。麦卡伦夫人使用丈夫买给她的砒霜，是为了改善她肤色的瑕疵——这是辩护意见吗?”

资深权威律师回答说：

“阁下，这正是我们要说的，也是作为辩护的基础，我们打算去证实的。我们不能怀疑麦卡伦夫人死于中毒这一医学证据。但是我们断定，她死于过量服用砒霜。她以此为修复面部瑕疵的手段，秘密地在自己的房间里无知地使用砒霜。嫌犯在当着郡长做出的声明中，特别说明他是应妻子的请求买的砒霜。”

于是，审判长询问道，在继续审理案件之前，控辩双方的任意一方是否反对当庭宣读声明。

对此，资深权威律师回答说，当庭宣读声明他会很高兴。要是他可以使用那些措辞，在陪审团看来，将会有利于他为不得不做的辩护铺平道路。

能够在这个问题上给他博学的兄弟以方便，检察长（站在另一方的立场上说话）非常高兴。尽管声明中的些微断言并没有证据支持，但是他把那份文件当成了控方的证据，非常愿意宣读它。

于是，嫌犯的无罪声明被宣读了，内容是这样的：

“我买那两包砒霜，每一次都是在我妻子的要求下买的。第一次，她对我说毒药是园丁要的，用在温室里。第二次，她说厨师要用于消灭房子底层的老鼠。

“每次我都是一到家就立刻把砒霜给了我妻子。买完之后，我就和毒药没关系了。是我妻子向园丁和厨师下的命令——不是我。我从来不和他们打交道。

“有关砒霜的使用，我没有问过我的妻子，我对这种事情没兴趣。我已经好几个月没进过温室了，我不关心花。至于老鼠，我把杀死它们的任务留给厨师和其他仆人，就像我把其他的家务事交给厨师和其他仆人一样。

“我的妻子从来没有告诉过我她需要砒霜去改善她的面色。想必我是最后一个知道她这个化妆秘密的人吧！我绝对相信她对我说的话——那药是园丁和厨师为了明确的目的需要的。

“我肯定地说，我和妻子在生活中很友好。当然，偶尔的争执和对婚后生活的误解也是在所难免的。作为一个丈夫和绅士，我可能私底下感觉到了与婚姻相关的某种失望，我以为是我的责任，所以向我的妻子隐瞒了。她过早的死亡带给我的不只是震惊和悲伤——在她活着时，我没有尽全力关心她，对她表现得不够亲切，我的心中充满了恐惧。

“此外，我郑重声明，就像我不了解没有出生的胎儿一样，从她身体里找到的砒霜，我不知道她是怎样服用的。我是清白的，我甚至从来没有想过去伤害那个不幸的女人。我恰好看到了瓶里的安眠药，才喂她吃了。后来我给她喝的那杯茶，也是我恰好从下等女用人手中接过来的。我把两包砒霜给了我妻子之后，就再也没有碰过它。我完全不知道她用它做了什么，她把它放在了哪里。当着上帝的面，我声明，我没有犯对我起诉的那种可怕的罪行。”

宣读完这些真实又感人的文字后，第二天的审理结束了。

到现在，我必须承认，阅读这份报告对我的影响是：令我精神沮丧、希望降低。第二天的审理结束时，证据都是针对我丈夫的。尽管我是个女人，尽管我是个坚定的支持者，但我也能清楚地看到那一点。

那位残忍的检察长（我承认我恨他）已经证实：（1）尤斯塔斯买过毒药；（2）他买药时告诉药剂师的理由不是真实的理由；（3）他有两次秘密地向他的妻子下毒的机会。另一方面，资深权威律师又证明了什么呢？到现在为止，什么也没有。嫌犯声明中的断言——正如检察长所言——没有证据支持。出示的证据中没有一个可以证明是妻子秘密地使用了砒霜，而且使用它是为了改善肤色。

我唯一的安慰是，对《审判》的阅读让我发现了两个有用的朋友，我的确可以依靠他们的同情。残疾的德克斯特先生已经特殊表明他本人是我丈夫的一个彻底的坚定的支持者。我的心被这个用轮椅抵住床边的桌子、为了保护尤斯塔斯的信件不被人拿走而抗争到最后一刻的人温暖了！当时我就决定，我倾诉我的雄心和希望的第一个人应当是德克斯特先生。如果他对给我建议感觉有困难的话，我会转而寻求下一个代理人普莱莫先生——曾经合法地保护我丈夫的信件不被没收的第二个好朋友。

这个决定鼓舞了我，我翻到了下一页，开始阅读审判第三天的历史记录。

第十八章 第三个疑问：他的动机是什么？

第一个疑问（女人是被毒死的吗?）已经有了肯定的答案。第二个疑问（谁毒死了她?）显然也有了答案。现在还剩第三个，也是最后一个疑问——他的动机是什么？为了回答这个问题，首先传唤的证人是死者的朋友和亲戚。

布莱德海文夫人——海军少将乔治·布莱德海文先生的遗孀——由德鲁先生进行询问（和检察长一起为原告辩护)，她给出的证词如下：

“已故夫人——尤斯塔斯·麦卡伦太太——是我的外甥女。她是我姐姐唯一的孩子。她母亲去世后，她一直跟我生活在一起。我反对她的婚事，因为她的朋友们也认为她过于充满幻想，感情用事。当众说出这些细节我非常痛苦，但是如果出于司法的目的需要它，我准备做出牺牲。

“在我现在提到的那个时候，站在被告席上的嫌犯，是住在我家里的客人。一次外出骑马时，他出了意外，一条腿严重受伤。他从前在印度服兵役时，这条腿就受过伤。这让他的腿伤加重了。好多个星期里，他只能斜躺在沙发上。家里的女人轮流照顾他，在他想出去或者不耐烦的时候，念书给他听，陪他说说话。在这些义工中，我的外甥女是最重要的一个。她的钢琴弹得非常好。病人恰巧喜欢音乐，尽管这被证实是非常不幸的。

“美好的、纯真的交往就这样开始了。对我的外甥女来说，这种交往的结果是可悲的。她对尤斯塔斯·麦卡伦先生充满热情地依恋着，而他却没有被激起任何相应的情感。

“在干涉可能还起作用的时候，我就尽了最大的努力，巧妙地、有效地干涉了。不幸的是，我的外甥女拒绝相信我。她始终不承认她是被一种热烈的感情驱使着去接近麦卡伦先生的，只说是一种富于同情的友好的关心。我没有讲出这样做的理由，如果说出来的话，会产生流言蜚语，影响我外甥女的声誉，也使得拆散他们成了不可能的事情。当时我的丈夫还活着，在那种情况下，我做了唯一能做的事情。我请求他私底下去跟麦卡伦先生谈谈，恳请他不要伤害我的外甥女，好心地帮助我们摆脱困难。

“麦卡伦先生的做法让人钦佩。他也很无助，可是他制造了一个离开我们的不容置疑的借口。我丈夫跟他谈完话之后，过了两天，他就离开我们家了。

“这种矫正意图很好，但是做得太晚了，而且彻底失败了——伤害已经造成了。我的外甥女明显憔悴了，医学手段和环境的改变对她都不起作用。有一段时间——麦卡伦先生的那次意外的受伤痊愈之后——我发现她在和麦卡伦先生偷偷地通信，通过她的女仆。我一定要说，他的信写得非常深思熟虑、小心谨慎。不过，我还是认为让他们停止这种联系是我的责任。

“我的干涉让情况变得很危险，可除了干涉，我还能做什么呢？一天，吃早餐时没有见到我的外甥女。第二天，我们发现这个可怜的被感情冲昏了头脑的孩子去了麦卡伦先生在伦敦的住所，而且被去探望他的单身汉朋友们发现藏在他的卧室里。

“对于这场灾难，麦卡伦先生无可指责。他听到门外的脚步声时，已经来不及了。为了设法保全她的声誉，他只能把她藏在最近的房间里——最近的房间恰巧就是他的卧室。这件事情遭人议论是当然的，他们这么做的动机被人用最卑鄙的方式曲解了。我的丈夫又跟麦卡伦先生私下里谈了一次。他又一次表现得让人钦佩。他公开宣称，我的外甥女是作为他的未婚妻去看他的。那件事情发生两个星期后，他用唯一可能的方法平息了流言蜚语——他娶了她。

“只有我一个人反对这件婚事。我当时就认为——现在它已经被证实了——这是一个致命的错误。

“仅仅是麦卡伦先生一点儿也不爱她却娶了她，就已经够悲哀了。可是，在那个特别的时刻，是他自己——已经跟另外一个男人订了婚的女人的错位爱恋的受害人——让前景更加无望。我清楚地知道，出于同情，他不承认这一点，就像他娶我的外甥女时是出于同情一样。但是他对我刚才提到的那个女人的无望的钦慕，在他的朋友圈子中是个人人都知道的事实。必须补充一点，在他结婚之前，她出嫁了。他无法挽回地失去了他真正爱的女人——他的生活没有了希望，在他同情我的外甥女的时候。

“最后，我只能重申，我认为，任何可能发生的不幸都比不上这样的婚姻带来的不幸。我从来没有这样地坚信，通过婚姻结合在一起的两个人，没有比被告席上的嫌犯和他故去的妻子更不相配的了。”

这个证人的证词让公众席产生了强烈的骚动，也明显地影响了陪审团的看法。交互询问让布莱德海文夫人不得不变更了她的某些看法，同时承认嫌犯同另外一个女人的无望的爱恋只是个谣传。但是她的陈述中的细节是没有办法动摇的，而且，出于这个原因，他们给针对嫌犯指控的罪名穿上了可能性的外衣。

接下来，另外两个女人（尤斯塔斯·麦卡伦夫人的密友）被传唤。她们对这件婚事的看法跟布莱德海文夫人的看法相左。但是基于证据中所有的细节，她们支持她的证词。第一个证人给法庭上的每一个人造成的深刻印象得到了确认。

接下来检察官打算出示的证据，是在格兰尼奇找到的书信和日记等无声的证据。

作为对法官所提问题的回答，检察长声明这些信件是嫌犯的朋友们和他已故的妻子写给他的，信中的某些段落是直接针对两个人婚后生活的。作为证据，那本日记更有价值。它的内容包括嫌犯每天对家庭事务的记录，还有他当时对那些事情的想法和感受。

紧跟着这个声明的是一个非常痛苦的场面。

我正在进行的写作，距离事情的发生已经很久了，可我还是无法说服自己，把在痛苦的审理期间我那不幸的丈夫说的话和做的事详细地记述下来。布莱德海文夫人作证的时候，他被深深地触动了，尽量控制住自己不去打断她。而现在，他的情绪完全失控了。他向侵害他自己和他妻子的最神圣不可侵犯的秘密的企图发出了抗议，刺耳的声音在法庭上空回响。"绞死我吧，尽管我是清白的！"他喊叫道，"只要别那样伤害我！"据说这一声可怕的发作对观众的影响是难以形容的。现场的某些女人也发疯了。审判席上的法官站起身来控制场面，却没有好的结果。在资深权威律师成功地让嫌犯平静下来之后，法庭终于恢复了安静。然后，资深权威律师向法官致辞，用最动人的雄辩语言请求法庭宽恕他那不幸的当事人。他的发言是一个即兴演说的杰作，结束的时候，语气温和却态度强硬地抗议当庭宣读在格兰尼奇找到的那些信件。

三位法官退了下去，商量如何解决这个依照法律向他们提出的问题。

延迟了半个多小时之后，再次开庭。

通常审理这样的案件时，法庭内的骚动会自动地感染门外大街上的人们。在这里，民众的意见是——就像它被期望的那样，在一个法院工作人员或者其他的和法定程序相关的下属的引导下——坚决反对嫌犯逃脱死刑。"只要信和日记被宣读，"围观的人群中的残忍的代表者说，“那些信和日记就能让他被绞死。”

法官们回到了法庭上，宣布他们已经通过两票对一票决定，允许引起争论的这些文件作为证据被当庭出示。法官们轮流为自己的决定做了解释。这些事情做完以后，案件审理继续进行。开始宣读信件和从日记中摘录的片段。

首先出示的信件是在尤斯塔斯·麦卡伦夫人的房间里的印度橱柜中找到的。这些信是已故夫人生前的亲密朋友（女性）写给她的，她习惯于跟她们通信。三段独立的摘录，摘自三位不同的通信者的信件，被挑选出来当庭宣读了。

> 第一位通信者：“我最亲爱的萨拉，我想告诉你你的上一封信让我多么忧伤，但我对此感到绝望了。如果我承认我一直在想，由于非常敏感的个性，你夸张或者曲解了你在你丈夫那里体验到的不被重视。当然，我不是故意提到这些的，恳请你原谅。关于他古怪的性格，我说不出什么来，因为我对他还不够熟悉。但是，亲爱的，我比你年长许多，对于被某些人称作‘婚姻生活中的光明和黑暗’的经历比你知道的多。凭经验，我一定要把我看到的告诉你。像你一样年轻的结了婚的女人们，完全依附于她们的丈夫，容易犯一个严重的错误。通常，她们所有人都期望从丈夫那里得到很多。我可怜的萨拉，男人们和我们不一样。他们的爱即使是相当真诚的，也和我们的爱不一样。他们的爱不长久，而我们的爱长久。他们的爱不是生命中的希望和牵挂，而我们的是。我们没有别的选择，甚至在我们非常真实地尊敬和爱着他们的时候，只能给男人和女人天性中的这种差异留有余地。我从来没有原谅你丈夫的冷淡。他错了，例如，跟你讲话的时候从来不看着你，也从来没有注意过你为了取悦他所做的努力。比做错了事更糟糕，他实在是太冷酷了，如果你愿意我这样说的话。当

你吻他的时候，他竟然从来没有回应过你的吻。但是，亲爱的，你确信他总是故意地对你冷淡和残忍吗？有没有可能是烦恼和焦虑重重地压在他的心头，造成了他的行为，而你又不能分担他的那些烦恼和焦虑呢？如果试着用这种眼光去看待他的行为，你会理解许多现在让你困惑和痛苦的事情。对他耐心点儿，我的孩子，不要抱怨！偶尔当他心事重重或者生气的时候，绝对不要凭借你的爱抚去靠近他。你这样热烈地爱着他，很难听从这个建议。但是依靠它，按照你的老朋友现在对你的劝告，学着克制和顺从，我们女人幸福的秘密就会被找到。亲爱的，好好想想我写的这些，然后再给我回信。”

第二位通信者：“萨拉，你怎么能这么愚蠢，把你的爱浪费在这样一个表面看起来是你的丈夫，却那么冷血的畜生身上？的确，我还没有结婚，或许我不应该这么大惊小怪。但是过些日子我就要结婚了，要是我的丈夫像麦卡伦先生对待你那样对待我，我将坚决要求离婚。我声明，我宁肯像那些底层社会中的女人们那样被实实在在地打败，也不愿意像你描述的那样被彬彬有礼地忽略和轻视。一想到这个，我就感到义愤填膺。那一定是非常难以忍受的。别再忍耐了，可怜的人。离开他，来跟我一起住吧！你知道，我弟弟是学法律的学生。我把你信里写的部分内容读给他听了。他认为你应该搬走，这叫‘公正的分居’。来向他咨询一下吧！”

第三位通信者：“我亲爱的麦卡伦夫人，你知道我在男人那里经历过什么。你的信丝毫没有让我感到惊讶。你丈夫这样对待你只能有一个理由——他爱着别的女人。有一个不被我们知道的人从他那里得到了一切他拒绝给予你的东西。我把整个事情都想过了，所以我知道！别退却。查明那个人是谁，把这当成你生活中重要的事情去做。也许不止一个人，不过没关系，不管是一个还是许多，只要你能找到她们，你就能让他的存在成为他的痛苦，就像他让你的存在成为你的痛苦一样。如果需要我的经验来帮助你，说句话，随时为你效劳。过了下个月的四号，我随时可能去格兰尼奇，在你那儿住下来。”

读完这几行讨厌的文字后，对女人们的来信的宣读结束了。第一段也是最长的一段摘录，给法官留下了最强烈的印象。显然，写信的人是个令人尊敬的、明智的人。不管怎样，人们普遍感觉到，所有这三封信，不管在语气上有多么大的不同，都证实了同一个结论。妻子在格兰尼奇的处境——如果那位妻子的叙述可以相信——如同一个被忽视的、不幸福的女人的处境。

接着出示的是在上了锁的床头柜的抽屉里找到的嫌犯的信件，还有他的日记。这些信有一个相同之处：都是男人写的。同女人们的第二和第三封信相比，他们的语气要缓和得多，可结论是一样的。丈夫在格兰尼奇的生活，似乎跟他妻子的生活一样，让他无法忍受。

比如，嫌犯的一个男性朋友在信中邀请他驾游艇环游世界，另外一个人建议他离开大陆六个月，第三个人推荐了印度的户外运动。在这对夫妻之间，所有的写信人都清清楚楚地瞄准了同一个目的，似是而非或完全彻底地劝他们分开。

最后宣读的写给嫌犯的那封信上是一个女人的笔迹，信的末尾只署了一个女人的基督教教名。

“啊，我可怜的尤斯塔斯，命运对我们多么残酷啊！”信是这样开始的，“当我想到你为了那个可怜的女人而牺牲了自己的生活，我的心在为你滴血！如果我们成了夫妻……爱并拥有那个最好的、最亲爱的男人……我无法用言语来表达这种幸福。我们将住在美好的天堂，我们将拥有美妙的时光！可惜，我们被分开了，在现实生活中，被我们都心存不满却又都必须接受的束缚分开了。我的尤斯塔斯，有个超凡脱俗的世界！我们的灵魂会飞到那里迎接彼此，在一个长久的神圣的拥抱中，在一个世上不允许我们的狂喜中结合。你信中所说的痛苦……天哪！为什么，为什么你娶了她？……逼着我写了这些。让这封信来安慰你吧，但是千万不要让别人看到。烧了我这封草率写就的短信吧，期待仍然可以与你的海伦娜分享的更美好的生活吧！"

对这封让人无法忍受的信件的宣读，引出了法官的问题。一位法官问："写信人有没有写日期或者地址？"

检察长声明，两样都没有。信封上显示这封信是从伦敦寄出的。"我们建议，"这位博学的律师接着说道，"宣读嫌犯日记中的某些段落时，这封信末尾署的名字出现了不止一次。在审理结束前，为了令您满意，我们也许能找到确定写信人身份的其他办法。"

现在开始宣读从我丈夫的私人日记里选出的那些约定的段落。第一段摘录涉及的日期差不多是在尤斯塔斯·麦卡伦夫人去世前一年。上面是这样写的：

"今早邮报上的消息让我很受打击。两天前，海伦娜的丈夫因为心脏病突然死了。她自由了——我挚爱的海伦娜自由了！而我呢？

"我被捆绑在一个女人身上，我对她没有一点点感情。由于我自己的做法，我失去了海伦娜。啊！尽管我以前从来没有明白过，但我现在明白了，那种诱惑根本无法抗拒，有时罪恶会轻易地跟随它而至。今天晚上我最好合上日记本。漫无目的地胡思乱想或者把我的处境写下来会让我发疯的。"

下一段，日期是几天以后，思考的是同一个问题：

"一个男人能做的所有的荒唐事中，最荒唐的莫过于一时冲动便采取了行动。我娶了现在是我妻子的那个不幸的人，就是由于一时冲动。

“当时我过于轻率地猜想，海伦娜不属于我了。她嫁给了遇到我之前与她匆忙地订了婚的那个人。他比我年轻，而且从表面上看起来，也比我健壮。我能够看到的就是，我的命运被束缚起来了。海伦娜写了她的辞别信，今生永远地同我告别了。我的前景消失了，我的希望终止了。我的热望一点儿都没剩下，我没有必要为了刺激自己而求助于工作。一个侠义的举动，一次高尚的忘我的行动，似乎就是留给我的全部，我最适合做的全部事情。

“已经变得依恋于我的苦命的女人……上帝知道，我对她甚至一点点激情都没有……就在那时，轻率地把她的名声让世人控制了。如何平息对她的辱骂和诽谤取决于我。海伦娜不属于我了，我也不再期盼幸福。对我来说，所有的女人都一样。一个慷慨的举动将拯救这个女人。为什么不这么做呢？我一时冲动娶了她——娶她，就好像她掉到水里，我也许会跳进水里救她一样；就好像我看到有人在大街上虐待她，我也许会把那个人打倒一样！

“现在，我为她做出如此牺牲的那个女人站在我和海伦娜之间！我的海伦娜可以自由地把她珍藏的爱倾诉给那个男人了，而那个男人却喜欢她不屑一顾的尘世！

“白痴！疯子！写下这些文字时，我为什么不冲过去把我的头撞在对面的墙上？

“我的枪就在那个角落里。我只要在扳机上系上一根线，然后把枪口冲着我的嘴——不！我的母亲还活着，我母亲的爱是神圣的，我没有权利把她赋予我的生命拿走。我必须忍受、顺服。噢，海伦娜！海伦娜！”

第三段摘录——许多相似段落中的一段——是嫌犯在妻子去世前大约两个月时写的。

“更多的责难冲我而来！从没见过这么爱抱怨的女人。她完全生活在暴躁、不满的氛围中。

“我新近的过错总共有两个。我现在从来不邀请她跟我一起玩儿；还有，她专门为了取悦于我而穿上了新衣服，我却从来没有注意过。注意她！天哪！我的生命的成就不是注意她——注意她说了什么还是做了什么。如果不是我尽可能地不和她单独相处，我怎么能忍住不发脾气呢？我一定要忍住不发脾气。我对她从来没有严厉过，我对她也从来没有使用过刺耳的语言。她对我的忍耐有双重的要求权——她是个女人，法律使她成为我的妻子。我记得这一点，但我是个人。越少见到她——除了有客人在——我就越能有效地保持自制。

“我想知道是什么让我这么彻底地讨厌她。她是个普通女人，我见过比她更丑陋的女人。也许我能够忍受她的爱抚，当我不得不忍受她的爱抚时，我没有表现出不情愿——我向她隐藏了这种感觉。她爱我，可怜的人儿！而我同情她。我希望我能做得更多，我希望我能把她对我的喜爱回报给她，哪怕是一点点。可是，没有——我只能同情她。要是她能跟我以友好的关系生活下去，不要再强求爱的真情流露，也许我们会相当的融洽。可是她想要爱。不幸的人，她想要爱！

“噢，我的海伦娜！我没有爱给她，我的心是你的。

“昨天晚上，我梦到我那不幸的妻子死了。那个梦那么逼真，我竟然起了床，打开她房间的门听了听。

“在夜的寂静中，她平稳、均匀的呼吸声可以听得很清楚。她睡得很香。我又关上了门，点起蜡烛开始看书。我的脑子里全是海伦娜，很难集中精力看书。但是做任何事情都比再回到床上好，也许第二次做梦时，我也自由了。

“我过的是什么日子啊！我妻子过的又是什么日子啊！如果这幢房子着火了，我不知道我会努力救自己，还是救她。”

宣读的最后两段日记中，谈到了后来的几次约会。

“终于，一丝亮光照进了我消沉的生活。

“海伦娜不再因为守寡时的与世隔绝而被人指责了。时间过去得已经够长的了，她又被允许融入社会了。她一直在拜访住在苏格兰的我们这个地区的朋友们。而且，因为她和我是表兄妹，不来我家住些日子，她就不能离开北部地区，这人人都能理解。关于这次拜访，她写信给我，说尽管私下里可能会让我们为难，但是为了面子，这次拜访是她必须做的。感谢面子！我将在我的炼狱里见到这位天使，全都因为……我表妹来我居住的苏格兰地区拜访却没有来看我，中洛锡安郡上流社会的人们会觉得是件奇怪的事情！

“不过我们要十分小心。海伦娜用这样的文字说：‘尤斯塔斯，我是作为一个妹妹来看你的。你必须像个哥哥那样接待我，或者根本不接待我。我会写信给你的妻子，向她提出我拜访的时间。我不应该忘记，你也不能忘记，只有得到了你妻子的允许我才能进你家。’

“仅仅让我见见她！为了获得见到她的那种无以言表的幸福，我愿意忍受任何事情！”

接下来的最后一段摘录，只有这样几行字：

“一个新的不幸！我的妻子病了。就在海伦娜约好要造访格兰尼奇的日子里，她得了风湿性感冒，只能躺在床上。但是，在这种情况下，她的表现也让人很高兴。她写信给海伦娜说，她的病并不严重，没有必要改变原先的安排。她还特别请求我表妹，应该按原定时间来访。

“这是我妻子为我做出的一个伟大的牺牲。她妒忌每一个不到四十岁的接近我的女人，她当然也妒忌海伦娜，但是她控制着自己，而且信任我！

“对此，我一定要表明我的感谢之情，而且我要表现出来。从今天起，我发誓在生活中要对妻子更亲切些。今天早晨，我温柔地拥抱了她。而且，我希望，可怜的人，她不要发现我为此付出的努力。”

到这儿，日记宣读完了。

对我来说，在整个《审判》一书中最让人不舒服的几页是我丈夫的日记选摘。字里行间流露出的情感，不但让我痛苦，而且差不多动摇了尤斯塔斯在我心里的位置。我想我宁愿用我拥有的一切去换得让日记里的那些文字彻底消失。至于他对博莉夫人的火热的爱情表白，每一个字都像一根针扎在我的心上！他追求我的时候，也悄悄地对我说过同样热烈的话。他真实地深爱着我，我没有理由怀疑。但问题是——在我之前，他也同样真实地深爱过博莉夫人吗？是她还是我，最先俘获了他的心？他曾经反复地向我表白，在遇到我的那一天以前，他只能幻想自己坠入了爱河。当时我相信了他。我决定继续相信他。我确实相信他。但是，我恨博莉夫人！

由于宣读信件和日记而在法庭上造成的痛苦印象，似乎不可能再加深了。然而，我感觉它还在加深。换句话说，下一个，也是控方传唤的最后一个证人的证词，对嫌犯更加不利。

威廉·恩齐——格兰尼奇的下等园丁，他宣誓后作证如下：

“十月二十号上午十一点钟，我在灌木丛里工作，挨着荷兰花园。荷兰花园里有个凉亭，背对着灌木丛。天气好得不得了，很温暖。

“干完了活儿，我从凉亭后面经过。我听到里面有说话的声音—— 一个男人的声音和一位夫人的声音。那位夫人的声音我没有听到过。那个男人的声音我听得出，是我的主人的声音。灌木丛的地面是松软的，我起了好奇心。我蹑手蹑脚地走到凉亭的背后，听听里面在说什么。

“我能分辨得出，第一句话是我的主人说的。他说：‘要是我最后能预见到有一天你会自由的话，那我该是多么幸福的人哪！’那位夫人回答说：‘嘘！你千万别这么说。’于是我的主人说：‘我必须把心里的话说出来！失去了你之后，它就一直在我的心里。’他在这儿停顿了一下，然后突然说道：‘我的天使，帮我个忙！答应我别再结婚了。’那位夫人大声地说，声音因此而显得十分尖刻：‘你这是什么意思？’我的主人说：‘我希望没有伤害到那个不幸的人，她是我生命的负担。但是假设——’‘没有假设，’夫人说，‘回去吧。’

“她在前头先走进了花园，又回过身来，招呼我的主人跟她一起走。从那个位置，我清楚地看到了她的脸。我知道，她是来这里拜访的那个年轻的寡妇。她刚到这儿时，园丁长特意把她指给我看过，提醒我看到她采摘花朵时不要去打扰。在规定的日子，格兰尼奇的众多花园是向游人开放的。当然，就花而论，对陌生人和住在这里的客人，我们是区别对待的。我非常肯定正跟我的主人谈话的这位夫人的身份。博莉夫人是个漂亮人——不会把她错当成其他人的。她和我的主人一起回家了。他们又说了什么，我没有听到。”

针对他对凉亭里的谈话的回忆的准确性，针对他辨别两个谈话人的身份的能力，这个证人接受了严格的交互询问。在某些不重要的地方，他动摇了。但他坚称主人和博莉夫人之间的最后一句话他记得非常准确，而且他亲口描述了那位夫人，这些话证明他对她的身份的辨别是对的。

到这里，《审判》一书中提出的第三个问题——被告毒杀妻子的动机——有了答案。

检举的故事现在讲完了。法庭上被告最忠实的朋友们也不得不承认，到现在为止，证据明确地不容置疑地指向了嫌犯。他自己好像也感觉到了这一点。第三天审理结束，退庭的时候，他那么消沉、疲惫，不得不倚靠在狱警的胳臂上。

第十九章 辩方证人

被《审判》激起的好奇感在第四天有了惊人的增强。现在要听到的是辩方证人的证词。其中最先出场的是嫌犯的母亲。她撩起面纱宣誓时望着她的儿子。他突然大哭起来。在那一刻，对母亲的同情感转移到了不幸的儿子身上。

资深权威律师询问后，麦卡伦老夫人带着与众不同的高贵和克己回答了问题。

被问到她和已故儿媳的几次私人谈话时，她肯定地说，尤斯塔斯·麦卡伦夫人对她个人的容貌问题是病态的敏感。她一心一意地依附在丈夫的身上，她生命中最大的渴望就是让自己尽可能地依附于他。她个人容貌上的瑕疵——特别是她的肤色——始终让她耿耿于怀，是最让她痛苦的遗憾。证人听她一再地说起她的肤色。为了改善肤色，她没有不能冒的险，没有不能忍受的痛苦。她曾经说："男人们全都是被外貌俘获的。要是我的肤色能更好看，我丈夫也许会更爱我。"

然后，在被问到她儿子的那些日记片段是否能被当作证据采信（也就是说，是不是确切地表述出了他的性格特点，还有他对他妻子的真实情感）时，麦卡伦夫人用最简单也是最有力的话表示了反对。

“那些从我儿子的日记里面摘录的片段是对他人格的侮辱，”她说，“丝毫不亚于中伤，因为它们恰好是他自己写的。单凭一位母亲对他的了解，我知道他一定是在消沉和绝望无法控制的时刻才写下法庭出示的那些片段的。没有谁仅仅凭借一个人在闷闷不乐、痛苦难耐时口无遮拦的鲁莽言语来草率地评价他。因为我的儿子恰好把他的鲁莽的话语写了下来而不是说了出来，所以就这样评价他吗？因此，他的笔是他最致命的敌人——它表现了他最糟糕的一面。他的婚姻生活并不幸福，这个我承认。可我要说，其实他对妻子始终是体贴的。他们俩对我都是绝对信任的，我看到过他们最私密的时刻。我声明，我的儿子从来没有给他的妻子任何充分的理由，让她可以断言他用残忍和忽视对待她。”

这些话说得坚定、明确，让人印象深刻。检察长显然已经感觉到了任何减弱这种印象的尝试都是不可能成功的，所以在交互询问中限制自己，只提了两个重要的问题。

“在和你谈到她的肤色的瑕疵时，”他说，“你儿媳提到以什么方式使用砒霜来矫正肤色了吗？”

她对这个问题的回答是：“没有。”

检察长继续问道：

“在你刚才提到的私人谈话中，你自己曾经推荐或者偶然地提到过砒霜吗？”

她对这个问题的回答是：“从来没有。”

检察长回到了他的座位上。麦卡伦老夫人退出了法庭。

下一个证人的出现激起了人们新的好奇。这个人不是别人，正是博莉夫人本人。报告中形容她是个特别有魅力的女人，举手投足端庄文雅，而且显然对她站的那个公开的位置很敏感。

她的证词的第一部分几乎是嫌犯母亲的证词的概括。只有一点不同，那就是在化妆品这个问题上，已故夫人确实问过博莉夫人。尤斯塔斯·麦卡伦夫人夸过她肤色美丽，问她是不是用人为的方法保持得这么好的。“什么方法也没用过，也不知道有什么化妆品。”博莉夫人对这个问题很生气。结果是两位夫人之间出现了短暂的冷场。

被问到同嫌犯的关系时，博莉夫人愤怒地否认说，她和麦卡伦先生都不曾引起已故夫人一点点的嫉妒。对博莉夫人来说，拜访了她表兄的邻居而不拜访她的表兄就离开苏格兰，是不可能的——这样做会被认为太无礼，遭人议论。她没有否认，在他们都没有结婚的时候，麦卡伦先生对她有好感。可是她已经嫁给另外一个男人，他也娶了另外一个女人，那种感情并没有更进一步的表白。从那时起，他们的交往就是纯洁的哥哥和妹妹之间的交往了。麦卡伦先生是位绅士，他知道怎么对待妻子，怎么对待博莉夫人。如果感觉不是那样让她满意的话，她是不会迈进他的家门的。至于那个下等园丁的证词，完全是捏造。他描述的偷听到的对话，大部分从来就没有发生过。剩下的那一点点确实说过的话也是闹着玩儿时说的，而且她立刻纠正了——那个证人自己也承认了。至于其他，麦卡伦先生对他的妻子一直都是既亲切又体贴。因为风湿病，她只能躺在床上。他不停地想办法减轻她的病痛。他不是一次而是许多次地提到她，充满最真挚的同情。在她去世那天，她命令她的丈夫和证人离开她的房间时，麦卡伦先生对证人说：“我们必须忍受她的嫉妒，可怜的人，虽然我们知道不应该忍受它。”从始至终，他都是宽容地忍受着她的坏脾气。

对博莉夫人的交互询问中最大的亮点在最后提出的那个问题上。经提醒，她宣誓报上姓名“海伦娜·博莉”之后，检察长说：

“一封写给被告的署名‘海伦娜’的信已当庭宣读过了。要是您愿意的话，看看它。那封信是您写的吗？”

证人还没有来得及回答，资深权威律师就对提问表示了抗议。

法官们支持了他的抗议，驳回了这个问题。于是，博莉夫人退庭了。听人提到了那封信，而且那封信被放到她手里的时候，她流露出些许能够让人感觉到的不安。观众对这种情绪的流露有不同的理解。总之，无论如何，博莉夫人的证词被认为是对母亲的证词的补充，对嫌犯很有利。

后面两位证人——都是女士，都是尤斯塔斯·麦卡伦夫人的校友——在法庭上引起了人们新的好奇。她们给辩方的证词补充上了一个环节。

第一位夫人声明，她和尤斯塔斯·麦卡伦夫人谈话时提到过砒霜，把它当作改善肤色的手段。她自己从来没用过，不过她读到过“在施蒂里亚农民中，有人为了让肤色明亮、产生一种饱满而健康的容貌而吃砒霜”的实例。她肯定地发誓，她把读来的这个结果叙述给了已故夫人，和她现在在法庭上的叙述是完全一样的。

第二个证人——上面提到的谈话中她也在场——证实了上一个证人所说的每一个细节，而且补充说，谈话的结果是，在尤斯塔斯·麦卡伦夫人自己的请求下，她找到了讲述施蒂里亚农民吃砒霜实例的那本书。这本书是她亲自到邮局寄给格兰尼奇的尤斯塔斯·麦卡伦夫人的。

在这个不同的结论性的证词里面只有一个可攻击点，交互询问人发现了它。

两位女士被轮流问到，是否尤斯塔斯·麦卡伦夫人直接或者间接地向她们表达了“为了改善肤色而得到砒霜”的意图。对这个非常重要的问题，两个人的回答都是“没有”。尤斯塔斯·麦卡伦夫人听说了它的药效，也收到了那本书。但是关于她个人今后的打算，她一个字也没有说。她乞求两位夫人对这次谈话严格地保密——她们的谈话到此结束了。

此时，辩方证词中暴露出的重大失误根本不需要律师的眼睛去洞悉。现场每一个有判断力的人都看得出，嫌犯是否能够被荣幸地判处无罪，取决于对毒药到他妻子手里的过程的追踪，或者至少证明她表达了得到毒药的意图。在每个案件中，嫌犯的无罪声明都需要证据的支持——也许是间接的证据——即使是诚实的聪明人也不可能例外。那个证据即将出现了吗？辩护人的资源还没有枯竭吧？

在挤得满满的公众席上，人们屏气凝神地等待着下一个证人的出场。在几个消息灵通人士中间有个传闻，那就是此时在法庭上将要看到的是嫌犯的老朋友——在审判过程中被多次提到的那位德克斯特先生。

在短暂的拖延之后，公众席上突然出现了骚动，伴随着充满好奇和惊讶的惊叫声。这时，庭吏传唤了新的证人，他的名字很特别——迈泽里马斯·德克斯特。

第二十章　审判的结局

刚一公布证人的名字，公众席上便突然爆发了一阵笑声——无疑，这在一定程度上是由于被传唤人的奇怪的名字；还有部分原因在于，所有拥挤在一起的旁听者的出于本能的愿望。当他们的兴趣被痛苦地激发起来的时候，就要抓住令人高度兴奋的第一个理由，把握住减轻痛苦的机会。法官的严厉斥责让公众席恢复了秩序。审判长宣布，如果在审理的过程中再出现中断的情况，他将清场。

这个宣布让整个法庭鸦雀无声。在静寂中，新的证人出场了。

他坐在轮椅里，自己推动着两个轮子，穿过人们特意为他闪开的路。一个奇怪又让人吃惊的怪物——从字面意思上讲，只能算半个人——出现在了公众面前。他穿过人群往里面走时，盖在轮椅上的床单掉到了地上。从头、双臂到躯干，一个活人的身体缺陷暴露在了公众的面前：完全没有下肢。这个残疾人让人感觉更吃惊、更可怕，也更可悲的是，他是一个罕见的英俊男人，一个罕见的精心装扮的男人。他的丝般柔顺的长发，是鲜亮而又美丽的栗色的，披落在肩上，浓密、优雅，十分完美。他的面容是欢快的，透着生气和智慧。他的一对又大又清亮的蓝眼睛，还有他纤长、娇柔的白皙的双手，像一个美丽女人的眼睛和手。要不是男人才有的喉咙和胸膛，他也许看上去更女人气：比头发颜色稍浅一点儿的栗色的飘飘美髯和长长的胡须，使人更加深了这种印象。从来没有人像他这样，一张华美的脸和身子被如此没有希望地恶意安排在了一起。从来没有人犯过比制造这个人更粗心或者说更残忍的错误！

他宣了誓，当然是坐在自己的轮椅里。报上姓名后，他向众法官致意，并请求他们允许他在作证前先解释几句。

“第一次听到我的奇怪的基督教名时，人们总会发笑。”他用一种低沉、清晰、能引起共鸣的声音说，声音一直传到了法庭最远处的角落里，“我可以告诉坐在这里的善良的人们，有许多名字，尽管在我们看来很普通，但它们都有含义，而我的名字就是这其中的一个。例如，‘亚历山大’在希腊语中的意思是‘人类的帮助者’，‘大卫’在希伯来语中的意思是‘深受爱戴的人’，‘弗朗西斯’在德语中的意思是‘自由’，我的名字‘迈泽里马斯’在拉丁语中的意思是‘最不幸的人’。这是我父亲给我起的名字，暗指你们已经看到的我的残疾——这是我天生的不幸。你们不要再取笑‘迈泽里马斯’了，好吗?”然后，他转向正等待着代替辩护方对他进行询问的资深权威律师，“院长先生，我现在听您的吩咐。对不起，耽搁了法庭的审理，即使就一会儿。”

他非常优雅而又非常幽默地发表了简短的演说。在资深权威律师的询问下，他给出的证词清清楚楚，没有任何支支吾吾或者保留。

“尤斯塔斯·麦卡伦夫人去世的时候，我住在格兰尼奇，是她家里的客人。”他开始说，“杰罗米医生和盖尔先生希望见到我，做一次私人会谈——嫌犯当时正处在崩溃的状态，这让他不可能担负起一家之主的责任。在这次会谈中，两位医生宣布尤斯塔斯·麦卡伦夫人死于中毒，这让我感到既震惊又恐怖。他们让我把这个可怕的消息告诉她的丈夫，还通知我必须做尸检。

“当我把医生说的告诉了我的老朋友时，他当时的样子要是苏格兰检察官看到了，我怀疑他就不会斗胆起诉嫌犯谋杀了他的妻子了。我认为这个起诉和凌辱没有什么区别。在那种情绪的驱使下，我对他们没收嫌犯的日记和信件的做法进行了抵制。既然日记已经被出示了，那么我和嫌犯母亲的意见一样，反对把它作为指证他的证据。通常，一本日记，当它远远不止是细节和日期的一个不加渲染的记录时，只是日记持有人的性格最脆弱的一面的表达。十之八九，它是作者除了自己以外，不敢让任何人看到的空虚和幻想的或多或少的可鄙的发泄。我是嫌犯交往时间最长的朋友了。我郑重声明，我在听到他的日记被当庭宣读之前，从来不知道他会直截了当地把废话写下来！

“他杀了他的妻子？他用轻视和残忍对待他的妻子？凭我对他二十年的了解，我敢大着胆子说，没有人比站在被告席上的那个人更没有犯罪能力和虐待能力了。让我来评论这件事情，我还要更进一步。我甚至怀疑一个有犯罪能力、有虐待能力的人，是否忍心对那个女人做坏事，而她过早的死亡正是本次质询的主旨。

“我听到那个无知的带着偏见的护士克里斯蒂娜·奥姆塞讲到已故夫人时说的话了。根据我私底下的观察，我对她说的每一句话都表示反对。尤斯塔斯·麦卡伦夫人的确有她个人的缺点，但她仍然是我遇到的一位非常有魅力的女人。她受过很好的教育，有极佳的文字感。我从来没有见过别的女人像她一样笑得那么甜美，像她一样举止那么优雅完美。要是你喜欢音乐，就会觉得她的歌声十分优美。而且，自称音乐家的人中很少有人能像她一样钢琴弹得那么好。要是你更喜欢聊天，我还从来没有遇到过跟她聊却不被她吸引的男人。这样的一个妻子先是被残忍地忽视，然后又被野蛮地杀害，被那个人，而不是殉道者。他就站在那儿，等于告诉我太阳从来不在正午发光，或者天空不在陆地的上方。

“噢，没错！我知道她的朋友们写给她的那些信，说明她写信向她们痛苦地抱怨了她丈夫对她的做法。但是请记住她的一个朋友（她们中最聪明、最好的一个）在回信中写的：‘我承认我一直在想，你是由于敏感的个性，才夸张或者曲解了你在你丈夫那里体验到的不被重视。’那句话就是全部的事实！尤斯塔斯·麦卡伦夫人有着富于想象、自寻烦恼的诗人般的性格。对她来说，凡人的爱都不够高雅。品性粗俗的女人也许不会注意的微不足道的小事，对于过度敏感的人却是极度苦恼的原因。有人天生就不快乐。那个可怜的夫人就是那些人中的一个。说到这儿，我的话就讲完了。

“不！还得补充一句。

“最好还是提醒检察官一下。从金钱方面来判断，尤斯塔斯·麦卡伦夫人的死亡，对她的丈夫是重大的损失。他在娶她时就坚决要求，她的全部财产由她本人处置，在她去世后则由她的亲戚们处置。她把来自于那笔财产的收入都用在了维持格兰尼奇富丽堂皇的宅院上。嫌犯的个人财产根本不够支付他豪华的乡村别墅的生活费用，甚至需要她母亲的资助。了解了这些情况之后，我可以肯定，妻子的死亡让丈夫丧失了三分之二的收入。而把他看成是男人中最卑鄙、最残忍的那位检察官，却断言他故意杀死了她……为了金钱上的利益，他也要维持她的生命。

“如果问我有没有注意到能证明妻子的嫉妒是合理的证据，比如嫌犯和博莉夫人的举止—— 一点儿也没有。我从来没有留心观察过博莉夫人，也从来没有怂恿过嫌犯，让他跟我谈论关于她的事情。他始终欣赏美丽的女人——据我所知，以一种完全清白的方式。他会更喜欢博莉夫人而不是他的妻子，这对我来说是不可思议的——除非他疯了。从来没有任何理由让我相信他疯了。

“至于砒霜的问题——我的意思是追踪砒霜是怎么到了尤斯塔斯·麦卡伦夫人的手里这个问题——我可以作证，我的证词也许应当引起法庭的注意。

“在苏格兰检察官的办公室里，检查那些从格兰尼奇找到的纸片以及其他物品的时候，我在场。检察官本人正式检查了已故夫人的梳妆盒里的所有东西之后，把梳妆盒拿给我看。我恰巧触觉非常灵敏。触摸梳妆盒盖的内面时，我感觉某个地方有东西，于是我把整个盖子非常仔细地检查了一遍。结果我发现在外层的木头和衬里之间，隐藏着一个秘密的贮藏处。在那儿，我发现了我现在出示的这个小瓶子。”

为了把这个小瓶子跟原来放在梳妆盒里的那些瓶子进行比较，法庭推迟了对证人的进一步询问。

那些瓶子是由最精细的经过切割的玻璃制成的，造型非常典雅，和秘密贮藏处找到的小瓶完全不一样。那是个最普通的小瓶，外形和药剂师们常用的瓶子一样普通。小瓶里既不剩一滴液体，也没留一点点固体，瓶子里也闻不到任何气味。还有，对辩护方来说更不幸的是，找到这个小瓶时，上面没有贴标签。

曾经向嫌犯出售砒霜的第二个药剂师被传唤，接受询问。他认定这个瓶子和他装砒霜的瓶子一模一样。尽管这个瓶子和他药店里的其他几百个瓶子一样，但在没有标签（他亲自在上面写了“毒药”一词）的情况下让他确认这个瓶子是不可能的。为了找到药剂师那不见了的标签——希望它是偶然地从那个神秘的小空瓶上掉下来的——梳妆盒和已故夫人的卧室已经被徒劳地搜查过了。两个地方的搜查都没有收获。这个小瓶的确是曾经装毒药的瓶子，这很可能是个公正的结论，可这不能成为法律上的证据。

辩方律师追踪嫌犯买的砒霜是如何到了他妻子手里的最后一次努力就这样失败了。那本有关斯蒂里亚农民使用砒霜的书（在已故夫人的房间里找到的）被出示了。但是，这本书能证明是她请求她丈夫为她买砒霜的吗？药剂师鉴别了那张带有残留药物颗粒的揉皱的纸片，确定上面的颗粒就是砒霜。可是，尤斯塔斯·麦卡伦夫人亲手把那个小包放进了橱柜里，又亲手倒空了里面的东西——证据在哪儿？哪里都没有直接的证据！只有推测！

继续对迈泽里马斯·德克斯特先生的询问涉及的都是人们不感兴趣的内容。交互询问基本上成了证人和检察长之间的智力较量。

依据普遍的看法，较量的结果有利于证人。一个问题和一个唯一的答案，我会在下面复述的——它们似乎对于解决我在阅读《审判》的过程中所考虑的问题非常重要。

“德克斯特先生，我相信，”检察长以极具讽刺意味的方式评论道，“你有你自己的推测。这个推测能让尤斯塔斯·麦卡伦夫人的死对你来说没有神秘感，对吧？”

“像对其他问题一样，我对这个问题可以有自己的想法，”证人回答说，“可是让我问问尊敬的法官们——我到这儿是来宣布我的推测的，还是来陈述事实的呢？”

我在这个回答处做了注释。德克斯特先生的想法是我丈夫的一个真正的朋友的想法，也是一个具有超凡能力的人的想法。接下来，这些想法可能对我有着无法估计的价值，要是我能够说服他把那些想法告诉我的话。

写到这个问题时，我得提一下，我在第一个注释后面加了第二个注释，表明我自己的观察。德克斯特先生在作证的过程中间接地提到博莉夫人时，说得那么轻描淡写——几乎可以说，太无礼了。这让人想到，出于某些私人的原因，他不喜欢（也可能是不信任）这位夫人。在这儿，我再说一遍，见到德克斯特先生对我来说至关重要。如果能够的话，我要把庄严的法庭忽略掉了的问题理清楚。

现在询问最后一个证人。轮椅滚动着离去了，半个人坐在里面，消失在法庭的某个遥远的角落里。检察长起立，向陪审团宣读起诉书。

我可以毫无顾忌地说，我从来没有读过像这位伟大律师的发言这么无耻的东西。从一开始，他就毫不羞耻地宣称，他坚信嫌犯是有罪的。他有什么权力说这样的话？这是他能决定的吗？我想要知道，他是法官还是陪审团成员？以自作主张地声讨嫌犯作为开场白之后，为了尽可能地给嫌犯安上一个卑鄙的外表，检察长继续歪曲着那个不幸的人的最清白的行为，例如：尤斯塔斯在死人的床边吻他那可怜妻子的前额，检察长说他这么做是为了在医生和护士心里留下好印象！还有，当他被失去亲人的痛苦完全击垮的时候，私底下他是获得了胜利，所以他是在装腔作势！要是你能够窥视他的内心，你就会看到那里是对妻子的恶魔般的仇恨，和对博莉夫人的冲昏头脑的激情！在他说过的每一件事情上，他都撒了谎；在他做过的每一件事情上，他都像个狡诈、无情的卑鄙的人在演戏！这就是控方律师嘴里的那个无助地站在被告席上的嫌犯。站在我丈夫的立场上，就算我什么事情都做不了，我也会朝检察长的脑袋上砸些东西。事实上，我把有控方律师发言的这几页纸从报告里面撕了下来，用双脚把它们踩得稀烂。做完这些，我的感觉才好了一些。现在，我为针对那几页无害的纸的报复行为感到有些惭愧。

审判的第五天以辩方律师的发言开始。啊，和检察长发表的言论形成了那么鲜明的对照的，是站在我丈夫一边的资深权威律师极有说服力的义正辞严的演说！

这位杰出的律师直奔主题。“我不会向任何人让步。”他开始说，“我对妻子深表同情，但是我要说，这个案子的受害者从始至终都是丈夫。凡是那个可怜女人经受的痛苦，站在被告席上的不幸的人都经历了，而且现在正在经受更多的痛苦。他若不是男人中最宽容的，丈夫中最听话、最投入的，就不会落到现在这个可怕的地步。当她请求他去买毒药时，一个更卑鄙、更冷酷的男人会怀疑他妻子的动机，会识破她为了得到毒药而编造出的恶劣的老生常谈的借口，而且会精明地、残忍地说‘不’。嫌犯不是那种人。他对他的妻子太好了，过于天真地认为她以及其他人都不会有任何罪恶的想法，以至于无法预见到他的致命的顺从可能让他面临的麻烦和危险。那么结果是什么？他太高尚、太可敬，以至于从不怀疑他的妻子。他站在那儿，被打上了‘杀人犯’的烙印。”

这样讲完了“丈夫”，当资深律师讲到“妻子”时，同样生动感人，同样无可辩驳。

他说：“检察长带着对苏格兰刑事被告席上的嫌犯充满敌意的

讽刺问过，为什么我们不能够完全证明是嫌犯把两包毒药给了他的妻子？作为回答，我说，我们已经证明了：第一，妻子充满热情地依附着她的丈夫；第二，她对个人相貌上的缺陷感到痛苦，特别是肤色上的缺陷；还有第三，有人告诉她服用砒霜是一种被允许的修复缺陷的手段。对于不了解人性的男人们来说，这些证据足够了！我的博学的朋友真的以为女人们有谈论改善她们个人容貌的隐秘的方法和化妆品的习惯吗？一个热衷于让自己变得对一个男人有吸引力的女人，会告诉那个男人，或者告诉任何可能同她交谈的人，她希望用魅力赢得他的心……说漂亮肤色的魅力，是通过使用一种致命的毒药这种危险的方法人为获得的吗？有过这样的经历吗？这样的赤裸裸的想法是荒谬的。当然，没有人听尤斯塔斯·麦卡伦夫人提到过砒霜。当然，也没有人会对她服食砒霜的行为感到惊讶。显然，她甚至不愿意把服食毒药的意图吐露给告诉她这种修正方法并且为她找到那本书的朋友们。她竟然乞求她们对此严格保密。可怜的人儿，从始至终，她保守着自己的秘密，就像她戴了假发，或者为了牙齿而对牙医感恩戴德时会保守秘密一样。于是你们看到了她的丈夫。他的生命有了危险，因为一个女人的行为……陪审团的先生们，和你们的妻子在相似的情况下对你们所做的一样。”

像这样的让人愉快的演说（我希望能有机会来更多地引述它）之后，下一段也是最后一段演说——更确切地说，是法官向陪审团提出的质疑——读起来确实沉闷。

法官首先告诉陪审团，他们不可能获得投毒的直接证据了。在类似的案件中，几乎从来没有得到过这样的证据。他们一定对最佳的间接证据感到满意——我敢说，全都是真实的。但是告诉陪审团也许会接受间接证据之后，他重新提出了自己的看法，还警告他们别太乐观地相信它！“你们必须掌握让你们满意、信服的证据。”他说，“你们在这些证据中找不到推测，只有不容反驳的、公正的结论。”谁来决定什么是公正的结论？没有推测，间接证据的依据是什么？

这段范例之后，我没有必要再从结论中摘录更多了。无疑，陪审团成员们彻底地不知所措了，只能以一种折中的方法来摆脱尴尬的局面。他们花了一个小时的时间在房间里争论和权衡（一个全部由女人组成的陪审团甚至用不了一分钟）。然后他们回到法庭上，用这样的文字给出了他们怯懦的、两面讨好的“苏格兰裁决”：

“证据不足。”

公众席上传出的零星的掌声立即就被制止了。在这种情况下，经过仪式性的检查之后，嫌犯被从被告席的围栏中释放了。他慢慢地走了出去，陷在深深的悲痛里。他的头耷拉在胸前——没有看任何人。他的朋友跟他说话时，他也没有回答。可怜的家伙，他知道那个裁决留给他的污点：“我们没有说你是清白的。我们只是说，没有足够的证据证明你是有罪的。”当时，在这个既无说服力又无效力的结论中，案件的审理结束了。这些材料将被永远保留下来，除非我……

第二十一章 我找到了方向

在又一个清晨的灰白的天光里面，我合上了关于我丈夫谋杀他的第一任妻子的审判记录。

我没有感觉到疲劳——经过了长达好几个小时的阅读和思考之后，我竟然没有躺下来睡个觉的愿望。很奇怪，可就是这样。我觉得我好像已经睡过了，现在刚刚醒来—— 一个全新的女人，带着一种全新的想法。

我差不多能够理解尤斯塔斯对我的遗弃了。一个他这样高雅的男人，在他的妻子读完了那份把他的事情向全世界公布了的审判记录之后，再见到她就是受折磨。我感受到了这一点，就像他曾经感受到的那样。不过同时，我认为他可以相信我会为了这种折磨而向他赔罪——他可以回到我身边来。或许，事情会以他的回归而结束。在这期间，在那种期待中，我同情而且完全原谅了他。

不管我有多么镇静，一个小问题还是不合时宜地干扰着我——尤斯塔斯还偷偷地爱着博莉夫人吗？莫非我已经熄灭了他心底的那股激情？这位夫人的美属于哪一种类型？万一，我们俩是这个世界上彼此最不相像的人呢？

我房间的窗户是朝东的。我拉起了窗帘，看着太阳在晴朗的天空壮观地升起。我抗拒不了出去呼吸清晨的新鲜空气的诱惑。我戴上帽子，披上披肩，把那本《审判》夹在了腋下。后门的门闩很容易就被拉开了。一分钟后，我已经在本杰明美丽的小花园里了。

美妙的独处和清新的空气让我平静下来，也坚强起来。我有了足够的勇气，来面对我现在遇到的问题——关于未来的问题。

我读完了《审判》。我发誓要为证实我丈夫的清白这件神圣的事情全力以赴。我—— 一个孤独的、无助的女人——站在那里暗自发誓，要把这个孤注一掷的决定进行到底。我该怎样开始呢？

以我目前的处境，大胆地开始确实是明智的选择。我有充分的理由相信，能够给我建议并且帮助我的最合适的人选是迈泽里马斯·德克斯特。他可能会让我大失所望，会拒绝帮助我，或者像我的姨父斯塔克韦瑟那样，认为我失去了理智。这些结果都有可能。不过，我下定了决心，要去尝试一下。我决定，首先去找那个名字奇怪的残废，只要他还活着。

假设他接待了我，同情我、理解我呢？他会说什么？护士在作证时说，他的说话方式是不拘礼节的。他很可能会说：“你打算做什么？我怎么样才能帮助你做这些事呢？”

要是问了这两个简单的问题，我准备好答案了吗？是的！只要我敢向任何人承认在那个非常时刻我心里不为人知的激动和不安。是的！只要我能向一个陌生人坦露由那本《审判》激起的、直到现在我都不敢在这几页文字中提到的一个猜疑！

然而，现在，它必须被提及。我的猜疑导致的结果，是我的故事的一部分，也是我的生命的一部分。

那么就让我来承认吧！本来，在我合上那本《审判》的时候，在一个重要的细节上，我实际上是跟我和我丈夫的敌人——检察长的看法一致的！他针对辩护方提供的尤斯塔斯·麦卡伦夫人的死因作辩护时，是这样表述的："一个笨拙的托辞，看不出一点点合理的可能性。"即使还没有走到目前这一步，我也从证词里面看不到假定那个可怜的女人错误地服用了过量毒药的理由。我相信她偷偷地藏着砒霜，而且尝试过了，或者打算去尝试服用它，为了改善她的肤色。但是比这个更远的我就不能预见了。关于这一点思考得越多，似乎就越清楚地证明，起诉方律师断言尤斯塔斯·麦卡伦夫人死于投毒是正确的，尽管他们用这个罪名起诉我丈夫是完全错误的。

我个人认为，我丈夫是清白的，而另外一个人则一定是有罪的。当时住在那幢房子里的人中，是谁毒死了尤斯塔斯·麦卡伦夫人？在寻找答案的过程中，我的怀疑一直指向一个女人。那个女人就是博莉夫人！

没错！我已经得出了那个令人吃惊的结论。我认为，那是我读了所有的证词之后得出的必然的结论。

我们用一点儿时间回想一下法庭上出示的那封署名为"海伦娜"的写给麦卡伦先生的信。凡是有理智的人都不会怀疑，那封信是博莉夫人写的（尽管法官们没让她回答相关的问题）。非常好！和我想的一样，那封信提供了可信的证据，表明了那个女人探访格兰尼奇时的心理状态。

写信给麦卡伦先生时，她已经嫁给了另外一个男人——在她遇到麦卡伦先生之前就已经跟他订婚了。她说了什么？她说："当我想到你为那个可怜的女人牺牲了自己的生活时，我的心在为你滴血！"她还说："爱并拥有那个最好的、最亲爱的男人是我无法用言语表达的幸福！我们将住在多么美好的天堂！我们将拥有多么美妙的时光！"

这不是一个女人不知羞耻地、狂热地爱着一个男人——不是她丈夫的男人，又是什么呢？她满心都是他，就连她关于另外一个世界的想法（见于信中）也是"拥抱麦卡伦先生的灵魂"的想法。在这样的心理和精神状态下，有一天，她的丈夫死了，那位夫人发现她自己和她的“拥抱”都自由了。她可以堂而皇之地出门探访，于是她就去了。而且，及时地，她成了她爱慕的男人的客人，而他的妻子因病躺在床上。格兰尼奇的另外一位客人是个残废，他只能坐在轮椅里行动。那幢房子和房子里她心爱的人，全都属于那位夫人自己了。在她和“爱并拥有那个最好的、最亲爱的男人的无法用言语表达的幸福”之间没有障碍了——除了一个可怜的生着病的丑陋的妻子。从妻子那里，麦卡伦先生从来没有也从来不能感受到一点点爱。

在这些动机的驱使下，被这些境况包围着的这样一个女人会犯罪，这是完全荒谬的吗？如果机会出现了呢？

她自己在证词中是怎么说的？

她承认和麦卡伦夫人有过一次谈话。谈话中，夫人问了她关于修复肤色的化妆品的问题。在那次会谈中没有发生别的事情吗？博莉夫人没有发现（后来变成了致命的理由）她的女主人为了改善难看的脸色会去进行危险的尝试吗？我们所知道的就是，关于这件事，博莉夫人什么也没有说。

下等园丁说了什么？

他听见了麦卡伦先生和博莉夫人之间的对话，对话说明夫人心里确实想到了博莉夫人变成尤斯塔斯·麦卡伦夫人的可能性，而且她确实考虑到这是一个太危险的话题，不能再谈下去了。清白的麦卡伦先生愿意继续谈下去。博莉夫人很小心，打断了他。

护士（克里斯蒂娜·奥姆塞）告诉我们什么了呢？

在尤斯塔斯·麦卡伦夫人去世的那天，护士被打发走了，去了楼下。直到病人从第一次疾病发作中恢复过来，又能靠写作自娱了，她才离开了病人。护士离开半个小时之后，因为听不到病人的铃声而不安起来。她到晨间起居室去和麦卡伦先生商量，得知博莉夫人不见了。麦卡伦先生不知道她在哪儿，问德克斯特先生有没有看到她。德克斯特先生也没有看到她。博莉夫人是什么时候消失的？恰恰就在克里斯蒂娜·奥姆塞离开之后，尤斯塔斯·麦卡伦夫人一个人待在房间里的时候！

此时，铃声终于响了，响得异常猛烈。差五分十一点——也许在这个时间前后，护士回到病房，发现清晨发病时不好的症状又回来了，而且病情更加严重了。护士不在的这段时间里，也是博莉夫人消失的这段时间里，据观察，又一剂毒药（比清晨的那一剂药量更大）被服用了。为了找人帮忙，护士跑到走廊上张望，遇到了博莉夫人正独自一人无辜地从自己的房间走过来打听病人的情况——我们可以推想，恰好在上午十一点。

过了一会儿，博莉夫人和麦卡伦先生一起来看望病人。垂死的女人奇怪地看了他们俩一眼，然后命令他们离开她。麦卡伦先生认为这是病人在疼痛中烦躁的发作，于是在房间里等着，并告诉护士已经派人去请大夫了。博莉夫人做了什么？尤斯塔斯·麦卡伦夫人看她时，她立刻惊慌失措地跑了出去。就连博莉夫人，似乎也有良心！

没有证据能证明在这样的情况下——在证人们宣誓保证的情况下——这样的怀疑是正确的。

我认为，结论很清楚，是博莉夫人投了第二剂毒药。确认了这一点之后，推论就是：清晨的第一剂毒药也是她投放的。她是怎么做的呢？再看看证词吧。护士承认，凌晨两点多到清晨六点钟，她睡着了。她还提到跟病房相通的一扇上了锁的门，门钥匙被人拿走了，没有人知道是谁拿的。一定有人偷了那把钥匙。为什么不会是博莉夫人呢？

再说一句，当时心里诸如此类的想法，我会如实地讲出来的。

经过交互询问，迈泽里马斯·德克斯特拐弯抹角地承认，他对尤斯塔斯·麦卡伦夫人的死亡有自己的想法。同时，他提到博莉夫人时的语气清楚地表明，他不是那位夫人的朋友。他也怀疑她吗？在求助于其他人之前，我决定征求他的意见。主要目的就是找个机会问他这个问题。要是他对她的看法确实和我一样，我后面的行动方向就清楚了。我采取的下一步行动将是小心翼翼地隐藏我的身份，然后以一个对她没有伤害的陌生人的角色，主动出现在博莉夫人面前。

当然，这条路上有许多困难。第一个也是最大的困难就是怎样才能够被人介绍给迈泽里马斯·德克斯特。

这时，花园里新鲜空气的镇定作用，让我更想躺下休息，而不是绞尽脑汁地琢磨我的困难。渐渐地，我昏昏欲睡，不能想事情了。然后，我懒得不愿意走路。经过我房间那扇开着的窗户时，我的床看上去是那么诱人。

五分钟后，我已经接受了床的邀请，跟我的焦虑和烦恼说了再见。又过了五分多钟，我很快就睡着了。

小心的、轻柔的敲门声叫醒了我。我听到我好心的老朋友本杰明在门外说话的声音。

“亲爱的！要是让你再睡一会儿，我担心你会饿坏的。已经一点半了，你的一个朋友来和我们共进午餐。”

我的一个朋友？我有什么朋友？我的丈夫离我很远，我的姨夫斯塔克韦瑟已经绝望地放弃了我。

“他是谁?”我躺在床上，隔着门大声问道。

“菲茨·戴维少校。”本杰明用同样的方式回答说。

我从床上一跃而起。我正要找的人在等着见我！菲茨·戴维少校，可以这么说，没有他不认识的人。他跟我丈夫那么熟，当然会认识我丈夫的老朋友——迈泽里马斯·德克斯特。

我坦白，我花了很大的心思梳洗打扮。让午餐延迟吗？不这样做的女人是不存在的，当她有特别的事情要求助于菲茨·戴维少校的时候。

第二十二章 少校制造的麻烦

我一拉开餐厅门，少校就赶紧上来迎我。时髦的蓝色双排扣礼服，动人的微笑，红宝石戒指，还有心甘情愿的恭维——看上去他是现实生活中最光彩照人、最朝气蓬勃的老先生。又一次遇到摩登的唐·璜①，的确非常高兴。

“我不是来探问您的健康的。”老先生说，“亲爱的夫人，我还没问这个问题，您的眼睛就已经回答了我。在您这样的年纪，一个长时间的睡眠才是一味真正的美容药。多睡觉，是使您保持美貌和长寿的一个简单的秘密。多睡觉!”

“少校，我并没有像您猜想的睡了那么久。说实话，我整夜都没睡，一直在阅读。”

菲茨·戴维少校挑起了他精心描画的双眉，显出得体的惊讶。

① 西班牙传说中的风流贵族。——译者注

“如此深深地吸引着您的书籍是哪一本呢？”他问道。

“那本书，”我回答道，“就是记录我丈夫谋杀他的第一任妻子的那本《审判》。”

少校的笑容消失了。他后退了一步，表情惊慌。

“别提那本恐怖的书！”他惊叫道，“别谈那个可怕的话题！美丽和高雅对审判、投毒有什么用呢？我迷人的朋友，为什么要谈论这样的事情来亵渎您的双唇呢？为什么要把您笑容中隐含的爱意和优雅吓跑呢？满足一个崇拜爱意和优雅、只请求用您的微笑照耀他的老家伙吧！午餐准备好了，让我们欢笑、畅饮吧！”

他把我带到了饭桌边，给我的盘子里夹满了菜，杯中斟满了酒，那样子就像是在做这一生中最重要的工作。过了一会儿，本杰明让谈话又继续下去。

“亲爱的，菲茨·戴维少校给你带来了一些消息。”他说，“你的婆婆——麦卡伦夫人——今天要到这儿来看你。”

我的婆婆要来看我！我急切地转向了少校，希望从他那儿得到更多的信息。

“我相信，她收到了他的信，”少校说，“也接到了您的姨夫——教区牧师的信。我们优秀的斯塔克韦瑟给她写了信。写信的目的我还不知道。我只知道收到他的信之后，她决定来看望您。昨晚在一个聚会上，我遇到了老夫人。我费了很大劲想搞清楚，她是作为朋友还是敌人来看望您。在她面前，我丝毫没有说服力。事实是，”少校说话的样子就像一个二十五岁的年轻人在忏悔，“我和上年纪的女人处不好。我可爱的朋友，事情没做成，可心意得领。我尽力想帮您的忙，但我失败了。”

他终于给了我一直等待的说话机会。我决定不失去这个机会。

“您可以帮我一个最大的忙，”我说，“少校，要是您允许我以您一贯的仁慈来认定的话。我想问您一个问题，只有您回答了问题我才可能荣幸地乞求您。”

菲茨·戴维少校放下了正送往嘴边的酒杯，屏气凝神，非常感兴趣地看着我。

“吩咐吧，亲爱的夫人——我是您的，而且只属于您。”爱向女人献殷勤的老先生说，“您想问我什么呢?”

“我想问您认不认识迈泽里马斯·德克斯特。”

“天哪!”少校大喊了一声，“这是个意外的问题！认识迈泽里马斯·德克斯特吗？我认识他多少年了，连我都算不清了。您的目的是什么呢?”

“我只用两句话就能告诉您我的目的。”我插嘴道，“我想让您介绍我认识迈泽里马斯·德克斯特。”

我的感觉是，少校的脸色刷地一下就变白了。至少，这一点是无疑的：他闪闪发光的灰色小眼睛不加掩饰地、为难地、警惕地看着我。

“您想认识迈泽里马斯·德克斯特?”他重复道，好像怀疑自己听错了，“本杰明先生！可以再给我一些您的美酒吗？是我听错了吗？还是我们美丽的朋友真的请求我把她介绍给迈泽里马斯·德克斯特?”

本杰明有些不知所措地看着我，然后非常严肃地回答说：“我想你说的对，亲爱的。”

“我当然这样说了!”我反驳道，“我的要求有那么让人惊讶吗?”

“那个人是个疯子!”少校喊叫道，“在全英格兰你都找不出一个从本质上比德克斯特更不适合介绍给一位夫人，特别是介绍给一位年轻夫人的人。您听说过他可怕的残疾吗?”

“我听说了——这吓不倒我。”

“吓不倒您？我亲爱的夫人，那个人的心理像他的身体一样畸形。伏尔泰充满讽刺地描述的他的同胞们的普遍性格，就是对迈泽里马斯·德克斯特的真实写照。他是老虎和猴子的混合体。某一刻，他会吓坏你；下一刻，他会让你捧腹大笑。我不否认他在某些方面很聪明，出奇地聪明。我也不是说他有过某些暴力行为，或者故意伤害过他人。但是，尽管这样，他仍然是个疯子，如果还可以说一个男人疯狂的话。如果我的问题有些鲁莽，那么请原谅。您想通过人介绍认识迈泽里马斯·德克斯特，动机是什么呢?”

“我想请教他。”

“我能问问是关于什么事情吗?”

“关于我丈夫的那本《审判》。”

菲茨·戴维少校叹了口气，从他的朋友本杰明的红酒中寻找到片刻的安慰。

“又是那件可怕的事情!”他大声说，“本杰明先生，为什么她坚持要揪住那件可怕的事情不放呢?”

“我必须揪住它，因为它现在是我唯一能做的事情，也是我生命中唯一的希望。”我说，“我有理由认为，迈泽里马斯·德克斯特能够帮助我洗清苏格兰审判在我丈夫的品格上留下的污点。就算有可能是老虎和猴子，我也准备去冒这个险，通过介绍认识他。所以我再次请求您——即使我担心您会认为我太轻率、太固执——介绍我认识他吧。这件事不会给您带来不便的。我不会麻烦您陪我一起去的，给德克斯特先生写封信就行。”

少校同情地看着本杰明，摇了摇头。本杰明也同情地看着少校，摇了摇头。

“显然，她坚持要这么做。”少校说。

“是的。”本杰明说，“显然她坚持要这么做。”

“本杰明先生，我不会承担让她独自去见迈泽里马斯·德克斯特的责任的。”

“我能跟她一起去吗，先生?”

少校在沉思。本杰明作为保护人，没有流露出用信心激励我们的军人朋友的意思。经过片刻的思考，少校好像有了新的想法。他转向了我。

“我迷人的朋友，”他说，“比以往任何时候都迷人!我有一个折中的办法。让我们从社交的角度来看待这个有关德克斯特的困难。一个小型的宴会，您认为怎么样？”

“一个小型的宴会？”我重复道，一点儿也不明白他的意思。

“一个小型的宴会，”少校又说了一遍，“在我家里。您坚持让我介绍您认识德克斯特，而我不同意您独自去面对那个精神错乱的人。在这种情况下，唯一的选择就是邀请他来，让他碰见您，这样您就可以形成对他的个人看法——在我的屋檐的保护之下。另外，我们还应该安排谁来碰见您呢？”少校继续说道，好客的意图令他愉快起来，“当我们邀请迈泽里马斯·德克斯特来做客时，作为补偿，我们需要一群非常高贵的美人围坐在桌边。莫莉弗洛里夫人还在伦敦。您肯定会喜欢她的——她很迷人，跟您一样坚定，跟您一样不达目的不罢休。是的，我们得邀请莫莉弗洛里夫人。还有谁？克拉琳达女士可以吗？”少校转向了本杰明，“本杰明先生，她也很迷人！你肯定会崇拜她的——她那么富有同情心，她的很多方面都跟我们这儿的这位美丽的朋友很相像。是的，克拉琳达女士应该成为我们当中的一位。而且，本杰明先生，你应该坐在她的旁边，这是我对你的真挚的尊重的证明。晚上可以让我年轻的首席女歌唱家为我们演唱吧？我是这样想的。她很漂亮，她对遮蔽德克斯特的畸形很有帮助。非常好，这就是我们聚会的所有人。这个晚上我将闭嘴，宴会的问题由我的厨师处理。我们可以定在下个星期的今天，”少校边说边从口袋里掏出了笔记本，“八点钟？”

我同意了他提议的这个折中方案，但不是非常乐意。只要写封介绍信，也许我当天下午就能见到迈泽里马斯·德克斯特。照这个样子，“小型宴会”迫使我整个一个星期都毫无作为。可是，除了顺从，没有更好的办法。菲茨·戴维少校，表面上彬彬有礼，实际上跟我一样固执。显然，他已经下定了决心，我再反对对我也不会有任何的好处。

“本杰明先生，八点准时开始，”少校重复说，“把它记在你的本子上。”

本杰明照他说的做了，同时斜眼看了我一下，我明白他的意思。我好心的老朋友不喜欢在宴会上碰到一个被形容成“半虎半猴”的人，而且挨着克拉琳达女士就座的特殊待遇让他更加沮丧而不是高兴。都是我同意的，他也只能顺从，没有别的选择。“八点准时开始，先生。”可怜的老本杰明说，听话地记下了他的这次正式约会，“请再喝一杯酒吧！”

少校看了看手表，站起身来，为他的突然离席表达了歉意。

“时间比我预计的晚了，”他说，“我跟朋友——一个女朋友，一个非常有魅力的女人——还有个约会。您有一点点让我想到了她，我亲爱的夫人，您在肤色上同她很像——一样的凝脂般的苍白。我喜欢凝脂般的苍白。我说了，我跟我的朋友有个约会，非常荣幸，她有一些很不寻常的老式饰带，想征求我的意见。我研究过老式饰带。我会研究对迷人、性感的您有帮助的每一样东西。您不会忘了我们的小型宴会吧！我一到家就给德克斯特发邀请信。”他握着我的手，用研究的眼光看着它，头稍微歪向一边。“一只美妙的手，”他说，“您不会介意我看它，不会介意我吻它，对吗？原谅我的弱点吧！我保证悔改，在今后的某一天。”

“少校，在您这样的年纪，还有很多时间可以浪费吗？”一个陌生的声音从我们身后传来。

我们三个全都转向了门口。我丈夫的母亲站在那儿，讽刺地笑着。本杰明那个小女用人正在旁边害羞地等着通报。

菲茨·戴维少校自有应答——这位老兵不会轻易地被吓住的。

“我亲爱的麦卡伦夫人，‘年纪’纯粹是个相对的表达。”他说，“有些人从来没有年轻过，而另外一些人从来都不会老。我是另外那些人中的一个。再见！”

回答完问题，已经无药可救的少校给了我们一个飞吻，然后走了出去。本杰明用老式的礼节鞠躬致意后，突然拉开了他的小书房的门，邀请麦卡伦夫人和我进去，把我们俩一起留在了小书房里。

第二十三章 婆婆让我大吃一惊

我拿了把椅子，在距离麦卡伦夫人坐的沙发足够远的地方坐了下来。老夫人笑了，招呼我坐到她身边去。从外表上判断，她的确不是以敌人的身份来看望我的。她是不是真的愿意做我的朋友，还有待观察。

“我收到了你的姨夫——那位教区牧师的一封信。”她开始说，“他请求我来看看你。按照他的要求做，我很高兴。原因嘛，你很快就能听到。我亲爱的孩子，像可能出现的忏悔一样奇怪，我非常怀疑，我该不该冒险来见你。我儿子表现得太软弱了，我认为那是无法原谅的，所以，作为他的母亲，我实在是羞于面对你。”

她是认真的吗？我边听她说，边诧异地望着她。

“你的姨夫在信里告诉我，”麦卡伦夫人接着说，“在严峻的考验下你是怎么做的，还有你打算做的事情。现在尤斯塔斯离开了你。斯塔克韦瑟博士，可怜的人，根本无法用语言来形容在伦敦时你对他说的话给他的打击。他求我去劝你放弃目前的想法，让你回到牧区的老家去。亲爱的，我根本不同意你姨夫的意见！我认为你的计划有些疯狂，在完成计划的过程中你没有一点儿成功的机会。可我佩服你的勇气、你的忠诚，还有你对我那不幸的儿子的无法动摇的信任，在他对你做了无法原谅的事情之后。瓦莱里亚，你是个好人！我来这儿就是想用简单的话告诉你这些。吻我一下，孩子！你应当成为英雄的妻子，可你却嫁给了一个最软弱的人。这样说我自己的儿子，上帝不会原谅我的！但是我心里就是这样想的，我必须说出来！”

这样说尤斯塔斯，我无法接受，即使是出自他母亲之口。为了捍卫我的丈夫，我又开始讲话了。

“亲爱的麦卡伦夫人，您的好意真让我高兴。”我说，“但是您也让我难过——要是我的话太直帅了，请原谅我——当我听到您用贬低的口吻说尤斯塔斯时。我不能同意您说我的丈夫是最软弱的。”

“当然不是！”老夫人反驳道，“你是一个好女人，让你爱的人成了英雄，不管他是否配得上这个称号。你丈夫具备许多优秀的品质，孩子，也许我比你更了解他。但是从他第一次踏进你姨夫家门的那一刻起，他的整个行为，是一个本质软弱的男人的行为。现在经由这个转折点后，你怎么看待他的做法？他加入了一个慈善组织，在他应该跪在这里求他的妻子原谅的时候，却胳膊上戴着红十字跑到西班牙去参战了。我认为，这是一个软弱男人的行为。别人也许会用更难听的词来形容。”

这个消息让我震惊，也让我难过。对于他的离开，我可以听天由命，但是在他和妻子分别的这段日子里，他却让自己置身于这样危险的境地，我只能以一个女人的本能来进行抗议。他现在故意加重了我的忧虑。我认为他太残酷了，但是我不能把心里想的坦白地告诉给他的母亲。我装得像她一样镇定，集中所有的力量来跟她辩论。可怕的老女人只是更加激烈地辱骂他。

“我埋怨我的儿子，”麦卡伦夫人继续说，“是因为他完全不了解你。要是他娶的是个傻子，他的行为也许会被人充分地理解——向傻子隐瞒他结过婚，并且因为谋杀妻子而被公开审判。他的做法还算明智。然后，当这个傻子发现了真相，却还没来得及怀疑他会毒害她时，就主动离开她的生活——为了两个当事人都能平静下来，他做的还算正确。可你不是傻子——只和你有过短暂的接触，我就看出了这一点。为什么他不能也看出这一点来？为什么他不从一开始就相信你，把他的秘密告诉你，却用一个假名字骗取了你的爱情？为什么他计划——他向我坦白的——带你去地中海，让你待在国外？是害怕家里某些过于殷勤的朋友把他曾经是那场著名审判中的嫌犯的事情泄露给你吗？这些问题的简单答案是什么？这个意料之外的不负责任的行为的唯一可能的解释是什么？答案只有一个。我可怜的、不幸的儿子，他像他的父亲一样，却一点儿也不像我！他处事软弱，就像所有软弱的人一样，极端不切实际。这就是事实！别激动也别生气。我和你一样喜欢他，也能看到他的优点。他的优点之一就是娶了一个热情果敢的妻子。她那么忠诚，那么爱他，甚至不愿意让他的母亲跟她讲他的缺点。好孩子！因为你恨我，我才喜欢你！”

“亲爱的夫人，别说我恨您！”我大声地说道，虽然如此，却似乎让人强烈地感觉到我确实恨她，“我只是猜想，您把一个敏感的人当成了一个优柔寡断的人。我们亲爱的不幸的尤斯塔斯——”

“是一个敏感的人。”让人难以猜透的麦卡伦夫人替我说完了这句话，“亲爱的，这个话题就到这儿吧，换一个话题吧！我想知道在那件事情上我们的意见是不是也不一致呢？”

“什么话题，夫人？”

“如果你叫我夫人，我是不会告诉你的。叫我‘妈妈’！应该说：‘什么话题，妈妈？’”

“什么话题，妈妈？”

“你打算亲自去找地方法院要求重新审理尤斯塔斯的案件，从而在世人面前为他讨个公道吗？”

“是的!”

麦卡伦夫人沉着脸，思考了片刻。

“我从内心里佩服你的勇气，还有你对我那不幸的儿子的忘我的爱。”她说，“我不能说假话，但我也不能看着你去做不可能做成的事情。我不想让你用名誉和幸福去冒险，却没有早提醒你。我的孩子！你绞尽脑汁想去做的事情，是任何人都做不到的。放弃它吧!”

“我深深地感谢您，麦卡伦夫人!”

“叫‘妈妈’!”

“我深深地感谢您，妈妈！可我不能放弃它。不管是错还是对，我想去试试!”

麦卡伦夫人非常专注地看着我，叹了口气。

“哦，年轻人，年轻人!”她悲哀地自言自语道，“年轻是多么美好啊!”突然，她转向我，用厉害的口气说了这样的话：“以上帝的名义，你打算做什么?”

就在她问这个问题的瞬间，我突然想到，如果麦卡伦夫人愿意的话，她可以介绍我认识迈泽里马斯·德克斯特。他是格兰尼奇的客人，也是她儿子的老朋友，她肯定认识他，而且非常了解他。

“我打算去请教迈泽里马斯·德克斯特先生。”我大着胆子回答道。

麦卡伦夫人突然向后一缩，惊叹了一声。

“你疯了吗?”她问。

我把对菲茨·戴维少校说过的话又对她讲了一遍。我有理由认为，德克斯特先生的建议可能会对我的行动有利。

“而我有理由认为，”麦卡伦夫人打断了我的话，“你的计划是个疯狂的计划，在这件事情上征求德克斯特的意见等于请教一个疯子。你不必惊慌，孩子！他不会伤害人。我的意思不是说他会攻击你，或者对你无礼。我只是说，一个处在你这种痛苦和脆弱境况下的年轻女人，应当联系的最后一个人，才是迈泽里马斯·德克斯特。”

奇怪！少校的警告被麦卡伦夫人重复了一遍，几乎是用少校的原话。好吧！它和大多数警告一样，只会使我更加渴望去走我自己的路。

“您让我大吃一惊，”我说，“《审判》一书中记录的德克斯特的证词，就像证据一样清楚、合理。”

“当然会是这样！”麦卡伦夫人回答道，“在印刷之前，速记员和通信员已经把他的证词变成了像样的语言。要是你像我一样，亲耳听到他到底说了些什么，那么依照你看待事物的方式，你既会对他感到愤慨，又会经常被他逗乐。他一开始就非常礼貌地、得体地解释了他那可笑的基督教教名，公众席上的嬉笑声立刻就停止了。可是当他继续说下去时，疯狂的一面就显现出来了。他把理智和胡说混合在一起，形成了一种最奇怪的混乱。他被一再地要求遵守秩序。由于蔑视法庭，他甚至被警告罚款和拘留。简而言之，他就像他自己—— 一个最奇怪的多重品质的混合体：一会儿说话非常清楚、合理；一会儿又突然开始残暴地狂想，像一个处在精神错乱的状态下的人那样。我再对你说一遍：比他更不适合给人建议的人，根本就不存在。你不会指望我介绍你认识他，对吗？”

“我确实这样想过，”我回答说，“可是，您说了这些话之后，亲爱的麦卡伦夫人，我当然放弃了这个想法。这不是我做出的一个伟大的牺牲，这只能迫使我为了菲茨·戴维少校的宴会再等上一个星期——他答应邀请迈泽里马斯·德克斯特来和我见面了。”

“到处都有这个少校！”老夫人大声说道，“如果你把希望全部寄托在那个人身上，那么我同情你。他像条鳗鱼一样狡猾。我猜，一定是你求他介绍你认识德克斯特的。”

“是的。”

“那就对了！亲爱的，德克斯特看不起他。他跟我一样清楚，德克斯特不会赴他的宴的，所以他才用这种转弯抹角的方式让你见不着他，而不是像一个诚实的人那样，明确地对你说‘不’。”

这是个坏消息。可我还像往常一样，固执地不愿承认我自己失败了。

“如果出现了最坏的情况，”我说，“那我只能写信给德克斯特先生，乞求他同意见我一面了。”

“如果他同意了，你要独自去见他吗?”麦卡伦夫人询问道。

“当然——我自己。”

“你真的打算这样做?”

“我确实打算这样做。”

“我不允许你一个人去。”

“我冒昧地问一句，妈妈，您打算怎样阻止我呢?”

“自然是我跟你一起去，你这个固执的孩子！是的，是的，我像你这么大时，和你一样固执。记着！我不想知道你的计划是什么，我也不想卷进你的计划里去。我儿子服从苏格兰裁决，我也服从苏格兰裁决。是你不愿意让事情就这样算了。你是个自负的、有勇无谋的年轻人。可是，不知道为什么，我已经喜欢上你了。我不会让你一个人去见迈泽里马斯·德克斯特的。戴上你的帽子!”

“现在?”我问。

“当然！我的马车就在门外。事情越早结束，我就越高兴。做好准备，快一点儿!”

我没有再讨价还价。十几分钟后，我们已经在去迈泽里马斯·德克斯特家的路上了。

这就是我的婆婆来看望我的结果。

第二十四章 迈泽里马斯·德克斯特——第一印象

麦卡伦夫人到达本杰明的小别墅之前，我们在慢悠悠地吃午饭。接下来，老夫人和我本人之间的谈话一直持续到下午晚些时候。当我们坐进马车时，太阳已经移进了厚重的云层中。我们还在路上的时候，阴沉的暮色开始笼罩我们了。

马车载着我们朝着伦敦的大北郊区驶去（据我判断）。

半个多小时的时间里，马车穿行在方砖铺成的暗黑的街道中。越往前走，路就越窄，也越肮脏。在渐浓的黑暗中，我注意到，迷宫般的街道两边露出了一片片补丁般的荒凉的废弃土地，看上去既不像市镇也不像乡村。横穿过这些空地，我们经过了一些早已没有人居住的偏僻的房屋群，里面零星散落着几家暗淡的小商店，看着像散布在去往伦敦的路上的不为人知的山村，已经烟熏火燎、面目全非了！天色越来越暗，沿途的景色变得越来越沉闷。直到马车终于停了下来，麦卡伦夫人用她尖刻的、嘲讽的语气宣布，我们抵达了旅程的终点。“亲爱的，这是德克斯特王子的宫殿。”她说，“你认为怎么样?”

我四下打量着，不知道该怎么看它，如果必须说实话的话。

我们已经下了马车，站在一条整修了一半的粗糙的砾石小路上。就着模糊的光线，我看到周围全是完工了一半的新房地基。我们的周围散落着木板和砖头。在一些地方，细长的脚手架支柱高耸，像沙漠里的一棵棵没有枝叶的树干。在我们的身后，公路的另一侧延展着另外一片荒地，上面至今也没有建筑物。在这第二块荒地的地面上，神秘的光线中不时地闪过鬼一样飘忽不定的白色人影。在我们的前面大概两百码的地方，有一团黑色的东西。当我的眼睛适应了昏暗的光线时，它渐渐地清晰起来，变成了一幢很长的、低矮的老房子，房前是常绿植物和漆黑的木栅栏。男仆带着我们朝木栅栏走去，穿过撒满木板、砖头、牡蛎壳和破碎陶瓦的地面，最后才到了“德克斯特王子的宫殿”!

漆黑的围栏上有扇门，还有门铃开关——得费很大劲儿才找得到。按住开关后，男仆拉响了门铃。根据铃声判断，是一个巨大的铃铛，更适合一座教堂，而不是一幢房子。

等候在门外时，麦卡伦夫人指着那排低矮黑暗的老式建筑说:

“这就是他疯狂的杰作之一!在旁边空地上建房的投机商给他开过价。我不知道这幢房子的占地值几千英镑。它原来是这个地区领主的庄园。很多年前，德克斯特突发奇想，买下了它。他家祖上跟这块地没有任何关系。那些房子几乎让他陷入尴尬的境地。对方给出的钱，他确实用得上。可是，没有!他写了封信，拒绝了有胆识的投机商的建议。信是这样写的:‘我的房子是一个低劣、可耻、卑下时代的，被低劣、可耻、卑下的建筑物包围的独特、美丽的永久性纪念碑。先生们，我要留着我的房子，让它成为你们有益的教训。当你们在我家周围建造房屋时，看看它!为你自己的工作而羞愧吧!’难道还有比这更可笑的信吗?安静!我听到花园里有脚步声。他的表妹来了。他的表妹是个女的——我得告诉你这个，否则黑暗中你会把她当成男人的。”

一个沙哑、低沉的声音——当然，我从来不会把它当成一个女人的声音——在围篱里面向我们问道：

“谁啊？”

“麦卡伦夫人。”我的婆婆回答道。

“你要干什么？”

“我们想见见德克斯特。”

“你不能见他。”

“为什么不能？”

“你说你的名字叫什么？”

“麦卡伦。麦卡伦夫人。尤斯塔斯·麦卡伦的母亲。现在你明白了吗？”

那个人在围篱后面咕哝着，然后是一把钥匙在门锁里转动。

我们得到允许进入了花园。在灌木丛的阴影里，我根本看不清楚那个声音沙哑的女人，除了她戴着一顶男人的帽子。关上了我们身后的大门，没有一句欢迎和解释的话，她领着我们向屋里走去。麦卡伦夫人熟悉这个地方，轻松地跟在她的后面，而我则尽可能地紧跟着麦卡伦夫人的脚步。“这是个微妙的家庭，”婆婆低声对我说，“德克斯特的表妹是这幢房子里唯一的女人，而且德克斯特的表妹是个白痴。”

我们进了一间宽敞的大厅。天花板很低。大厅的另一端，一盏小油灯发出昏暗的光。我能分辨出在阴暗的、褐色的墙上挂着许多画，不过在微弱、模糊的光线里面看不清画的是什么。

麦卡伦夫人向戴着男人帽子的一言不发的表妹问话了。

“现在告诉我，”她说，“为什么我们不能见德克斯特？”

表妹从桌子上拿起一张纸，把它递给了麦卡伦夫人。

“主人写的！”这个奇怪的人用沙哑的声音耳语道，好像怕“主人”这个名字吓着她似的，“念念它。然后是待着还是离开，随你的便。”

她打开一扇被一幅画掩着的、藏在墙里面看不见的侧门，然后幽灵般地消失在了门后，单单把我们留在了厅里。

麦卡伦夫人走近油灯，就着光看那女人递给她的那张纸。我跟着她，眼睛不顾礼节地越过她的肩膀向那张纸瞥去。纸上显示的是一种非常漂亮的大气、坚定的字迹。我被这幢房子里的空气中的疯狂传染了吗？还是我的确看到这些字就在眼前？

“注意。‘我丰富的想象力在工作。一个个英雄的幻象在我眼前次第展开。我自己重新鼓起了逝去大部分的勇气。我的脑浆在大脑中沸腾。在这种情况下，不管谁打扰了我，都是在拿他们的生命冒险。——德克斯特。’”

麦卡伦夫人面带嘲讽的微笑，静静地回头看着我。

“你还坚持想被介绍给他吗?”她问。

她问这句话时语气中的嘲笑唤醒了我的自尊。我下定决心，决不首先放弃。

“如果我没有拿您的生命冒险，夫人。”我回答说，很冒失地指着她手里的那张纸。

我的婆婆并没有屈尊回答我。她返回到桌子边，把那张纸放回到桌子上，然后领着我朝右边的拱形墙壁凹进去的地方走去。到了那儿我才隐约地分辨出，那是一段很宽的橡木楼梯。

“跟着我，”黑暗中，麦卡伦夫人边上楼梯边说，“我知道到哪儿去找他。”

我们摸索着上到第一段楼梯的拐弯平台上。折向相反方向的下一段楼梯的台阶，像楼下的大厅一样，被放在我们头顶上某个看不见的地方的一盏油灯微弱地照着。登上第二段楼梯，再横穿过很短的一段走廊，我们发现了那盏灯。透过一间形状典雅别致的圆屋的敞开着的门，它正在壁炉架上燃烧着。在我们一进门正对着的那面墙上，被灯光照亮的一条厚重的挂毯松松地从天花板上一直垂到了地面。

麦卡伦夫人把挂毯拉到一边，然后示意我跟着她，来到了挂毯的后面。

"听！"她小声地说。

站在挂毯的里侧，我发现自己站在一处黑暗的凹处或是通道上。它的尽头，油灯发出的一束微光让我看到了一扇关闭的门。我仔细听，听到门的里边有人在大喊大叫，伴着一种特别的辘辘声和口哨声，前前后后、来来去去。我还能判断出，里面的空间非常大。现在那辘辘声和口哨声达到了顶点，盖过了喊叫声引起的共鸣。然后，那些更大的声音渐渐地远去了，喊叫声又占了上风。那扇门一定非常结实——我尽量专心地听，还是听不清里面在说什么，也不知道那辘辘声和口哨声是怎么回事。

"接下来可能发生什么事情？"我悄悄地对麦卡伦夫人说，"在门里面。"

"脚步轻点儿！"我的婆婆说，"过来看看！"

她把身后的挂毯全都拉上了，完全挡住了圆屋里透出来的灯光。然后她轻轻地转动门把手，推开了那扇厚重的门。

我们藏在凹处的暗影里，往门里看去。

我看到一间长形的屋子，天花板很低（也许是在黑暗中我幻想看到的）。我只能借助炉火微弱的亮光来观察物体。正对着我们站立的地方，屋子的中央部分闪着红光，火光给几乎所有的黑暗处投上了一层绝境般的暗影。在听到辘辘声和口哨声接近我之前，我几乎没有时间注意这些。一把高背椅在轮子上移过来了，载着一个长发飘飘、胳膊猛烈地上来下去转动着机器，使轮椅飞速转动的朦胧的人形，穿过了红光区。"我是拿破仑，在奥斯德立兹①看日出！"在炉火的红光中，他坐在发出辘辘声的轮椅上从我身边掠过时，喊道，"我一发话，王座便会动摇，国王便会倒下，列国便会战栗，成千上万的人便会战斗、流血，直至牺牲！"轮椅冲出了火光，椅

① 捷克斯洛伐克中部的一个城市，拿破仑于一八〇五年在此击溃俄奥联军。——译者注

子里面大喊大叫的人变成了另外一个英雄，“我是纳尔逊！”他用响亮的声音号叫道，“我正领导着特拉法尔加角①的舰队。我颁布命令，有预见性地感知胜利和死亡。我发现自己成了神！我公开地出殡，流下民族主义的眼泪！我被埋葬在荣军院。时代铭记着我，诗人们用不朽的诗篇赞美我！”辘辘响的轮子在房间的那端掉了个头，又回来了。可笑又可怕的幽灵！人和机器混合成一个新的森特②，半人，半椅，在微弱的火光中又一次从我身边飞过。“我是莎士比亚！”这一次，疯狂的人喊道，“我正在写《李尔王》这部悲剧中的悲剧。古代人和现代人——我是超过他们所有人的诗人！光明！光明！诗句像火山喷发出的熔岩，从我的大脑里汩汩涌出！光明！光明！为了诗人总能写出不朽的诗篇！”他停下了，又猛地冲回到屋子的中央。当他靠近壁炉时，最后一小块没有点燃的炭刹那间燃烧起来，照亮了敞开的门。那一刻，他看到了我们！轮椅猛地一顿，震得屋子里的旧地板摇动起来。然后，他改变了路线，像头奔跑的野兽一样冲着我们蹿了过来。就为了及时地躲闪他，我们向后退去，顶在了凹处的墙上。轮椅继续前进，把垂下来的挂毯冲到了一边。圆屋里的灯光透过这道缝隙倾泻而入。坐在轮椅里的人狂暴地让轮子停了下来，然后转过头来，用顽皮、好奇又吓人的眼神望着我们。

“我碾过他们了吗？因为放肆地侵入我的领地，我把他们碾成粉末了吗？”他自言自语道。这个可爱的怀疑的表述一从他的嘴里说出来，他的一双眼睛就落在了我们身上。他的意识又回到了莎士比亚和《李尔王》上了。“贡纳莉③和里根！”他喊叫着，“我的两个变态的女儿，我恶毒的孩子们，来，嘲笑我吧！”

“根本没有那种事。”我的婆婆心平气和地说，就像正在跟一个

① 位于西班牙西南部，在直布罗陀海峡西端。——译者注

② 希腊神话中人首马身的怪物。——译者注

③ 《李尔王》中李尔的长女，是冷酷、不孝的典型。——译者注

完全讲道理的人说话，“我是你的老朋友——麦卡伦夫人。我带尤斯塔斯·麦卡伦的第二任妻子来看你了。”

她刚说完“尤斯塔斯·麦卡伦的第二任妻子”这几个词，随着一声让人惊恐的尖叫，轮椅里的人跳出了轮椅，就像被她射中了一样。那一刻，我们看到了一个脑袋和半个身体——完全没有下肢。下一刻，可怕的人用他的双手，像只猴子一样尽可能轻地触摸着地板。他用双手跳跃着走路，把这离奇可怕的一幕推入了高潮。他的速度快得惊人，一直走到了长屋里的壁炉边。他蜷缩在即将熄灭的灰烬旁边，颤抖着，嘀咕着：“啊，可怜我吧，可怜我吧！”许许多多的时间，他就这样一个人度过。

这就是那个人，我跑来征求他的意见。我曾经满怀信心地指望着他的帮助——在我需要的时候！

第二十五章　迈泽里马斯·德克斯特——第二印象

这种场面非常令人沮丧和厌烦，我完全被吓住了（如果我必须诚实地坦白）。我悄声对麦卡伦夫人说：“我错了，您是对的。咱们走吧！”

迈泽里马斯·德克斯特的耳朵一定像狗一样灵敏——他听到了我说的话。

“不！”他说，“把尤斯塔斯·麦卡伦的第二任妻子带到这儿来！我是一位绅士，我必须向她道歉。我是一个有人性的观察者，我希望见到她。”

他整个人看起来完全变了。他用最温和的声音说话，说完之后极其可笑地叹了口气，像个刚从痛哭流涕中恢复过来的女人。是勇气复活了，还是好奇心复活了？当麦卡伦夫人对我说“现在正常了，你还想离开吗”时，我回答说：“不，我准备进去。”

“你对他恢复信心了吗？”我的婆婆用她毫无慈悲心的嘲讽的方

式问道。

“我已经从对他的恐惧中恢复过来了。”我回答。

“对不起，我吓着你了。”从壁炉边传来那个温和的声音，“某些人认为我不时地会发点儿疯。我想，你是在我发疯的时候来了——如果某些人是对的。我承认我是个喜欢幻想的人。我的想象十分丰富，于是我说奇怪的话，做奇怪的事。在这种场合下，让我回想起那场恐怖审判中的任何人，都是把我扔回到过去，让我遭受说不出的精神上的痛苦。我心肠很软，必然是个痛苦的人（在这样的世界里）。接受我的歉意吧！进来，你们俩都进来！进来，可怜我吧！”

现在就算是个孩子也不会被他吓着了，就算是个孩子也会进去，因为可怜他。

屋子里越来越暗。我们只能看到即将熄灭的炉火边迈泽里马斯·德克斯特蜷缩着的轮廓——这就是全部。

“我们没有灯吗？”麦卡伦夫人问道，“把灯点亮的时候，这位夫人看到的会是你待在轮椅外边的样子吗？”

他举起了挂在脖子上的一个发亮的金属物，吹出了一串尖利的、颤抖的鸟鸣般的声音。停顿了片刻，他回答了一串相似的话，听起来微弱得像是从这幢房子的某个远处的地方发出来的。

“阿里尔就要过来了。”他说，“镇静一下，麦卡伦妈妈，阿里尔会让我在女士的眼中变得体面起来。”

他用双手“跳”进了屋子另一端的黑暗里。“等一会儿，”麦卡伦夫人说，“你会有另外一个惊奇——你将看到体贴的阿里尔。”

我们听到了圆屋里沉重的脚步声。

“阿里尔！”迈泽里马斯·德克斯特走出了黑暗，用最温和的声音叫了一声。

让我大吃一惊的是，声音粗哑得像个男人的表妹戴着男人的帽子——凯列班①的帽子，声音却远不是阿里尔②的声音。她回答道："在这儿！"

"我的轮椅，阿里尔！"

如此奇怪的人把挂毯拉到了一边，更多的光透了进来。然后，她进到屋子里，推着轮椅。她弯下腰，像抱个孩子一样，把迈泽里马斯·德克斯特从地板上提了起来。她还没来得及把他放进轮椅里，他就欢快地尖叫一声，冲出了她的怀抱，像只鸟一样落在了栖息的位置上！

"灯，"迈泽里马斯·德克斯特说，"还有镜子。原谅我，"他向我们补充说，"背对着你们。我得把头发梳理好才能让你们见到我。阿里尔！毛刷、梳子，还有香水！"

一只手拿着灯，另一只手拿着镜子，把刷子（梳子戳在上面）衔在嘴里，阿里尔第二——德克斯特的另外一个表妹——第一次出现在我的面前。现在我能看清女孩儿圆圆的、胖胖的、没有表情的脸，暗淡、无神的眼睛，粗俗的鼻子和宽大的下巴—— 一个半死不活的人。一个不成形的进化不完全的动物，穿了一件男飞行员的夹克，脚上是一双厚重的男人的绑带长靴。只有一件陈旧的红色法兰绒裙子和蓬乱的亚麻色头发上别着的一把破梳子提醒我们，她是个女人。我们刚进院子时，在黑暗中接待我们的就是这个冷漠的人。

这个惊人的"男仆"，为了梳理更加惊人的主人的长发，拿来了全部工具，把镜子（一面手镜）递给他之后，开始了工作。

她用我见过的最奇怪的迟钝跟灵巧混合在一起的方式，梳、刷、上油，又给迈泽里马斯·德克斯特顺滑的长发和长而柔滑的胡子喷上香水。她做这些事情时没有感觉，一声不吭，反应迟钝，步法笨拙。不过，活儿干得非常漂亮。轮椅里的顽童通过手中的镜子，挑剔地监督着整个过程。他对这个工作的兴趣大得都顾不上说

---

① 莎士比亚剧本《暴风雨》中半人半兽形怪物。——译者注
② 莎士比亚剧本《暴风雨》中的空气般的精灵。——译者注

话了。直到对胡子的修饰就要结束时，起错名字的阿里尔站到了他的前面，整张脸都朝向我和麦卡伦夫人时，他才对我们说话。他说话时特别小心，连头都不敢转动一下，因为他的梳妆打扮还没有完全结束。

“麦卡伦妈妈，”他说，“您儿子的第二任妻子的基督教教名是什么?”

“为什么你想知道这个?”我的婆婆问道。

“我想知道，因为我不能称呼她‘尤斯塔斯·麦卡伦夫人’。”

“为什么不能?”

“这会让我想起另一个尤斯塔斯·麦卡伦夫人。要是我回想起格兰尼奇那些可怕的日子，我的意志会垮掉的——我又会突然尖叫的。”

听到他这样说，我赶紧插话了。

“我叫瓦莱里亚。”我说。

“一个罗马人的名字，”迈泽里马斯·德克斯特评论道，“我喜欢它。我自己的名字里也有罗马语的成分。要是我生下来就有双腿，我会拥有罗马人的体格。我会叫你瓦莱里亚夫人，除非你不同意!”

我赶紧说，我完全不反对。

“非常好!”迈泽里马斯·德克斯特说，“瓦莱里亚夫人，你看到站在我面前的这个人的脸了吗?”

他用手镜指着他的表妹，像指着条狗一样满不在乎。他的表妹像条狗一样，对他让她干这干那时侮辱的话语一点儿都不在意。她还像刚才一样继续从容地为他的胡子梳理、上油。

“那是一张白痴的脸，不是吗?”迈泽里马斯·德克斯特继续说道，“看着她！她不过是一棵蔬菜。花园里的一棵卷心菜的生命力，跟这姑娘此刻表现出来的差不多。你相信在像她这样一个半进化的人的身上，会有潜在的才智、情感、自尊和忠诚吗?”

我实在是羞于回答他的问题——完全没有必要！无动于衷的年轻女人继续打扮着她主人的胡子。一台机器也不会像这个不可思议的人那样，毫不理会周围的生命和谈话。

“我发现了那种潜在的情感、尊严、忠诚，还有其余的一切。”迈泽里马斯·德克斯特继续说道，“我拿着开启那种蛰伏着的才智的钥匙。多么令人钦佩的想法啊！我要在我说话的时候看着她。可怜的不幸的人！有一次我在说讽刺的话时，给她取了个名字。她喜欢上了她的名字，就像一条狗喜欢上了它的项圈。现在，瓦莱里亚夫人，听听看吧——阿里尔！”

姑娘呆滞的脸开始发光了。姑娘那只机械地工作着的手停了下来，不安地把梳子拿在手里。

“阿里尔！你学会了打理我的头发，还会给我的胡子上油，不是吗？”

她的脸还在放光。“是的！是的！是的！”她急切地回答道，“而且你说我学得很好，不是吗？”

“我是那样说的。让别人替你做好吗？”

她的目光温柔起来，里面有了光明和希望。她那奇怪的一点儿不像女人的嗓音，降低成了我从她身上听到的最温柔的声音。

“没有人能代替我。”她立刻骄傲却又温和地说，“只要我活着，除了我，没有人可以碰你。”

“就连站在那儿的夫人也不行吗？”迈泽里马斯·德克斯特用手里的镜子指向身后我站立的地方，问道。

她的双眼突然闪过一道光，她突然冲我晃动着手里的梳子，妒忌让她愤怒起来。

“让她试试！”可怜的人喊叫道，嗓音又升高到了最沙哑的地步，“只要她敢，就让她碰碰你！”

德克斯特因她孩子气的发作而哈哈大笑。“是这样的，我体贴的阿里尔，”他说，“我暂时解除你的才智，恢复本来的你自己吧！把我的胡子收拾好！”

她听话地继续工作着。她眼睛里面新的光彩以及脸上的新表情都渐渐地减弱了，然后消失了。下一分钟里，那张脸又像刚才一样茫然、呆滞了，那双手又毫无生气但却灵巧地干起了活。她刚一拿起刷子时的痛苦表情给我留下了深刻的印象。显然，对这样的结果，迈泽里马斯·德克斯特非常满意。

“我想我小小的实验可能引起了你的兴趣。”他说，“你知道它是怎样的吗？我古怪的表妹身上潜藏的才智就像一件乐器——我弹奏它，它才回应我的触碰。她喜欢被弹奏，不过她最高兴的事情是听我讲故事。我给她出难题，她都快疯了。而且我越让她混乱，她就越喜欢那个故事。太有趣了！有一天你真的可以看到它。”他满足地最后看了一眼镜子里的自己，“哈！”他得意地说，“现在该我了。消失，阿里尔！”

她像只训练有素的动物，无声地服从了命令，穿着厚重的长靴重重地走出了房间。经过我身边的时候，我跟她说“晚安”，她没理我，连看都没看我——我的话对她迟钝的感觉完全不起作用。她能感觉到的只有无声。她恢复成了给我们开门时的那个神情茫然的死气沉沉的人，直到迈泽里马斯·德克斯特为了满足她而再对她讲话的时候。

“瓦莱里亚！”我婆婆说，“我们谦逊的主人正等着了解你对他的看法呢！”

我的注意力集中在他表妹身上的时候，他已经把轮椅转了过来，这样可以面对着我。灯光从高处射下，他整个人都被灯光笼罩了。提到审判中他作为证人出现时，我表达了这一次对他的感受，虽然我并没有打算这样做。现在我清楚地看到了那张欢快、聪明的脸，还有大大的、清澈的蓝眼睛，浅栗色的有光泽的波浪长发，修长、灵巧、白皙的双手，以及我在其他地方描述过的洪亮的嗓音和宽阔的胸膛。贬低、毁坏了男人头部和胸部的美的残废，被藏在了一件色彩斑斓的东方长袍下。长袍像个床单一样盖在轮椅上。他穿了一件黑天鹅绒的夹克，胸部松松地系着几粒硕大的孔雀石纽扣。两只袖口镶着打着褶的蕾丝花边，是上个世纪流行的式样。也许完全是我个人的感觉，可是现在他正在看着我。我从他身上看不到一点儿疯狂，也看不到任何令人不快的东西。我从他的脸上发现了一个缺点：在他的外眼角，恰巧在鬓角下面，他微笑的时候会出现奇怪的细纹和折痕，显得与脸上的平滑部分很不协调。至于其他的五官嘛，嘴巴——上下唇的胡须之间允许我看到的地方——形状小巧而精致；鼻子轮廓完美，典型的笔挺的希腊鼻，同方正的两颊和饱满的前额相比，可能有点儿太细了。作为一个整体来看（当然，是从一个女人的角度，而不是从一个相士的角度），我只能把他形容成一个异乎寻常的英俊男人。一位画家也许会把他当成圣约翰的原型而着迷，而一个年轻的姑娘——不知道东方长袍下面隐藏的残缺——在看到他的那一刻也许会对自己说："他就是我的梦中情人！"

"好了，瓦莱里亚夫人，"他平静地说，"现在我吓着你了吗？"

"当然没有，德克斯特先生。"

他蓝色的双眼——像女人的眼睛一样大，像孩子的眼睛一样清澈……停留在我的脸上。一种奇特的游移不定的游戏的眼神，这眼神立刻击中了我，使我不知所措。

此时，眼神中有怀疑——心神不安的痛苦的怀疑。而现在它又变得欢快起来，让人不得不承认，那么坦率和肆无忌惮，以致一个爱慕虚荣的女人也许会幻想他第一眼看到她时就被她征服了。突然，他仿佛被一种新情绪控制了。他的眼睛耷拉下来了，他的头垂下来了，他抱歉地抬了抬手。他咕咕哝哝地自言自语着，追赶着他脑海里的某列隐秘、忧郁的思维列车。列车似乎把他带离了眼前感兴趣的事物，越走越远，让他在对过去的不平静的回忆里越陷越深。时不时地，我听明白了一些词句。渐渐地，我发现自己正在设法揣测这个奇异之人的心里正在隐秘地想着什么。

"一张更加迷人的脸，"我听见他说，"但是不，不是一个更加美丽的外形。谁的外形会比她的更美丽呢？在某种程度上，她那迷人的优雅让我想起了与某人相像的地方。也许是姿态？也许是举止？可怜的受难的天使！何等的生命！还有何等的死亡！何等的死亡！”

他在拿我和被毒死的受害人——我丈夫的第一任妻子作比较吗？他的话似乎证实了这个结论。如果我猜对了，显然他特别喜欢那个死去的女人。他提到她时，声音里没有让人产生误解的颓丧。她活着时，他赞赏她；她死后，他为她忧伤。假设我成功地说服自己，去信任这个非常与众不同的人，结果会怎样？根据他想象的相像之处，我会成为胜利者还是失败者？看到我，他会感到安慰还是痛苦？我急切地等着，想多听到些有关第一任妻子的情况。从他的嘴里再没有吐出一个字。他被一个新的变化抓住了。他突然抬起头来，像一个疲倦的人看看自己是不是在沉睡中突然被人打扰了那样，看了看他的周围。

“我做了什么？”他说，“我又让意念转移了？”他颤抖着，长叹了一声，“噢，格兰尼奇的那幢房子！”他悲哀地嘀咕道，“在潜意识里，我从来没有逃离那里吗？噢，格兰尼奇的那幢房子！”

让我无比失望的是，他对自己想法的进一步揭示，被麦卡伦夫人制止了。

他提到她儿子的乡间住宅时语气和举止中的某种东西冒犯了她，于是她强烈、果断地打断了他。

“轻点儿，我的朋友，轻点儿！”她说，“我不认为你非常清楚你在说什么。”

他冲着她可怕地眨了眨大大的蓝眼睛。他用一只手转动轮子，好离她更近一些。然后他抓住她的胳膊，强迫她弯下腰来，直到他能贴着她的耳朵悄悄地说话。他太激动了，声音大得当时我坐在那儿都能听到。

“我不知道我在说什么？”他重复道，双眼紧紧盯着的，不是我的婆婆，而是我，“你这个目光短浅的老妇人！你的眼镜在哪儿？看着她！你看不出相像的地方吗？外形，不是脸！你看不出和尤斯塔斯的第一任妻子相像的地方吗？”

“纯粹是幻想！”麦卡伦夫人反驳道，“我一点儿也没有看出来。”

他不耐烦地摇晃着她。

“别这么大声，”他小声说，“她会听到你说的话的。”

“你们俩说的我都听到了，”我说，“德克斯特先生，你不必担心当着我的面说这些。我知道我丈夫之前有妻子，而且我知道她死得多么悲惨——我读过那本《审判》了。”

“你读了一个受难者的生活和死亡！”迈泽里马斯·德克斯特喊道。他突然把轮椅朝我这边转过来，几乎是温和地向我俯下身来。他的眼里全是泪水。“没有人认识到了她真正的价值，”他说，“除了我。除了我，没有人！除了我，没有人！”

麦卡伦夫人不耐烦地走到了屋子的另一头。

“瓦莱里亚，你什么时候准备好？我准备好了。”她说，“我们不能让仆人和马匹在这个阴冷的地方等太久。”

我想引导迈泽里马斯·德克斯特去追踪他刚才触及的话题，所以那一刻我不愿意离开他。我假装没听见麦卡伦夫人的话。似乎偶然地，我把手放在了轮椅上，让他离我更近一点儿。

“在审判中，你的证词表明你非常尊重那个可怜的夫人。”我说，“我相信，德克斯特先生，对于她的神秘死亡，你有自己的想法！”

在我大着胆子提出我的问题之前，他一直盯着放在轮椅扶手上我的那只手。这时，他突然抬起眼睛，用不高兴的、偷偷怀疑的眼神看着我的脸。

“你怎么知道我有自己的想法？”他严厉地问道。

“通过读那本《审判》知道的。”我回答说，“对你进行询问的律师几乎用了与我刚刚使用的相同的词句。我无意冒犯你，德克斯特先生。”

他的脸迅速地“放晴”了。他笑了，把他的手放在我的手上。他的触摸击得我周身寒冷。我感觉身体里的每一根神经都在颤抖——我快速地抽出了我的手。

“请你原谅，”他说，“要是我误会了你。关于那个不幸的夫人，我确实有自己的想法。”他停顿了一下，然后非常真诚地静静地看着我，“你有想法吗?”他问，“关于她的生活或者关于她的死亡。”

我被深深地吸引了，急迫地想听到更多。如果我对他坦白些，也许会鼓励他说下去。我回答：“是的。”

“这些想法你跟别人提起过吗?”他接着问。

“没向任何人提起过。”我回答道。

“非常奇怪!”他说，仍然真诚地阅读着我的脸，“对于一个从来不认识的死去的女人，你能有什么兴趣呢?你到这儿来看我是不是有什么目的?”

我大胆地承认了这个事实。我说：“我有一个目的。”

“和尤斯塔斯·麦卡伦的第一任妻子有关吗?”

“是的。”

“与她生活中发生的某件事情有关吗?”

“没有。”

“和她的死亡有关?”

“是的。”

他突然用一种绝望的疯狂的姿势紧扣双手，然后把两只手都按在头上，仿佛被某种突如其来的痛苦击中了。

“今晚我不敢听这件事!”他说，“我愿意让全世界的人都听到它，可是我不敢。我会失态——我不适合重提恐怖、神秘的旧事，没有足够的勇气去掀开受难死者的墓穴。你来到这儿时，听说过我吗?我有丰富的想象力，它让我成了演员。我扮演了许多历史上的英雄人物。我触碰他们的性格，把自己融进了他们的个性中。有时，我就是我自己幻想成为的那个人。我忍不住去做，我不得不这样做。突然发作时，如果克制我的想象力，我会疯掉的。我让自己放松，持续了好几个小时。等我筋疲力尽，反应惊人地敏锐时，这种意识离开了我。这会唤醒我内心所有的忧郁或者可怕的联想，于是我便会歇斯底里地尖声惊叫。你听过我的尖叫了。你不会看到我歇斯底里的样子的，瓦莱里亚夫人，不会！你对死亡和过去进行思考是无罪的。无论怎样我都不愿意吓坏了你。愿意明天白天再来这儿吗？我得到了一辆马车和一匹小马。阿里尔——我体贴的阿里尔会驾车。她会去麦卡伦妈妈那里把你接来。明天，等我适合谈话的时候我们再谈。我渴望听到你的声音。我会在明天上午等你。我在上午是文雅、伶俐、爱说话的。现在，这些都不具备！把话题也带走！太让人激动、太让人好奇的话题！我必须让自己平静下来，否则我的大脑会爆炸的。对于过于激动的大脑，音乐才是真正的镇静剂。我的竖琴！我的竖琴！”

他坐着轮椅冲向屋子的另一头，从麦卡伦夫人身边冲过去，又返回到我这边，决心催促我们离开。

“行了！”老夫人暴躁地说，“你见到了他，而且他进行了一场非常好的个人展示。再待下去也许会厌烦的，走吧！”

轮椅缓缓地回到了我们身边。迈泽里马斯·德克斯特只用一只手转动着轮椅。他用另一只手拿着一把竖琴，琴的模样我只在画里见过。琴弦只有几根。琴那么小，放在大腿上我就能轻松地控制它。那是画里的缪斯女神和传说中的威尔士游吟诗人的古琴。

“晚安，德克斯特。”麦卡伦夫人说。

他专横地举起了一只手。

“等等！”他说，“让她听我唱歌！”他转向我，“我拒绝为我的诗歌和音乐感激其他人。”他继续着，“我要用我自己的诗歌和我自己的音乐让自己安静下来。我会即兴创作。给我片刻时间想想，我将为你即兴创作。”

他闭上了双眼，把头靠在琴上。他思考的时候，手指轻轻地拨动着琴弦。几分钟后，他抬起了头，看着我，然后弹出了第一段音乐—— 一首歌的前奏。

是好听的音乐？还是难听的音乐？我根本无法判定它是不是音乐。是一串混乱的肆无忌惮的弦音，完全不像任何近现代的曲子。有时，它会让人想起一段舒缓、起伏的东方舞蹈。有时它变幻出的曲调，让我想起古老的格利高里圣歌中更庄严的协奏曲。歌词——当它们随着前奏被唱出时，像音乐一样混乱，不受任何苛刻规则的限制。歌词确实是偶然的灵感迸发——我就是这首奇怪歌曲的主题。由我听到过的最棒的男高音演唱的关于我的诗歌是这样的：

她为什么来？
她让我想起失去的，
她让我想起死去的。
她的外形像她，
她的姿态像她。
她为什么来？
是命运把她带来？
让我们一起漫游，
在过去的迷宫里！
让我们一起寻找，
那过去的秘密！
让我们交换思想、推测、怀疑！
是命运把她带来？
未来将会表明。

让夜晚过去，
让白天来临。
我会直视她的内心，
她会直视我的内心。
未来将会表明。

他的声音低了下来。当歌曲接近尾声时，他拨动琴弦的手指越来越无力了。过度紧张的大脑需要休息，并且为了重获生机已经主动休息了。唱到最后几个词时，他的眼睛慢慢地闭上了。他的头靠在了轮椅上。他抱着他的竖琴睡着了，像个睡着的孩子，紧紧地抱着他的最后一件新玩具。

我们踮着脚尖偷偷溜出了房间，把迈泽里马斯·德克斯特——诗人、作曲家和疯子——留在了他安宁的睡眠中。

第二十六章 我更加固执了

阿里尔在楼下阴暗的大厅里半睡半醒地等着看客人是否确实离开了这幢房子。她不跟我们说话，也不看我们，领着我们沿着黑暗的花园里的步行道往外走，然后锁上了我们身后的大门。“晚安，阿里尔！”我隔着围篱对她大声说。没有人回答我，只有她返回屋子里去的沉重的脚步声，还有片刻之后大门关上时沉闷的撞击声。

男仆已经细心地点亮了马车里的灯盏。他拿出一盏灯做提灯，照着我们穿过堆满砖块的荒地，安全地到了公路边的小道上。

“好了！”当我们又舒适地坐在马车里时，我的婆婆说，“你看到了迈泽里马斯·德克斯特，我希望你满意了。出于公正，我声明，我从来没见过他比今天晚上更彻底地疯狂。你怎么认为?”

“我不会怀疑您的看法。”我回答说，“可是，我个人认为，我不是非常确信他是疯狂的。”

“不疯?”麦卡伦夫人喊道，“他坐在轮椅里进行了疯狂的表演，摆布他不幸的表妹，荣幸地为你唱了那首歌之后睡着了……天哪，瓦莱里亚！古语说得好——视而不见！”

“原谅我，亲爱的麦卡伦夫人。您提到的每一件事情我都看到了，而且我这一生还从来没有像今天这样感觉到更多的惊讶，或者更多的疑惑。不过现在我已经从惊异中恢复过来了，能静静地好好想想这件事了。我必须仍然大着胆子怀疑，这个奇怪的人是不是真的疯了？在我看来，似乎他直率地——我承认，是以一种鲁莽、狂暴的方式——表达出的想法和感受，是被我们中的大多数人当作弱点羞于表达并当成秘密保守的。坦白地说，我经常幻想自己变成另外一个人。看到具有新的性格的我自己，我会感觉到某种快乐。孩童时代，我们最早的消遣之一就是摆脱我们自己的特征，去尝试其他人的特征——去做仙女，去做王后，去做任何人。总之，只要不做真正的自己，我们的目的就达到了。就像孩子们做的那样，德克斯特先生泄露了秘密。当然，如果那就是疯狂的话，那么他的确是疯了。可我注意到，当他安静下来的时候，他又变成了迈泽里马斯·德克斯特。就像我们不相信他一样，他也不相信自己是拿破仑或者莎士比亚。此外，对导致他孤独的、只能久坐的生活，的确应当给予某种程度的宽容。我的知识还不足以解释那种生活在使他变成现在这个样子的过程中对他的影响。但是，我认为我能看到过度兴奋导致的结果，我认为我能顺着他对可怜表妹的控制力的炫耀、他唱的那首惊人的歌曲去追踪。除了过分自大，没有别的可怕的原因。我希望我的坦白没有减少我对您的看法的认同，可是我必须要说，我对这次拜访很满意。而且，更糟的是，迈泽里马斯·德克斯特的确吸引了我！”

“关于德克斯特的这篇有学问的演说，意味着你还要去看他吗？”麦卡伦夫人问道。

“我也不知道明天上午我会怎么想，”我说，“但是此刻我认为必须再见到他。您站在屋子的另一头时，我跟他简单地谈了几句。我相信他确实对我有用。”

“对你有用？在什么事情上？”婆婆插话道。

“我一直在考虑的事情。那件事，亲爱的麦卡伦夫人，您不会同意的。”

“所以你准备相信他？去向那样一个人敞开你的心扉？”

“是的，如果我明天的想法跟今晚一样的话。我敢说这是在冒险，可我必须冒险。我知道我不够慎重，可慎重帮不了处于我这种境地、什么也得不到的女人。”

麦卡伦夫人不再提抗议了。她打开放在马车前面的一个大口袋，从里面拿出一盒火柴，还有一盏提灯。

“是你刺激了我，”老夫人说，“让我不得不把你丈夫对你这个新冒出来的奇怪念头的看法让你看看。我带着他的信——他从西班牙寄来的最近的一封信。可怜的被欺骗的年轻人，你可以自己判断，我儿子是不是值得你作出牺牲——无畏的牺牲。把灯点亮！”

我心甘情愿地照她的吩咐做了。自从她告诉我尤斯塔斯启程去了西班牙，我就渴望着得到更多他的消息，来支撑我的精神——在经历了这么多的失望和沮丧之后。直到现在我都不知道，我丈夫会不会不时地想起我——在强加给他自己的放逐生活中。至于他是不是已经为自己的鲁莽行动感到后悔——开始这样的期待还为时过早。

我把灯点着了，放在马车的两扇前窗之间。麦卡伦夫人拿出了儿子的信。没有比爱的荒唐更荒唐的事情了！我艰难地挣扎着，抑制着自己不去吻那张纸——他那只亲爱的手曾经在上面放过。

“那儿！”我婆婆说，“从第二页开始，那一页都是写你的。一直读到那一页的最后一行，然后以上帝的名义，恢复你的理性，孩子，还来得及！”

我按照指示，读了下面这些文字：

“写到瓦莱里亚，我还能信任自己吗？我一定要写她！告诉我她怎么样了！她看上去好吗？她在做什么？我总在想她。过去的这些天里，我没有一天不为失去她而难过。唉，要是她满足于对事情不理不睬该有多好啊！噢，要是她从来没有发现那痛苦的真相该有多好啊!

“上次我见到她时，她说在读那本《审判》。她还在坚持这样做吗？我说这些是很认真的，妈妈！在她了解了那个案子公开审理时我所遭受的耻辱之后，我如果和她面对面，会在羞耻和惊恐中死掉的。望着一个因最肮脏、最可耻的谋杀而被告上法庭，从来没有被宣布无罪的人那纯净的目光……写到这里，我感到很不舒服。

“她还在制订那个没有希望的计划吗，可怜的天使？她还在幻想着用她的力量向全世界表明我的清白吗？天哪，妈妈，如果她这样做了，就请充分发挥您的影响力，让她放弃这个念头！请分担她的屈辱、失望，以及她可能无辜遭受的侮辱——为了她好，也为了我好。没有任何方法能得到这个公正的、仁慈的结局。

“我不给她写信了——我不敢写给她。见到她时，您什么都不要说，否则会让她回想起记忆中的我。相反，要尽可能地帮助她忘掉我！我能做的最仁慈的事情，我能给她的唯一的补偿，就是退出她的生活。”

写完这几行让人很不满意的话，信结束了。我什么也没有说，只是把信递还给他的母亲。她站在她的立场上说话了，很简单。

“如果这封信还不能阻止你，”她一边缓慢地把信折叠起来，一边评论道，“就没有什么能阻止你了。我们到此为止，不要再说它了。”

我没理她——面纱后面的我哭了。我的前景看上去那么凄凉——我不幸的丈夫那么不可救药地被引入了歧途，那么可怜地被冤枉了！我们俩唯一的出路（对可怜的我是唯一的安慰）就是，坚持我那不顾一切的决定。如果我曾经需要什么来促使我、武装我去抵抗我的每一个朋友的抗议，那么为了实现这个目的，有尤斯塔斯的信就足够了。至少，他没有忘记我。在生命中的每一天，他都会想起我，都会为失去我而难过。作为鼓励，这就足够了。“要是明天阿里尔驾着小马车来接我，”我心里想，“我就和阿里尔走。”

麦卡伦夫人把我放在了本杰明家门外。

分别时，我向她提起——出于对她的敬畏，我一直站在那儿拖延着时间，直到最后一刻——迈泽里马斯·德克斯特已经安排好了，明天打发他的表妹驾着他的马车到我婆婆的住处。所以我问我的婆婆，可不可以让我到她那儿去等着表妹来，或者愿不愿意让马车到本杰明的小别墅来接我。我满以为我大胆地说出了明天的计划之后，她会有一个愤怒的爆发。老夫人的态度让我大吃一惊！这证明了她真的喜欢上我了：她忍住了脾气。

“要是你坚持回到德克斯特那里，就不用从我门前走。”她说，“不过我希望你不再坚持。我希望明天早晨醒来，你会是个更谨慎的女人。”

第二天上午到了。将近中午时，马车到了，还捎来了麦卡伦夫人给我的一封信。

“我无权控制你的行动，”我的婆婆写道，“所以让马车到本杰明先生家接你。我真诚地希望你不要坐进马车。我希望我能够说服你，瓦莱里亚——我是你真诚的朋友。夜里睡不着的时候，我一直在焦虑不安地想你。如果我告诉你，现在我责备自己没有采取更多的行动阻止你不幸的婚姻，你就会明白我有多么焦虑。可是，我能做些什么，我真的不知道。我儿子向我承认，他追求你时用了个假名字，可他从来没有告诉过我那名字是什么，也没告诉过我你是谁，你的朋友们住在哪里。或许我应该想办法揭发他。如果我成功了，我应该干涉并且开导你，即使做出悲哀的牺牲，成为我自己儿子的敌人。我的确以为，我表示不同意，我拒绝出席婚礼，就是尽了我的责任。是我太容易满足了吗？问这个问题已经太晚了。为什么我要用一个老女人的徒然的疑虑和悔恨来打扰你呢？我的孩子，不管你受到什么伤害，我都会感到自己是有责任的。怀着这种不安的心情，我写信给你，说的都是你不感兴趣的事情。别去找德克斯特！你去找德克斯特，结果会很糟糕—— 一整夜，这种担心都纠缠着我。给他写张字条，找个借口。瓦莱里亚！我坚信你会后悔的，要是你返回那幢房子！”

还有哪个女人受到过比这更明确的警告和建议吗？可是，警告和建议都被我忽略了！

让我分辨一下！我真的被婆婆信里的慈爱感动了，尽管我丝毫没有被它动摇。只要我还活着，能够行动，能够思考，就要让迈泽里马斯·德克斯特信任我，把他对尤斯塔斯·麦卡伦夫人的死亡的想法告诉我。我把这些想法看作是我正在跋涉的这条黑暗道路上的北斗星。我充满真情实感地、感激地、忏悔地给麦卡伦夫人回了信，然后便出门上了马车。

第二十七章
在德克斯特先生家

我发现住在附近的无所事事的男孩子们都围在小马车周围，用粗俗的俚语取笑、议论着穿着男式夹克、戴着男式帽子的阿里尔。小马烦躁不安——它也受到了围观者的喧嚣的影响。马车夫端坐着，手里拿着鞭子，对周围的嘲笑、戏谑无动于衷。坐进马车时，我说："早上好！"阿里尔只说道："驾！"然后策动了小马。

我下定决心，在去遥远的北郊这一路上，一句话也不讲。试图讲话显然是没有用的——经验告诉我，别想听到从我的旅伴口中说出一个字。然而，经验并不总是可靠的。在冷漠的沉默中走了半个小时后，阿里尔突然开口了，这令我大吃一惊。

"你知道我们去干什么吗？"她问道，两只眼睛直直地盯着小马的两只耳朵中间的位置。

"不知道。"我回答道，"我不认路。我们去干什么？"

"我们正往运河走。"

“是吗?”

“是的！我有几分想把你推到运河里去。”

这个可怕的宣告让我觉得，我需要一些解释。我冒昧地发问了：

“你为什么要把我推到河里?”

“因为我恨你。”这就是她淡漠的、坦率的回答。

“我做了什么冒犯了你?”我接着问道。

“你想从主人那里得到什么?”轮到阿里尔问我了。

“你是指德克斯特先生?”

“是的。”

“我想跟德克斯特谈谈。”

“不是的！你是想取代我的位置。你想代替我给他梳理头发，给他的胡须上油。你这个卑鄙的家伙!”

我现在开始明白了。前一天晚上迈泽里马斯·德克斯特向我们展示她的时候，闹着玩儿地植入她脑子里的那些想法，在那个迟钝的大脑里慢慢地成熟了，并且在大约十五个小时之后，在我的出现的刺激下，找到了把它说出来的方式。

“我不想碰他的头发，也不想碰他的胡子，”我说，“我把它们完全留给你。”

她扭头看着我，胖胖的脸上泛起了红光，呆滞的双眼睁大了，不习惯地努力想用语言表达自己的想法，明白了我作为回答对她所说的话。

“再说一遍!”她大喊，“这次说得慢点儿!”

我又说了一遍，说得更慢了。

“你发誓!”她叫喊道，变得越来越兴奋。

我保持着我的庄重，发了誓。

“现在你满意了吗?”我问。

她没有回答——语言资源都用尽了。这个奇怪的人又扭过头去直直地盯着小马的两只耳朵中间的位置，发出了嘶哑的声音。在剩下的路上，她再也不看我，再也不跟我说话了。我们的马车驶过了运河两岸——我没有被推进河里。我们坐在叮叮当当的小马车里，穿过大街小巷，越过片片废弃的荒地。我隐约地记得它们在黑暗中的样子，白天看上去更加肮脏、可怕。马车拐上了一条小道。道路十分狭窄，再宽一点儿的车就过不去了。然后，马车停在我没有见过的一堵墙和一扇大门前。她用钥匙开了大门，牵着小马带我进了迈泽里马斯·德克斯特破败、杂乱的老房子的后花园。小马自己走开了，拖着身后的马车进了马厩。我沉默不语的同伴领着我穿过一间暗淡的、不经常使用的厨房，然后顺着一条石头铺成的通道往里走。她拉开通道尽头的一扇门，让我进了大厅，然后就到了上一次麦卡伦夫人跟我一起进入这幢房子时经过的地方。在这儿，阿里尔举起挂在脖子上的口哨，吹出刺耳、颤抖的哨声，作为迈泽里马斯·德克斯特跟他的奴隶之间的交流方式。这声音我已经熟悉了。吹完哨，她不情愿地张开双唇努力地想讲话。

“等着，直到你听到主人的哨声。”她说，“然后上楼。”

怎么会这样？我像只狗一样被口哨声呼来唤去。更糟的是，除了像只狗一样服从，我没有其他选择。阿里尔在找借口吗？没有那种事！她转身留给我一个不成样子的后背，然后消失在这幢房子的厨房里。

我等了一两分钟，没听到楼上发出任何信号。我往前走，进到大厅更宽敞、更明亮的部分，在白天看那些昨晚在黑暗中无意间发现的图画。一个涂了许多种颜色的题记，正好在天花板的檐口下面，告诉我墙上的作品是多才多艺的迈泽里马斯·德克斯特本人的杰作。除了诗人和作曲家，他还是个画家。在一面墙上，主题被描述成《激情图解》；在另一面墙上，则是《流浪犹太人的生命插曲》。他用题记严肃地警告像我这样的偶然的观众，努力发挥纯粹的想象力来欣赏这些图画。“仅仅在艺术作品中寻找自然状态的人，”题记里是这样说的，“德克斯特先生是不会为他们作画的。他完全依靠他的想象——自然状态不属于他。”

全神贯注地把有关自然状态的全部理念都从脑子里去掉之后，我观看了那些描绘激情的图画。

尽管对艺术的研究不多，但我看得出，迈泽里马斯·德克斯特对绘画规则、色彩和构图了解得更少。他的图画用最精确的词来表述就是“涂抹”。在描绘惊恐时，画家病态的、放纵的喜悦，是我从他的系列作品中发现的一个值得注意的特点。

激情系列的第一幅画的是《复仇》：一具尸体，穿着奇异的服装，躺在一条充满了泡沫的河流的岸边，一棵巨树的阴影中。一个狂怒的男人，也穿着奇异的服装，横跨在尸体的上面，手里的剑指向昏暗的天空。他以一种可怕的狂喜的表情，望着他刚刚杀死的男人的鲜血。那血正从他的武器的宽宽的刃上慢慢地滴下，排成了一串大红点。下一幅画是《残酷》，画在了好多节车厢里面。在一节车厢里，我看到一匹被挖掉了内脏的马，在跟公牛的战斗中，被骑师残酷地用马刺扎着。在另一节车厢里，一个上了年纪的哲学家正在得意扬扬地解剖一只活猫。在第三节车厢中，两个异教徒因为折磨了两个圣徒而客气地互相祝贺：一个圣徒被烘烤在烤肉架上；另一个则被倒挂在树上，刚刚被剥了皮，但是还没有死。看过这些代表作品之后，我没有继续观看下去的愿望了，转到对面那堵墙上的《流浪犹太人的生命插曲》。在这里，第二个题记告诉我，画家认为飞翔的荷兰人正是流浪的犹太人。第一幅画让我看到了一个海港。一艘船抛锚了，舵手正在甲板上唱歌。近海海面一片漆黑，波涛翻滚。隆隆的雷声中，乌云低低地挂在地平线上。闪电闪过，将乌云劈开。在电闪雷鸣、颠簸起伏中，隐隐约约地出现了“幻影号”船，它正在向海岸靠近。这幅作品尽管画得很差，但充满了想象，甚至有超自然的感觉。下一幅画画的是“幻影号”停泊在港口里面那艘尘世间的大船后面。犹太人走在海边。他的小船停在海滩上。他的船员——面孔冷漠、苍白的矮小的男人们，穿着送葬的黑衣，沉默着一排排地坐在小船的座位上，船桨都握在他们瘦长的手里。犹太人也穿着黑衣，站立着，双眼哀求地望向雷声隆隆的天空，双手高举着。陆地和海洋中的野生动物——老虎、犀牛、鳄鱼、海蛇、鲨鱼——神秘地环绕着被诅咒的流浪者，看见他的时候既沮丧又神魂颠倒。闪电过去了，天空和大海更黑了——黑色的空虚。一丝微弱的光照亮了画面。那光是从火炬上落下的，火炬被一个伸展着秃鹰般的双翼盘旋在犹太人头上的复仇精灵挥舞着。尽管这幅画在概念上也许是怪异的，可我承认，里面有一种启发的力量，给我留下了深刻的印象。屋子里充满了神秘的寂静，再加上当时我置身于生疏的环境，这无疑对我的心理产生了影响。我还在观看眼前可怕的作品时，寂静中，刺耳的、颤抖的哨声突然从楼上传了过来。那一刻，我的勇气被完全颠覆了。我一惊，慌乱地大叫了一声。我有一种强烈的冲动，想拉开门，跑到门外去。事实上，相信自己可以单独地面对画了那些吓人图画的人的想法，让我非常害怕。我不得不在客厅里的一把椅子上坐了下来。过了几分钟，我的情绪恢复了正常。我开始觉得，我又成了正常的自己了。哨音又不耐烦地响了。我站起来，踏上了通向前厅的那段宽阔的楼梯。我估计，现在撤退将会彻底地降低我的人格。尽管如此，当我发现自己已经站在楼梯顶端的时候，我的心的确比平时跳得快了。我承认，就在那个时候，在一片奇异的强烈光芒中，我发现了自己的鲁莽。

前厅壁炉架的上方有面镜子。我逗留了片刻，看看镜子里的我看上去怎么样（我太紧张了）。

悬挂在内室门上的挂毯有一部分被拉开了。尽管我走路时动作十分轻柔，迈泽里马斯·德克斯特狗一样的耳朵还是听到了我的裙子摩擦地板时发出的声音。我上次听到过的美妙的男高音在温柔地召唤我。

“是瓦莱里亚夫人吗？请别在那儿等着，进来吧！”

我进了内室。

轮椅滚动着前来迎接我，那么缓慢，那么轻柔，我几乎不认识它了。迈泽里马斯·德克斯特无精打采地伸过一只手来。他的头焦虑地歪向一边，他用那双大大的蓝眼睛可怜巴巴地望着我。我第一次见到的，一会儿是拿破仑，一会儿又成了莎士比亚的那个狂怒地喊叫的人，似乎完全改变了。上午的德克斯特先生是个温和、忧郁的男人，只有那根深蒂固的怪异的穿着让人回想起晚上的德克斯特先生。这一次，他的上衣是粉红色的丝绵夹克。掩盖残疾的被单，是和夹克相配套的浅绿色的绸缎。还有，为了让他这身怪异的装扮更完整，他的两只手腕都戴上了沉甸甸的金手镯，镯子的式样沿袭了古代的简约风格！

“你能到这儿来，让我愉快，让我着迷，简直是太好了！”他用最悲伤但却最好听的嗓音说，“专门为了见你，我穿上了我最好的衣服。别惊讶！在这无耻的十九世纪，男人们总是像女人一样，穿戴贵重、色彩华美。一百年前，身穿粉红色丝绸衫的先生是着装最得体的先生。一千五百年前，优雅的贵族们戴的手镯跟我戴的一模一样。我看不起我生活的这个时代对美丽的粗野的藐视以及对花费的普遍担忧，他们把一位先生的装束退化成了黑布，把一位先生的饰物限制成了手指上的一枚戒指。我喜欢穿得明亮又美丽，特别是在聪明、漂亮的女士来看我的时候。你不知道对我来说你的来访有多么珍贵！这是我忧郁的生活里的一天。我的眼睛里不知不觉地全是眼泪。我为自己叹气、伤心，遗憾地冥思苦想。只要想到我的样子：一个可怜、孤独的人，被诅咒的残废……多么可怜！多么可怕！我充满爱的心，被荒废了。我特殊的才能，要么用不上，要么被滥用。可悲！可悲！可悲！请可怜可怜我吧！”

他的眼睛里确实溢满了泪水——同情他自己的泪水。他望着我，像个生病的孩子想得到大人的照顾那样哀号、埋怨、乞求着。我非常困惑，不知道该做什么。太可笑了——我还从来没有这么局促不安过。

“请可怜可怜我吧！”他重复说，“别那么残忍，漂亮的瓦莱里亚夫人。我只有一个小小的请求：说你可怜我！”

我说了我可怜他。说这句话时，我觉得脸都红了。

“谢谢你！”迈泽里马斯·德克斯特谦恭地说，“这样对我有好处。再过来一点儿，拍拍我的手！”

我使劲控制着自己。可是最后这个请求实在太荒谬了，我控制不住自己，突然哈哈大笑起来。

迈泽里马斯·德克斯特惊慌失措地看着我，他的惊异反而增加了我的欢乐。我冒犯他了吗？显然没有。从惊讶里面恢复过来之后，他奢侈地把头靠在了椅背上，流露出正在吹毛求疵地倾听着某种表演的男人的神情。就在我已经精疲力竭的时候，他抬起了头，拍着两只修长、白皙的手，荣幸地让我再来一遍。

“再来一遍！”他幼稚地说，“快乐的瓦莱里亚夫人，你有悦耳的笑声，我有灵敏的耳朵。再来一遍！”

这一次我非常严肃。“德克斯特先生，我为自己感到羞愧，”我说，“请你原谅我。”

他没有接我的话茬儿，我怀疑他没有听到我说的话。显然，他的情绪正在发生变化。他坐在那儿，目不转睛、焦虑不安地盯着我的衣服，神色黯淡地思考着，坚定地追随着他自己的思维列车。

“瓦莱里亚夫人，”他突然说，“你坐在那把椅子里不舒服吧！”

“请原谅，”我回答道，“我非常舒服。”

“请原谅，”他插话说，“屋子那头有把印度藤椅，对你更合适。接受我的歉意吗，如果我过于无礼地让你自己去把它拿过来？我有个理由。”

他有个理由！他打算展示的是一种什么样的古怪行为呢？我起身拿来了那把椅子——它很轻，非常容易搬动。当我回到他的身边时，我注意到他的眼睛还在奇怪地盯着我的衣服，似乎是在做靠近我的准备。更奇怪的是，他有几分好奇，又有几分忧伤。

我把椅子放在靠近他的地方，正打算坐下去时，他又打发我到屋子的那头，去拿另外一件东西。

“什么也别说，帮我一个忙。”他说，“墙上挂着一个手屏，它跟这把椅子相配。我们坐在这儿离火太近了——你会发现这个屏风很有用。再次请你原谅我让你自己把它拿过来。再次向你保证，我有个理由。”

又是他的“理由”，反复地强调！好奇心让我完全变成了像阿里尔一样听话的仆人。我拿来了手屏。拿着手屏返回时，我碰到了他的目光——他还在不可思议地专心盯着我那非常普通、没有装饰的衣服，而且流露出兴奋跟遗憾交织在一起的好奇。

“万分地感谢你！”他说，“你让我很痛心，可你对我没有一点儿温情。如果我坦白了真相，你能保证不生我的气吗?”

他马上就要说出他的解释了！我从来没有这么情愿地做出保证。

“我无礼地让你为自己拿来了椅子和屏风。”他继续说，“我的动机好像非常奇怪。也许你观察到了，我非常专注地盯着你看——过分专注地，对吗?”

“是的。”我说，“我想你一直在注意我的衣服。”

他摇了摇头，然后痛苦地叹了口气。

“不是你的衣服，”他说，“也不是你的脸。你的衣服并不好看，你的脸对我来说是陌生的。亲爱的瓦莱里亚夫人，我想看看你走路。”

看我走路?他这是什么意思?

“你拥有一个英国女人少有的教养，”他继续说，“你走路很好看。她走路也很好看。看到你，我就禁不住想再次见到她。当你走到屋子的那头又走回到我身边时，就像是她在走动，是她那甜美的、纯真的、天生的优雅……当你拿来椅子和手屏时，是你让她死而复活了。原谅我利用了你——想法是纯洁的，动机是神圣的。你让我痛苦，也让我高兴。我的心在流血，所以谢谢你！”

他停顿了一下，头耷拉在胸口，然后又突然抬了起来。

“昨晚我们确实谈到她了吗?”他问，“我说了什么?你说了什么?我的记忆乱得像团麻，我半记半忘。请提醒我！你没生我的气，对吗?”

对另外一个人我也许会生气，可对他不会。我非常担心得不到他的信任！现在是他自己主动提到了尤斯塔斯的第一任妻子。

“我们在谈——”我回答说，“尤斯塔斯·麦卡伦夫人的死。而且我们在说——”

他在轮椅里急切地向前倾着身子，打断了我。

“是的！是的！”他惊叫道，“我正想知道，是什么勾起了你的兴趣，让你想揭开她死亡的秘密。告诉我！相信我！我渴望知道！”

“你对那件事情的兴趣不会比我更大。”我说，“一定要弄清楚她死亡的秘密，我今后所有的幸福都靠它了。”

“上帝啊！为什么？”他喊道，“停！我太兴奋了。我一定不能那样做。我必须让头脑冷静下来，不能让思绪混乱。事情太严重了。等一下！”

一个精致的小篮子挂在他轮椅的扶手上。他打开篮子，拿出一件绣了一部分的绣品，还有刺绣必需的全套原料和工具。隔着绣品，我们俩互相望着。他留意到了我的惊讶。

“女人，”他说，“通过刺绣来稳定情绪，这对她们安静地想事情也有帮助。为什么男人这么愚蠢，拒绝这同样的好办法——简单的办法呢？为什么不能让神经放松，让心情平静呢？我虽然是个男人，但我也想像女人那样聪明。瓦莱里亚夫人，请允许我让自己镇静下来。”

认真地摆放好他的绣品，这个特别的人开始工作了，耐心、灵巧得像个娴熟的缝纫女工。

“现在，”迈泽里马斯·德克斯特说，“如果你准备好了，我也准备好了，那么我们就开始工作吧！”

我按照他的指示开始了工作。

第二十八章　在黑暗中

对于迈泽里马斯·德克斯特这样的男人，抱着成熟的目的却没有太大的信心是正常的。我很可能不去冒那种无法避免的危险，只是在最后时刻找出一个最好的借口，放弃我预期的尝试。目前，在危急的处境下，我没有能够避难的折中选择，只能去冒险，轻率地一头扎进我自己的私人事件。

“直到现在，你都对我了解很少，或者说一点儿也不了解，德克斯特先生。”我说，“我相信，你根本不知道目前我跟我的丈夫不住在一起。”

“有必要提到你的丈夫吗？”他冷淡地问，眼睛没有离开他的绣品，手里的活儿也没有停。

“绝对有必要。”我回答道，“没有别的办法，我只能亲自跟你解释。”

他听话地低下头，叹了口气。

“目前，你跟你的丈夫不住在一起？”他重复道，“意思是说，尤斯塔斯离开你了?"

"他离开了我，去了国外。"

"为这件事情，没有任何必要吧!"

"没有一点儿必要。"

"他没跟你约定回来的时间吗?"

"如果他坚持目前的决定，德克斯特先生，那么他就再也不会回到我身边了。"

头一次，他把头从绣品上抬了起来——脸上是突然来了兴趣的表情。

"吵得那么厉害吗?"他问，"漂亮的瓦莱里亚夫人，你们俩都同意给彼此自由了吗?"

我一点儿也不喜欢他问这个问题时的口气。他盯着我的让人不舒服的眼神暗示，我相信自己能够与他单独相处，而结果是他可能利用了这一点。我用手势而不是语言平静地提醒他，应该给予我足够的尊重。

"你完全搞错了，"我说，"没有愤怒，我们俩之间甚至没有误解。德克斯特先生，对他还有对我，我们的分手导致的是痛苦和伤心。"

他语气里带着讽刺地做了更正。"我是全神贯注的，"他边说边把线穿到了针眼里，"恳请你接着说，我不会再打断你了。"应他的邀请，我毫无保留地把我和我丈夫之间的真实情况告诉了他，可是，同时，又小心翼翼地把尤斯塔斯的动机控制在他能够忍受的范围之内。迈泽里马斯·德克斯特把他的绣品搁在了一边，自顾自地温柔地笑了，带着对我那乏味的简短叙述的顽童一般的享受，这让我的每一根神经都紧张起来。

"我看不出有什么可笑的。"我尖刻地说。

他用漂亮的蓝眼睛看着我的脸，带着天真的惊奇的眼神。

"没有什么可笑的，"他重复道，"对于你所描述的这个人的愚蠢行为!"他的表情突然变了，他的面容非常奇怪地变暗、变冷酷了。“停！”我还没来得及说话，他就大喊道，“你把它看得那么重要，只能有一个原因，瓦莱里亚夫人——你喜欢你的丈夫。”

“喜欢他还不足以表达我的感情，”我反驳道，“我全心全意地爱着他。”

迈泽里马斯·德克斯特捋着他漂亮的胡须，边重复着我的话边深思着。“你全心全意地爱着他？你知道为什么吗？”

“因为我情不自禁。”我倔强地回答道。

他充满嘲讽地笑了，又接着绣他的绣品了。“有意思！”他自言自语道，“尤斯塔斯的第一任妻子也爱他。有些男人被所有的女人喜欢；还有一些男人，女人从来不会留意他们。两种情形都毫无理由。这个男人就像另一个男人一样好，一样英俊、让人愉快、值得尊敬，而且高贵。对第一个男人，她们情愿赴汤蹈火；可对第二个男人，她们甚至不愿意扭头看他一眼。为什么？她们不了解自己，就像瓦莱里亚夫人刚刚说的那样！之所以这样，有物质的原因吗？是第一个男人身上散发出的某种强有力的诱惑，第二个男人并不具备吗？等我有时间、有心情的时候，一定研究研究这个问题。”他非常满意地解决了问题之后，又抬起头来看着我。“关于你和你的动机，我还完全不了解。”他说，“我还是不理解，在调查格兰尼奇骇人听闻的惨案的过程中，你最感兴趣的是什么。聪明的瓦莱里亚夫人，请用手牵引着我，领我走向光明。你没生我的气，对吗？讲和吧，等完工之后，我会把这件漂亮的绣品送给你的。我只是个可怜的、孤独的、残废的倒霉蛋，心情有点儿古怪的变化。我没有伤害你的意思。原谅我吧！迁就我吧！照耀我吧！”

他恢复了天真的笑容，伴随着笑容的是眼角古怪的细纹。我开始怀疑，是不是我不应该不切实际地严厉地对他。我悔过似的决定，在这次到访余下的时间里，我要更多地考虑到他身心两方面的缺陷。

“让我暂时回到过去在格兰尼奇的生活中，德克斯特先生。”我说，“你和我一样相信，尤斯塔斯绝对没有犯罪——你在审判中的证词告诉了我这一点。”

他停下了手里的活儿，冷峻地、严厉地看着我，脸上因此而出现了一种新的光彩。

“那是我们的看法，”我继续说，“可不是陪审团的看法。他们的裁决是——你记得的——证据不足。简单地说，就是我丈夫的陪审团拒绝肯定地、公开地表达他们的看法，认定他是清白的。我说的对吗?”

他没有回答我的问题，却突然将绣品放回了篮子里，然后转动轮椅，离我更近了。

“谁告诉你的?”他问。

“我自己发现的，在一本书里。”

此前，他的表情里只有坚定的关注——仅此而已。现在，第一次，我发现某种东西正偷偷地从他脑子里掠过，并随着一直在增加的不信任，正合我意地原形毕露了。

“女士们通常没有为了枯燥的法律问题费脑子的习惯。”他说，“尤斯塔斯·麦卡伦夫人二世，一定有某种强大的动力，把你的研究转到了那个方向。”

“我有一股非常强大的动力，德克斯特先生。我丈夫接受了苏格兰裁决。他的母亲也接受了它。他的朋友们，据我所知，都接受了它——”

“是吗?”

“是的！我不支持我的丈夫，也不支持他的母亲，还有他的朋友们。我拒绝向苏格兰裁决屈服。”

刚说完这句话，他的疯狂似乎就要爆发了。他突然在轮椅里伸展了身体，扑向我，一只手抓住我的一个肩膀。在离我的脸只有几英寸的地方，他用狂暴的眼睛厉害地、疯狂地审视着我。

“你这是什么意思?”他咆哮道，声音达到了他的歌声和共鸣的最高点。

一种对他的极度恐惧令我颤抖。我尽了最大的努力，不让它表露出来。通过眼神和话语，我尽可能镇定地向他表明，我对他失礼地抓着我非常生气。

“拿开你的手，先生，”我说，“回到适合你的位置上去!”

他机械地听从了，机械地向我道歉。显然，他的整个大脑仍然被我对他说的那些话充满着，他还在专心地寻找那些话意味着什么。

“我乞求你的原谅，”他说，“我谦恭地乞求你的原谅。这个话题让我兴奋，让我惊恐，也让我发狂。你不知道我控制自己有多么困难。别介意！别拿我当真！别被我吓坏了！我为自己深感羞愧——冒犯了你。我觉得我那么渺小，那么痛苦。让我因此受罚吧！拿根棍子抽我吧！把我捆在轮椅里。叫阿里尔来，她壮得像匹马，让她控制住我。亲爱的瓦莱里亚夫人！受伤的瓦莱里亚夫人！我愿意忍受任何形式的惩罚，只要你愿意告诉我你不向苏格兰裁决屈服是什么意思，好吗?”他提出这些请求时，忏悔地把轮椅向后退去。“我现在离你够远了吗?”他面带悔恨地问道，“我还让你惊恐吗？我会退出你的视野，只要你喜欢——哪怕钻到轮椅底下去。”

他掀起了绿色的被单。如果我不制止的话，下一刻，他就会像演出中的木偶一样消失掉。

“什么都别说了，也什么都不要做。我接受你的道歉。”我说，“当我告诉你我拒绝向苏格兰陪审团的意见屈服时，我的意思恰恰就是我的话语所表达的。那个裁决给我丈夫的人格留下了污点。他为那个污点感到痛苦。没有人比我更了解他有多么痛苦。是他那被贬低的感觉分开了我跟他。对他来说，相信他是清白的还远远不够。没有什么能把他带回我的身边！没有什么能说服尤斯塔斯，让他觉得他配做我生活的领路人和伴侣，除非把他无罪的证据放在怀疑他的陪审团、怀疑他的公众面前。现在，他、他的朋友们，还有他的律师团，全都放弃了找到那个证据的希望。可我是他的妻子，没有人像我爱他那么深。我独自一人拒绝失望，独自一人拒绝听人解释。如果上帝宽恕我，德克斯特先生，我要为维护我丈夫的清白献上我的生命。你是他的老朋友，我到这儿来求你帮助我。”

显然，现在轮到我让他惊骇了。他面无血色，不安地一只手在前额上摸来摸去，好像努力想把某种错觉从脑子里面删掉。

“这是我做的一个梦吗?”他无力地问道，“你是夜里的一个幻影吗?”

“我只是个无依无靠的女人，”我说，“失去了我所有的挚爱和奖赏，正努力去把它们重新赢回来。”

他又开始移动轮椅，想离我更近些。我抬了抬手，他立即停住了轮椅。片刻的沉默——我们坐着望着对方。当他把双手放在被单上时，我看到它们在发抖。我看到他的脸色变得越来越苍白，下唇耷拉着。我唤起了他什么样的惊恐的、被埋葬的记忆?

又是他先开口说话了：

“所以你感兴趣的就是为第一任尤斯塔斯·麦卡伦夫人神秘的死亡找到答案。”

“是的。”

“你相信我能够帮助你吗?”

“我相信。”

他迟缓地抬起一只手来，用修长的食指指着我。

“你怀疑某个人。”他说。

他说话的声音低沉却充满威胁，这提醒我要小心了。与此同时，尽管在同他进行危险的对话时我已经经受了痛苦，冒了风险，但要是不信任他，我会失去有可能获得的成果。

“你怀疑某个人。”他重复道。

“或许吧!”这就是我的全部回答。

“那个人——你够得着吗?”

“还不行。”

“你知道那个人在哪儿吗?”

“不知道。”

他疲倦地把头靠在了椅背上，发出一声颤抖的、长长的叹息。

他是失望了还是放心了？有可能仅仅是身心俱疲吗？谁能看透他？谁能告诉我？

“能给我五分钟时间吗？”他虚弱地、疲倦地问道，连头都没抬，“只要提到格兰尼奇的事情，我就会激动、颤抖。如果你能好心地给我几分钟时间，我会恢复过来的。隔壁房间里有很多书。请谅解我！”

我立刻退到了圆屋里。他转动轮椅跟在我后面，然后关上了我们俩之间的门。

第二十九章 在光明中

跟迈泽里马斯·德克斯特一样，短暂的独处对我来说也是个调剂。

惊人的怀疑困扰着我，我不安地走来走去，一会儿在屋里，一会儿在外面的走廊上。很清楚，我已经搅扰了沉睡在迈泽里马斯·德克斯特心底的某些可怕的秘密（完全是无意的）。我使劲地猜想那些秘密会是什么，搞得我可怜的大脑又乱又累。我把所有的聪明才智都浪费在了那些没有一个能够接近事实真相的推测上，正像后来发生的事情让我感觉到的。当我得出“德克斯特确实不相信任何人”这个结论的时候，我就更有把握了。假如他在审判的过程中公开承认，或者私底下跟任何一个他选定的朋友交流过，说他了解格兰尼奇的卧室里上演的那出悲惨，那么在他身上恐怕永远都不会出现我注意到的那么严重的慌乱的迹象。是什么样的强大势力促使他紧闭双唇？他保持沉默是出于对其他人的怜悯还是怕牵连到他自己？不知道！我能指望他信任我，把他向法官以及朋友们保守的秘密透露给我吗？等他知道了我到底想从他那儿得到什么，他会用能在未来斗争中为我赢得胜利的武器来武装我，把他自己知道的东西讲出来吗？希望渺茫——这一点不能否认。尽管如此，这个结果还是值得争取的。此时此刻，反复无常可能仍然控制着我的朋友。对于迈泽里马斯·德克斯特这样一个任性的人，我的计划和方案十分奇怪，十分宽泛，超出了一个女人的想法和行为的常规界限，很难引起他的同情。"谁知道呢？"我心里想，"即使我不经意地、简单地告诉了他真相，可能也得不到他的信任！"

幕间休息时间到了：门突然被打开了，主人又在叫我到内室里去。

"欢迎回来！"迈泽里马斯·德克斯特说，"亲爱的瓦莱里亚夫人，我又恢复了自我。你怎么样？"

他以老朋友式的轻松和热诚看着我，对我讲话。在我退出的那段时间里（时间很短），另外一个变化出现在这个善变的活物身上。他的眼睛因高兴而熠熠生光，双颊在某种新的刺激下泛起了红晕，就连他的打扮都有了变化。现在他戴着一顶现用白纸叠的帽子，弄乱了的头发被塞进了帽子里面。一件干净的围裙盖在绿色的被单上面。他把轮椅后退到我面前，向我颔首微笑，然后像个专业舞蹈老师一样，优雅地挥手示意我坐下。

"我要去做点儿吃的。"他宣布道，带着极其动人的天真劲儿，"在重新回到严肃的话题上之前，我们俩都需要吃点儿东西。你看我穿着做饭的衣服——别见怪。做这些事情得讲究形式，我是个非常注重形式的人。我喝了点儿葡萄酒。请支持我的行动，你也喝点儿吧。"

他往一只古旧的威尼斯高脚玻璃杯里斟满了紫红色的液体，看上去非常漂亮。

"勃艮第！"他说，"葡萄酒之王。而这是勃艮第之王——Clos-Vougeot。为了你的健康和快乐干杯！"

他又给自己斟了一杯，一饮而尽。我现在明白他眼睛里的光芒和双颊的红晕是怎么回事了！我关心的只是别惹他生气。我喝了一小口他倒的酒。我非常同意他的看法，我认为酒非常好喝。

“我们吃什么？”他问，“必须配得上我们的 ClosVougeot。阿里尔擅长烤肉、炖肉，可怜的家伙！可我不想让阿里尔的烹调破坏了你的胃口。简单的肉块！”他大叫着，脸上流露出了纯粹的厌恶，“呸！吃了简单肉块的男人跟食人者或者屠夫只有一步之遥。把它交给我，让我看看有什么东西更配得上我们好吗？咱们去厨房吧！”

他转动轮子，殷勤地挥了挥手，邀请我跟他一起过去。

我跟着轮椅来到了屋子另一头的门帘处，此前我没有注意到这个地方。他把帘子拉开，露出了一个凹室，里面放着一个做饭用的干净的小气炉。抽屉和食橱、盘子、碟子还有长柄锅摆放在气炉的周围——全是小号的，全都被细心地洗净擦亮了。“欢迎来到厨房！”迈泽里马斯·德克斯特说。他从墙上一处凹进去的地方拉起了一块大理石板当桌子，然后一只手托着脑袋沉思着。“它属于我！”他叫道，然后打开了旁边的一个食橱，从里面拿出一个我从来没有见过的黑瓶子。他用叉子敲了敲瓶子，然后侧耳倾听，认真地盯着瓶里那些形状不规则的小小的黑东西看。这些东西对一个习惯了有钱人家的豪华盛宴的女人来说，太常见了，可对像我这样的住在收入很少的牧师家里、过着朴素的乡村生活的人来说，却是个新的发现。看着主人认真地把样子并不讨人喜欢的神秘东西放在了一块干净的餐巾上，然后盯着它们又陷入了沉思中，我再也控制不住自己的好奇心了。我大着胆子说：“德克斯特先生，这些东西是什么？我们真的要吃它们吗？”

我鲁莽的问题吓了他一跳。他看着我，双手由于吃惊而抑制不住地伸展着。

“我们引以为自豪的东西到哪里去了？”他大叫道，“除了名字，教育是什么？一个受过教育的人看到块菌时，竟然不认识它们！”

“我听说过块菌，”我谦恭地回答说，“可我此前从来没有见过。德克斯特先生，在北部家乡，没有这么奢侈的东西。”

迈泽里马斯·德克斯特用他手中的叉子温柔地挑起一块块菌，亲切地递给我。

“尽量利用一次你这一生中并不常有的第一感觉，它的外表下面没有潜伏着让你失望的成分。”他说，“看着它，默想它。瓦莱里亚夫人，你应该就着勃艮第吃它！”

他点燃了做饭用的煤气，看样子是打算证明一下他的美好心意。

“请原谅，我要保持绝对的静默，”他说，“从我把它拿在手里的这一刻起。”他边说边从一堆炊具里面拿出了一个锃亮的长柄小锅，“完全按照要求，烹饪时不允许分心。”他继续认真地说，“在那种静默之中，你会找到没有女人能够或者想要成为一名最高级别的厨师的原因。通常，在特定的时间里，女人做任何事情都不可能绝对地专心致志。她们的心思会跑到别的事情上——有代表性的，比如说，她们的情人，或者她们的新帽子。瓦莱里亚夫人，尽管女人们总会徒劳地假设，可由于她们生活的这个时代的有缺陷的社会制度，在生活的各个方面的工业化进程中阻止她们与男人平起平坐的那个障碍没有被消除。不！消除那个障碍取决于她们自己。任何能被设计出来激励她们的社会制度，都不会强大到足够跟情人、新帽子相提并论。比如说，不久前，我想让在我们当地邮局里工作的女人帮助我。那天我不怕麻烦地下了楼——这对我来说是件严重的事情。然后，我自己到邮局去看看她们的工作有进步没有。我带了封信去寄挂号信。那是个非常长的地址。办理挂号信的女人开始往挂号单上抄写地址，做事风格让人看了既受鼓舞又高兴。抄了一半，一个小孩子——另外一个女工作人员的妹妹——跑进了邮局，在柜台下面砰砰地敲着要进去跟她的姐姐讲话。办理挂号信的女人立刻分心了。她的铅笔停下来了，她的眼睛转移到了孩子的身上，表现出了极大的兴趣。‘噢，露西！’她说，‘你好吗？’然后她想起了手头的工作，才又回到了挂号单上。等我把它从柜台里面接过来时，我的信件的地址栏里最重要的一行被漏掉了。感谢露西！此刻处在同样工作岗位上的男人是绝对不会看到露西的——那一刻他会把注意力全都集中在他的工作上。这就是不同性别在精神上的差异。只要人类存在，就算立法也不能改变！这又有什么关系呢？女人在人性真正的装饰品——精神品质上无限优越于男人。知足吧！噢，我容易犯错的姐妹们，知足吧！”

他扭动轮椅，朝着炉子走过去。跟他辩论这个问题一点儿用也没有，即使我想这么做。他已经完全被他的长柄小锅吸引过去了。

我在房间里四处查看。

楼下大厅里那些令人惊恐万分的图画又被陈列在这里了。挂在墙上的那些照片表现了来源于生活的各种各样的疯狂。对面架子上摆放的石膏塑像，是用著名杀人犯（死后）的头颅做模具浇铸成的。一扇釉面门的后面，一副可怕的女人的小骨架挂在一个食橱上，头骨上面摆放着一幅愤世嫉俗的题字：“把这副骨架视作创造美丽的基础！”门开得再大些便会发现，在对面的食橱里挂着一件随意叠放的麂皮衬衫。我碰了碰它，发现它比我以前摸过的任何麂皮都软得多。我把它弄乱了，露出一张别在里面的标签，用这样可怕的文字描述了一件事：“一位法国侯爵的人皮，在第九十三次革命中鞣制。谁说贵族没用？他们能制成上好的皮子。”

看过主人这最后一件充满猎奇味道的标本后，我不再继续我的研究了。我回到椅子里面，等着吃块菌。

过了一会儿，诗人、画家、作曲家兼厨师又在招呼我，叫我回到凹室里去。

煤气被关掉了。长柄锅跟它的伙伴们一起消失了。大理石台面上是两个盘子、两块餐巾、两卷面包，还有一个碟子，里面放着另外一块餐巾，餐巾上面躺着两个精致的小黑球。迈泽里马斯·德克斯特带着善意的微笑打量着我，把一个球放在了我的盘子里，他自己拿走了另外一个。“镇静，瓦莱里亚夫人，”他说，“这是你生命中的一个新纪元。你的第一块块菌！别用刀碰它，只能用叉子。而且，请原谅，这一点最重要——慢慢地吃。”

我按照指示，装出很有热情的样子，事实上我没有这种感觉。我偷偷地想，这种新的蔬菜太贵了。还有，从其他方面看，完全没必要这样大惊小怪。迈泽里马斯·德克斯特为了他的块菌拖延着时间，琢磨着他的块菌，呷着他那美味的勃艮第。作为厨师，他为自己唱着赞美诗——无法回到我此行的真实目的上，我急得快要疯了。这种感觉让我心里产生了不计后果的冲动，我用我能够问得出的最危险的问题，突然提醒主人——他正在浪费我们的时间。

“德克斯特先生，”我说，“你最近有博莉夫人的消息吗？”

听到我的话，他脸上剩下的轻松快乐的感觉像一盏瞬间熄灭的灯一样消失了。我已经留意到的那种对我的隐秘的不信任感，又立刻主动出现在他的动作和声音里了。

“你认识博莉夫人？”他问。

“我只是知道她，”我回答说，“通过我在那本《审判》里读到的有关她的内容。”

他对这个回答并不满意。

“你一定对博莉夫人的某件事情感兴趣，”他说，“否则你也不会向我问起她。是出自朋友的关心，还是出自对手的兴趣？”

也许我很轻率，可我还没有不计后果到用一个同样明白的回答去应对那个明白的问题。我从他的脸上看到了足够的提醒，让我在还不算太晚的时候认识到，跟他在一起一定要小心。

“我只能用一种方式回答你，”我回答说，“我必须回到你非常明白的那个话题上——关于那本《审判》的话题。”

“接着说！”他的幽默可怕地爆发了，“在这儿我任凭你摆布—— 一个危如累卵的殉难者。拨旺炉火！拨旺炉火！”

“我只是个无知的女人，”我继续说道，“估计我是非常不正常的。可是，在对我丈夫的审理中，有一部分我十分不满意。为他进行的辩护，在我看来是个彻头彻尾的错误。”

“一个彻头彻尾的错误？”他重复道，“瓦莱里亚夫人，这很奇怪——至少可以这样说!”他努力想说得轻松些，拿起了酒杯。可我看得出，我的话对他已经起作用了。他把酒送到唇边时，手在颤抖。

“我不怀疑尤斯塔斯的第一任妻子确实求他去买了砒霜，”我接着说，“我也不怀疑她偷偷地用它去改善肤色，可我不相信，她死于过量服用毒药。”

他把酒杯放回到桌上靠近他的地方。由于晃动，酒洒了一大半。他看了一下酒，然后又向下面看去。

“你认为她是怎么死的?”他问，声音低得我几乎听不到。

“死于投毒者的一只手。”我回答说。

他动了一下，似乎打算从椅子里站起来，却又落了下去。显然，他被突然的虚弱攫住了。

“不是我的丈夫!”我急忙补充说，“你知道我相信他的清白。”

我看到他在战栗。我看到他的双手紧紧地抓住轮椅的扶手，痉挛着。

“谁毒死了她?”他问道，仍然无助地仰靠在轮椅后背上。

在这个关键时刻，我胆怯了。我不敢把我的怀疑直接告诉给他。

“你不能猜猜吗?”我问。

片刻的停顿之后，他大概又去偷偷地追随他的思维列车了。突然，他从轮椅中站了起来。看得出来，一直控制着他的疲惫不堪马上就消失了。他的双眼恢复了狂热的光芒；他的双手又坚定地抓住了轮椅的把手；他的脸色更加光亮了。他一直在琢磨我为什么对博莉感兴趣。他猜到了?他猜到了!

“用你喜欢的方式回答我!”他喊道，“别想欺骗我!是个女人吗?”

“是的。”

“她的名字的第一个字母是什么?是字母表前三个字母中的一个吗?”

“是的。”

“B?”

“是的。”

“博莉?”

“博莉。”

他把双手扣到头上，突然疯狂地大笑起来。

“我活得够长了!”他疯狂地爆发了，“我终于发现这世界上还有一个人跟我一样清楚地看到了它。残忍的瓦莱里亚夫人！你为什么要折磨我？你为什么以前不承认?”

“你说什么?”我被他的激动感染了，惊叫道，“是你的想法，还是我的想法？你也怀疑博莉夫人，是吗?”

他给出了一个与众不同的回答。

“怀疑?”他轻蔑地说道，“没有一点儿疑惑——是博莉夫人毒死了她。”

第三十章
对博莉夫人的指控

我突然站了起来，看着迈泽里马斯·德克斯特。我太激动了，根本不能跟他讲话。

我最大的希望就是，他能够确定无疑地告诉我一切。我期望他——哪怕只是最小的可能——同意我对博莉夫人的怀疑。现在，是他自己说的，没有犹豫，也没有保留：“没有一点儿疑惑——是博莉夫人毒死了她。”

“坐下。”他平静地说，“什么也不用怕。在这间屋子里没有人能听到我们说话。”

我又坐下了，稍微恢复了一点儿常态。

“你对我说的话从来没有对别人说过吗?”我问了他第一个问题。

“从来没有。没有一个人怀疑她。”

“即使是律师也没有?”

“即使是律师也没有。没有不利于博莉夫人的证据，只有确定的……”

“如果你尝试过，就肯定能找到证据。”

他因这个想法而哈哈大笑。

“看着我！”他说，“一个被绑在轮椅上的人怎么去猎取证据呢？更何况，在我的道路上还有其他的困难。一般来说，我不会原形毕露——我是个小心谨慎的人，这一点你可能还没有注意到。但是，我对博莉夫人的巨大仇恨是藏不住的。要是眼睛能泄露秘密的话，她肯定能从我的眼睛里发现，我渴望看到她落到刽子手的手里。从始至终，我告诉你，博吉亚·博莉夫人一直提防着我。我能形容一下她有多狡猾吗？运用我掌握的所有的词汇都无法完成这个任务。让我来运用等级比较法让你有个大致的概念：我是确实狡猾；魔鬼是相当狡猾；博莉夫人是超级狡猾。不！不！过了这么长时间了，不应该让一个男人去做这件事情。应该让一个女人——一个她不怀疑的女人，一个能够像饥饿的母老虎那样耐心地监视她的女人——去做。”

“你是说，像我这样的一个女人？”我脱口而出，“我准备试试。”

他两眼放光，邪恶地露出了小胡子下面的牙齿，双手猛烈地敲打着轮椅扶手。

“你真想这么做？”他问。

“把我搁在你的位置上，”我回答说，“用你的方式来启发我，这样你就能看到了。”

“我会的！”他说，“先告诉我一件事：像你这样一个外界的生人，怎么会想到怀疑她呢？”

我尽我的所能，把我从审判记录中搜集到的各种各样的疑点一一列举给他。我特别强调了这个事实（是护士宣誓之后讲的）：恰恰在克里斯蒂娜·奥姆塞把尤斯塔斯·麦卡伦夫人一个人留在屋里的时候，博莉夫人不见了。

“你说对了！”迈泽里马斯·德克斯特大声叫道，“你是个令人惊奇的女人！尤斯塔斯·麦卡伦夫人被毒死的当天早晨，她在做什么？那天夜里没有灯光的几个小时里，她又在哪儿？我可以告诉你，她不在那儿，不在她自己的房间里。”

“不在她自己的房间里？”我重复道，“你确信吗？”

“谈到博莉夫人的时候，我说的每一件事都是确信无疑的。请记住这一点，然后再听下面的！下面是一出戏剧——我擅长戏剧性的讲述。你可以自己判断。日期：十月二十日。现场：走廊，被称作‘客人们的走廊’，在格兰尼奇。走廊的一侧，是一溜儿窗户，窗外就是花园。走廊的另一侧，是一溜儿四间卧室，每间卧室都配有更衣室。第一间卧室（从楼梯开始数），被博莉夫人占着。第二间卧室空着。第三间卧室被迈泽里马斯·德克斯特占着。第四间卧室空着。关于现场就这么多！下面是时间。时间是晚上十一点。德克斯特在他的卧室里被找到了，他在读书。尤斯塔斯·麦卡伦来找他。尤斯塔斯说：‘我亲爱的朋友，特别当心别弄出任何响动来，今晚也别在走廊上来来回回地滚动轮椅。’德克斯特询问道：‘为什么？’尤斯塔斯回答说：‘博莉夫人跟几个朋友在爱丁堡一起吃饭，回来后太累了。她已经回自己的房间里休息了。’德克斯特又问了一个问题，这一次是带着讥讽地询问：‘她非常累的时候看上去怎么样？还像平时那么美吗？’回答是：‘我不知道——我没见到她。她没跟任何人讲话，就溜上了楼。’德克斯特的第三个问题（在这种情况下的合乎逻辑的问题）是：‘她没跟任何人讲话，你怎么知道她很累？’尤斯塔斯递给我一张纸，然后回答说：‘别开玩笑了！我在客厅的桌子上发现了这个。记住我对你说的——保持安静。晚安！’尤斯塔斯退出去了。德克斯特看着那张纸，念上面用铅笔写的几行字：‘刚回来。请原谅我没有道晚安就上床休息了。我用掉了所有的精力，我实在太累了。海伦娜（签名）。’德克斯特生性多疑，他怀疑博莉夫人。别在意他的理由，现在没有时间讨论他的理由。他为自己找的依据是：‘一个疲倦的女人是不会给自己找麻烦，写这张字条的。要是她从客厅经过时敲开门，用话语来表示歉意会更省力。我从这儿看出来不合常规。我将坐在轮椅里彻夜狂欢。’非常好！德克斯特开始彻夜狂欢了。他开了门，轮椅轻轻地滑到了走廊上。他把两间空卧室的门锁上，又回到他自己的房里（钥匙都在他的口袋里）。‘现在，’德克斯特自言自语道，‘如果我听到几间卧室里有一扇门被轻轻地打开了，那么我就能确定，那是博莉夫人的房门！’于是，他关上自己的房门，留了一条窥视的缝隙。他眼睛冲着外面，像只躲在老鼠洞里的猫，扒着门缝等着、窥视着。他只要盯着走廊就行——走廊上整夜都亮着一盏灯。十二点的钟声敲响了，他听到楼下的大门上了门闩，落了锁，但什么事情都没有发生。十二点半——还是什么事情都没有发生。整幢房子静得像墓穴一样。一点钟、两点钟——同样的安静。两点半——终于有事情发生了。德克斯特听到附近发出了某种声响——在走廊上。是门把手轻轻转动的声音。那扇门是唯一能被打开的门——博莉夫人卧室的门。德克斯特轻轻地跳出了轮椅，双手着地，扒着门缝贴在地上听着。他听到门又被关上了，看到一个黑色的东西从他的眼前掠过。他把头伸到门外去，紧贴着地面——没有人能想到他会在那儿。那么，他看到了什么？博莉夫人！她走过去了，肩上披着驾车时穿的飘舞在身后的那件褐色的长斗篷。过了一会儿，她走过了第四间卧室，向右拐，进了第二段走廊——那儿被称作‘南走廊’——然后不见了。南走廊上都有什么呢？有三个房间：第一间房是护士证词里提到的小书房；第二间房是尤斯塔斯·麦卡伦夫人的卧室；第三间房是她丈夫的卧室。凌晨两点半，博莉夫人（似乎累得筋疲力尽）到这幢房子的那个位置想干什么呢？德克斯特决定冒险跟过去看看——开始了他的发现之旅。你知道在没有轮椅的情况下，他是怎样从一个地方到另一个地方的吗？你见过这个可怜的残疾人用双手跳着走路吗？在接着讲故事之前，让他给你展示一下他是怎么走路的吧！”

我赶紧制止了他的这个建议。

“我昨晚看过你跳了。”我说，“接着讲！求你接着讲故事！”

“你喜欢我戏剧性的讲述方式吗？”他问，“我讲的有意思吗？”

“有意思得无法形容，德克斯特先生。我急着想多听些！”

他怀着对自己能力的高度赞赏笑了。

“我还擅长自传体的方式。”他说，“下面我们试试那种方式——形式多样些好吗？”

“随你，”我叫道，对他一点儿耐心都没有了，“只要你接着讲！”

“第二部分：自传体形式。”他挥了一下手，宣布道，“我沿着客人的走廊跳过去，然后拐入南走廊，停在小书房外。门开着，里面没有人。我穿过小书房，到了跟尤斯塔斯·麦卡伦夫人的卧室连通的第二扇门跟前。门上着锁！我透过锁眼往里瞧。锁的另一面被什么东西遮住了吗？我不知道。我只知道什么也看不见，只有空洞洞的黑暗。我又听了听，什么也听不见。同样的空洞洞的黑暗，同样的绝对的寂静——在正门开在走廊上的、尤斯塔斯夫人卧室的上着锁的第二扇门的里面。我又去了她丈夫的卧室。我对博莉夫人的看法非常差——看到她在尤斯塔斯的房间里，我一点儿也不感到奇怪。我透过锁眼往里看着。这一回，锁眼里面没有钥匙，也可能旋转到了我正好可以往里面看的位置上了。到底怎么回事，我不知道。尤斯塔斯的床正对着房门。什么也没有发现。夜光里面，我能够看到他正无辜地熟睡着。我想了想。后楼梯就在走廊的尽头，我看不到。我滑下台阶，就着夜灯的光线，打量着我的四周。门全都紧紧地锁着，钥匙都插在上面，这样我就能亲自试试了。整幢房子的大门都插着门闩，并且插得很紧。通往仆人工作区的门也上着插销和门闩。我回到了自己的房间里，静静地仔细地琢磨着。她能在哪儿呢？肯定在这幢房子里的某个地方。在哪儿呢？其他房间都肯定没有，能查找的地方都查过了。她只有可能在麦卡伦夫人的房间里——那间屋子我没办法检查，那是唯一一间别人也没办法检查的屋子。还有，护士在证词里声明，连着麦卡伦夫人卧室和小书房的那扇门上的钥匙不见了，而且别忘了，博莉夫人生命中最大的心愿（在《审判》一书中读到的她的信里流露出的）就是成为尤斯塔斯·麦卡伦的幸福的妻子。你把这些事放在一起想一想，就会知道我的想法是什么了。根本不用我告诉你——我只要坐在轮椅里等结果。快四点了，尽管我很强壮，可困倦已经占了上风。我睡着了，时间不长。我惊醒过来时看了手表——四点二十五分了。她趁我睡着的时候回房间了吗？我跳到她的房门口听了听——什么声音都没有。我轻轻地推开了门。屋里没人。我又回到自己的房里等着监视。让两只眼睛一直睁着很困难。我拉起了窗帘，想让清凉的空气吹进来，好让自己清醒清醒——我和疲惫做着艰苦的斗争。我又睡着了。这一次，我醒来的时候已经是早晨八点了。你可能已经注意到了，我的听力相当好。我听到开着的窗户下面有女人们说话的声音。我偷偷地往外看，发现博莉夫人跟她的女仆正在亲热地谈话。博莉夫人跟她的女仆鬼鬼祟祟地看了看四周，确定她们没有被人发现。'小心点儿，夫人！'我听到女仆说，'那个可怕的畸形怪物像狐狸一样狡猾，当心他会发现你。'博莉夫人回答说：'你先走，到前面仔细打探打探。我会跟着你，以确保后面没人跟着咱们。'接着，她绕过房角，消失了。过了大概五分钟，我听到博莉夫人的门被轻轻地打开，然后又关上了。三个小时后，护士在走廊里碰到她正要无辜地去探望尤斯塔斯·麦卡伦夫人。这些情况你怎么看？博莉夫人跟她的女仆之间有话讲，可她们不敢在这幢房子里面讲——怕我藏在门后面偷听。你又怎么看？我的这些发现恰巧在尤斯塔斯夫人发病的那个早晨，恰巧在她死于投毒者之手的那一天，你怎么看？你看到能找到罪犯的路了吗？还有，到现在为止，疯狂的迈泽里马斯·德克斯特对你有帮助吗？"

我简直太激动了，激动得不知该怎么回答他。证明我丈夫清白的道路终于在我眼前了！

"她在哪儿？"我喊叫着，"她信任的那个仆人在哪儿？"

"我不能告诉你。"他说，"我不知道。"

“我上哪儿能打听到？你能告诉我吗？”

他想了想。

“有一个人一定知道她在哪儿，或者能帮你打听到她在哪儿。”他说。

“他是谁？他叫什么？”

“他是尤斯塔斯的朋友——菲茨·戴维少校。”

“我认识他！下个礼拜我要跟他一起吃饭。他邀请你也一块儿参加。”

迈泽里马斯·德克斯特轻蔑地笑了。

“菲茨·戴维少校对女士一向体贴入微，”他说，“女士们待他就像对待一只上了年纪的哈巴狗。我不跟哈巴狗一起吃饭。我说了，我不去。你去吧！他，或者他的女士中的某个人，也许对你有用。客人们都是谁？他告诉你了吗？”

“有位法国夫人，名字我忘记了，”我说，“还有克拉琳达夫人——”

“应该请她！她是博莉夫人的朋友。她肯定知道博莉夫人在哪儿。你一得到想要的消息，就来找我。一定要打探清楚女仆有没有和她在一起——她们两个人里面，女仆是最容易对付的。只要女仆开了口，博莉夫人就没法跑了。我们要击垮她！”他狂叫道，一只手向下重重地一击，闪电般地打死了在他轮椅扶手上爬的这个季节的最后一只苍蝇，“我们要碾死她，就像我碾死这只苍蝇！停！有个问题，是处理女仆的问题时最重要的一个问题——你有钱吗？”

“我有很多钱。”

他快乐地掰得手指噼啪作响。

“那女仆是我们的了！”他喊道，“对于女仆，只是英镑、先令和便士的问题！等等，还有个问题！关于你的名字！如果你以尤斯塔斯妻子的身份去接近博莉夫人，作为一个取代了她的位置的女人去接近她，那么从一开始你就成了她不共戴天的敌人。这一点得小心！”

听了这些话，我在谈话中一直隐忍着的对博莉夫人的妒火燃烧了起来。我再也忍不住了，不得不问他，我丈夫是不是曾经爱过她。

“告诉我真相，”我说，“尤斯塔斯真的——”

他突然恶毒地大笑起来。他看穿了我的妒忌——我还没来得及说出口，他就已经猜到了我的问题。

“是的，”他说，“尤斯塔斯的确爱过她。在审判之前，她有理由相信自己会取代尤斯塔斯那已经故去的妻子。可是那场审判让尤斯塔斯成了另外一个人，博莉夫人则成了他公开堕落的证人，这就足以阻止他娶博莉夫人了。他立刻并且永远断绝了跟她的关系——与离开你的原因相同。跟一个知道自己曾经因为谋杀妻子而被审判的女人在一起，是他不敢面对的现实。你想知道真相？这就是！你有必要提防博莉夫人，但你没有必要妒忌她。为了保险起见，让少校安排一下，在他家的宴会上碰到克拉琳达夫人时，你最好用个假名字来跟她认识。”

“参加宴会的时候，”我说，“我可以用尤斯塔斯娶我时用的名字。我要以伍德维尔夫人的名义去参加宴会。”

“太好了！”他惊叫道，“克拉琳达夫人把你介绍给博莉夫人的时候，我不在现场，不能帮助你！想想那种情形：一个灵魂深处藏着可怕秘密的女人，和另外一个知道这一切的女人——另外那个女人正决心要不择手段地让那个秘密大白于天下。多么惊心动魄的一场斗争啊！多么引人入胜的小说情节啊！一想到它我就会高度兴奋。一想到未来，看到博吉亚·博莉夫人终于屈服时，我就会发狂。别惊慌！”他的眼中又放射出了狂热的光芒，“我的脑浆又要沸腾了。我必须做做运动，逃避一下。我必须把水蒸气放出来，否则我会穿着这件粉红色上衣当场爆炸的！”

从前的疯狂又抓住了他。我急忙跑到了门边，以备必要的时候可以安全地撤退，然后又大着胆子去看他。

他兴奋地跟着轮子而去——半人，半椅——像一阵旋风刮到了屋子的另外一头。以他目前的情绪，这样的运动还不够剧烈。他立刻跳到了地板上，用双手保持着平衡，像只怪异的青蛙从远处看过来。他从那头蹦了过来，一个接一个地推翻了身边的所有更小、更轻的椅了。到了这头，他转过身，审视着他弃倒的那些椅子，用一声胜利的尖叫给自己鼓了鼓劲，然后靠着双手飞速地从一把又一把椅子上跃过。他那没有下肢的身体，一会儿后翻，一会儿又前荡，以保持平衡——用一种看上去立刻让人既惊讶又恐怖的方式。“德克斯特式蛙跳！”他高兴地喊道，以小鸟般的轻盈，落在最后一把倒地的椅子上，“瓦莱里亚夫人，我是相当活跃的，别以为我是个残废。咱们为博莉夫人被绞死喝一杯，用另外一瓶勃艮第！”

我不顾一切地抓住了一个理由——为了逃离这里，我能想出的第一个理由。

“你忘了，”我说，“我得立刻去找少校。要是我不及时地告诉他，他跟克拉琳达夫人提到我时，可能会用错误的名字。”

在目前这种状态下，要想尽快离开，只能迎合他的喜好。他猛地吹响口哨，把阿里尔从厨房那边招呼过来，然后兴高采烈地手舞足蹈着。

“阿里尔会给你备好马车！”他喊道，“飞速驾车去见少校——诱捕她的行动刻不容缓。噢，今天是多么美好的一天啊！噢，与你分享我那可怕的秘密是件多么轻松的事啊！我快被快乐淹没了，就像诗里面的‘地球精灵’。”他突然脱口说出《被释放的普罗米修斯》中宏伟华丽的诗句：“大地感受到爱的精灵……喜悦、疯狂！蒸气般喷涌而出的狂喜！哈哈！欣喜像被风吹动的云。那就是我的感受，瓦莱里亚！那就是我的感受！”

他说话时，我已经跨出了门槛。我最后看了他一眼，他正在倾吐着壮丽的诗的泉水——他畸形的身体悬在倒地的椅子上。他仰着脸沉浸在他自己创造的荒诞的天堂里面。我悄悄地溜进了接待室。我穿过这个房间时，他又变了。我听到了他响亮的喊叫声，以及他的双手在地板上“走路”时发出的轻柔的砰砰声。他又沿着屋子，用“德克斯特式蛙跳”跳过了一把把倒地的椅子!

大厅里，阿里尔在等我。

我走近她时，她正好在戴手套。她让我停下脚步，然后抓起我的右臂，把我的手举向她的脸。她要吻它吗？还是要咬它？都不是。她像只狗一样闻了闻它，然后咯咯地笑了，放下了它。

“你手上闻不到他的香水味，”她说，“你没有碰他的胡须。现在我相信你了。要辆马车吗？”

“谢谢你。我出去叫辆马车。”

她决定对我客气一些了，因为我没有碰过他的胡须。

“喂!”她突然用最深沉的嗓音说。

“有事吗?”

“我为没有把你推到运河里而感到庆幸——就这些!”

她友好地在我的肩膀上拍了一下，差点儿把我拍倒。立刻，她恢复了迟钝的表情和举止，领着我走到了前门。她在我的身后锁门时，我听到了她那沙哑的笑声。我的希望之星终于升起来了——在同一天里，我找到了赢得阿里尔和阿里尔的主人的信任的办法!

第三十一章
为博莉夫人的辩解

菲茨·戴维少校家的宴会举行前的这几天时间对我来说非常珍贵。

同迈泽里马斯·德克斯特的长谈比我当时的猜想带给我的不安要严重得多。离开他已经几个小时了，我才开始真切地感受到，我去拜访他的那段时间里，看到和听到的一切都让我的神经经受了严峻的考验：哪怕一点儿声响都会让我一惊；我梦见了可怕的事情；我一会儿莫名其妙地想哭，一会儿又莫名其妙地大发雷霆。彻底休息是我需要的，也是我得到的（感谢好心的本杰明）。

亲爱的老人为了我而克制着他的担心，避免问我那些因为他像父亲一样关心我的幸福而急切想问的问题。关于我去拜访迈泽里马斯·德克斯特（对这件事，不用说，他是强烈反对的）时的全部谈话，我们俩都心照不宣，认为应该等我的身心恢复过来再说。我见不到客人。麦卡伦夫人来过小别墅，菲茨·戴维少校也来过小别墅。他们中的一位是来打听在迈泽里马斯·德克斯特跟我之间到底发生了什么的，另一位是用即将到来的宴会的客人们的最新闲话来取悦于我的。本杰明主动代替我向他们道了歉，并且代替我接待了我的客人。我们雇了辆敞篷小马车，沿着美丽的乡间小路到了很远的地方。伦敦北郊几英里的范围内依然是一派欣欣向荣的景象。在家里的时候，我们坐在一起平静地聊着过去的日子，或者玩儿西洋双陆棋、多米诺骨牌。因此，几天快乐的时光，让我进入了对我非常有好处的平静的、没有冒险的生活。宴会那一天到了，我感觉又恢复了以往的健康心态。我又做好了准备，渴望被人介绍认识克拉琳达夫人，并找到博莉夫人。

我们驱车去菲茨·戴维少校家时，本杰明有点儿悲哀地看着我那因为兴奋而发红的脸。

“啊哈，亲爱的，”他用简洁的方式说，“我看你恢复了！你对我们的平静生活已经厌倦了。”

宴会上的事和人，回想起来特别地不清晰。我记得我们非常愉快，非常放松、随便，就像是老朋友。我记得莫莉弗洛里夫人出众得令在场的其他女人都无法与她媲美——穿着特别漂亮的衣服。她对摆在我们面前的豪华晚宴给予了高度赞赏。我记得少校的年轻的首席歌唱家，作为未来的“歌后”，前所未有地圆睁着眼睛，前所未有地盛装而来，前所未有地声音刺耳。我记得少校本人不停地吻我们的手，不停地引诱我们沉湎在美食和美酒之中，不停地示爱，不停地发现我们之间的相似之处，不停地“被魅力降服”，而且从宴会开始直到晚上结束的时候，从来未曾摆脱他那老年唐璜的角色。我记得亲爱的老本杰明完全不知所措地缩在角落里，被扯进谈话里时羞得满脸通红，见到莫莉弗洛里夫人诚惶诚恐，见到克拉琳达夫人十分害羞，对少校百般顺从，忍受着音乐的声音，发自内心地希望自己能够回家。至于那个愉快的小型聚会的成员们，我的记忆力太有限了——只有一个例外。克拉琳达夫人的容貌就在眼前，仿佛我昨天刚见过她。晚宴快结束的时候，我们俩坐在一起没有人干扰的谈话，毫不夸张地说，我还能回想起来差不多每一个字。

写到这儿，我又看到了她的衣服，听到了她的声音。

我记得，她衣着简洁朴素，但显然经过精心搭配，掩饰不住高雅大方的气质。她在白色的丝绸衫外面，穿了件简单的白棉布衫，上面没有任何的点缀或者装饰。她浓密的褐色长发——无视流行的发型——从前额梳向脑后，简单地打了个结，头发上也没有任何的装饰品。她脖子上系着一根细细的白丝带，丝带上扣着她身上佩戴的唯一一件珠宝饰物—— 一个非常小的钻石领针。她的端庄毋庸置疑，可她脸上的美是有些生硬、有棱有角的那种类型，这种类型在英国女人中特别常见：鼻子和下巴太突出了，外形太硬朗了；圆睁的灰眼睛炯炯有神，充满自信，可缺少亲切的表情。她的举止散发出良好教养赋予的所有的魅力——异常优雅，友好真诚，表现出了对自己的虽不显眼却很坚定的信心，这在英格兰似乎是优越的社会地位的象征。要是你因为她表面的样子接受了她，你可能会说，她是个不傲慢的贵族女人的典范。可要是你凭借那样的确信冒犯了她，她会让你终生难忘的。

我们俩相处得很好。按照事先跟少校安排好的，由本杰明施行计划，我被作为“伍德维尔夫人”介绍给了大家。在晚宴结束前，我们约好要互相拜访。我只缺少让克拉琳达夫人说话的机会，我想让她谈谈博莉夫人。

那天晚上的晚些时候，机会来了。

为了逃离少校那有着尖利刺耳嗓音的首席女歌唱家的可怕的炫耀式的演唱，我进了后边的客厅。像我期望的那样，过了一会儿，克拉琳达夫人离开了那群围绕着钢琴的人，进来找我。她主动坐在了我旁边，我们的朋友们既看不到也听不到我们的谈话。更让我感到非常轻松和高兴的，是她自己主动谈起了有关迈泽里马斯·德克斯特的话题。吃饭的时候，他的名字偶然被提起的时候，我讲到他的事情，她还记得。在这件事情的引导下，我们非常自然地渐渐说到了博莉夫人。“终于，”我心里想，“少校的小型宴会给我带来了回报！”

这是多么好的报答呀！我的心又沉了下去，沉浸在那个永远也忘不掉的夜晚。我坐在桌子前面时，一直在想它。

“那么，德克斯特真的跟你提到了博莉夫人！”克拉琳达夫人惊叫道，“你不知道我有多么惊讶。”

“能问问为什么吗？”

“他恨她！上次我见到他时，他不许我提她的名字。这是他无数怪癖中的一个。像他这种性格的人，但凡有点儿同情心，就应该喜欢海伦娜·博莉。她是我认识的最不寻常的人。她突然发作起来，可怜哪……她说的事情和做的事情，不计后果的程度足以跟德克斯特本人相媲美。我想知道，你会喜欢她吗？”

“你应该邀请我去拜访你，克拉琳达夫人——也许我会在你家碰到她。”

克拉琳达夫人笑了，似乎我的想法让她觉得很可笑。

“我希望你不要等到这件事发生的时候再做打算。”她说，“海伦娜认为自己得了痛风！她总是待在匈牙利或者波希米亚的一些舒适的温泉里，而且下一步要去哪儿，或者要做什么，根本不可能说得清。亲爱的伍德维尔夫人，你看上去脸色非常苍白。”

我觉得我的脸看上去肯定非常苍白。博莉夫人不在英格兰，这令我十分震惊，使我一下子身心俱疲。

“我们到别的房间去吧！”克拉琳达夫人说。

到别的房间去，我们的谈话就得停止了——我下定决心不让那个灾难发生。博莉夫人的女仆也许职辞了，或者她会留在英格兰，这都是可能的。我的消息不全面，除非我知道了女仆变成了什么样。我把椅子往后挪了挪，离炉火远点儿，又从旁边的桌子上拿了一个手屏。

“谢谢你，克拉琳达夫人，我只是离火太近了。在这儿很好。你说的博莉夫人让我惊讶。按照德克斯特先生告诉我的，我想象的——”

“噢，你千万别相信德克斯特对你说的任何事情！”克拉琳达夫人打断了我，“他以迷惑人为乐。我一点儿都不怀疑，他在故意误导你。要是我听到的全部是真的，那么对于海伦娜·博莉的反复无常和奇怪念头，他了解的应该比别人更多。他差一点儿发现了她，在一次冒险（在苏格兰南部）中，这让我想起奥伯迷人的歌剧中讲述的故事——叫什么来着？接下来我会连自己的名字都忘掉的！我指的是两个修女偷偷溜出了修道院去参加舞会的歌剧。听！太奇怪了！此时此刻，那个庸俗的女孩儿正在唱第二幕中的那首歌。少校！年轻女士正在唱的歌曲出自哪个歌剧?”

少校因为被打断了而显得很反感。他匆匆忙忙地进了里屋，小声说：“安静！安静！我亲爱的夫人，是《化装舞会》。”说完，他又匆匆忙忙地回到了钢琴边。

“没错!”克拉琳达夫人说，“我太笨了！是《化装舞会》！太奇怪了，你怎么也忘了?”

我完全记得它，可我不相信自己，所以没说。如果确实像我想的，克拉琳达夫人提到的“冒险”在某方面和十月二十一日清晨博莉夫人的神秘举动有关，那么我恰好就站在那个关系到我一生命运的发现的边缘！为了遮住脸，我举起了手屏，然后用当时我能控制得住的最镇定的声音说：

“请接着说！请告诉我那个冒险是什么!”

见我急于听到后面的讲述，克拉琳达夫人非常得意。

“你对它这么感兴趣，我希望我的故事不会让你失望。”她说，“要是你只知道海伦娜——太像她了！你应当知道，我是从她的女仆那儿听来的。她带了个能说外语的女人去了匈牙利，把她的女仆留给了我。一个难得的人才，要是能留她在身边服侍我，我简直是太高兴了。她只有一个缺点，那就是她有一个我不喜欢的名字——菲比。好了！菲比跟她的女主人住在爱丁堡附近的一个地方，叫作‘格兰尼奇’。房子是那个麦卡伦先生的，他后来被审判了。你记得这件事，对吧？因为毒害他的妻子—— 一个可怕的案子。不过别惊慌，我的故事跟这个案子没关系。我的故事跟海伦娜·博莉有关。当她住在格兰尼奇的时候，一天晚上，她预先安排好要跟到爱丁堡做客的几个英格兰客人一起吃饭。同一天晚上，也在爱丁堡，有一个化装舞会。举办舞会的人的名字我忘记了。在苏格兰，舞会被认为是空前的事情。各种各样有趣的人都会去的，包括好起疑心的夫人们，还有远离社会限制的先生们，等等。海伦娜的朋友们想方设法弄到了请柬，并且不顾反对去了舞会。当然，他们绝对隐姓埋名，戴着面具。海伦娜自己也一心要跟他们一起去，只要她能设法不被格兰尼奇的人发现。麦卡伦先生是个拘谨的人，他不赞成舞会。他说，任何女士在这样的娱乐场合露面，都会败坏自己的名声。多好的品质！好了，海伦娜在最疯狂的时候，偶然发现了一个去参加舞会却不被人发现的办法，那办法的确像法国剧中的情节一样。她乘坐马车从格兰尼奇出发去赴宴，出发前打发菲比先去了爱丁堡。晚宴规模很小—— 一个小型的友好的聚会，不用穿晚礼服。返回格兰尼奇的时间到了，你认为海伦娜做了什么？她打发她的女仆坐在马车里回去了——不是她本人！菲比穿戴上了主人的披风、女帽和面纱。按照指示，她一到家就跑上了楼，在客厅的桌子上留了一张道歉的小纸条（当然是海伦娜写的），借口太累了，就不跟她的主人道晚安了。女主人和女仆的身高差不多，仆人们自然不会发现这个把戏。菲比足够安全地上楼回到了女主人的房里。她得到的指示是，待在那儿，一直等到夜里整幢房子都安静下来，再偷偷地回到她自己的房间里。等待时，姑娘睡着了。凌晨两点钟，或者更晚一点儿，她才醒过来。这不要紧——她想。她踮着脚尖偷偷走出了房间，然后关上了身后的门。还没走到走廊尽头的时候，她似乎听到了什么动静。她等待着，直到确定她再上一层楼是安全的，才俯下身看下面的栏杆。是德克斯特——太像他了！用双手跳着——你见过吗？这是你能想象到的最奇怪、最可怕的展示！是德克斯特在跳来跳去，透过锁孔往屋子里看。显然，他是在寻找凌晨两点钟离开房间的那个人。因为菲比忘了把女主人的披风从肩上解下来，所以他把菲比当成了她的女主人。第二天清早，海伦娜雇了一辆马车从爱丁堡回来了，戴着从她的英国朋友那里借来的帽子和披风。她在大路上就下了车，从花园里的小路进了家门。这一次，既没有被德克斯特，也没有被其他人发现。她既聪明又大胆，不是吗？而且，我刚刚讲的，绝对是新版《化装舞会》。跟我一样，你会奇怪，德克斯特没在上午搬弄是非，这是怎么回事呢？他要是做了，就没什么奇怪的。可是他居然保持了沉默，就像菲比告诉我的，一直到那幢房子里发生了可怕的事件。我亲爱的伍德维尔夫人！这间屋子的温度对你来说的确太高了。拿着我的嗅盐瓶，让我把窗户打开！"

我只能回答："请别再说了！让我偷偷到外面呼吸点儿新鲜空气吧！"

我不被人注意地走到了楼梯平台处，坐在台阶上让自己镇定下来。在那儿，没有人能看到我。过了一会儿，我感到一只手轻轻地放在我的肩上，才发现好心的本杰明正惊慌地望着我。克拉琳达夫人考虑周到地跟他讲了，还帮助他悄悄地离开了房间——那时主人的注意力仍然被音乐吸引着。

"我亲爱的孩子！"他悄悄地说，"情况怎么样？"

"带我回家，我再告诉你。"这就是我能说的。

第三十二章 我最明智的选择

场景必须随着我偏执的活动变换——大幕必须在伦敦拉上一会儿，然后在爱丁堡拉开。

自从菲茨·戴维少校的晚宴后，两天过去了。在我对未来的全部计划，还有我的全部希望被完全毁掉之后，我又可以自由地呼吸了。现在我才明白，我犯了三重错误——错在草率地、残忍地怀疑一个清白的女人；错在把我的怀疑（事先也没有想办法去证实它们）告诉了另外一个人；错在接受了德克斯特的不负责任的推理和结论，把它们当成了确凿的事实。想到过去，我为自己的荒唐感到羞愧；想到未来，我完全泄气了，彻底动摇了。于是，只有一次，在某种程度上，当有人向我提出明智的建议时，我接受了。“亲爱的，”离开晚宴回家的路上，好心的老本杰明说，“根据你给我讲的来判断，我不喜欢德克斯特先生。答应我，在你向某个比我更适合领你渡过难关的人请教之前，别再回去找他了。”

我答应了他，附带了一个条件。“要是我找不到那个人，”我说，“你能保证帮助我吗?”

本杰明愉快地发誓帮助我。

第二天早晨，我边梳头边想着心事。我突然想起一个忘掉了的决定，当时我刚开始读对我丈夫的审判记录。要是迈泽里马斯·德克斯特让我失望的话，我打算去求助于两位代理律师（按照我们跟他们的关系，也叫法律顾问）中的一位。他为尤斯塔斯进行了辩护，他就是普莱莫先生。大家也许还记得，当郡长办公室的工作人员搜查我丈夫的信件时，这位先生通过他的适度的干涉，专门把他自己推荐给了我，赢得了我的信任。重读艾赛亚·斯库克拉夫特的证词之后，我发现普莱莫先生是被迈泽里马斯·德克斯特叫来帮助、劝告尤斯塔斯的。这样，他不仅是我可以依靠的一位朋友，而且他跟德克斯特也很熟。没有比他更胜任的人了——我请求他在我周围的黑暗当中给我启发。我问本杰明这个问题时，他也承认这一次我做了一个明智的选择，立刻尽全力来帮助我。他通过他自己的律师找到了普莱莫先生的伦敦事务所的地址，并且让这位先生替我给普莱莫先生本人写了一封介绍信。我对我的新顾问没有任何的隐瞒。在信里，我被准确地称作“尤斯塔斯·麦卡伦的第二任妻子”。

当天晚上，我们俩坐上夜间的邮车动身去了爱丁堡——本杰明坚决不让我独自旅行。

在我的老朋友的建议下，我事先给迈泽里马斯·德克斯特写了封信，只是说事先没想到要离开伦敦几天，回来后我再把同克拉琳达夫人见面的结果告诉他。阿里尔驾着小马车送来一个很有特点的回复：“瓦来里亚夫人，我恰恰是个特别敏感的人。我能读出你信中没写出来的那部分——克拉琳达夫人动摇了你对我的信任。非常好！我发誓要动摇你对克拉琳达夫人的信任。同时，我没有生气。在宁静的泰然自若里，我等待着你荣耀、幸福的来访。发电报给我，不管你会不会再一次喜欢块菌，也不管你是不是更喜欢简洁、明亮的东西——我是说无与伦比的法国鱼、猪眼皮和罗望子。相信我永远是你的支持者和崇拜者！你的诗人和厨师——德克斯特。”

到了爱丁堡，我跟本杰明之间发生了小小的争论。我们争论的问题是，我应该跟着他，还是独自一人去见普莱莫先生。我急于独自前往。

“我对世界的体验并不是很多，”我说，“可我发现，要是她独自去见他，十之八九，男人是会向女人让步的。在这种情况下，他甚至不愿意去想是不是有另外一个男人在场。我不知道怎么会这样，我只知道就是这样。要是我发现和普莱莫先生相处得不愉快，我会求他再约见一次的。如果那样的话，你可以陪着我。别以为我太任性了。让我单独碰碰运气，让我们看看结果会是什么。”

本杰明总是为我考虑——他屈服了。我把介绍信送到了普莱莫先生的办公室——他的私人住宅与格兰尼奇毗邻。信使带给我一封礼貌的回复，邀请我在下午早些时候去拜访他。在约定的那一刻，我按响了办公室的门铃。

第三十三章 我最愚蠢的做法

苏格兰人对圣公会神职人员的绝对权力的无法理解的顺服，在公众心里留下了一个非常错误的关于民族性格的印象。我认为这并不奇怪。

舆论界人士看到了苏格兰的“安息日”制度，发现了它在基督教界是空前的，因为没有意识和未开化的苦行。在每个星期的某一天里，一个民族心满意足地被神职人员剥夺了每一项社交权力——禁止旅行、发电报、吃经过加热的正餐、读报。总之，只有行使两项权利的自由：在教堂里表现自己的自由，还有禁止自己吃喝玩乐的自由。舆论界人士看到了这一点，而且得出了并不合理的结论，那就是顺服于这样的社会法规的人是地球上最麻木、最苛刻、最不快乐的人。站在远处看，苏格兰人就是这个样子。可是近距离地、通过个人体验来判定，苏格兰人看起来又是什么样的呢？在文明世界里，找不到比谨守苏格兰安息日的这些苏格兰人精神更愉快、人缘更好、思想更开放、观念更自由的人。在一个星期的六天时间里，一种安谧诙谐的气氛、一种亲切的普通感觉环绕着苏格兰人，单纯又快乐。可到了第七天，这些男人会听牧师认真地对他们讲，在安息日散步可以被当成是亵渎神的举动，他们将成为能够让一个人彻头彻尾地讲废话却没有人嘲笑的绝无仅有的人类。

我还没有聪明到能说得清楚民族性格中的这种反常。为了给我简短的叙述中一个不常见的角色的出现做必要的准备，我只能通过写作的方式来关注——他是个令人愉快的苏格兰人。

我从普莱莫先生身上发现的只有不同寻常的否定。他不老也不年轻，不丑也不好看。他一点儿也不像个普通律师。他说一口非常地道的英语，只有一点点不确定的苏格兰口音。

“作为麦卡伦先生的老朋友，我很荣幸。”他说，热烈而且真诚地与我握手，“能认识麦卡伦先生的妻子，我真的很高兴。你愿意坐在哪儿？离光线近点儿？你还年轻，这会儿还不会害怕日光。这是你第一次来爱丁堡吗？恳请让我尽我所能地满足你的要求。我很高兴把普莱莫先生介绍给你。我们会暂时待在爱丁堡。这儿有意大利歌剧，今晚我们有个包厢。你能爽快地放弃所有的繁文缛节，和我们共进晚餐，然后一起去听演唱吗？”

“你太好了。”我回答说，“可我现在有急事，陪普莱莫先生听歌剧，我是一个非常差的同伴。我想，我在信里跟你提到过了，我想就对我来说非常严肃、非常重要的事情征求你的意见。”

“是这样！”他回答道，“实话实说，那封信我还没有完整地读过。我只在信里看到了你的名字，从你的信息中推测你希望到这儿来见我。我让人把回信送到了你住的饭店，然后就接着做其他的事情了。请原谅我。是专业性的咨询吗？为了你自己，我真心地希望不是。”

“普莱莫先生，这可能算不上专业咨询。我发现自己处于非常痛苦的位置。在这种完全不正常的情况下，我想起了你，请你给我些建议。你听了我说的这些，一定会非常惊讶的。我恐怕得占用你更多的时间。”

“我，还有我的时间，完全由你支配。”他说，“告诉我，我能为你做些什么？用你自己的方式来讲述它！”

他言语的亲切跟他举止的亲切实在是太匹配了。我坦率地、完全地把我离奇的故事讲给了他，既没有夸大其词，也没有故意隐瞒。

他没有一点儿掩饰，让我发现了我在他心里引起的变化。我跟尤斯塔斯的分离让他很难过。我抗拒苏格兰裁决的决心，以及我对博莉夫人的不公正的怀疑，开始让他觉得可笑，继而又让他感到惊讶。可是，直到我讲述了我跟迈泽里马斯·德克斯特的特别会面，还有与此不相上下的我跟克拉琳达夫人的非凡对话，才对律师的情绪产生了最强烈的影响。我第一次看到他变了脸色。他一惊，好像完全忘记了我的存在，自言自语起来。“天哪！”我听到他说，“可能吗？难道事实真相是那样的吗？”

我冒失地打断了他。

“我是不是吓着你了？”我说。

他听了我的声音，又是一惊。

“我一万次地请你原谅我！”他惊叫道，“你不只是吓着了我，而且在我心里打开了一片……我发现了一种可能，一种真正令人吃惊的可能，跟格兰尼奇的投毒案有关系。在此之前，我从来没有想到过这些。事情有了令人愉快的转机，”他恢复了惯常的幽默，补充道，“是客户引导了律师。亲爱的尤斯塔斯夫人，是你听听我的建议，还是我听听你的建议？”

“可以说出你的新想法吗？”我问。

“现在还不行，如果你能原谅我的话。”他回答说，“得给我的职业性的谨慎留点儿余地。我不想对你也这么公事公办，我最大的愿望就是尽量避免这样。可是在律师跟男人这两个角色中，律师占了上风，它拒绝被抑制。在没有做进一步调查之前，我的确不愿意去了解我心里正在想的事情。帮我个忙，让我们重温一下整个事情的某一部分。在这个过程中，让我问你几个问题。你反对我这样做吗？”

“当然不，普莱莫先生。我们需要往回走多远？”

“回到你跟你婆婆一起去拜访德克斯特的时候。当你首先问他关于麦卡伦夫人的死他有没有自己的想法时，你说他怀疑地看着你，对吗？”

“非常怀疑地……”

“当你告诉他，你的问题是在读审判记录时想到的时，他的面部又一次放松了？”

“是的。”

他从桌子的抽屉里面拿出了一张纸，用笔蘸了蘸墨水，想了想，然后在他身边为我放了把椅子。

“律师消失了，”他说，“男人又占据了他固有的地位。在你跟我之间应该没有职业神秘性。尤斯塔斯夫人，作为你丈夫的老朋友，我对你没有通常的兴趣。我认为在还来得及的时候提醒你，是非常有必要的。为了能起到作用，我只能这么做，去冒处在我这个位置上的男人很少有人愿意冒的险。不管是出于个人还是出于职业的考虑，我都会相信你的，虽然我是个苏格兰人，并且是位律师！当我做笔记时，请坐在这儿看着。你看到了我写的东西，就会明白我心里正在想什么。”

我在他身边坐下来，看着他写，没有一点儿假装出来的犹豫。

他是这样写的：

> 格兰尼奇毒杀案。疑问：面对毒杀案，迈泽里马斯·德克斯特的立场是什么？关于案情他知道些什么？
>
> 他有不为人知的看法。他怀疑他已经泄露了秘密，或者它们被他想象不到的某种方式发现了。发现情况并不是这样时，他明显地松了口气。

笔停下了，可问题在继续。

“让我们前进到你的第二次拜访，”普莱莫先生说，“你独自一人见到德克斯特的时候。再给我讲一遍，当你告诉他你对苏格兰裁决不满意时，他做了什么，他看上去怎么样。”

我把已经写过的东西重复了一遍。笔重新回到了纸上，增加了这样几行字：

没有比这更值得注意的事情。一个人来拜访他，这个人对案子感兴趣，拒绝接受把法庭对麦卡伦的裁决当成最终裁决，打算重新调查。于是他做了什么？

他表现出了因恐惧而惊慌失措的所有症状。他明白自己处在某种不可思议的危险之中。他一会儿张狂，一会儿卑屈，肯定知道这个烦恼的人真正想要的是什么。他知道了这些之后，先是脸色变得苍白并且怀疑自己的感觉。接下来，他没有提出任何正当的理由来证明它是对的，也没有毫无根据地指责他的客人对某人的怀疑。这儿有个疑问：当一个家庭丢了一小笔钱时，通常会把仆人们集合到一起，把情况告诉他们。这时，一个很特别的仆人先说话了。他说：“你怀疑我吗？”对这个仆人，我们会怎么看？

他又放下了笔。

“对吗？”他问。

我开始看结尾的地方，笔记记到这里开始停顿了。我没有回答他的问题，而是恳求他跟我分享他的说明。没有它，我还是不能确信。他竖起了警告的食指，打断了我。

“还不行。”他说，“再问一遍：到现在为止，我写的对吗？”

“非常正确。”

“很好。现在告诉我，德克斯特接下来做了什么？别介意重复你自己说的话。一个接一个地，一直到最后，把所有的细节都告诉我。”

我把所有的细节都告诉了他，严格地按照我记忆中的样子。普莱莫先生第三次，也是最后一次，开始记录了。笔记的结尾是这样的：

他间接地确定，至少他不是那个被怀疑的人。他跌坐回椅子里，长出了一口气，以这个话题让他太兴奋了为借口，要求一个人待一会儿。客人返回来之后，德克斯特一直在喝酒。客人恢复了那个话题——不是德克斯特。客人坚信尤斯塔斯·麦卡伦夫人死于投毒者之手，并且公开这样说了。德克斯特像个昏厥的人那样陷在椅子里。什么样的恐怖控制了他？如果我们把它看成心虚的恐惧，就很容易理解了。如果我们把它看成其他的东西，就无法理解了。它又是怎样离开他的呢？他从这头跳到那头。当他发现客人的怀疑全部集中在一个不在场的人身上的时候，高兴得无法抑制自己。于是，他用“他从一开始就跟客人的想法一样”这个声明搪塞了过去！这就是事实。根据它们得出了什么样的清楚的结论呢？

他合上了笔记本，然后定定地看着我的脸，等着我先开口说话。

“我明白你的意思，普莱莫先生，”我迫不及待地开始说，“你相信是德克斯特先生——”

他又用警告的食指打断了我。

“告诉我，”他插话说，“德克斯特对你说了什么，当他如此肯定地确认了你对可怜的博莉夫人的看法之后。”

“他说：‘没有一点儿疑惑——是博莉夫人毒死了她。’”

“跟着这样优秀的榜样，我无法做得更好。我也要说，没有一点儿疑惑——是德克斯特毒死了她。”

“普莱莫先生，你在开玩笑吗？”

“我从来没有这样认真过。你对德克斯特冒失的拜访，以及你由于信任他而做出的与众不同的轻率行为，导致了令人惊讶的结果。格兰尼奇的毒杀案中，整台法律机器的光芒照射不到的地方，却意外地被一个拒绝倾听理由、坚持为所欲为的夫人捕捉到了。相当难以置信，不过相当真实！”

“不可能！”我惊叫道。

“什么不可能？”他沉着冷静地问。

“德克斯特毒死了我丈夫的第一任妻子。”

“对不起，为什么不可能？”

我几乎对普莱莫先生产生了愤怒。

“你怎么能问这样的问题？”我愤怒地回答道，“我告诉过你，听到他提起她时，在尊敬和感情方面，任何女人都会感到自豪的。他生活在对她的记忆里。他之所以能够友好地接待我，是因为他认为在外形上我跟她有某些相像的地方。我在他的眼睛里看到了泪水。当他提起她时，声音颤抖得讲不下去了。他也许是男人中最虚伪的一个，可他对她是真实的，在这件事情上他没有误导我。当一个男人向一个女人谈起他最贴心的人时，种种迹象从来不会欺骗女人的。我看到了那些迹象。说是他干的，跟说我毒死了她一样。我为提出跟你相左的看法而感到惭愧，普莱莫先生，可我的确是情不自禁。我得说明，我几乎对你失望了！”

对于我表达自己想法的放肆的方式，他似乎很高兴，而不是很生气。

“亲爱的尤斯塔斯夫人，你对我失望没有道理！我完全同意你的看法，不过有一点不同，那就是我比你走得远一点儿。”

“我不明白你的意思。”

“你立即就会明白的。你形容德克斯特对已故尤斯塔斯夫人的感觉，是敬重和感情的幸福的融合。我可以告诉你，对她来说那是一种更加温暖的感觉。我是从可怜的夫人自己那里知道这些信息的——她很尊敬我，在她生命的绝大部分时间里都非常信任我，对我非常友好。她嫁给麦卡伦先生之前，向他保守了这个秘密。你最好也保守这个秘密——迈泽里马斯·德克斯特迷恋着她。迈泽里马斯·德克斯特请求她做他的妻子——尽管他是个残废。”

“就因为这个，”我叫喊道，“你说他毒死了她？”

“是的。发生了你拜访他时的那些事情后，我得不到其他可能的结论。你差点儿吓晕了他。他害怕什么呢？”

我使劲地想为这个问题找到答案。在根本不知道自己的话将把我引领到哪里去的时候，我就开始回答了。

“德克斯特先生是我丈夫的一个老朋友，也是真正的朋友。”我开始说，“当他听说我对裁决不满时，也许感到了恐慌。”

“他也许对重新调查你丈夫的案件可能导致的后果感到了恐慌。”普莱莫先生讽刺地替我说完了这句话，“相当牵强，尤斯塔斯夫人！跟你对你丈夫没有罪的信心并不是特别一致！清除掉你心里的一个错误！”他继续认真地说，“要是你坚持按你目前的方案追踪，它会致命地误导你的。你可以记住我的话，在你丈夫娶他的第一任妻子那天，迈泽里马斯·德克斯特就不是你丈夫的朋友了。我同意你的话——无论是当着人还是在私底下，德克斯特都在装体面。在审判中，他出于对朋友的关爱所做的证词，带着每一个人都希望从他身上看到的深深的同情。不过我坚信，透过表面去看，没有比迈泽里马斯·德克斯特更值得麦卡伦先生痛恨的敌人了。”

他让我不寒而栗。此时，至少我觉得他是对的。我丈夫追求并且赢得了那个拒绝了德克斯特的求婚的女人。德克斯特是能原谅别人的人吗？我自己的经验回答了我——不。

“把我对你说的记在心里。”普莱莫先生继续说，“现在让我们前进到这种情况下你个人的处境，还有在危险中你最感兴趣的事情。暂时试着采纳我的观点，让我们探究一下我们会有什么样的机会，能让我们离发现事实真相更进一步。迈泽里马斯·德克斯特才是格兰尼奇凶杀案中应当接受审问的那个人，这是将被人们从道德上相信的一件事情。还有另外一件事情，即经过这么长的时间才找到的清楚的证据，就像他犯罪的公开声明一样，能单独证实任何事情。这跟我看到的一样，是这个案子中最难以克服的困难。除非我完全错了，现在整个问题已经缩小到一个清楚的问题：你丈夫无罪的公开证明完全依赖于德克斯特有罪的公开证明。怎样才能得到这个结果呢？没有一点儿不利于他的证据，只能用德克斯特自己的供词证明他是有罪的。你在听我说吗？”

我在听，非常不情愿地。如果他是对的，那么事情真的就要回到那个可怕的宣判上了。我无法说服自己，让自己认为他是对的。可我还是承认了，带着我明显感觉到了的羞辱。

他快乐地笑了。

“至少，”他说，“到现在为止，你得承认德克斯特没有完全向你敞开心扉吧？他还是对你隐瞒了一些你怀着极大的兴趣要去发现的事情吧？”

“是的，我承认。”

“很好。适用于你对这个案件的看法的东西，也适用于我的看法。我说，他向你隐瞒了他犯罪的事实。你说，他向你隐瞒了可以把罪行强加给某个人的信息。让我们从那一点开始。你怎样去获得目前他向你保留的情况？你再次见到他的时候，能对他施加什么样的压力呢？”

“想必，我可以说服他？”

“当然。可如果说服失败了，下一步怎么办？你认为你能诱使他说出来，还是恐吓他说出来？”

“普莱莫先生，要是你愿意看看你的笔记，你将看到我已经成功地恐吓了他，尽管我只是个女人，尽管我没有打算这样做。”

“回答得很好！你达到了目的。你曾经做过的，你认为可以再去做。看来你已经决定要去尝试了。让你多了解一点儿德克斯特没有坏处。在你回伦敦之前，想想我们该向什么人求助以获得更多的信息。”

我一惊，环顾了一下房间的四周。是他使得我这样做的：他说话的时候，似乎能帮助我们的那个人就在眼前。

“别被吓着了。”他说，“预言是无声的，预言就在这儿。”

他开了桌子上的一个抽屉的锁，拿出了一捆信，从里边拣出了一封。

“我们为你的丈夫准备答辩的时候，”他说，“感到把迈泽里马斯·德克斯特列入我们的证人名单有些困难。我们对他没有丝毫的怀疑——我似乎没有必要告诉你这些。我们全都害怕他的古怪。我们中的一些人甚至担心审判中他的出现引起的骚动会把他彻底逼疯了。在这种紧急情况下，我们请来了一个医生帮助我们。我们找了个借口，把他介绍给了德克斯特。过了一段时间，我们收到了他的报告。这个就是。”

他打开信，用铅笔标出了一段文字，把它递给了我。

“读我标出的这几行字！”他说，“对我们来说，这就足够了。”

我读到了这些文字：

> 综合我观察的结果，我可以给出我的意见，即这个病人有毋庸置疑的潜在的精神错乱的征兆。但是他至今都没有疯狂的举动。我认为，你们可以让他在审判中出庭，不用担心后果。他可以做各种各样的古怪事情，但是他的情绪在他的意志的控制之下，他的自尊心会让他以一个重要的、聪明的证人的角色去出庭。
>
> 至于将来，我当然不能够说得很肯定。我只能陈述我的意见。
>
> 我一点儿也不怀疑，他最终将变得疯狂（只要他还活着）。疯狂什么时候发作，完全取决于他的健康状况。他的神经系统高度敏感，有迹象表明他的生活方式已经损坏了他的神经系统。如果他克服了我在记录的较前部分间接提到的坏习惯，如果他每天能有大量时间在户外度过，那

么他在今后的几年里可以继续像一个心智健全的人那样活着。如果他坚持目前的生活方式，或者换句话说，如果那个敏感的神经系统受到更进一步的伤害，那么当伤害达到极限时，他绝对会精神错乱的。还有，当他平静地表演或者说话，像在最佳状态下那样聪明时，要立刻注意，他将因疯狂而变成白痴（如果我可以这样措辞的话）。无论怎样，当灾难发生的时候，只能让他的朋友们知道，对他的治愈不要抱任何的希望。平衡一旦被破坏，生命便将结束。

到这儿就结束了。普莱莫先生把信放回了抽屉里。

“你刚刚读了我们的一位‘生命权威’的看法。”他说，“为了给他的神经系统一个恢复的机会……德克斯特打动你了吗？你没有看到障碍和危险吗？”

我用沉默回答了他。

“假设你回去找德克斯特，”他接着说，“假设在他这个病例中，那个医生夸大了危险，那么你想要做什么呢？你上次见到他时，让他非常吃惊。由于你的刺激，他流露出了恐惧。你能再让他吃惊吗？不会了！现在他对你已经有所防备，他会警惕起来。如果你没有遇到更糟的事情，那么接下来你要对付的是他的狡猾。你是他的对手吗？不过，因为克拉琳达夫人，他在博莉夫人的问题上对你的误导是没有希望成功了。”

我还是没有回答——愚蠢得不知道该怎么回答了。

“他告诉了我真相。据他所说，”我辩解道，“他真的知道发生在格兰尼奇的走廊上的那些事情。”

“他告诉了你真相，”普莱莫先生说道，“是因为他非常狡猾地看到，真相会帮助他引起你的怀疑。你真的不相信他利用了你的怀疑吗？”

“为什么不？”我说，“那天晚上博莉夫人到底在做什么，他不知道——跟我一样。后来我遇到了克拉琳达夫人。我们等着瞧，当我把克拉琳达夫人告诉我的话告诉他时，他会跟我一样吃惊。”

这个漂亮的回答产生了一个我没有料到的结果。

让我惊讶的是，普莱莫先生突然结束了他个人的更进一步的辩解。显然，他对说服我绝望了。他在下面的话里直接地承认了这一点。

“不管我对你说什么，”他说，“在这个问题上都不能让你跟我的想法一致吗?”

“我没有你有能力，也没有你有经验。”我回答说，“很抱歉，我不能跟你想法一致。”

“你真的决定再去见迈泽里马斯·德克斯特吗?”

“我肯定会再去见他。”

他停了一会儿，仔细考虑了一下。

“你来征求我的意见，我很荣幸。”他说，“我真诚地建议你，尤斯塔斯夫人，不要再去见德克斯特。”

这正是我婆婆说过的话，也是本杰明和菲茨·戴维少校说过的话！他们全都反对我，可我仍然一意孤行。当我回忆至此时，我惊讶于自己的固执。我几乎羞于去讲我是如何让普莱莫先生无言以对的。他等待着，依然盯着我。我被他关注的目光激怒了。我站起身，站在他的面前，两只眼睛看着地板。

他也站了起来。他明白讨论已经结束了。

“好了！好了！”他用一种悲哀的语气说，“我想，让一个像你这样的年轻女人同意一个像我这样的老律师的看法，是不切实际的。不过我想提醒你，我们的谈话必须严格保密。接下来，让我们换个话题。我还能为你做些什么呢？你是一个人在爱丁堡吗?”

“不，我是跟一个老朋友一起来的。我还是个孩子的时候，他就认识我了。”

“那你明天还待在这儿吗?”

“我想，是的。”

“帮我个忙好吗？好好想想我们之间发生的事情，明天上午再回来好吗？”

“普莱莫先生，再次谢谢你的好意。”

在谅解中，我们分手了。他叹了口气——那个愉快的男人叹了口气——在他为我开门的时候。女人是一种充满矛盾的动物。那声叹息对我的影响比和他进行的所有争论都大。当我转身向大街上走去的时候，我为自己对他任性的反抗而羞愧。

第三十四章 格兰尼奇

我在旅馆里找到本杰明时，他的注意力都集中在一本廉价的杂志上。他正在猜杂志编辑为读者提供的谜语。我的老朋友是个狂热的字谜爱好者，靠着聪明才智提交正确答案，赢得了各种各样的廉价奖品。通常，当他沉浸在他最喜欢的消遣里时，想设法引起他的注意是没有用的。可是事实证明，他对我跟律师会谈结果的兴趣竟然比对解决眼前难题的兴趣更大。我一进屋，他就合上了杂志，急切地问："有什么消息，瓦莱里亚？有什么消息？"

在把发生的一切告诉他时，我当然要考虑普莱莫先生对我的信任。关于律师对迈泽里马斯·德克斯特的可怕的怀疑，我一个字也没有说。

"啊哈！"本杰明沾沾自喜地说，"这样看来，律师跟我想的一样。你愿意听普莱莫先生的，却不愿意听我的。"

"我的老朋友，您一定要原谅我。"我回答说，"我害怕结果会是这样。无论谁的建议我都不能听。在来这儿的路上，我的确想让普莱莫先生指引我。要是我没有实实在在地打算这样，我们就不会有这次长途旅行了。我尝试了，努力尝试了，做个愿意学习的、通情达理的女人。可对我来说，有些事情是教不了的。我恐怕还得回去找德克斯特。"

这一次，就连本杰明都对我失去了耐心。

"江山易改，"他引用了这句古老的谚语，"本性难移。这么多年过去了，你还是那个在幼儿园里制造混乱的最固执的孩子。噢，我们要是还待在伦敦就好了！"

"不，"我回答说，"现在我们已经旅行到了爱丁堡，我们会发现一些东西。我们要是不离开伦敦，就永远也发现不了这些东西了。我丈夫在乡下的家离这儿只有几英里。明天我们去格兰尼奇。"

"可怜的夫人被毒死的地方？"本杰明问，一副沮丧的表情，"你想去那个地方？"

"是的。我想去看看她死时住的那间屋子，我想在那幢房子里到处走走。"

本杰明两手交叉着，老老实实地放在膝盖上。"我努力想了解新的一代，"老人悲哀地说，"可我应付不了。新的一代打败了我。"

我坐下来给普莱莫先生写信，告诉他我要去拜访格兰尼奇。在我看来，上演了那出悲剧的、毁灭了我丈夫的生活的那幢房子，是适合居住的星球上最有趣的房子。对拜访格兰尼奇的期待，代替了我请教爱丁堡律师的决心。我打发信使将信送给了普莱莫先生，并收到了最亲切的回复。如果我能够等到下午，他就能把当天的事情处理完，然后用他自己的马车拉着我去格兰尼奇了。

本杰明的固执——以安静的方式，而且只在特定的时候——丝毫不比我逊色。作为老一辈人，他跟格兰尼奇没有关系。他什么也不说，直到普莱莫先生的马车停在了旅馆门外。恰恰在那个时刻，本杰明想起了他在爱丁堡的一位老朋友。"请原谅我好吗，瓦莱里亚？我的朋友叫桑德斯。要是我今天不跟他一起吃饭，他会认为我不近人情的。”

对一个旅行者来讲，格兰尼奇没有任何吸引力。

村庄四周很美，耕种得很好，此外什么也没有了。从表面上看，庄园里杂草丛生，管理得很差。房子建在七八十年前。外面，像个工厂一样裸露着全部的装饰物，像个监狱一样给人留下黑暗、沉重的印象。里面，一幢荒废的住宅，从屋顶到墙脚都是死一般的沉寂。难以忍受的孤独，让人感到厌倦、心情沉重。审判开始之后，这幢房子就被封闭了。一对孤独的老夫妇拿着钥匙，看管着它。当普莱莫先生吩咐他打开所有的门和百叶窗，在黑暗和废弃的地方点亮灯时，老人沉默着摇了摇头，悲伤地不赞成我们的侵扰。为了保护他们从潮湿的地方转移过来的珍藏品，书房和美术陈列室里一直烧着火。一开始，望着炉火在燃烧，却不去想象住在这幢房子里的人一定会进来取暖，并不容易！拾级而上到了二层，我看到了通过阅读《审判》一书而非常熟悉了的那些屋子。我进了小书房，看见书架上摆着陈旧的书籍，跟卧室相通的那扇上了锁的门上的钥匙仍然找不见。我往格兰尼奇不幸的女主人忍受痛苦并死在那里的那间屋子里看去。床还在原来的位置；护士在上面临时打盹儿的沙发就在床边；找到了带有细小砒霜颗粒的揉皱纸片的印度橱柜里，还放着少量的古玩。我转了转给病人用的小桌的枢轴——可怜的人曾经在上面吃饭、写诗。这个地方沉闷又可怕，似乎还承载着痛苦和不信任的可怕的重负。我很高兴从里面出来（经过尤斯塔斯那些日子住过的那间屋子时，我匆匆一瞥之后），进了“客人的走廊”。那间卧室——迈泽里马斯·德克斯特曾经在门口等着、监视着！橡木地板——他就是沿着那条路，用他的可怕方式跳着，跟在穿着女主人的衣服的仆人后面！我走到哪儿，死人和不在这里的人的灵魂都跟着我。我走到哪儿，这幢房子里孤独的灵魂都会用可怕的声音对我说：“我保守着毒药的秘密！我隐藏着死亡的秘密！”

这个地方的压抑变得让人无法忍受。我渴望纯净的天空，还有自由的空气。我的同伴注意到了这一点——他了解我。

“来！”他说，“这幢房子我们已经看够了。让我们到院子里去看看。”

在那个阴郁而寂静的傍晚，我们穿过一排排不引人注意的灌木丛，在无人的花园里闲逛。我们这儿走走，那儿看看，不知不觉地走进了菜园——只有一小块地被老人跟他的妻子节俭地耕种着，其余的地方野草疯长。远处的一端，被一排低矮的木栅栏隔开了，里面有一块废弃的土地，三面掩映着绿树。在这片废弃土地的一个不为人知的角落里，有样东西引起了我的注意—— 一个垃圾堆。它庞大的体积，以及堆放它的这个古怪的地方，那一刻激起了我的一点儿好奇。我停了下来，看着那堆废品和灰烬。这儿，是一顶被撕破的帽子；那儿，是一些腐烂的旧靴子的碎片；周围散落的，是一小堆废纸和肮脏的破布。

“你在看什么?”普莱莫先生问。

“没有什么比那个垃圾堆更引人注意了。”我回答说。

“在井然有序的英格兰，我想你们会把垃圾全都装车运走的，根本看不见。”律师说，“可在苏格兰，我们并不介意，只要垃圾堆够远，在屋子里闻不到就行。此外，垃圾中的一些废品经过筛选以后，能变成对花园有用的肥料。这里的地荒了，垃圾却没有被人弄乱。尤斯塔斯夫人，格兰尼奇的每一件东西（包括那个大垃圾堆），都在等待新的女主人来整顿。到了那一天，你也许会成为这儿的王后。谁知道呢！”

“普莱莫先生，我今天离开这儿之后，就和格兰尼奇没有关系了！”

“千万别太肯定，”我的同伴反驳道，“时间为我们所有人都准备了惊奇。”

我们转身离去，在沉默中回到了庄园的大门口。马车在那儿等着我们。

在回爱丁堡的路上，普莱莫先生掌控着谈话的主题——完全跟我对格兰尼奇的拜访没有关系。他看出我的心情急需放松，便非常温厚地努力逗我笑。直到快进城了，他才谈到了我返回伦敦的话题。

“你仍然在原定的那天离开爱丁堡吗?” 他问。

“我们离开爱丁堡，” 我回答，“乘坐明早的火车。”

“你仍然无法改变你昨天的看法吗？你的迅速离开是因为这个吗?”

“恐怕是这样，普莱莫先生。如果我是个更老些的女人，也许会更明智。与此同时，如果我坚持以自己的方式盲目地撞大运，那就只能希望你迁就我了。”

他善良地笑了，拍了拍我的手。然后，他突然变了，在再次开口说话之前，严肃而专注地看着我。

“这是你走之前我跟你讲话的最后一次机会了。” 他说，“我能坦率地说说吗?”

“普莱莫先生，你高兴怎么说就怎么说吧。不管你对我说什么，都只能增加我对你的善意的感激。”

“我要说的很少，尤斯塔斯夫人。你昨天告诉我，你上次去拜访迈泽里马斯·德克斯特，是独自一人去的。别再那样做了，带个人和你一起去吧!”

“那么，你认为我很危险吗?”

“我只是想，要想把德克斯特的放肆控制在适当的范围内，一位朋友也许会有用的。如果我是你，就会带一个能做笔记的证人跟我去。不过我是个律师，我的工作就是小题大做。让我再说一句——下次拜访德克斯特，带个伴儿一起去。谈话转向博莉夫人时，当心你自己。”

“当心我自己？你这是什么意思?”

“我亲爱的尤斯塔斯夫人，我从事的职业让我顺便看到了人性中小小的弱点。你有嫉妒博莉夫人的倾向。当德克斯特利用那位夫人蒙骗你时，你并不具备出色的判断力。我说得是不是太直率了?”

“当然不是！对我来说妒忌博莉夫人是非常可耻的。想到这一点时，我忍受着可怕的煎熬，但是我敢说你是对的。”

“我高兴地发现，我们取得了共识。”他冷淡地说道，“在那个使我们产生争议的严重问题上，我对说服你还没有感到绝望。而且，如果你不愿意抛掉挡道的障碍，那么我想让德克斯特自己来帮助我。”

这激起了我的好奇心。迈泽里马斯·德克斯特能怎样帮助他呢？这是一个超出了我的想象的待解之谜。

“你计划把克拉琳达夫人对你讲的关于博莉夫人的所有话都重复给德克斯特。”他继续说，“他听了那个故事，有可能会受到打击，就像你受到打击一样。我要冒险做个预言——德克斯特会让你失望的。他非但不会表现出任何的惊讶，而且会大胆地告诉你，你被一个预先准备好的虚假的事实愚弄了，而这个虚假的事实是博莉夫人创造并传播的。现在告诉我，如果他真的试图用那种方式唤起你对一个清白女人的怀疑，那么你的信心会动摇吗？”

“会完全动摇，普莱莫先生。”

“很好。无论如何，我盼着你写信给我。我相信，在这个星期结束之前，我们会同心协力的。我昨天对你讲的关于德克斯特的话要严格保密。你见到他时，连我的名字都不要提。我碰到那个怪物的手，就像碰到了刽子手的手！上帝保佑你！再见！”

就这样，他在旅馆门外跟我道了别。他善良、温和、聪明，可是，天哪，他太容易怀有偏见，太倔强了！一想到他的那些看法，我就会发抖。

第三十五章 普莱莫先生的预言

我们在晚上八九点钟到了伦敦。本杰明严格地、有条不紊地遵守着他所有的习惯，从爱丁堡给女管家发了电报，让她在十点钟给我们准备好晚餐，然后派他长期雇用的马车夫到车站来接我们。

到了别墅，我们不得不又等了一会儿才坐上了一辆小马车，这样我们才能到达本杰明的家门口。小马走得非常慢，被一个长相粗鲁、嘴里叼着烟斗的人赶着。

本杰明家的令人尊敬的老管家打开了花园的大门。一见到主人，她发自内心的感谢就脱口而出，让我一惊。“赞美主啊，先生！”她大叫道，“我以为您再也不回来了！”

“出事了？”本杰明用他自己的从容的方式问道。

老管家听了这个问题之后，浑身发抖，说出了这些谜一样的话：

“先生，我的心不安。事情是错是对，我根本不知道。几个小时前，一个奇怪的人进来了，”她停住了，似乎完全不知所措，有片刻茫然若失地望着主人，然后突然开始冲着我说，“并且问，”她继续说道，“您什么时候能回来，夫人。我把主人电报上的内容告诉了他，于是他说：‘等一下我就回来。’大概一分钟后，他回来了，怀里抱了个东西。我的血液凝固了——真是这样的！我从头顶颤抖到脚底。我知道我应当克制住自己，可我的双腿站立不住——不能让他离开这幢房子。他往里走，没有经过您的允许，本杰明先生。阁下，他抱着那个东西往里走，直接进了您的书房。这么长的时间，他一直待在那儿，现在还在那儿。我报了警，可他们不管。接下来该怎么办，我根本不知道。千万别自己进去，夫人！您会被吓得神经错乱的，您会的！”

虽然这样，但我还是坚持进到了房子里。在小马的帮助下，我不费力地揭开了老管家莫名其妙的叙述之外的秘密。经过餐厅（在那里面，晚饭已经为我们摆好了）时，我透过半开的书房的门往里看。

没错，迈泽里马斯·德克斯特在里面。他穿着粉红色的夹克，坐在本杰明最喜欢的扶手椅里熟睡着！没有被单掩盖他可怕的残缺。他这样特别地装扮，丝毫不向传统的观念妥协。我想，可怜的老管家提到他时会从头颤抖到脚！

“瓦莱里亚！”本杰明指着椅子里的那个怪物说，“那是什么？印度人崇拜的神，还是人？”

我已经形容过了，迈泽里马斯·德克斯特有着狗一样灵敏的听觉。这会儿，他像狗一样睡得很轻。本杰明说话时非常小心，可还是惊醒了他。他揉了揉眼睛，像个刚睡醒的孩子，天真地笑了。

“你好吗，瓦莱里亚夫人？”他说，“我美美地睡了一小觉。你不知道，又见到你我有多快乐。这是谁？”

他又揉了揉眼睛，看着本杰明。在这种特殊情况下，我不知道还能做什么，只好把我的客人介绍给了这家的主人。

“请原谅我刚睡醒，先生。”迈泽里马斯·德克斯特说，“我站不起来——我没有腿。看样子，你是认为我霸占了你的椅子。如果我犯了错，打扰了你，请把你的伞放在我身下，狠狠地扎我一下。我会用双手撑住地，并且不会生你的气。把我推倒在地上或者责骂我，我都会顺服的。就是请别打发我走，那样我会心碎的。那个美丽的女人就在那儿。有时非常残忍，先生，当她兴致所至时。在最伤心的时候，想跟她简单地聊聊，她却走了。她却走了，把我留给了我的孤寂和我的不安。我是个可怜的残废的倒霉蛋，可我有一颗热情的心—— 一颗无法满足的好奇心。无法满足的好奇心是种折磨。我忍受着它，直到脑浆在我的大脑中开始沸腾。于是我让人叫来了我的园丁，叫他赶车送我到这儿来。我喜欢待在这儿。你书房里的空气抚慰了我。见到瓦莱里亚夫人对我受伤的心是个安慰。她有事情告诉我，那事我非听不可。要是旅行之后她还不是太累，要是你愿意让她来讲这件事，那么我答应她，一讲完我就主动离开。亲爱的本杰明先生，你就像受折磨的人的避难所，而我就是受折磨的人。像个虔诚的基督徒那样握手并且接受我吧！”

他伸出一只手来。他温柔的蓝眼睛里是一种可怜的乞求的眼神。被他制造的令人惊异的长篇大论，惊得本杰明呆若木鸡，像做梦一样地握住了伸过来的手。“我见到你很高兴，先生。”他呆板地说，然后就回头看着我，想知道下面他该做些什么。

“我了解德克斯特，”我悄声说道，“把他留给我吧。”

本杰明偷偷地不知所措地最后看了一眼椅子里的东西。出于不失优雅的本能，他向它鞠躬致意，然后退到了隔壁房间里（像做梦一样）。

就剩我们俩了。第一次，我们彼此对望着，谁也不讲话。

是不是我无意识地利用了一个女人总是为那个承认自己需要她的男人保留的那种用之不竭的储备好了的放纵？或者，当我对普莱莫先生对他的可怕的怀疑感到愤怒时，对他这个不幸的人，我的心尤其容易受到同情感的影响？我不知道。我只知道那一刻迈泽里马斯·德克斯特很可怜。我还从来没有可怜过他，而且我也没有责备过他。如果是其他的男人未经允许就冒昧地待在本杰明家里，我肯定是要责备他的。

他先讲话了。

“克拉琳达夫人破坏了你对我的信任！”他蛮横地说。

“克拉琳达没做那种事。”我回答道，“她并没有试图改变我的看法。就像我告诉你的，我真的是不得不离开伦敦。”

他叹了口气，满足地闭上了眼睛，似乎我把他从焦虑的重负下解救了出来。

“对我仁慈些，”他说，“告诉我更多的事情吧！你不在的时候，我是那么痛苦！”他突然又睁开了眼睛，望着我，显出特别感兴趣的样子。“你旅行非常疲惫吧！”他继续说道，“我渴望知道上校家晚宴上的新闻。你旅行之后还没来得及休息，我就这样对你讲，是不是太残忍了？今晚只有一个问题！其余的我会留到明天。关于博莉夫人，克拉琳达夫人说了什么？都是你想听的吗？”

“都是，还有更多的……”我回答。

“什么？什么？什么？”他喊道，立刻疯狂起来。

普莱莫先生最后那句预言性的话语清晰地出现在我的脑海里。他用最肯定的语气断言，德克斯特会坚持误导我。当我把克拉琳达告诉我的博莉夫人的话重复给他时，他没有显露出惊讶的表情。我下定决心对律师的预言——只要那个令人惊讶的问题被涉及了——进行最严格的测试。我对迈泽里马斯·德克斯特没有开场白或者铺垫，唐突地把我的新闻讲给了他。

“你在走廊里看到的那个人不是博莉夫人。”我说，“是女仆，穿戴着她女主人的斗篷和帽子。博莉夫人本人根本不在那幢房子里。博莉夫人本人正在爱丁堡的化装舞会上跳舞。这就是女仆告诉克拉琳达夫人的，也是克拉琳达夫人告诉我的。”

在全神贯注的此刻，我用最快的速度一股脑儿地倒出了这些话。迈泽里马斯·德克斯特让律师的预言完全落了空。这个打击令他战栗。他惊愕地大睁着眼睛。“再说一遍！”他喊道，“我不能马上全都搞明白，你把我弄晕了。”

我对这个结果太满意了——我获胜了。我一度真的有理由对自己感到满意了。我在同普莱莫先生的讨论中，展现出基督徒仁慈的一面。我赢得了奖赏——跟迈泽里马斯·德克斯特坐在同一间屋子里面感受快乐，而不是跟一个囚犯呼吸着同样的空气。证实了这一点，爱丁堡之行难道不是值得的吗？

在他的要求下，我把对他说过的话重复了一遍。重复时，我特意添加了让克拉琳达夫人的讲述符合逻辑的可信的细节。他始终屏住呼吸专心地听着。为了让那些细节在他脑子里留下更真实、更深刻的印象，他不停地跟在我的后面重复着那些话。

“能说什么？能做什么？”他问，一副失魂落魄的样子，“我无法不相信它。自始至终，尽管奇怪，可听起来是真的。”

要是普莱莫先生听到了这些话，他会有什么样的感想呢？说句公道话，我相信他会从心底为自己感到羞愧的！

“无话可说，”我又说，“除了博莉夫人是清白的。你跟我都冤枉了她。你不同意我的意见吗？”

“我完全同意。”他毫不犹豫地回答说，“博莉夫人是个清白的女人。在审判过程中的辩护终究是正确的。”

他得意地交叉着双臂。

我跟他的意见不一样。连我自己都感到惊讶的是，我现在才发现自己是两个人里面最不讲道理的人！

迈泽里马斯·德克斯特给予我的比我期待的要多。他让普莱莫先生的预言成空，完成了所有我期望的事情。他实际上超出了我的想象。我走到了承认博莉夫人的清白这一步，却又止步了。如果审判过程中的辩解是正确的，那么我就只能跟证明我丈夫无罪的全部希望说再见了！与坚持我的爱和我的生活一样，我坚持那个希望。

“陈述你个人的意见！”我说，“我对辩解的看法保持不变。”

他惊得皱起眉头，似乎我让他失望和不快了。

“那意味着你决定要继续下去？”

“是的。”

他愤怒了，把惯常的优雅抛到了风中。

“荒谬！不可能！”他轻蔑地喊道，“当我们怀疑博莉夫人时，你却声明我们冤枉了一个清白的女人。还有我们能怀疑的人吗？问这个问题很可笑！就格兰尼奇的毒杀案而论，我们只有照事实的本来面目接受它，没有别的选择。不要再去搅动它了！置疑一个明明白白的结论是幼稚可笑的，你必须放弃。”

“你可以生我的气，只要你愿意，德克斯特先生。你的愤怒和你的争论都不能让我放弃。”

他努力控制住了自己。当他再次开口对我讲话时，又变得安静、文雅起来了。

“很好。要是我完全沉浸在自己的思想里，请原谅我一会儿。我想做一件从来没有做过的事情。”

“会是什么，德克斯特先生？”

“我会让自己进到博莉夫人的外壳里，用博莉夫人的大脑思考。给我一分钟。谢谢你。”

他这是什么意思？我将目睹他什么样的新变化？怎么会有像他这样的谜一样的人呢？看着他专心地追踪着新的思维列车，谁会承认他就是那个说了一堆幼稚的废话让本杰明大吃一惊的孩子气的人呢？据说，每个人的性格都是多面的。德克斯特的多面性正在以非常快的速度发展着，已经超出了我的预期！

他抬起头来，望着我，目光里是热切的询问。

“我已经从博莉夫人的外壳里出来了。”他大声宣布，“我得出了这个结论：我们是两个冲动的人；我们在拼命要获得一个结论的过程中有点儿草率。”

他停住了。我什么也没有说。怀疑他的征兆在我内心里开始出现了吗？我等着。

“我对克拉琳达夫人告诉你的事实完全满意。”他继续说，“可经过考虑，我明白了当时我不明白的。那个故事可以有两种解释：

一种在表面上，另一种在私底下。为了你，我从私底下来看。所以我说，只是可能，博莉夫人狡猾地抢在被人怀疑之前，制造了一个不在犯罪现场的托辞。”

我羞于承认，不明白他说的最后一个词组的意思——不在犯罪现场的托辞。他发现我没有接他的话茬儿，就大胆地说得更明白了。

“除了做女主人的帮凶，女仆还做了什么？”他说，“当她在走廊里从我身边走过时，是第一次去投毒吗？博莉夫人在爱丁堡过夜了，即使怀疑到她头上，她也能够辩解。”

听了这些话，我对他朦朦胧胧的怀疑变成了真真切切的怀疑。我对他的宽恕有点儿太轻易了吗？他真的试图消除我对博莉夫人的怀疑，就像普莱莫先生曾经预言的那样？这一次我不得不回答他的问题了。我不知不觉地用了我第一次拜访他时律师对我用过的措辞。

“听起来相当牵强，德克斯特先生。”我说。

让我感到欣慰的是，他没打算为他提出的新看法辩解。

“的确牵强。”他承认道，“不过我并没有要求更多。我说的是‘可能’，而不是‘应该’。因为荒谬，所以别再考虑我的想法了。下面你打算做什么？如果博莉夫人不是投毒者（既不是她自己，也不是她的女仆），那么谁是？她是无罪的，尤斯塔斯也是无罪的。你能够怀疑的另外一个人在哪儿？难道是我毒死了她吗？”他喊道，两眼放光，声音升到了最高度，“你，或者其他任何人，怀疑我吗？我爱她，崇拜她，从她死后我就再也不是我了。嘘！我要告诉你一个秘密。别告诉你的丈夫，它也许会毁了我们的友谊。在她遇到尤斯塔斯之前，要是她接受了我，我早就娶她了。当医生们告诉我她死于中毒时，问问杰罗米医生我经历了什么——他可以告诉你！在那个可怕的夜晚，我一直醒着。我密切注意着，好不容易才找到了接近她的机会！我进到那间房里，跟我爱的天使那冰冷的遗体做最后的告别。我为她的不幸而叹息。第一次也是最后一次，我吻了她。我偷了一小绺她的头发。从那时到现在，我一直带着它。我不分昼夜地吻它。噢，上帝！那个房间又出现了！死者的脸又出现了！看！看！”

他从怀里拽出一个小盒子，用一根缎带系好，挂在他的脖子上。他把盒子朝我坐的地方扔了过来，突然动情地大哭起来。

我要是个男人，可能会知道该做什么。可作为一个女人，我服从了那一刻的冲动和同情心。

我穿过屋子走到他身边，把他的小盒子还给了他。我把手放在可怜的倒霉蛋肩上，不知道该怎么办。“我不怀疑你，德克斯特先生，”我轻轻地说，“我从来没有这样想过。我从心底里可怜你。”

他握住了我的手，贪婪地吻着它。他的双唇像火一样灼烧着我。他突然在椅子里扭动起来，用一只胳膊搂住了我的腰。在这个惊悚、愤怒的时刻，在徒劳地挣扎时，我叫了起来，求人来帮助我。

门开了，本杰明出现在门口。德克斯特放开了我。

我跑到本杰明身边，不让他进屋。在与这位父亲般的老朋友这么长时间的相处中，我还从来没有见过他这么生气。现在我发现他被气得够呛，脸色苍白——耐心的、温和的老人被气得脸色苍白！我使出全身的力气把他拦在了门口。

“你不能伤害一个残疾人。”我说，“派人叫他的仆人带他走！”

我把本杰明拖出了那个房间，然后关上书房的门，并上了锁。老管家在餐厅里。我让她出去，把小马车的马夫叫到宅子里来。

那个男人——我们进入花园大门时，我注意过的那个粗鲁的男人——进来了。本杰明阴沉着脸，一声不吭地打开了书房的门。或许我不应该这样，可我忍不住向里面望去。

迈泽里马斯·德克斯特跌坐在椅子里。那个粗鲁的男人抱起他的主人，温柔得令我惊讶。“把我的脸藏起来。”我听到德克斯特用伤心的语气对他说。他拉开粗劣的飞行员夹克，把主人的脸藏在里面，把那个不成形的东西搂在怀里，像一个女人保护着她的孩子。

第三十六章　阿里尔

我度过了一个不眠之夜。

遭受到凌辱本身就已经够糟了，由它引起的后果更是严重地影响了我。直到现在，要达到我生命中的一个目标可能还要依靠我跟迈泽里马斯·德克斯特的交往。于是，一个无法逾越的障碍物摆在了我面前。为了我的丈夫，我应当允许一个曾经下流地侮辱了我的男人再次靠近我吗？虽然我不是个保守的人，可一想到这里，我就胆怯了。

我起晚了，坐在桌前，想努力振作精神给普莱莫先生写信，可努力是徒然的。

将近中午时（当时本杰明恰好出去了一小会儿），老管家宣布，另一位奇怪的访客到了别墅的大门口。

“这次是个女人，夫人，不过有点儿像一个人。”这个尽职尽责的人信任地对我讲，“一个高大、结实、麻木的人，戴着一顶男人的帽子，手里拿着一根男人的手杖。她说她带了封信给你。除了你，她不会把它交给任何人。我不让她进来，行吗？”

我弄清她描述的这个人是谁之后，立刻同意见这个人，这让管家大吃一惊。

阿里尔进了屋，跟平常一样麻木地沉默着。不过我注意到了她的一个变化，这变化令我迷惑不解。她呆滞的眼睛红红的，布满了血丝。她胖胖的、不成形的脸颊上还看得见泪痕（跟我想象的一样）。她穿过房间，走到我的椅子边，步伐不像平时那么坚定。难道阿里尔也女人味十足地哭了？阿里尔会悲痛欲绝、提心吊胆地靠近我吗？

“我听说你带了东西给我。”我说，“你不坐下来吗？”

她递给我一封信，什么也没说，也没有坐下。我打开信封，发现里面的信是迈泽里马斯·德克斯特写的。信的内容是这样的：

> 如果你要为一个悲惨的男人留下点儿同情，那么试着同情我吧！我正在为瞬间的疯狂而痛苦地惩罚自己。如果你能看到我，承认我对自己的惩罚够重就好了。看在上帝的分儿上，别抛弃我！你唤醒了我的控制力，我不再发狂了。你能相信这一点吗？不。我不会要求你相信我，现在不会，今后也不会。要是你能答应再来看我，就指定能保护你的第三个人也在场吧！我应当并且愿意听你的。我愿意等，一直到时间平复了你对我的愤怒感。我现在需要的就是留给我希望。我要对阿里尔说，我原谅她了。某一天我会让她再见到我的。因为爱我，她会记住这句话的。如果你让她回来了却没有带回信息，就相当于把我送进了疯人院。如果你不相信，可以问问她。
>
> 迈泽里马斯·德克斯特

我看完了这封奇怪的信之后，看着阿里尔。

她眼睛盯着地板，把手里拿着的粗手杖朝我伸过来。

“拿走手杖!”这是她对我讲的第一句话。

“为什么我要拿走它?”我问。

她那反应迟钝的大脑慢慢地把她的想法翻译成了要说的话。

“你生主人的气了。”她说,“把气撒在我身上吧!这儿有手杖,打我吧!”

“打你?”我大声叫道。

“我的后背很宽,”可怜的人说,“我不会谴责你的。我愿意忍受,请拿走手杖!别再让他痛苦了。打我的后背,打吧!”

她把手杖硬塞到我手里,把可怜的不成形的双肩转向我,等待挨打。她既令人不快,又令人同情。我的眼睛里充满了泪水。我尝试着,温柔而又耐心地给她讲道理。实际上一点儿用也没有!主动替主人接受惩罚是她脑子里唯一的想法。“别再让他痛苦了。”她重复道,“打我吧!”

“你所说的‘让他痛苦’是什么意思?”我问。

她努力想解释,可找不到合适的词。她像个原始人那样,用动作告诉我她是什么意思。她大步走到壁炉边,蜷缩在地毯上,用一种可怕的茫然的眼神盯着炉火。然后,她双手交叉放在前额上,慢慢地来回摇摆,依然盯着炉火看。“他就是这样坐着!”她突然说,“几个小时,又是几个小时,他就是这样坐着!他谁都不看,只哭着喊你。”

她让我看到的这个画面使我回忆起德克斯特的健康报告,还有医生明白的警告:危险在未来等待着他。就算我能抵挡得住阿里尔,我也肯定会向那可怕的结果让步的。

“别这样!”我喊道。她仍然在模仿主人摇摆着,依然把双手放在额头上凝视着炉火。“求你了,起来!我现在不生他的气了。我原谅他了。”

她双手、双膝着地,仰着头专注地望着我的脸。那姿势更像只狗,而不像个人。她试图抓住能引起兴趣的话题,于是习惯性地提出了请求:

“再说一遍！”

我照她的吩咐做了，可她并不满意。

“照着信里的话说，”她继续说，“就像主人对我说话那样说。”

我重新看了看信，逐字重复了一遍信的结尾部分：“我原谅他了。某一天我会让他再见到我的。”

她跳了起来。自从进屋之后，她呆滞的脸上第一次有了光彩和生气。

“就是这些！”她叫道，“要是我也能说就好了！要是我能熟记下来就好了。”

就像教孩子一样，我一个字一个字地教她，让她牢牢地记住了那些内容。

“休息一下吧！”我说，“我给你拿些吃的和喝的。”

我还不如对椅子说！她一把从地板上抓起手杖，突然发出沙哑却快乐的喊声。“我记住了！”她喊道，“这些话能让主人冷静下来！万岁！”她像只逃出笼子的野兽，冲到了外面的过道上。我只来得及看到她拉开花园的大门，向外走去的背影。她走得很快，根本没有希望追上她，让她停下来。

我回到起居室，琢磨一个比我聪明的人都会感到困惑的问题。一个绝望的、不道德的男人能激发出别人对他如此虔诚的情感吗？像德克斯特对刚刚离开我的这个忠诚女人那样……谁能评判？就连最卑鄙的人都会有个朋友——一个女人，或者一只狗。

我又在桌前坐下了，再次试着给普莱莫先生写信。

我回想起了迈泽里马斯·德克斯特对我说过的所有的话。带着特别的兴趣，我的记忆定格在了他情绪的奇怪爆发上，这导致他泄露了他迷恋尤斯塔斯第一任妻子这个秘密。我又看到了死人房间里那可怕的一幕——在新的一天的最初几个小时的黑暗与寂静里，那个残疾人抚尸叹息。可怕的画面奇怪地控制了我的大脑。我站了起来，走来走去，设法把思想转移到别的事上，可做不到。那一幕太熟悉了，无法轻松地抹掉。我从德克斯特去跟她做最后告别时穿过的那条走廊里走过……

走廊？我停住了。我的思想突然有了新的方向，不为任何个人意志所动。

除了跟德克斯特的联系，还有没有能把我跟走廊联系在一起的事物呢？是我参观格兰尼奇时看到的某份材料吗？不是。是我读过的某份材料吗？我一把抓起了那本《审判》，翻到了有护士证词的那一页。我把证词又从头到尾看了一遍，直到看到结尾这几行文字，失去的记忆才恢复了：

> 睡觉前我上楼去，为已故夫人的遗体入殓做准备。停放尸体的那个房间上了锁。通向麦卡伦先生房间的那扇门和通向走廊的那扇门一样，都紧锁着。钥匙都被盖尔先生拿走了。两个男用人站在卧室外边值守。一直到凌晨四点，他们才能离开。他们只能告诉我这些。

那里有我失去的跟走廊的联系！那里发生了迈泽里马斯·德克斯特去探访死者时，我应当记起的事情！

他是怎么进的卧室？门都锁着，钥匙都被盖尔先生拿走了！除非有一扇上锁的门，它的钥匙不在盖尔先生那里。书房和卧室之间那扇门的钥匙不见了。它被偷了？德克斯特是那个贼吗？他也许会在值班的人睡着了的时候，从他们的旁边过去；也许会在值班的人换班的时候，趁人不备穿过走廊。可是，不通过上了锁的书房门，他怎么能进到卧室里呢？他一定有那把钥匙！他一定是在尤斯塔斯·麦卡伦夫人去世前的几周就藏起了它！那个月的七号，护士刚到格兰尼奇，所以她证明说，那扇门的钥匙那时就不见了。

这些思考跟发现指向了什么结论呢？迈泽里马斯·德克斯特在激动得控制不住自己的那一刻，不知不觉地把线索透露给我了吗？难道揭开格兰尼奇毒杀案的关键就是那把丢失的钥匙吗？

我第三次坐回到了桌前。能为这些问题找到答案的人只有普莱莫先生。我把发生的所有事情原原本本、仔仔细细地写信告诉了他，乞求他原谅并且忘掉我当时不礼貌的举动。我答应他，在目前的紧急情况下，不先征求他的意见，我是不会去做任何事的。

那天，是一年里最美好的一天。那天上午，写完信之后，为了进行有益健康的锻炼，我到邮局去给普莱莫先生寄信了。

回到别墅时，我得知另外一位客人正在等着见我。这次是个文明的客人，她已经报上了名字——我的婆婆麦卡伦夫人。

第三十七章　病床边

婆婆还没有讲话，我就从她的脸上看出来了，她带来了坏消息。

“尤斯塔斯?”我问。

她看了我一眼，作为回答。

“马上告诉我!”我大声叫道，“除了不安，我可以忍受任何事情。”

麦卡伦夫人举起一只手，把一直藏在衣服兜里的一封电报拿给我看。

“我相信你的勇气，”她说，“所以没必要对你支吾搪塞，我的孩子。念念那个!”

我读了电报。电报是野战医院的一个主任外科医生发来的，发自西班牙北部的一个村庄。

“尤斯塔斯先生在一场冲突中受重伤，被一发射偏的子弹击中。他现在已经脱离危险，并得到了精心的照顾。等待回复。”

我转过脸去，强忍着电报带给我的悲痛。直到那一刻我才知道自己爱他有多深。

婆婆用一只胳膊抱住我，温柔地把我搂在怀里。她非常了解我，所以什么都没有说。

我重新恢复了勇气，指了指电报的最后一句话。

“您的意思是——等？”我问道。

“一天也不等！”她回答说，“我要去外交办公室办护照，还要办几件重要的事情。他们可以给我开介绍信，给我建议并且帮助我。我今天晚上就走，坐邮政列车去加来！”

“您要走？”我说，“您以为我会让您自己走吗？办您的护照的时候请把我的也办好。今晚七点，我会在您家等着。”

她试图反对，提到了旅途中的种种危险，结果被我打断了。“妈妈，您还不知道我有多固执！他们会让您在外交办公室里等待的。为什么您要在那里浪费宝贵的几个小时呢？”

她温顺地让步了，这不符合她的性格。“但愿我可怜的尤斯塔斯知道，他得到了一位多么好的妻子！”说完这句话，她吻了我，然后坐着她的马车走了。

很奇怪，我对旅行的记忆非常模糊且不完整。

当我努力回忆时，对返回英格兰之后发生的更近、更有趣的事情的记忆使得对西班牙冒险的记忆变得十分模糊，似乎那是许多年前发生的事情。我困惑地搜寻着那些考验我们的耐心和勇气的耽搁与惊慌。我想起了我们结交的朋友们（感谢我们的介绍信）：一位大使馆的秘书，还有一位女王的信使。旅行中，他们在危急时刻帮助并保护了我们。我想起了长长的一队男人，他们身披肮脏的斗篷和干净的亚麻布衣，因为对女人非常谦恭有礼而对马匹却非常野蛮残忍，所以十分引人注目。最后，也是最重要的，我又看到了——比我看到的其他事物都更清晰—— 一个肮脏的山村小店里的一间简陋的卧室。在那儿，我们找到了我们可怜的心爱的人。他挣扎在生死之间，感觉不到病床边的狭小空间里每一样东西的存在。

将我丈夫的生命置于危险之中的意外事故里，没有任何浪漫和趣味。

他冒险去救一个受伤后倒在战场上的青年，离冲突（一个悲惨的事件）现场太近了，结果受了致命伤。一颗步枪子弹击中了他的身体。战地医院的弟兄们冒着生命危险把他运回了驻地。所有人都非常喜欢他，因为他宽容、温和又勇敢，只要再多一点点判断力，就能成为最令人钦佩的新兵了。

在告诉我这些的时候，外科医生出于好心，巧妙地补上了一句警告。

伤口引起的高烧总让他说胡话。他在神情恍惚时说的话可以说明，在我可怜的丈夫的脑子里，只有他妻子这一个形象。守在床边照顾他的日子里，护士已经听够了这些话。尤斯塔斯对我的突然认识（如果他苏醒过来），会导致最不幸的结果。在当时那种悲哀的情况下，我们可以轮流看护他。也许在之后的很多个星期里，都没有一点点被他认出的可能。可是在他被宣布脱离危险的那一天——如果那个快乐的日子会到来的话——我必须离开病床边我的位置，直到外科医生同意才能露面。

在那间病房里，夜以继日地，我婆婆跟我定期换着班。

在他胡言乱语的几个小时里，我的名字总是挂在我可怜的爱人发烧的嘴边。支配着他的念头，就是我们上次会面时我徒劳地强烈反对的那个可怕的念头。面对审判的裁决，即使是他的妻子，也不可能真心地相信他是清白的。他紊乱的想象中的所有疯狂的图画，都是被顽固的确信激发出来的。在那种可怕的情况下，他想象着自己还跟我生活在一起。不管他做什么，都会想起他经历过的可怕的折磨。他表演他自己那部分，我表演我那部分。他递给我一杯茶，于是我对他说："我们昨天吵架了，尤斯塔斯。茶里有毒吗？"他吻我，表示我们和解了。我笑了，对他说："现在是早晨，亲爱的。我可以在今晚九点钟死去吗？"我病在床上，他把我的药递给我。我用怀疑的眼神看着他。我对他说："你迷恋着另一个女人。药里有医生不知道的其他成分吗?”这些就是现在不停地在他脑海里上演着的可怕的剧幕。我听到他无数次地重复着，总是用同样的语言。其他时候，他的思想又回到了我要拼死证明他是个清白之人的话题上。有时，他嘲笑它。有时，他哀悼它。有时，他为了在我的道路上设置不为人知的障碍而设计诡诈的阴谋。他在设计他的预防性的计谋的时候，对我特别冷淡——他高兴地通知在他的想象中帮助他的人们，要毫不犹豫地冒犯我或者让我痛苦。“不用担心，如果你让她生气；不用担心，如果你让她哭泣。这都是为了她好，都是为了把她这个可怜的傻瓜从她想不到的危险中救出来。当她说是为了我才那样做时，你一定不要同情她。看哪！她要被凌辱了，她要被欺骗了，她要让自己蒙羞。阻止她！阻止她!”我知道我很软弱，我让他失去理智的清楚事实总是历历在目。尽管如此，我在我丈夫枕边的大部分时间都是在羞辱和痛苦中度过的。而他，我可怜的爱人，是清白的，这才是真的。

几个星期过去了，他仍然徘徊在生死之间。

我没有记下时间，想不起第一个可喜的变化发生的确切日期了。我只记得在一个天气晴好的冬日的早晨，太阳即将升起的时候，当时我们终于卸下了焦虑的重负。病人醒来时，外科医生恰巧就在床边。看了尤斯塔斯之后，他做的第一件事情就是用手势提醒我保持沉默，让我站在不容易被发现的地方。我婆婆跟我都知道这意味着什么。我们俩一起衷心地感谢上帝把他还给了我们。

当天晚上只有我们俩在病房里，于是我们斗胆谈起了未来。

“外科医生告诉我，”麦卡伦夫人说，“尤斯塔斯太虚弱了。在今后的几天里，他不能经受任何的惊吓。我们有时间来考虑，要不要告诉他，他能活下来，归功于你的照料，也归功于我的照料。瓦莱里亚，现在上帝已经把他还给了你和我，你还能找到离开他的理由吗?”

“如果只问我自己的心，”我回答说，“那么我再也不会离开他了。”

麦卡伦夫人严肃又惊讶地看着我。

“你还想请教什么?”她问。

“要是我们俩都活着,”我回答说,“在未来的几年里,我不得不考虑他的幸福,还有我的幸福。我能够容忍许多,妈妈,可我不能忍受他第二次离开我。”

“你错怪他了,瓦莱里亚。我坚信你错怪他了,如果你认为他有可能再次离开你!”

“亲爱的麦卡伦夫人,您忘了他提到我时说的话,当时我们就坐在他的床边。”

“我们听到了一个男人神志不清时的胡言乱语。要让尤斯塔斯为自己失去理智时所说的话负责,的确很困难。”

“还有更难的,”我说,“那就是在他的母亲为他辩解时,尽量去抵制她。亲爱的,我没有让尤斯塔斯为他高烧时说的话负责,我只是对它有了警觉。他所说的最疯狂的话,都是他在最健康、最有力气的日子里对我说过的话。我能希望他痊愈后改变对我的看法吗?离开没有能够使他改变看法,受难也没有能够使他改变看法。他发着高烧时说的谵语里面,有着对我可怕的怀疑。我只想出了一种把他赢回来的办法——必须把他离开我的动机根除。说服他,让他相信我认为他是清白的,这是不可能的。我必须向他证明,他将作为一个清白的男人来面对我。”

“瓦莱里亚!瓦莱里亚!你在浪费时间。你已经做过试验了。你跟我一样知道,这件事情不能做。”

我没有接她的话茬儿——我无话可说。

“假使你回去找德克斯特,抛开对一个已经侮辱过你的既疯狂又可怜的倒霉蛋的绝对的同情,”我的婆婆继续说,“你也只能在我或者其他你信得过的人的陪伴下回去。你只能去满足那个人任性的想法,让他疯狂的大脑安静片刻。做完这些,你就离开他。就算德克斯特还能够帮你,除了信任他、亲近他,简而言之,以一个亲密朋友的身份对待他,你还能为他做什么?老实地告诉我,经历了本杰明先生家里发生的事情之后，你还能下决心那么做吗？”

作为亲戚兼旅伴，她自然是赢得了我的信任。于是我把上次跟迈泽里马斯·德克斯特的见面告诉了她，可她却把它变成了自己的信息并利用了它！我想我没有权利责备她。除了冒犯她，或者给出一个答案，我别无选择。我给出了答案。我明确表示，作为一个值得信任的亲密朋友，我再也不会让迈泽里马斯·德克斯特亲近我了。

麦卡伦夫人无情地强调着她赢得的优势。

“很好，”她说，“那个资源不再属于你了。接下来你会怎么办？”

以我目前的境遇，任何差强人意的回答都不会有结果。我感到很奇怪，我不像我自己了，竟然默默地服从了。麦卡伦夫人用最后一击赢得了胜利。

“可怜的尤斯塔斯软弱又任性，”她说，“可他不是个忘恩负义的人。我的孩子，你对他是以德报怨。你为了他吃了那么多苦，冒了那么大险，这说明你是真心诚意地爱着他。请相信我，也相信他！他不可能拒绝你。让他见到一直梦想见到的那张可爱的脸吧！用你过去那充满爱的眼神再看看他吧！他是你的，我的女儿，一生都是你的。”她站起来，轻轻地吻了一下我的额头。她的声音变得那么温柔，我从来没有听到过她用这么温柔的语调说话。“说好的，瓦莱里亚，”她低声说，“对我对他都比以前更亲热些吧！”

我心里想的跟她一样。我筋疲力尽了。还没有收到普莱莫先生的信，所以我暂时得不到指引和鼓励。我抗拒了这么长时间，却没有结果；我遭受了这么多的苦难，却反复地失望。他就在我下面的房间里，无力地找寻恢复知觉、重获生命的办法，我怎么能够抗拒呢？全都结束了！

我婆婆和我一起睡在小旅店能提供给我们的唯一的场所——房子顶层的一间阁楼里。谈话之后的那天夜里冷得厉害。我们穿着长袍、盖着毯子，仍然冷得发抖。我的婆婆睡着了，可我睡不着。想着我改变了的身份，疑惑着我的丈夫会不会接受我，所以怎么也睡不着。

我猜想，一定过去好几个小时了，我还沉浸在我自己忧郁的想象里。这时，我突然有了一种新奇的感觉，这让我十分惊讶、恐慌。我一下子从床上坐了起来，喘不上气来，不知所措。我的动作弄醒了麦卡伦夫人。“你病了吗？”她问，“你怎么了？”我想告诉她，也能够告诉她。我还没来得及说，她似乎就已经明白了。她温柔地抱住我，把我搂在她怀里。“我可怜的天真的孩子，”她说，“你可能不知道吧！一定要我实实在在地告诉你吗？”后面的话她是在我耳边悄声说的。我能忘掉她的耳语带给我的情绪波动吗？喜悦和恐惧、惊愕和安慰、骄傲和谦恭的奇怪的混合物，整个人都被它充满了，并从那一刻起让我变成了一个新的女人！现在，第一次，我知道了它！如果上帝再给我几个月的时间，全人类的喜悦中最不朽、最神圣的喜悦就可以成为我的了——我将成为一个母亲。

我忘了那天夜里余下的时间是怎么度过的。当清晨来临，当我独自来到小旅店后面开阔的荒地上呼吸冬日里清爽的空气时，我才又找回了我的记忆。

我说过，我感觉自己像个新的女人。在那个清晨，一个新的决定使我几乎崩溃了。当我想到将来时，不会仅仅考虑我的丈夫。他那好听的名字不再是他自己的和我的——可能很快就会变成他能够留给他的孩子的最宝贵的继承物。当我不知道这件事时，我做了什么？我放弃了洗刷掉附着在他的名字上的污点的希望——终究是个污点，不管从法律的角度来看是多么的小。我们的孩子可能会听到恶毒的声音说：“你的父亲因为最可耻的谋杀而受到了审判，从来没有彻底洗脱罪名。”想到那种可能性，我还能面对分娩带来的光荣与危险吗？不能！除非我再做一次努力，让迈泽里马斯·德克斯特把他的良心袒露给我！除非我再一次重新抗争，让即将成为父亲的我的丈夫无罪的真相大白于天下！

我带着鼓舞我的新勇气，回到了屋子里。我向我的朋友兼母亲敞开了心扉，把上次我们谈过尤斯塔斯之后我经历的变化坦白地告诉了她。

她太失望了，几乎生我的气了。她说，一件不可避免的事情发生了。正在向我们走来的幸福会在我丈夫和我之间形成一个新的纽带。除此之外，所有的考虑都会被她当成是纯粹的幻想。要是我现在离开尤斯塔斯，就是做了一件残忍的事情，一件愚蠢的事情。在我生命结束的时候，我将会为丢掉婚姻生活中一个金子般的机会而感到后悔。

我付出了艰难的挣扎，让人痛苦的怀疑压迫着我，可这一次，我特别坚定。父亲的声誉、孩子的继承物——我尽可能不断地让这些想法停留在我的脑海里。有时它们战胜了我，只剩下我这个可怜的傻瓜，断断续续地哭泣，哭完了又为自己感到羞愧。可是我天生的固执（麦卡伦夫人说的）让我坚持了下来。尤斯塔斯睡着的时候，时不时地，我会偷偷地看他一眼。对我丈夫的偷偷摸摸的探访给了我勇气，尽管我的心很痛。我无法解释这一切是怎么发生的（似乎很矛盾），我只能把它当成我在那个杂乱无章的阶段的一种体验。

我向麦卡伦夫人做了让步。我答应等两天再设法返回英格兰，希望在这段时间里我的想法会改变。

对我来说，让步是对的。第二天，战地医院的院长派人到离我们最近的镇上的邮局去取给他和病人的信。信使带回了一封给我的信。我认出了笔迹，普莱莫先生的回信终于到我手里了！

就算我处在改变想法的危险中，好心的律师也会在紧要关头拯救我的。下面摘录的是他来信中的重要部分，表明了当我处在痛苦中时，他是怎么鼓励我的。

“现在让我告诉你，为了证实你在信中得出的结论，我都做了些什么。

“我找到了一个仆人。第一任尤斯塔斯夫人死在格兰尼奇的当天晚上，他被安排在走廊里值班。那个人清楚地记得，那天晚上整幢房子都安静下来之后，迈泽里马斯·德克斯特出现在他以及跟他一起值班的仆人面前（他坐在轮椅中）。德克斯特对他们说：‘我想，我进书房读书不会有危害吧！发生了这样的事情，我睡不着，必须以某种方式来减轻我心里的痛苦。’那些人没有接到不许任何人进书房的命令。他们知道通往卧室的那扇门上着锁，另外两扇门上的钥匙被盖尔先生拿走了。于是他们让德克斯特进了书房。他关上门（开在走廊上的那扇门），消失了一段时间。那些人以为他待在书房里。根据他跟你见面时透露的信息，我们知道他是在卧室里。现在，正如你设想的，他能进到那间屋里，只有一种途径——拿着那把失踪的钥匙。他在那儿待了多长时间，我没办法知道。那个仆人记得，他再从书房里出来时像死人一样，脸色苍白。经过他们身边时，他什么也没说，径直回到了他自己的房间。

“这些就是事实，导致的后果相当严重。它证实了我在爱丁堡的办公室里对你说的每一件事。你一定还记得我们之间的谈话，我不再多说。

“你无意中激发了迈泽里马斯·德克斯特对你的感情，那种感情我没有必要再描述了。有一件事情是确定的——是我自己看出来的——你的外形和你的某些动作会让熟悉已故尤斯塔斯夫人的那些人回想起她。这个话题就不再多说了，我只是提醒你，由于你的影响，他已经原形毕露了。在他兴奋的时候，当着你的面，在说话之前，他是没有思考能力的。只要你给他机会，他就会原形毕露得更厉害。能在这一点上清楚地表达我的看法应当归功于你，因为你让我知道了你最关心的是什么。我相信，在你离开爱丁堡的这段不长的时间里，你前进了一步，离你期待的结果更近了。我从你的来信里看到了无法抗拒的证据，那就是德克斯特一定在跟已故夫人私下里通信（我能肯定，是就她所关心的事情的，清白的通信），有可能在她死前的几个星期里。作为一个诚实的男人，我一定不能隐瞒这一点。还有，作为一个诚实的男人，我一定要补充一句：出于正义，我建议你去冒你必须冒的险，如果你又见到了迈泽里马斯·德克斯特。最终的决定由你自己来做。我对你只有一个请求——不管你决定做什么，一定要告诉我。”

对我来说，尊敬的普莱莫先生所说的那些困难都不是困难。我还没有读完他的信，就已经做出了决定：无论如何都要再去拜访迈泽里马斯·德克斯特。

到法国的邮政列车将于第二天穿越边境。要是我选择乘坐它，在列车长的关照下可以给我留个位置。于是，没有跟任何人商量，像平常一样鲁莽，像平常一样轻率，我乘坐了它。

第三十八章
在返程的路上

如果我是坐着自己的马车回家，那么这本书剩下的章节就再也不会被写出来了。上路不到一个小时，我就会招呼车夫，让他往回走。

谁能始终那么坚定呢?

我指的是女人，不是男人。我曾经坚定地对普莱莫先生的怀疑和警告置若罔闻；坚定地不向我的婆婆让步；坚定地坐上了去法国的邮政列车。在我们从小旅店出发后十分钟之内，我的勇气还在。然后我对自己说："你这个卑鄙的人，遗弃了你的丈夫!"几个小时以后，如果我能让邮政列车停下来，我就会这样做。我憎恨那个最仁慈的列车长。我憎恨拉着我们的西班牙小马——那些挂着铃铛的最快乐的动物。我憎恨阳光灿烂的白天，让万物都生机勃勃。还有振奋精神的空气，不管我喜不喜欢，都要去呼吸。从来没有一次旅行比这次旅行更让我难受!不过，一个小小的安慰，帮我乖乖地忍受着我的心痛—— 一小束偷来的尤斯塔斯的头发。清晨，我们已经起来一个小时了，他还在熟睡。我蹑手蹑脚地溜进他的房里，吻他，温柔地为他的不幸而叹息，还剪下了他的一束头发，却没有被人发现的危险。至今我也想不明白，自己为什么能够鼓足勇气离开他。我想，一定是我的婆婆帮助了我，虽然她没有打算这么做。她进了屋，梗着脖子，目光冷淡。她说话时十分冷酷："如果你执意要走，瓦莱里亚，马车就在这儿。"在那种情况下，任何女人都会明白这话的意思。我明白这话的意思，于是这样做了。

然后，我竟然为此而感到愧疚。可怜的人性！

所有的人都相信，时间是最好的良药。我认为，在这件事情上，时间被高估了。距离起到了同样有益的作用，更为迅速并且更为有效。在去巴黎的火车上，我变得能够理智地看待自己的处境了。现在我自己都能想起我丈夫对我的欢迎。在最初的惊讶和最初的幸福过去之后，也许还不能证实他母亲对他的信任。我承认，我回去找迈泽里马斯·德克斯特是在冒险。可是，我未经请求就回到宣布我们的婚姻是不幸的、我们的婚姻已经结束了的丈夫身边，不是一样轻率吗？另外，谁敢说将来仍然不可能证明我是对的——不只是向我自己，也是向他？我仍然可以听他说："没事可查究时，她是好奇的。应当去听取意见时，她是固执的。其他女人会留下时，她却离开了我的床边。不过最后她全都弥补了——她证明了自己是对的！"

我在巴黎休息了一天，写了三封信。

一封给本杰明，让他第二天晚上等着我。一封给普莱莫先生，及时地提醒他，我打算做最后一次努力，去查清格兰尼奇的神秘事件。一封给尤斯塔斯（只写了几行），承认在他生病的那段日子里，我帮着照看了他。我坦白了离开他的原因，并且恳请他先不要对我下结论，时间会证明我比以前更爱他了。这最后一封信，我封好之后寄给了我的婆婆，由她选择正确的时间把信给她的儿子。无论如何，我坚决不许麦卡伦夫人把我们之间的新纽带告诉尤斯塔斯。虽然他主动离开了我，但我决定，不让他从其他人的嘴里听到这个消息。不必关心为什么！某些小事我必须亲自处理。

写完了这些信，我该做的事情都做完了。在这场游戏中，我可以随心所欲地打出我的最后一张牌。摆在我面前的机会十分不确定：既不全顺着我，也不全逆着我。

第三十九章 去德克斯特家

“我向上帝宣告，瓦莱里亚，我相信那个怪物的疯狂是有传染性的——你已经被传染了！”

这是本杰明对我的看法（我到了别墅），在我宣布要在他的陪伴下回访迈泽里马斯·德克斯特之后。

确定了要达到的目的，我就要尝试着去说服。我请求我的好朋友对我有点儿耐心。“记住我告诉你的事情，”我补充道，“再次去见德克斯特对我来说非常重要。”

我这是火上浇油。“再次去见他？”本杰明愤怒地重复道，“在他粗鲁地侮辱了你之后，在我的屋檐下，就在这间屋里？我一定是在做梦。”

我知道，是我错了。可是，本杰明善意的愤慨使得我那顽皮的一面表露无遗。我真的抵挡不住诱惑，想去冒犯他。

“轻点儿，我的朋友！”我说，“我们一定要为一个有着德克斯特的缺点、过着德克斯特的生活的男人留有余地。还有，我们真的不要谦逊得误入歧途。我想，当时我对事情的看法相当古板。一个尊重自己的女人，她的整个心都跟她的丈夫在一起。当一个倒霉的残疾人非常无礼地用他的胳膊搂住了我的腰时，我被伤害得不是那么严重。善意的愤慨（要是我可以斗胆这样说）有时是非常廉价的愤慨。另外，我已经原谅他了，您也必须原谅他。不用担心他再忘乎所以了，因为您跟我在一起。他的房子是个彻底的古董，肯定能让您产生兴趣。那些独一无二的图画也使得这趟旅行很有价值。我今天会给他写信，明天我们一起去见他。如果您愿意看看周围，本杰明先生，您会发现对每一个人怀有仁爱之心是我们生活的这个时代最伟大的美德。盛行的风尚一定对可怜的德克斯特先生有好处。来吧，来吧，跟时代一起前进！把您的心向新观念敞开吧！"

可敬的老本杰明没有接受这个有礼貌的邀请，而是猛烈地攻击了我们生活的这个时代，就像一头公牛见到了一块红布。

"噢，新观念！新观念！通过形形色色的方式，瓦莱里亚，让我们接受新观念！旧道德全错了，旧方式全过时了。让我们跟我们生活的时代一起前进！在我们生活的时代，没有不受欢迎的事情。英格兰的妻子和西班牙的丈夫，结婚或者没结婚，住在一起或者不住在一起，都是一样的。我会跟你去，瓦莱里亚，我会配得上我生活的这个时代。我们做事情不能只做一半。让我们去听场演讲，用现成的科学充实自己。让我们听最近新出名的教授讲课吧！他精确地了解世界是怎么被创造出来的，创造世界需要多长时间。还有一个家伙，是近代人所罗门——全新的哲学家，他把信仰当作不会造成伤害的玩具。噢，新观念，新观念，新观念创造出了多么令人欣慰、令人振奋的发现啊！在成为人类之前，我们都是猴子！在成为猴子之前，我们都是分子！我跟你去，瓦莱里亚，我准备好了！越快越好！去见德克斯特！去见德克斯特！"

"您同意和我一起去，我太高兴了！"我说，"但是，我们做任何事情都不要太匆忙。明天下午三点钟，这时间对德克斯特来说很合适。我会立刻写信告诉他，让他等着我们。您去哪儿？"

“我去把那些虚伪的东西清除掉。”本杰明严肃地说，“我到书房去。”

“您要看什么?”

“我要看《穿靴子的猫》和《杰克与豆茎》，还有我能找到的所有与时代脱节的书籍。”

临别给了新观念以打击，我的老朋友暂时离开了我。

我打发人送走了我的信。我发现自己又开始想迈泽里马斯·德克斯特的健康问题了。我不在英格兰的这段日子，他是怎么度过的？在我认识的人里，谁能把他的情况告诉我呢？去询问本杰明只会挑起一场新的战争。我还在琢磨时，管家因为某些家务事进屋了。我随便地问了她一句，我不在的时候，她有没有听到使她受到严重惊吓的那个极其特别的人的消息。

女管家摇了摇头，似乎认为提起这个话题很不礼貌。

“您走了大概一周之后，夫人，”她非常严肃地说，用词特别小心，“您提到的那个人厚颜无耻地给您送来了一封信。遵照我主人的命令，信使被告知，您出国了。于是，他和他的信一起被打发走了。不久，我碰巧跟麦卡伦夫人的管家一起喝茶时，又听说了那个人。他亲自坐着马车拜访了麦卡伦夫人家，到那儿打听您的消息。没有双腿保持平衡，他还能设法坐住，这超出了我的想象。不过，这无关紧要。我见到了他，我到死都不会忘记他的。我一恢复过来就告诉那个人，尤斯塔斯病了，您跟麦卡伦夫人正在国外尽力照顾他。他走了，”女管家这样告诉我，“双眼含着泪，嘴里不停地发誓、诅咒，看了让人震惊。关于那个人，我知道的就这么多，夫人。我希望您能原谅我，如果我斗胆说，那个话题是我非常厌恶的。”

她行了一个很正式的屈膝礼，退出了屋子。

就剩下我自己了。想到第二天就要去尝试，我越发担心，越发不确定。留出应有的余地之后，我认为女管家对迈泽里马斯·德克斯特离开麦卡伦夫人家时的描述，间接地表明他不能很有耐性地忍受我长时间不在，他仍然不愿意给他被损坏的神经系统一个可能的休息机会。

第二天上午，他们给我带来了普莱莫先生的回信——我在巴黎给他写了一封信。

他写得非常简短，对我的决定既没有认可也没有责备，却强烈地重申了他的看法：我将来再见德克斯特时，应该好好地选择一个能够胜任的证人陪我一起去。回信最有意思的部分在结尾。“你一定要做好准备，”普莱莫先生写道，“因为德克斯特变得更糟糕了。几天前，我的一个朋友因为生意上的事情跟他在一起，被他身上的变化惊呆了。你的出现肯定会起作用的。如何控制他，我给不了你指导，你必须依情况行事。你很机敏，所以你一定明白，怂恿他谈起已故尤斯塔斯夫人是不明智的。让他泄露秘密只有一个办法：只要你能，就让他继续下去。”在这之后，还有一段附言：“问问本杰明先生，他是否离书房的门很近，足以听到德克斯特告诉你，在尤斯塔斯·麦卡伦夫人死亡的当天夜里，他进了卧室。”

在动身去迈泽里马斯·德克斯特住的远郊之前，中午我们坐在餐桌旁吃饭时，我与本杰明探讨了这个问题。我的老朋友还像以前一样，强烈地反对我远行。他回答我的问题时表情非常严肃。

“我不是偷听者，”他说，“因为有些人说话的声音太大，德克斯特先生就是其中的一个。”

“这么说，您听到他说的话了？”我问。

“门挡不住他的声音，墙也挡不住他的声音。”本杰明接着说，“我听到他说的话了，认为很无耻。就这些！”

“这次，我想让您做的不只是听他说话。”我斗胆说，“德克斯特先生对我讲话时，我想让您把这些话记下来。您常常把我父亲说的话写下来，当他向您口述信件的内容时。带个小笔记本备用，好吗？”

本杰明把头抬了起来，十分惊讶地看着我。

“在一位伟大商人的口述下写东西是一回事。”他说，“那是要控制一封非常的信件。因为这封信，成千上万的英镑通过邮局及时地被转手。而记下一个应当被关在笼子里的语无伦次的疯狂怪物的胡言乱语，又是一回事。你那值得尊敬的父亲，瓦莱里亚，从来不会要求我做那样的事情。”

“原谅我，本杰明，我必须求您这样做。这是普莱莫先生的主意。注意，不是我的！嗨！这次再让让步吧，亲爱的，为了我。”

本杰明低下了头，把头埋在盘子里。他那沮丧而顺从的表情告诉我，我的目的达到了。

“我把一生都系在了她的围裙带上，”我听到他自言自语地嘟囔着，“现在再解开已经太晚了。”他又抬起头来看着我，“我想我已经退休了，”他说，“可是似乎我必须再做回办事员了，对吧？这一次，等着我的新工作是什么呢？”

他问这个问题的时候，有人通报，出租马车已经在门外等着我们了。我站起来，抓住他的胳膊，在他红润、苍老的脸颊上给了他一个感激的吻。

“只有两件事。”我说，“第一件事是：坐在德克斯特身后的椅子上，这样他看不到您。不过要当心您自己的位置，要保证能看到我。”

“越少见到德克斯特先生，我就越高兴。”本杰明发着牢骚，“在他身后就座后，我该做什么？”

“您等着我给您手势。看到我的手势，您就开始在笔记本上记下德克斯特说的话。一直记下去，直到我做另一个手势，表示停止！”

“好吧，”本杰明说，“开始的手势是什么？停止的手势又是什么？”

我还没有做好充分的准备，不知该怎么回答这个问题。我请求他帮帮我，给我点儿提示。不！本杰明不会积极参与这件事的。他顺从地被当作被动的工具，事实上，这就是他所有的让步。

只能靠我自己的智慧了。我发现，发明一个既能充分地通知本杰明又不会引起德克斯特怀疑的暗示方法，不是件容易的事情。我向镜子里看去，看看能不能从我戴的饰品里找到必要的提示。我的耳环启发了我。

“我会坐在一个扶手椅上。”我说，“当您看到我把胳膊肘放在扶手上，抬起手去摸耳环时，请记下他说的话。然后，如果您听到我挪动椅子的声音，那么就停止。您明白我的意思吗?”

“我明白你的意思。”

于是，我们出发去德克斯特家。

第四十章　终于报应了

这次是园丁给我们开的门。显然，他已经得到了命令，期待着我们的到来。

“瓦莱里亚夫人?”他问。

“是的。”

“和朋友?”

“和朋友。”

“请上楼！您熟悉这房子。”

穿过大厅时，我停了一下，看了一眼本杰明仍然握在手里的那根他特别喜爱的手杖。

“您的手杖只会挡您的道，”我说，“把它留在这儿不是更好吗?”

“上了楼，我的手杖也许会有用。”本杰明粗声反驳道，“我不会忘记书房里发生的事情。”

没时间跟他争辩了。我在前边领路，上了楼梯。

刚踏上一段楼梯，上边的屋子里突然发出一声尖叫，吓了我一跳。在我们走进圆屋之前，那种声音重复了两遍。我先进了里屋，想感受一下迈泽里马斯·德克斯特性格的另外一面。

倒霉的阿里尔正站在一张桌子前面。她眼前放着一个盘子，盘子里盛着几块蛋糕。她的每只手腕上都系着一根绳子，绳子的另一端（在几码远的距离之外）控制在迈泽里马斯·德克斯特手里。“再试一次，我的美人！”我在门口停下时，听到他说，“拿块蛋糕！”一声令下，阿里尔听话地朝那个盘子伸过去一只胳膊。她的手指尖就要挨到蛋糕的时候，绳子一拽，她的手被猛地拉走了。这种快速的、恶毒的暴行太野蛮、太残忍了，我真想一把抓过本杰明手里的拐杖，朝迈泽里马斯·德克斯特的后背砸过去。这一次，阿里尔以斯巴达式的坚毅一声不吭地忍着疼痛。她站的位置让她能够首先看到站在门口的我。她发现了我。她的牙齿被固定住了，她的脸因为挣扎着想让自己摆脱控制而发红。看到我，她居然连个示意都做不出来。

“松开绳子！”我愤怒地大叫，“放了她，德克斯特先生，否则我会离开这儿的！”

听到我的声音，他突然发出一声愉快的尖叫。他热烈地、贪婪地、高兴地盯着我。

“进来！进来！”他大叫道，“看看我都被迫做了些什么——在等待你到来的令人发狂的不安中。看看我们分开的时候我是怎样消磨时光的！进来！进来！今天上午，我处在一种恶劣的情绪里面，瓦莱里亚夫人，完全是由于我渴望见到你造成的！当我情绪恶劣时，我必须戏弄什么东西。我正在戏弄阿里尔。看着她！她一天什么也没有吃，连一小块蛋糕都抓不到。你没有必要可怜她！阿里尔没有神经病——我没有伤害她。”

“阿里尔没有神经病，”可怜的人随声附和道，因为我妨碍了她跟她的主人而冲我皱起了眉头，“他没有伤害我。”

我听到本杰明在我身后摆弄他的手杖。

“松开绳子！”我又说了一遍，比上一次更强硬，“松开，否则我会立刻离开你！”

我的强硬让迈泽里马斯·德克斯特脆弱的神经颤抖起来。“多么美丽的声音啊！”他惊叫道，然后松开了绳子。“把蛋糕拿走！”他用至高无上的口气对阿里尔补充了一句。

她从我身边走过，肿胀的双腕上挂着绳子，手里拿着那盘蛋糕。她冲我挑衅地点了点头。

“阿里尔根本没有神经病，”她骄傲地重复道，“他没有伤害我。”

“你看到了，”迈泽里马斯·德克斯特说，“根本没有伤害她。我照你说的松开了绳子。别一开始就对我这么刻薄，瓦莱里亚夫人，在你走了那么长时间以后。”他停住了——默默地站在门口的本杰明第一次引起了他的注意。“这是谁？”他问，表示怀疑地转动起轮椅朝门口移过来。“我知道了！”我还没来得及回答，他就大叫道，“是那位好心的先生。我上次见到他时，他看上去就像是经受痛苦的人的避难所。先生，从那以后，你变得更糟糕了。你完全充当了一个新的角色。现在，你给正义赋予了人性。瓦莱里亚夫人，他是你的新保护人，我理解！”他极尽嘲讽之能事，躬身向本杰明致意。“你谦卑的仆人，正义先生！我认为这是理所当然的，我服从你。走进来吧，先生！我会当心的，你的新职位将是个闲差。这位夫人是我生命中的希望之光。如果我没有尊重她，那么请抓住我，只要你能！”他用后背对着本杰明，转动了轮椅，一直到屋子里我站的地方。“你的手，我的生命之光！”他用最温和的语气低语道，“你的手，表明你已经原谅了我！”我把一只手递给了他。“一只？”他哀求地低语道，“只有一只？”他谦恭地吻了一下我的手，然后重重地松开了它。“噢，可怜的德克斯特！”他说，真挚地怜悯着自己，“一颗炽热的心，在孤独中消亡，被畸形的人嘲笑。悲哀啊！悲哀啊！噢，可怜的德克斯特！”他回头看了一眼本杰明，脸上闪过一丝嘲讽。“一个美丽的日子，先生，”他以习惯的虚假的谦恭说，“经过了最近的连阴雨天之后。可以为你提供些点心和饮料吗？你不坐下来吗？正义，当它没有你高时，坐在椅子里看上去最舒服。”

“一只猴子待在笼子里，看上去最舒服。”本杰明被他激怒了，因为他讽刺了本杰明身高的缺陷，“我一直在等着，先生，看你被绞死。”

回击对迈泽里马斯·德克斯特没有产生任何影响。显然，他忽略了，没听见。他又变了——他在沉思，他被抑制了。他看着我，有点儿悲哀，全神贯注。我就近坐在一个扶手椅上，瞥了本杰明一眼。他立刻明白了我的意思。他坐到了德克斯特身后的某个地方，从那个位置能看到我的椅子。阿里尔一声不吭，狼吞虎咽地吃着她的蛋糕，蜷缩在主人脚下的凳子上，像只忠诚的狗一样仰望着他。这一刻，平静又安详。自从进到这间屋子里来，我第一次不受干扰地观察了一下迈泽里马斯·德克斯特。

我没有感到惊讶！上次见面之后，我对他身上更糟糕的变化感到的只有恐惧——普莱莫先生的信并没有使我做好准备。

他的容貌枯萎了——整张脸似乎都被奇怪地损耗掉了。他眼睛里的温柔没有了，布满了血丝，哀怨、茫然地凝视着前方。他那双曾经结实的手看上去满是皱纹，搁在被单上面，一直在抖动。他脸色苍白（也可能是被他穿的黑天鹅绒上衣衬托出来的）、反应迟钝——精美的外形没有了，眼角的皱纹更深了。他坐在轮椅里向前倾斜时，头沉在双肩里。我离开英格兰的这段日子，他似乎度过了好几年，而不是几个月。我想起了普莱莫先生给我看过的那份医学报告，回忆起医生明确的看法——德克斯特心智健全的保持取决于神经系统的健康状况。我不得不认为我匆匆忙忙从西班牙返回来是明智的，如果我还是希望成功。当我们的眼睛偶然相遇时，我觉得，我是在望着一个死人。

我同情他。

是的！是的！我知道对他的那种同情和我来到这房子里的动机

是完全矛盾的。还有仍然留在我脑海里的疑问——普莱莫先生相信他就是密谋害死了第一任尤斯塔斯夫人的罪犯，是不是真的冤枉了他？这两种想法是完全矛盾的。我发现了这一点：我知道他很残忍，相信他很虚伪。可是，我同情他！难道在我们所有人身上都积聚着邪恶？难道那种邪恶是抑制还是扩展仅仅是训练和诱惑的问题？当我们拥挤在审判现场时，当我们跟将被绞死的最可耻的怪物握手时（如果我们恰好因为职务而在现场），难道我们的同情心会让我们去怜悯那个邪恶的人吗？这不是由我来裁定的。我只能说，我同情迈泽里马斯·德克斯特——他发现了这一点。

“谢谢你！”他突然说，“你看到我病了，你同情我，亲爱的善良的瓦莱里亚！”

“先生，这位夫人是尤斯塔斯·麦卡伦夫人。”本杰明插话了，“下次你对她说话时，劳驾记住，你跟她的基督教教名没有关系。”

本杰明的指责被忽略了，像本杰明的回击一样，没有被注意。显然，迈泽里马斯·德克斯特已经完全忘了屋子里还有这样一个人。

“看见你我很高兴！”他继续说，“跟我谈谈你自己吧，告诉我离开英格兰之后你一直在做什么！”

要达到我的目的，让对话开始是必须的，这不失为一个好办法。我简单地告诉他，我不在的这段日子里我是怎样工作的。

“这样看来，你还喜欢尤斯塔斯？”他悲痛地说。

“我比以前更爱他了。”

他举起双手，蒙住了脸。过了一会儿，他继续说话了，用古怪的、压抑的声音，双手还蒙着脸。

“你把尤斯塔斯留在了西班牙，”他说，“你单独回到了英格兰！是什么让你这样做的？”

“是什么让我首先来到这儿，请求你帮助我，德克斯特先生？”

他把双手拿开，望着我。我看到，他的眼睛里不仅有惊讶，还有恐惧。

“可能吗?”他惊叫道,“你竟然还不愿意让那件悲惨的事情平息?你仍然下定决心去插手格兰尼奇的神秘事件?”

“我仍然下定决心,德克斯特先生。并且,我仍然希望你能帮我!”

我说这些话的那一刻,那种不信任又一次使他的表情阴郁起来。

“我怎么帮你?”他问,“我能改变事实吗?”他停了下来。他的脸又明亮起来了,好像某种突如其来的安慰降临到了他头上。“我确实试图帮你,”他接着说,“我告诉你,博莉夫人的缺席是保护她自己不被怀疑的一种诡计——毒药可能是博莉夫人的女仆投放的。这让你信服了吗?你发现了什么?”

谈话回到了博莉夫人身上,这相当于给了我一次机会,把谈话引入正题。

“我什么也没发现。”我回答说,“我看不到动机——女仆有什么理由去充当已故尤斯塔斯夫人的敌人呢?”

“没有人有理由去充当已故尤斯塔斯夫人的敌人!”他大声地、激动地叫嚷道,“她那么善良,那么亲切,从来不伤害任何人——不论是在想法上还是在行动上。她是地球上的圣人。尊重她的记忆吧!让她在坟墓里安息吧!”他又用双手蒙住了脸——我让他突然激动起来,他因此而震颤。

阿里尔突然轻轻地离开了她的凳子,逼近了我。

“你看到我的十个爪子了吗?”她悄悄地说,伸出了双手,“再让主人痛苦,你的喉咙将感受到我的十个爪子!”

本杰明从他的座位上站了起来。他看见了动作,没有听到说的话。我示意他待在他的位置上。阿里尔又回到她的凳子那儿,仰望着主人。

“别哭!”她说,“快点儿,绳子在这儿!再戏弄我吧,让我因为刺痛而尖叫!”

他根本不回答,也根本不动。

阿里尔在集中精力想引起他的注意——我是从她紧皱的眉头和茫然地望着我的无神的眼睛里看出来的。突然，她高兴地一拳砸在了自己的另一个手掌上——她成功了，她有主意了。

“主人!”她喊道，“主人！你很久没有给我讲故事了。为难我愚笨的脑袋吧！让我在地上爬吧！快点儿，讲一个好听的故事，全是鲜血和罪恶!”

难道她意外地发现了正确的暗示，破坏了他任性的想象吗？我知道他对自己“戏剧性的讲述技能”评价很高。我知道他最喜欢的消遣之一就是给阿里尔讲她理解不了的故事来为难她。他会偏离主题误入疯狂的浪漫史吗？也许他会想起，我的固执还在威胁着他，要重新调查格兰尼奇的惨案！他会很狡猾，用个新计谋来误导我吗？最后一种可能性是凭上一次的经验分析出来的。可是，让我惊讶和恐慌的是，我发现我过去的经验错了。阿里尔成功地把他的心思转移了！他又露出了笑脸——满足的笑脸。他现在太虚弱了，竟然要让阿里尔排解他的空虚！我看出来了，我害怕了，我拿不准！要是我的这次拜访没有耽搁该多好！这让我从头凉到了脚。

迈泽里马斯·德克斯特说话了——对阿里尔，不是我。

“可怜的家伙!”他一边得意地拍着脑袋一边说，“我讲的故事你一个字也不明白，对吗？可是我能让肌肉在你庞大、笨拙的身体上运动！我能搅动你呆滞的大脑，让你喜欢上它！可怜的家伙!”他向后安详地仰靠在椅背上，然后朝我这边看过来。看到我之后，他能想起一分钟前我们之间的谈话吗？不能！他冲着我滑稽、逗乐的自命不凡的笑，和冲着阿里尔的笑没什么两样。“我擅长戏剧性的叙述，瓦莱里亚夫人。”他说，“坐在板凳上的这个人，是最好的证明。当我给她讲故事的时候，她是个相当好的心理学研究对象。看到这个笨蛋拼了命想明白我的话，实在是太有趣了。你应该有个样本。你不在的时候，我一点儿精神都没有。我已经好几个星期没给她讲故事了，现在我就给她讲一个。别以为这对我是件难事！我的创作是没有穷尽的。你肯定会觉得好笑。你天生就很严肃，但你肯定会觉得好笑的。我天生也很严肃，而我总会因为她而发笑。”

阿里尔拍着自己那双硕大的手。“他总会因为我而发笑！”她说道，以高傲而得意的表情直接面对着我。

怎么办？我不知所措，真的不知所措。我在引导他谈起已故尤斯塔斯夫人时激怒了他。他的突然发作提醒了我，在回到那个话题之前，要小心点儿，等待机会。我该怎样转变话题才能引导着他一点点地把一直不让我知道的秘密告诉我呢？在不确定中，似乎只有一件事情是清楚的。让他讲故事，完全是让他浪费宝贵的时间。我真切地记得阿里尔的“十个爪子”，不过我还是决定，抓住一切机会，运用一切手段，尽力阻挠德克斯特的心血来潮。

“现在，瓦莱里亚夫人！”他声音响亮而又傲慢地开始了，“听着！现在，阿里尔，集中注意力！我即兴作诗，我即兴编故事。我们将以神话故事的方式开始。从前——”

我等待着机会打断他。这时，他自己中断了。他停了下来，表情复杂。他把一只手放在头上，来来回回地摩挲着。他无力地笑了。

“我大概需要鼓励。”他说。

他的情绪没了？一点儿迹象都没有，直到我不幸地唤起了他关于格兰尼奇已故女主人的记忆。我已经注意到的混乱，难道归罪于一个偶然的打扰吗？换句话说，难道我目击到了比意料中的还要严重的事情吗？要是我们耐心点儿，给他时间，他能很快地自己恢复过来吗？就连本杰明都注意到了，正在想办法看看德克斯特。就连阿里尔都感到惊讶和不安了，现在她不再无知地瞥我了。

我们全都等着看他接下来会做什么，等着听他接下来会说什么。

“我的竖琴！”他喊道，“音乐能够鼓舞我。”

阿里尔给他拿来了竖琴。

“主人！”她觉得很奇怪，“你怎么了？”他挥了挥手，命令她安静。

“创作赋！”他傲慢地宣布说，“词、曲均由德克斯特即兴创作。安静！注意！”

他的手指无力地拨动琴弦，没有弹出悦耳的音调，也没有联想出词句。过了一小会儿，他的手垂下来了。他的头轻轻地向前低落，靠在琴框上。我站起来，走到他身边。他是睡着了，还是昏过去了？

我碰了碰他的胳膊，叫着他的名字。

阿里尔立刻站到我们中间，用威胁的目光看着我。这时，迈泽里马斯·德克斯特抬起了头。他听到了我的声音。他看着我，目光沉静，这是我从他的眼睛里从来没有看到过的。

“拿走竖琴！”他无精打采地对阿里尔说，显得非常疲惫。

那个制造麻烦的傻瓜是完全的愚钝，还是对我怀恨在心，我也确定不了——他又一次被激怒了。

“为什么，主人？”她问，两只胳膊搂着竖琴，盯着他，“你怎么了？故事呢？”

“我们不想听故事，”我插嘴说，“我有很多事情要告诉德克斯特。”

阿里尔抬起了一只笨重的手。“你会吃苦头的！”她说着，向我靠了过来。就在这时，主人制止了她。

“把竖琴拿走，你这个白痴！”他严厉地重复了一遍，“然后等着听故事，直到我想讲的时候。”

她听话地拿起竖琴，把它放回到屋子的另一头。迈泽里马斯·德克斯特挪动了一下轮椅，离我更近了。“我知道什么能鼓舞我，”他信任地对我说，“运动能够做到。最近我没有做运动。等一下你就能看到了。”

他把手放在轮椅的两个轮子上，开始沿着屋子做他平常的运动。又一次，他身上不祥的变化以一种新的形式显现出来了。他行进的步调不是我记得的那种狂暴的步调。在他的控制下，轮椅不再呼啸着横冲直撞了。它在走，不过走得很慢。他非常痛苦地推着它在屋子里转悠，然后停下来，想喘口气。

我们跟在他的后面。阿里尔首当其冲，本杰明在我旁边。他不耐烦地示意他们俩都靠后，只让我一个人靠近他。

“我丧失运动能力了。”他有气无力地说，“你不在的时候，我没有勇气让轮子咆哮，而地板在颤抖。”

在那一刻，谁会不同情他呢？谁又会想起他的罪行呢？就连阿里尔都感觉到了。我听到她在我身后开始呜咽。只有魔术师才能激起的她那处于休眠状态的敏感，现在被他的忽视唤醒了。我又听到了她悲伤的呜咽。

“你怎么了，主人？你把我忘了？故事呢？”

“不用担心她，”我小声对他说，“你需要新鲜的空气。让人把园丁叫进来。让我们坐着你的小马车到外面走走。”

一点儿用也没有。阿里尔又引起了周围人的注意——悲伤的哭泣声又响起来了。

“故事呢？故事呢？”

德克斯特正在坠落的灵魂复苏了。

“你这个倒霉蛋！你这个魔鬼！”他大叫道，把轮椅掉转过来，面对着她，“故事有了！我能讲！我会讲的！葡萄酒！你这个呜咽的傻瓜，给我拿酒来！为什么我之前没有想到它呢？酒中之王勃艮第！那才是我想要的，瓦莱里亚，它使我脑海里的灵感燃烧起来！每人一杯！向美酒之王致敬！”

阿里尔打开了凹室里的食橱，拿出了葡萄酒和威尼斯高脚玻璃杯。德克斯特给自己倒了满满一杯勃艮第，一饮而尽。他逼着我们跟他一起喝（或者至少假装喝）。这一次，连阿里尔都参加了，喝干了她的酒。红酒的烈性似乎立刻占据了她虚弱的脑袋。她开始模仿德克斯特，沙哑着嗓子唱了一首她自己创作的歌。除了重复，什么也没有。她无穷无尽地机械地重复着，说自己想听故事。“给我们讲故事！主人！主人！给我们讲故事！”主人的注意力都在酒上，静静地第二次往自己的酒杯里倒满了酒。当他的眼睛从我们身上移开的时候，本杰明小声对我说："听我的，瓦莱里亚，就这一次。我们走吧！"

"最后努力一次，"我小声地回答说，"就一次！"

阿里尔昏昏欲睡地唱着她的歌。

"给我们讲故事！主人！主人！给我们讲故事！"

迈泽里马斯·德克斯特把头抬了起来。浓烈的刺激物开始起作用了。我看到他的脸涨红了。我看到欢快的智慧又在他的眼睛里闪烁了。勃艮第唤醒了他！上等葡萄酒给我提供了最后一次机会！

"现在讲故事！"他叫道。

"别讲故事！"我说，"我应该跟你谈谈，德克斯特先生。我没有心思听故事。"

"没有心思！"他重复道，脸上又露出一丝顽皮的讥讽，"那只是个借口。我明白为什么！你认为我的创作枯竭了，你还没有坦率到敢承认它。我会让你看到，你错了。我会让你看到，德克斯特又是他自己了。安静，阿里尔，否则你就离开这间屋子！我都有了，瓦莱里亚夫人，全都摆在这里，还有所有的场景、角色。"他在说下一句话之前，摸着额头，诡秘地微笑着看着我，"正是你感兴趣的那件事情，我美丽的朋友。是一个女主人和一个女仆的故事。回到炉火边来听吧！"

一个女主人和一个女仆的故事？那意味着什么？是博莉夫人和她的女仆的故事吗？

题目，还有他宣布题目时流露出的感情，唤醒了我心里差不多死掉了的希望。他终于复原了。他又拥有了天生的精明和天生的狡猾。显然，他是打着给阿里尔讲故事的幌子，试图再次误导我。结果是不容否定的。用他自己的话说——德克斯特又是他自己了。

我抓着本杰明的胳膊，跟着他回到屋子中间的火炉边。"我还有一次机会，"我对他耳语道，"别忘了信号。"

我们回到了已经待过的地方。阿里尔又威胁地瞥了我一眼。喝光了酒杯里的酒之后，她留心着我的动向。当然，我很小心，那种事情不会再发生了。现在，我像阿里尔一样，渴望听到那个故事。对讲故事的人来说，那个主题充满了陷阱。处在讲故事的兴奋里面，随时地，在虚构的情境下，德克斯特也许会恢复对真实情况的记忆。随时地，他也许会原形毕露。

他环顾了一下四周，开始讲述了。

“我的听众，你坐好了吗？我的听众，你准备好了吗？”他高兴地问。“你的脸再往这边一点儿。”他补充道，用最悦耳、最温柔的语气，让我把整张脸都冲着他，“我的要求一定是太过分了吧！请你看着我这个低三下四、微不足道的人。让我从你的眼睛里面找到我的灵感。用你的外形来满足我饥渴的钦慕之情吧！来吧！给我这个男人留下点儿同情的微笑吧，你毁掉了我的幸福。谢谢你，我生命的光，谢谢你!”他给了我一个飞吻，然后惬意地坐到了椅子里面。“故事，”他重新开始说，“故事终于有了！我给它搭个什么样的框架呢？用戏剧的形式——讲故事用的最古老的方式，最真实的方式，最简单的方式！首先是标题，一个简短的标题，一个吸引人的标题：女主人和女仆。地点：浪漫之乡——意大利。时间：浪漫的年代——十五世纪。哈！请看阿里尔！她对十五世纪的了解不比厨房里的那只猫多，可是她已经产生兴趣了。幸福的阿里尔!”

阿里尔又看了我一眼，沉浸在葡萄酒和胜利的双重陶醉里面。

“我不比厨房里的猫了解得多，”她重复道，洋洋自得地咧嘴乐着，“我是幸福的阿里尔！你是什么？”

迈泽里马斯·德克斯特哈哈大笑起来。

“难道我没有告诉你吗？”他问，“难道她不让人开心吗？剧中人物，”他继续说，“一共三个。只有女人。安杰莉卡，一个贵妇，思想和出身一样高贵。库尼冈达，一个美丽的魔鬼，以女人的形象出现。戴莫赖德，她不幸的女仆。第一幕：一个城堡里的一间黑暗的拱顶房间……时间：晚上。猫头鹰在林子里叫着，青蛙在沼泽地里呱呱叫着。请看阿里尔！她的身体在蠕动，她在发抖，看得见的。令人钦佩的阿里尔!”

在主人的赞美声中，我的竞争对手挑衅地注视着我。“令人钦佩的阿里尔!”她重复道，昏昏欲睡。迈泽里马斯·德克斯特停住了，端起他装着勃艮第的酒杯，就近放在手边轮椅附带着的一个带滑轮的小桌板上。我目不转睛地看着他。他呷了一口酒。他的脸上红晕还在向上蔓延，他眼睛里的光还在变亮。他又放下了酒杯，快乐地咂了咂嘴，然后接着讲故事。

“出现在拱顶屋里的人：库尼冈达和戴莫赖德。库尼冈达说话了：‘戴莫赖德!’‘夫人!’‘我们头顶的那间屋里是谁生病躺在那儿?’‘夫人，是那个贵妇，安杰莉卡。’停了一下，库尼冈达又说话了：‘戴莫赖德!’‘夫人!’‘安杰莉卡怎么会喜欢你呢?’‘夫人，那个贵妇对身边所有的人都和蔼可亲，对我也和蔼可亲。’‘你服侍过她，戴莫赖德?’‘时不时地，夫人，在护士很累的时候。’‘她吃的药是从你手里接过去的吗?’‘一两次，夫人，我恰巧在旁边的时候。’‘戴莫赖德，用这把钥匙把那边桌子上的首饰盒打开。’戴莫赖德照她的吩咐做了。‘你在首饰盒里看到一个绿色的小瓶了吗?’‘我看到了，夫人。’‘拿出来。’戴莫赖德照她的吩咐做了。‘你看到绿瓶里的液体了吗?你能猜出来它是什么吗?’‘不能，夫人。’‘让我告诉你吧!’戴莫赖德恭敬地弯着腰，‘瓶里是毒药。’戴莫赖德一惊，她畏缩了，恨不得把它扔了。女主人示意她把小瓶拿在手里。女主人说话了：‘戴莫赖德，我给你讲过我的一个秘密。我再给你讲一个好吗?’戴莫赖德等待着，为将要发生的事情担心。女主人说话了：‘我恨安杰莉卡夫人，她夺走了我的快乐!她的生命就掌控在你的手里。’戴莫赖德跪下了。她是一个虔诚的人，在胸前画了个十字，然后开始说话了：‘女主人，你让我非常害怕。女主人，我听到的是什么?’库尼冈达向前走了一步，站在她身旁，用可怕的目光俯视着她，低声说了下面的话：‘戴莫赖德，安杰莉卡夫人必须死，而且我一定不能被人怀疑。安杰莉卡夫人必须死，通过你的手。’”

他又停顿了。再呷一口酒?不是。这次，他喝了一大口。

刺激物不起作用了?

我认真地盯着他。他在继续讲述之前，又躺回了椅子里——他要想一想。

他脸上的红晕还是那么深，可是眼睛里的光却已经开始变弱了。我还注意到，刚才那一幕讲到后面的对话时，他的语速越来越慢。他已经觉得创作很吃力了吗?葡萄酒对他不起作用的时候到了吗?

我们等待着。阿里尔坐在那儿守候着他，空洞的眼睛目不转睛，空洞的嘴大张着。本杰明执着地等着信号，把笔记本敞开着放在膝盖上，一只手盖在上面。

迈泽里马斯·德克斯特接着讲故事。

“戴莫赖德听了那些吓人的话之后，两只手紧扣在一起，一副乞求的样子。‘噢，夫人!夫人!我怎么能杀死可爱又可敬的夫人呢?我有什么理由去伤害她呢?’库尼冈达回答说：‘你的理由就是服从我。’戴莫赖德跪在女主人的脚下，把脸贴在地上：‘夫人，我不能做这件事!夫人，我不敢做这件事!’库尼冈达回答说：‘你这样做没有风险。我有不让自己被人发现的办法，也有不让你被人发现的办法。’戴莫赖德又说了一遍：‘我不能做这件事!我不敢做这件事!’库尼冈达的眼睛里闪出愤怒的光芒。她从她的怀里拿出了——”

话说了一半，他停住了，把手放在头上。他一点儿也不像个痛苦的人，倒像个没有了主意的人。

我是试着帮他出主意好呢，还是保持沉默更明智些?

我能非常清楚地看出他的故事的内涵。他的目的，在意大利式的浪漫的掩饰下，就是为了对付我。我对怀疑博莉夫人的女仆有无可辩驳的异议——那个女人没有充当杀人犯的动机。要是他能用事实否认这个异议，找到一个非常合理、非常可能的动机，故事的结尾就有了。我发誓要追问到底，因为他随时都有可能转换话题。那个无辜的女仆会蔑视我最严格的审查，德克斯特会安全地隐蔽在她的身后。

我决定给他时间。我一个字也没有说。

时间一分一秒地过去了。我在极度焦虑中等待着。那是个考验他的时刻，是个关键的时刻。如果他成功地虚构了一种可能的动机，巧妙地把它跟故事的结尾联系起来，那么他将通过那一个举动证实，他的心智是比较健全的，这一点连有经验的苏格兰医生都没看出来。可问题是，他能做到吗？

他做到了！没用新的令人信服的方式，没费一点儿力气。无论如何，他为女仆找到了理由。

“库尼冈达，”他继续说，“从怀里拿出了一张写着字的纸，展开了它。‘看看这个。’她说。戴莫赖德看了那张纸，突然既害怕又绝望地扑到女主人的脚下。库尼冈达掌握了女仆的一个羞于见人的秘密。库尼冈达可以对她说：‘你选择吧！是把它曝光，让你丢脸，也让你的父母亲丢脸，还是下定决心服从我？’如果事情只影响她自己，戴莫赖德可能会选择蒙羞。可是她的父母亲都是老实人，她不能让她的父母亲蒙羞。她陷入了绝境——库尼冈达坚硬的心是没有希望软下来的。她只能摆脱困境。她使劲儿想让女主人看到，在她和犯罪行为之间是有障碍的。‘夫人！夫人！’她哭着说，‘我怎么能做这种事呢？护士就在那儿看着我！’库尼冈达回答说：‘有的时候护士睡着了；有的时候护士出去了。’戴莫赖德还在坚持：‘夫人！夫人！门被锁上了，护士拿着钥匙。’”

钥匙！我立刻想到了格兰尼奇那把失踪的钥匙。难道他也想到了它？他的确中断了叙述，当那个词从他嘴里溜出来的时候。我决定发出信号！我把胳膊肘搁在椅子扶手上，把玩起我的耳环来。本杰明拿出了铅笔，摆好了笔记本。阿里尔看不到他在做什么，就算她恰好往他那边看。

我们等着，一直到迈泽里马斯·德克斯特乐意接着往下讲。这次停顿了很长时间。他的手又抬起来，放在了前额上。在他的眼睛里，一种越来越迟钝的眼神渐渐地弥漫开来。当他又开口说话时，没有接着往下讲，而是问了个问题。

“我讲到哪儿了？”他问。

我的希望像升起时一样迅速地坠落了。尽管如此，我仍然不露声色地设法回答了他。

“你讲到，”我说，“戴莫赖德正在对库尼冈达说——”

“没错！没错！”他插话说，“她说什么了？”

“她说门被锁上了，护士拿着钥匙。”

他立刻坐在椅子里向前探过身去。

“不对！”他反应激烈地回答说，“你错了。钥匙？胡说！我从来没有说过‘钥匙’。”

“你说了，德克斯特先生。”

“我从来没有说过！我说了别的事情，你忘记了。”

我担心随后可能发生的事情，所以尽量避免跟他争吵。我们又开始等。本杰明阴沉着脸由着我的任性，把德克斯特跟我本人之间的问与答都记了下来。他还是机械地让本子敞开着，紧握着铅笔，随时准备继续记录。阿里尔在葡萄酒的作用下，听着主人的声音，一声不吭，昏昏欲睡。屋里一下子安静起来，让她感觉到了不安。她慌张地扫了一眼四周，抬起眼去看主人。

他坐在那儿，很安静，一只手放在额头上，还在使劲儿地编排着已经迷失了方向的思绪，还在努力冲破包围着他的黑暗。

“主人！”阿里尔可怜地叫道，“发生了什么事？”

他一惊，好像被她从睡梦中叫醒。他不耐烦地摇了摇头，仿佛想摆脱掉重压在上面的负担。

“耐心点儿！耐心点儿！”他说，“故事在继续。”

他不顾一切地撞了过去，想找到丢失的线索，不管它是对是错。

“戴莫赖德跪下了。她突然大哭，然后说——”

他停住了，茫然地看了看四周。

“我给另一个女人起的名字是什么？”他问。问题不是问我的，也不是问我的同伴的。他是在问他自己，还是在问摸不到的空气？

“你叫另外一个女人‘库尼冈达’。”我说。

听到我的声音，他的眼珠慢慢地转向我这边，可还是看不到我。呆滞、静止、没有变化，它们似乎盯着远处的某个东西。等他又开口说话时，连声音都变了，我听着有些像我丈夫的胡言乱语。当时我守在床边照顾尤斯塔斯时，他太疲弱了，讲话很吃力。难道结果就是这样吗？

“我叫她‘库尼冈达’，”他重复道，“我叫另外一个——”

他又一次停住了。

“你叫另外一个人‘戴莫赖德’。”我说。

阿里尔抬头盯着他，眼神里带着慌张。她不耐烦地拽了拽他的袖子，想引起他的注意。

“是这个故事吗，主人？”她问。

他看都没有看她。他毫无变化的眼睛似乎还在盯着远处的某个东西。

“是这个故事，”他心不在焉地说，“可为什么是库尼冈达？为什么是戴莫赖德？为什么不是女主人和女仆？女主人和女仆记起来更容易——”

他犹豫了。他颤抖着，想让自己从椅子里站起来，似乎要重新振作起来。“女仆对女主人说了什么？”他嘀咕道，“什么？什么？什么？”他又犹豫了。然后，似乎有什么东西令人意想不到地落在了他身上。难道是某个新想法刺激了他？还是他又拾起了某个旧想法？难说！他接着讲了，很突然，也很迅速，用奇怪的语言。

“‘那封信，’女仆说，‘那封信。’噢，我的心！每个字都是一把短剑，扎在我心上的一把短剑。噢，信——恐怖的信！”

上帝啊，他在说什么？这些话是什么意思？

难道他的故事使他在不知不觉中回忆起了过去在格兰尼奇的生活片段？当其他的能力都丧失了以后，记忆力也衰退了吗？是可怕的真相在向我逼近吗？我由于恐惧而无法呼吸了。

本杰明手里握着笔，警觉地看了我一眼。阿里尔安静而满足。“接着讲，主人，”她只会这样说，“我喜欢它！我喜欢它！接着讲故事！”

他接着讲，就像在睁着眼睛说梦话。

“女仆对女主人说……不对，女主人对女仆说：‘让他看看那封信。必须，必须，必须这样做！’女仆说：‘不，一定不能这样做。不能让他看，要让他痛苦。我们可以宽恕他，就让最坏的事情发生吧！到那时再让他看。’女主人说——”他来来回回地快速挥舞着他的手，似乎要把某些幻想出来的东西去掉。“刚刚是哪一个？”他说，“是女主人还是女仆？女主人？不对。当然是女仆在说。声音很大，不容置疑。‘你这个恶棍，离那张桌子远点儿！日记在那儿。第九号，考尔德肖斯。找丹迪。你不应该有那本日记。我告诉你一个秘密：那本日记能把他送上绞刑架。我不会让他上绞刑架的。你怎么敢碰我的椅子？我的椅子就是我！你怎么敢碰我？”

最后那句话就像一束光，突然照亮了我！我在《审判》一书里读到过它——在郡长办公室工作人员的证词里。当迈泽里马斯·德克斯特徒劳地想阻止那些人没收我丈夫的文件时，当那些人把他的轮椅推出了房间时，他说的就是这些话。现在他正忙于回忆什么？毫无疑问，是格兰尼奇的神秘事件！

阿里尔又唤醒了他。她对他没有怜悯，坚持要听完整个故事。

“你为什么停下了，主人？讲啊！讲啊！快告诉我们，女主人对女仆说了什么？”

他虚弱地笑了，试图模仿她。

“女主人对女仆说了什么？”他重复道。他的笑声渐渐弱了。他接着往下讲，内容越来越空洞，速度越来越快。“女主人对女仆说：‘我们已经宽恕了他。那封信怎么办？现在就把它烧了。壁炉里没有火，盒子里没有火柴，整幢房子乱七八糟。仆人们都走了。把它撕碎了吧！放在垃圾筐里摇一摇，打散了！废纸，扔掉吧！永远消失了。噢，萨拉，萨拉，萨拉！永远消失了。’”

阿里尔拍着巴掌，模仿着他，回应着他。

"噢，萨拉，萨拉，萨拉，"她重复道，"永远消失吧！首先，主人，请告诉我们，萨拉是谁？"

他的嘴唇在动，可他的声音却低得我几乎听不到。他又开始了，用老练、忧郁的重复句。

"女仆对女主人说……不，女主人对女仆说——"他突然停了下来，让自己直直地立在了轮椅上。他猛地把两只手都举到了头顶上，爆发出一阵非常可怕的尖声大笑。"啊哈哈哈哈！多么可笑啊！你们为什么不笑？可笑，可笑，可笑，可笑！啊哈哈哈哈——"

他跌坐回轮椅里。尖厉、可怕的笑声越来越弱，变成了一阵低声的哭泣。然后，是一声长长的、深深的、疲倦的叹息。然后，他面对着天花板，眼睛盲目地睁着，嘴巴张着，没有意识、没有变化地笑着。报应终于来了！夜晚来到了。

当最初的打击过去了的时候，只有一种感情让我又有了活力。那可怕的一幕似乎只是增加了我对这个崩溃了的倒霉蛋的同情。我突然冲动地站了起来。除了轮椅里那个无助的人，我什么也不看，什么也不想。我向前飞奔过去，要让他坐起来，让他醒过来，让他恢复记忆。刚走了一步，我就感到有双手落在了我的身上。我被猛地拉了回去。"你瞎了吗？"本杰明大叫道，把我拖得离门越来越近。

"看那儿！"

我顺着他的手指看了过去。

阿里尔抢在了我的前面。她已经让她的主人在轮椅里坐了起来。她用一只胳膊搂着他，另外一只手挥舞着一根瓶状棒，是她从壁炉上方的墙壁上装饰的一个东方人的武器这个"战利品"上扯下来的。她整个人已经变形了！目光呆滞得像只野生动物。她狂怒了，咬牙切齿。"你把事情搞成了这样！"她对我大声喊叫，狂暴地在头顶一圈又一圈地抡着瓶状棒，"你要敢靠近他，我会让你的脑袋开花的！我会把你捣成糨糊，一块整骨头都不剩！"本杰明一只手还牢牢地抓着我，另一只手拉开了门。我任由他摆布。阿里尔把我惊呆了。除了阿里尔，我什么都看不见。看到我们退缩了，她的狂怒消失了。她扔掉了棒子，猛地用两只胳膊搂住他，把头偎依在他的怀里，为他哭泣流泪。“主人！主人！他们不会再让你痛苦了。再向上看吧，像你过去那样嘲笑我吧！你说：‘阿里尔，你是个白痴。’再去做你自己吧！”我被逼着进了隔壁房间。我听到了一声长长的、低低的、悲痛的哭号，这个可怜的家伙用狗的忠诚和女人的投入爱着他。我们之间那扇厚重的门被关上了。我待在安静的前厅里，为那哀怨的一幕叹息流泪。紧紧依靠着我的慈爱的老朋友，像个无助又无用的孩子一样。

本杰明转动了锁眼里的钥匙。

“哭泣是没有用的。”他平静地说，“瓦莱里亚，如果你能为安然无恙地离开那个房间而感谢上帝，恐怕对达到目的更有好处。跟我来！”

他把钥匙从锁眼里拔出来，领着我下楼到了大厅里。稍微想了想，他打开了那幢房子的前门。园丁仍然在园子里默默地工作着。

“你的主人病了。”本杰明说，“侍候他的那个女人的大脑已经丢了，如果她有大脑可丢的话。最近的诊所在哪儿？”

像女人主动表现的投入一样，男人对德克斯特的投入也主动表现了出来，以男人粗鲁的方式。他咒骂了一句，扔掉了铁锹。

“主人情况不好？”他说，“我去叫医生。我会很快地找到他。”

“告诉医生，带个人来，”本杰明加了一句，“他可能需要帮助。”

园丁不高兴地转过了身。

“我就是那个人。”他说，“除了我，没有人能帮他。”

他离开了我们。我坐在大厅里的一把椅子上，尽最大努力让自己镇定下来。本杰明走过来走过去，认真地思考着。“他们俩都喜欢他，”我听到我的老朋友自言自语道，“半猴，半人，可他们俩都喜欢他。这一点难住了我。”

园丁带着医生回来了—— 一个安静的、皮肤黝黑的、果断的人。本杰明上前去迎接他们。“钥匙在我这里。”他说，“我跟你上楼好吗？”

医生什么也没说。他把本杰明拉到了大厅的一个角落里。他们俩低声谈论着什么。最后，医生说：“把钥匙给我。你什么也做不了，只会激怒她。”

说完这些，他向园丁招了招手。他正打算上楼时，我冒险挡住了他。

“我能待在大厅里吗，先生？”我说，“我非常着急，想知道结果是什么样的。”

他看了我片刻才回答。

“你最好回家，夫人。”他说，“园丁知道你的地址吗？”

“知道，先生。”

“非常好。我会通过园丁让你知道结果的。听我的话，回家！”

本杰明挽住了我的胳膊。我回头望去，看到医生跟园丁一起上了楼，往上着锁的那间屋子走去。

“别介意医生的话！”我小声地说，“我们在花园里等吧！”

本杰明不愿意让人说他欺骗医生。“我打算带你回家。”他说。我惊诧地看着他。我的老朋友，只要没有遇上紧急情况，他总是那么温和、听话。现在，他却显露出了他性格中潜在的果断和坚决，尽管他从来没有在我面前显露过。他领着我来到花园里。我们还留着马车，它正在门口等着我们。

在回家的路上，本杰明拿出了他的笔记本。

“接下来做什么，亲爱的？我记下来的胡言乱语都在这儿！”

“你全记下来了？”我惊讶地问。

“我做事情是负责任的。”他回答说，“你始终没有给我发出停止的信号——始终没有挪动你的椅子。我记下了每个字。我该做什么？把它从车窗扔出去？”

“把它给我！”

“你要用它做什么？”

“我还不知道。我会问问普莱莫先生。”

第四十一章
普莱莫的另一面

那天晚上回来之后，我写信给普莱莫先生，告诉他发生了什么，求他尽快给我帮助和建议。

本杰明本子上的记录有一部分是用速记的方法记下的，因此对我来说没什么用。在我的请求下，他清楚地誊写了两份：一份被我附在信的后面寄给了普莱莫先生；另一份我自己留着，就放在我床边的桌子上。

在夜里睡不着的漫长的几个小时里，一遍又一遍地，我读了又读从迈泽里马斯·德克斯特嘴里蹦出的最后那句话。那些话有某种意图，可能吗？从一开始，似乎就无法解释。在徒劳的努力之后，我终于做了也许一开始就应该做的事情——绝望地扔掉了那张纸。我的发现和我的成功在哪里？已经化为乌有了！那个生病的人还有恢复理智的可能吗？我还清楚地记得，我从这种希望里看到了什么。夜深人静时，我在普莱莫先生的办公室里读到的医学报告的最后几行，又浮现在我的眼前。“无论怎样，当灾难发生时，只能让他的朋友们知道，对他的治愈不要抱任何的希望。平衡一旦破坏了，生命就将逝去。”

不久，我证实了那个可怕的判断。第二天早晨，园丁送来了一封信，信里说了医生前一天答应告诉我的消息。

迈泽里马斯·德克斯特和阿里尔还待在我跟本杰明一起离开的地方——那间狭长的屋子里。他们被有经验的护士看护着，正在等德克斯特最近的亲戚（一个弟弟）的决定。他的亲戚住在乡下，已经给他发了电报。他们发现，想把忠诚的阿里尔跟他的主人分开是不可能的。于是，他们不得不对她的行动采取了限制，以防她在狂怒之下精神失常。他们刚进屋，试着挪动她的时候，医生和园丁（都是罕见的健壮男人）两个人都控制不住那个可怜的人。他们立即让她回到了主人身边。于是，狂怒消失了。只要他们让她坐在他的脚边仰望着他，她就会非常安静、非常满足。

她这个样子很可怜，迈泽里马斯·德克斯特的样子更加可怜。

“我的病人处在一种完全低能的状态。”这是医生信里的原话。园丁的简单表述证实，这些话是正确的。德克斯特对可怜的阿里尔的献身毫无感觉，就连她待在屋子里，他都显然不知道。一连好几个小时，他坐在轮椅里，保持着一种完全没有生气的状态。他像动物一样对饭食感兴趣，享用着他能得到的所有吃的喝的——就这些。“今天早晨，”老实的园丁要走的时候对我说，“我们认为他好像清醒了一点儿。他四处张望，用两只手做奇怪的手势。我不理解他的意思，医生也不理解。她知道，可怜的东西，她知道！她去给他拿来了竖琴，把他的手放在琴上面。上帝保佑！他弹不了，跟我差不多。他胡乱拨着琴弦，咧嘴一笑，喋喋不休地自言自语着。他再也不会恢复正常了！任何人都看得出来，不用医生告诉他们。他只管享用他的饭食，就像我告诉你的。就这些。要是上帝乐意带他走，恐怕是再好不过的了。没什么可说的了。祝你平安，夫人！”

他眼里含着泪走了，留下了我。我承认，我的眼睛里也全是泪。

一个小时之后，我得到了一些消息，又振作起来。我收到了普莱莫先生的电报，上面是这些令人愉快的文字：“不得不乘坐今晚的邮政火车去伦敦。明天早餐时等我！”

律师准时出现在了我们的早餐桌旁。他说的第一句话就让我感到很高兴。他完全不同意我灰心丧气的看法，这让我十分惊讶并且感到了安慰。

“我不否认，”他说，“在你的道路上有一些严重的阻碍。但是，要不是本杰明先生的记录对我产生了强烈的影响，不处理完伦敦的工作，我是不会到这儿来的。我头一次有了这样的想法——的确有成功的前景。头一次，我感到为你提供帮助是正当的（在一定的约束下）。那个可怜的倒霉蛋，在精神崩溃之后，做了他有理智时根本不可能做的事情——让我们看到了真相之光的第一缕宝贵的微光。”

“你确定这是真相吗？”我问。

“根据两个重要的细节，”他回答道，“我知道这就是真相。你关于他的想法是正确的。他的记忆力，正如你猜想的，是他的各种能力中受伤害最小的，也是最后一个崩溃的，当他处在努力要讲完那个故事的紧张状态下。我相信，他对你说话时靠的是记忆力（他自己是没有意识的），从他第一次提到那封信，一直到最后。”

“可是，提到那封信到底意味着什么呢？”我问，“我完全不知道。”

“我也是。”他坦白地回答道，“我刚刚提到的障碍中最主要的一个，就是那封信导致的。已故尤斯塔斯夫人一定跟那封信有关联，通过某种方式，否则德克斯特根本不会说它是扎在他心上的一把短剑，根本不会把她的名字和形容那封被撕得粉碎然后扔掉的信的那些语言联系在一起。我只能分析出这些了。至于谁写的信，还有信里写了些什么，我跟你一样，一点儿也不知道。我们要想有所发现——大概是所有发现里最重要的发现——必须迅速派人到三千英里以外的地方去调查。简而言之，亲爱的夫人，我们必须派人去美洲。”

很自然，我惊呆了。我焦急地等着听，为什么我们要派人去美洲。

“这取决于你。”他接着说，“等你听完我对你说的话，再说你愿不愿意承担派人去纽约的费用。我可以找到做这件事的最合适的人选。我估算了费用，包括一封电报——”

“钱不是问题!”我打断了他的话，“我不在乎钱。我想知道你发现了什么。”

他笑了。“不在乎钱?”他愉快地自言自语道，“太像一个女人啦!”

我也许可以反击他：“你想到了钱，在你想到其他事情之前。太像个苏格兰人啦!”可现在，我太着急了，失去了幽默感。我不耐烦地用手指敲打着桌面，说：“告诉我！告诉我!”

他拿出了那份我寄给他的本杰明誊写的谈话记录，让我看德克斯特的结束语中的这几句话：“那封信怎么办？现在就把它烧了。壁炉里没有火，盒子里没有火柴，整幢房子乱七八糟。仆人们都走了。”

“你真的明白这些话的意思吗?”我问。

“我回顾了一下我的个人经历，”他回答道，“于是我准确地理解了这些话的意思。”

“你能让我也理解这些话吗?”

“很容易。在这些难以理解的句子里，德克斯特准确地回忆起了某些真实的情况。我只要告诉你那些真实情况，你就会和我一样明白了。在庭审的时候，你丈夫坚持要立即遣散格兰尼奇的所有家仆，这让我吃惊和难过。我得到通知，预先付给他们四分之一的薪水，给予他们完全应得的出色的评语，然后在一个小时之内，看着他们离开这幢房子。尤斯塔斯做这个简要陈述的动机和对你做出那些行为的动机完全一致。‘如果我还能返回格兰尼奇，’他说，‘那么在因被指控谋杀而声名狼藉之后，我无法面对我忠诚的仆人们。’

这就是他的理由！可怜的家伙！我说什么都动摇不了他的决心。因此，我遣散了仆人们。一个小时之内，他们离开了那幢房子，留下了没有做完的工作。住在庄园外边的人被留下来看管格兰尼奇，那就是看门人和他的妻子、女儿。庭审的最后一天，我通知女儿尽全力把所有的屋子都收拾好。她是个非常好的姑娘，可她没有做过女用人。她从来没有想过要在卧室里放些炭，以备点火用，或者往空火柴盒里补充些火柴。当他跟嫌犯及嫌犯的母亲一起，从爱丁堡返回格兰尼奇时……德克斯德偶然说出的这些话，毫无疑问，准确地描述了他房间里的情况。他在卧室里撕碎了那封神秘信件。他发现没办法随手立刻烧掉，便把碎纸片扔进了空壁炉里，或者扔到了废纸篓里。这似乎是我们目前能够得出的最合理的结论。不管怎样，他都不会有太多时间仔细考虑。那天所有的事情都是匆忙做完的。尤斯塔斯和他的母亲在德克斯特的陪同下，于当天晚上坐火车去了英格兰。我亲自锁上了那幢房子的大门，把钥匙给了看门人。听说他照管着保存在一层接待室里的东西，他的妻子和女儿则一起负责楼上各房间里的东西。接到你的信之后，我立刻驱车去了格兰尼奇，向老妇人提了有关那些卧室，特别是德克斯特的房间的问题。她记得那幢房子被封闭起来的时候，她的坐骨神经痛发作了，只能躺在床上。把格兰尼奇留给她丈夫和她照看之后，她可以肯定，至少有一周的时间（也许更长）她没有进去过。她生病期间，所有卧室的通风和整理工作，都是她女儿做的。她，也只有她，处理了可能留在德克斯特房间里的垃圾。现在，我本人能够证明，在那间屋子的任何地方，哪怕是一块撕碎的小纸片都找不到了。姑娘是在哪儿发现那封信的碎片的呢？她是怎么处理它们的？这些就是我们必须派人到三千英里以外去问的问题，如果你同意的话。这样做的理由是，看门人的女儿一年以前嫁人了，为了生意与她丈夫定居在纽约。该做什么，取决于你。别让我的希望误导了你，让你去浪费钱！就算这个女人记得自己是怎么处理那些撕碎的纸片的，过了这么长时间，哪怕是找到一小片纸，希望都是渺茫的。我在城里还有其他事情要处理。我可以给你一整天的时间，好好考虑考虑。”

“派人坐下一班蒸汽船去纽约，”我说，“这就是我的决定。普莱莫先生，你不用等了。”

他摇了摇头，表情严肃，不赞成我的任性。之前跟他见面，我们从来没有触及到钱的问题。现在，我第一次知晓了普莱莫先生性格里纯粹的苏格兰人的一面！

“你根本不知道这将会花掉你多少钱！”他惊叫道，同时掏出了他的小笔记本，“等我合计一下，”他说，“用英镑和美元。”

“我不能等！我想要更多的发现！”

他根本不理会我的插嘴，顽固地继续着他的计算。

“那个人将乘坐二等舱，还要买张回程票。非常好，他的票里包括吃饭。而且，感谢主，他是个绝对的禁酒主义者，在船上不会浪费你的钱去买酒。到了纽约，他将住在一家德国人开的便宜的旅店里。在那儿，他的食宿费将会以——”

到这里，我完全没有了耐心，从桌子的抽屉里拿出了我的支票簿，签上了我的名字，隔着桌子把空白支票递给了我的法律顾问。

“那个人需要多少就填多少！”我说，“看在上帝的分儿上，让我们回到德克斯特的话题上吧！”

普莱莫先生一下子坐回到椅子里，双手举起，双眼望向天花板。我丝毫没有因那种对金钱的算计而感动，坚决要求得到更多的信息。

“听听这个！”我读着本杰明记录的内容，“德克斯特是什么意思？他说：‘第九号，考尔德肖斯。找丹迪。你不应该有那本日记。我告诉你一个秘密：那本日记能把他送上绞刑架。’德克斯特怎么知道我丈夫在日记里写了什么？‘第九号，考尔德肖斯’是什么意思呢？又是真实情况？”

“又是真实情况！”普莱莫先生回答说，“混淆在一起，你可能会说——全都是绝对的真实情况。考尔德肖斯，你肯定知道，是爱丁堡最破烂不堪的地区之一。我的一个办事员——我常常秘密地雇他去做些工作——义务查明了丹迪在‘第九号’。这是件棘手的事情。我的人聪明地带了个熟悉那个地区的人一起去。‘第九号’原来是家卖石灰岩和废铁的商店。丹迪被怀疑接收偷来的物品，然后再交易。在一张支票的支持下，我的办事员成功地让伙计说话了。不用无用的细节烦你了，结果基本上就是这样：尤斯塔斯夫人死亡之前的两星期或者更早，丹迪用一个新客户提供的蜡模做了两把钥匙。这件事情被管理它的代理商发现了，引起了丹迪的不信任。于是，他让人在交付两把钥匙之前私底下留心，结果发现他的客户是迈泽里马斯·德克斯特。稍等一下！我还没有说完。实在让人难以理解，德克斯特为什么会对你丈夫日记的内容感兴趣呢？后果就是，送到考尔德肖斯那家废铁商店里的蜡模，是用偷来的日记本钥匙和保存日记本的抽屉钥匙做的。对于这个情况，目前不必去探究。我再次告诉你，德克斯特对已故尤斯塔斯夫人的死是有责任的。我相信你会以公正的方式查明真相。除此之外，我要说，让真相大白于天下是对司法公正负责任，也是对你丈夫负责任。我不认为你会被即将遇到的困难吓倒。当你用耐力、决心和经济的联合体进行攻击时，再大的困难最终都会被你克服。”

我可敬的顾问重点强调了最后一句话之后，没忘了时间的飞逝和需要处理的事情，起身准备离去。

“还有一件事，”当他伸过来一只手时，我说，“你在返回爱丁堡之前，能设法去见见迈泽里马斯·德克斯特吗？园丁告诉我，现在他的兄弟一定和他在一起。能够听到他的最新消息，而且是从你那里听到，对我来说是一种安慰。”

“去看他是我在伦敦工作的一部分，”普莱莫先生说，“但是，注意！我对他的恢复不抱希望。我只希望他的兄弟能够而且乐意照顾他。事实上，尤斯塔斯夫人，那个不幸的人说了他最后要说的话。”

他打开门，停下来想了想，又折回到我的身边。

“关于派办事员去美国那件事，”他又说，“我可以向你提交一份简单的报表。”

“噢，普莱莫先生！”

“一份手写的简单的报表，尤斯塔斯夫人，有关整个行动的费用预算。请你充分地考虑一下。可以让他们尽量节约，满足你的心愿。要是你对这份报表没有意见，就请在你的支票空白处填写上文字和数字，夫人！凭良心讲，我真的不敢保证，让我的人随身携带这样一张空白支票会出现什么样的后果。完全不理会最初的审慎、节约的要求，这跟我的处世原则是完全不一致的。我不会去做这样的事情。早安，尤斯塔斯夫人，早安！”

他把我的支票放在了桌子上，鞠了个躬，走了。我固执地想知道为什么那个苏格兰人能取得如此的成就，在采取了如此愚蠢的行动之后。

第四十二章　更多惊讶

同一天晚上，我收到了办事员送来的报表。

这是一份极端独特的文件。我的花费被坚持不懈地计算到了先令甚至便士，上面还有给我们的倒霉使者的指示。他的花费被降低到一个精确的数字，这一定会让他在美国的生活成为他的一种负担。在给普莱莫先生回信时，出于对那个人的怜悯，我冒昧地稍稍提高了填写在支票上的预算总数。我应该更多地了解这位我不得不与之交涉的通信人。普莱莫先生在回信中告诉我，我们的使者已经开始了他的航行。他寄来了一张正式收据，还有余下的全部费用，精确到四分之一便士！

他还在报表后面匆匆地附了几行字，交代了律师探访迈泽里马斯·德克斯特的结果。

没有好转，根本没有变化。德克斯特先生的弟弟在一位经常照看精神病人的医生的陪同下，到了那幢房子里。新来的医生在充分、细致地检查了病人之后，做出了明确的判断。于是他们通过协商，决定等准备工作一做好，就把迈泽里马斯·德克斯特转到精神病院去。还有一件麻烦事，就是如何处置那个忠诚的人。从灾难发生至今，不论白天还是黑夜，她从来没有离开过她的主人。阿里尔没有朋友，也没有钱。不付钱，别指望精神病院院长收留她。而且，德克斯特的弟弟也没有富到能够出得起这笔钱。他们会把她和她挚爱的人强行分开，当成乞丐送到一家公立救济院，除非在周末之前有人管闲事，来帮助她。

在这种悲哀的境况下，好心的普莱莫先生——出于人性的需要忽略掉了经济的需要——建议我们能私下发起一次募捐，还慷慨地提议把他自己的名字列在捐献名单的头一位。

我写所有这些文字几乎没有目的，尽管这是我必须做的。募捐行动一开始，我便立即给德克斯特先生的弟弟发信，承诺不管需要多少钱都由我来负责，只要保证迈泽里马斯·德克斯特被转到精神病院时，阿里尔能够陪着他。对方欣然让步了。当我进一步要求在精神病院里允许她服侍她的主人，就像她在家里服侍他一样时，对方表示坚决反对，因为医院规定不允许这样做。可是，通过不懈的努力，我终于说服他们做出了通情达理的让步。在一天的固定时间段里，在特定的约束下，阿里尔有特权在主人的房间里服侍他。当他被推到花园里呼吸空气时，阿里尔也可以陪着他。出于对人性的敬意，让我补充一句：我的承诺并没有使我付出过多的钱财。在本杰明之后，捐献者越来越多。朋友们，有时甚至是陌生人，当他们听了阿里尔悲哀的故事之后，敞开了心扉和钱包。

普莱莫先生来访后，我得到了来自西班牙的消息——我的婆婆来信了。要描写出我启开封条、读了头几行字之后的感觉，是完全不可能的。

她这样写道：

你自己要准备好，我最亲爱的瓦莱里亚，有一件令人兴奋的事情。尤斯塔斯没有辜负我对他的信任。当他返回英格兰的时候，如果你愿意，就让他回到他妻子的身边。

这个决定，我得赶紧向你保证，不是我的说服导致的。它是你的丈夫感谢和爱的自然产物。他能够说话时，对我说的头一句话就是："如果我能活着回到英格兰，去找瓦莱里亚，你认为她会原谅我吗?"亲爱的，我只能把这个问题留给你来回答。如果你爱我们，就通过回信来回答这个问题。

现在我已经把他说的话全都告诉了你。记住，他仍然太虚弱，不能多说话，说话时要费很大劲。我故意把信搁了几天才寄出。我的目的是给他时间想想。如果这几天他有了变化，我就坦诚地告诉你。

三天过去了，没有变化。他现在只有一种感觉——渴望再次跟他的妻子结合。

可还有一些跟尤斯塔斯有关的事情，你应该知道，我也应该告诉你。

尽管时间和苦难极大地改变了他，但在许多方面，瓦莱里亚，没有改变。他对你想重新调查他的第一任妻子不幸死亡的真相感到反感，甚至可以说是痛恨。我不敢把你的信给他。我只要谈到这个话题，便会刺激他，让他痛苦。"她放弃那个想法了吗？你能肯定地说她放弃那个想法了吗?"他一遍又一遍地问我这个问题。我回答了。我还能做什么？他躺在床上，虚弱得可怜。为了抚慰他，让他满意，我用这样的方式回答了他的问题："把你心里的所有忧虑都放下吧！瓦莱里亚没有别的选择。在她前进道路上的困难是无法克服的。"看在上帝的分儿上，如果我的看法是对的，那么你只要用你的答复支持我，一切就都会好起来的。还有一种可能性：如果你决定坚持你那没有希望的计划，那么就下定决心去面对一切吧！特别是在这件事情上，如果你置尤斯塔斯的反对于不顾，那么你将错过他的感激、他的忏悔，还有他的爱——我相信你将再也不会见到他。

我强烈地表达了自己的看法，从你的利害出发，为了你好。你回信时，给尤斯塔斯写几句话，夹在你给我的信里。

至于我们出发的日期，我还不能给你明确的信息。尤斯塔斯恢复得非常慢，医生不让他下地。这样，我们上路的时候，必须选择轻松的行程。至少在六个星期之后，我们才有希望再回到亲爱的古老的英格兰。

爱你的凯瑟琳·麦卡伦

我放下信，尽全力让自己平静下来。被我们派去进行调查的那个使者，此刻大概正在去纽约的路上——正在穿越大西洋。

下面该做什么呢？

我犹豫了。我真的没有必要匆忙做出决定，因为我还有一整天的时间。

我出了门，孤独而痛苦地走着，脑子里翻来覆去地琢磨着这件事。我回到家里，站在火炉边，再一次翻来覆去地琢磨这件事。当心爱的人带着忏悔心甘情愿地回到我身边的时候，却冒犯、抵制他——和我感受一样的女人，没有人能下决心这样做。可是，另一方面，以上帝的名义，就连精明、审慎的普莱莫先生都从中看到了成功的前景。在他自愿来帮助我的时候，我绝对不会放弃我的重大计划！这两个让人痛苦的选择，我该选哪一个呢？想想自己的脆弱，我把两个选择都抛弃了。谎言和欺骗都是魔鬼，它们温柔地抓住了我："亲爱的，别让自己犯任何一个错误。"它们说，用最有说服力的方式，"写些能让你婆婆安心、让你丈夫满意的话就够了。你要抓住眼前的机会，等着瞧是不是能走出困境。"

无耻的建议！可是，我接受了。我这个受过良好教育的人，应当更清楚地明白这一点的人，接受了。可以肯定，你们这些读了这个不体面的忏悔录的人，也会更清楚地明白这一点。在《祈祷书》的目录栏里，在“可耻的罪人”当中，没有你们。

好了！好了！给我足够的勇气来讲出事实真相吧！在给我婆婆写信的时候，我告诉她，大家认为把迈泽里马斯·德克斯特转到精神病院是必要的。我让她从那个事实中得出她自己的结论。同样，我对我丈夫讲了部分事实，仅此而已。我说我全心全意地原谅他了——我做到了！我说他只要来找我，我会张开双臂欢迎他——我会这样的！至于其他的，让我用哈姆雷特的话说：“其余的都是沉默。”

派人送走了我那卑劣的回信之后，我发现自己渐渐变得不安起来，感觉需要改变环境。至少要等上八九天，我们才有可能收到纽约发来的电报。我暂时告别了最亲爱、最可敬的本杰明，一个人回到了北部的老家——我姨夫斯塔克韦瑟的教区。我到西班牙去照顾尤斯塔斯之行，让我和值得尊敬的亲戚们又和睦起来。我们已经友好地通了信，我答应一离开伦敦就去作客。

在昔日的景象中，我度过了一段安静、快乐的时光。我又一次去了河边的浅滩，在那里我和尤斯塔斯第一次相遇。我又走在了草地上，在灌木丛间徘徊。我们在那些特别喜欢的地方，常常谈起我们的烦恼，又常常在一个吻中忘掉它们。自从那次分开以后，我们的生活是那么悲哀，那么奇怪！未来的命运是那么不确定！

我的那些联想让我心软了，也让我振奋起来。因为没有给尤斯塔斯写得更充分、更坦白，我责备自己，痛苦地责备自己。为什么我会犹豫，为了他牺牲掉我对即将进行的调查的希望和兴趣呢？他没有犹豫。可怜的人儿，他首先想到的是他的妻子！

我和姨妈、姨夫又待了两个星期，才又收到了普莱莫先生的信。他的信终于来了的时候，我说不出来地失望。我们的信使发来的电报告诉我们，看门人的女儿和她的丈夫已经离开了纽约，他还在寻找他们的下落。

我们什么事情也做不了，只有尽可能地耐心等待，期待着听到更好的消息。在普莱莫先生的建议下，我仍然留在北部，这样去爱丁堡更容易一些——我有可能亲自跟他面谈。三个星期的令人厌烦的期待过去了，第二封信才到了我的手里。这一次真的很难说是好消息还是坏消息，也可能两者兼有——完全让人不知所措，就连普莱莫先生本人都大吃一惊。这就是那句令人惊奇的话，它从我们在美国的使者那儿传到了我们这里（通过电报）：

“翻开格兰尼奇的垃圾堆。”

第四十三章　终于

使者的这封特别的电报并没有让我看到希望。当我们在本杰明家见面时，他给我描绘过充满希望的美好前景。

“那封电报意味着，”他写道，“那封被撕碎了的信（连同灰尘、灰烬，还有其他垃圾）被扔进了女用人的垃圾筐里，又被倒在了格兰尼奇的垃圾堆上。从那以后，在差不多三年的时间里，他们会定期清理整幢房子积聚起来的垃圾。当然，还包括在一年的大部分时间里，在书房和图画陈列室里燃烧的炉火留下的灰烬。它们都被倒在了垃圾堆上，一天又一天，把那些珍贵的纸片埋得越来越深。就算我们有可能找到那些碎片，可过了这么长时间，我们还有可能把它们恢复成原来的状态吗？我倒愿意听听，这件事情给了你什么样的打击。如果可能的话，请让返回的邮车带来你的回信。如果你能亲自到爱丁堡来和我商议，那么我们可以节省很多时间——时间可能对我们来说更重要。你住在斯塔克韦瑟博士家里，到这儿很容易。请考虑考虑。”

我足够认真地考虑过了。我不得不考虑的首要问题是我丈夫的问题。

由于外科医生的命令，母亲和儿子两个旅行者从西班牙启程的时间被耽搁了那么久，三四天前我最后一次收到麦卡伦夫人的信时，他们的回家之旅刚刚走到波尔多。虽然他们会在波尔多停留一些时间，并且上路之后也不得不走得很缓慢，但我依然期望他们能在纽约使者的信到达普莱莫先生手里之前的某个时候抵达英格兰。在这种形势下，要想在伦敦见过我丈夫之后，再设法去会爱丁堡的律师，是很不容易的。聪明而正确的方法，我认为，就是直接告诉普莱莫先生，我主宰不了我自己的行为，他最好在本杰明家把下一封信交给我。

关于垃圾堆和撕碎的信，我给我的法律顾问回了信，还有一些话要补充。

我父亲在世的最后几年里，我和他一起去意大利旅游时，在那不勒斯博物馆看到了在庞培废墟中发现的古老而奇妙的遗迹。为了鼓励普莱莫先生，我提醒他，曾经被火山爆发吞噬的城市存留了一千六百多年，陶器里塞满了像麦秆一样容易腐烂的东西。家里墙上的绘画、居民们穿旧的衣服，还有一张古代的纸上还粘着火山灰。如果这些东西是经过十六个世纪之后，在很大范围的尘土和灰烬的下面发现的，那么我们就有希望碰到类似的保存案例。仅仅三四年之后，在一个很小的范围内，尘土和灰烬下面……我想当然地认为（非常不确定）信的碎片能被复原。信纸上的字迹也许会退色，但肯定还能读。普莱莫先生非常厌烦的那些堆积物，将成为它们免遭雨水、潮湿侵蚀的保障。用这些适度的暗示，我结束了我的信。感谢我在欧洲大陆的经历！只有这一次，我能教导我的律师！

又一天过去了，我没得到旅行者的任何消息。

我开始担心了。夜晚一结束，我就开始为南行做准备了。我决定第二天出发去伦敦，除非这期间我得知麦卡伦夫人的行程有变化。

第二天早晨的邮政列车决定了我的一连串行动。它给我带来了一封我婆婆的信，这封信在我的家庭日历上又添上了一个难忘的日子。

尤斯塔斯和他母亲的归家之旅已经到了巴黎。这时，一个残酷的灾难落到了他们身上。旅行的疲累，再加上渴望见到我的兴奋，让我的丈夫受不了了。他克服了最大的困难，尽可能坚持着到了巴黎。现在他躺在床上旧病复发，他被击倒了。这次，医生们不担心他有生命危险，规定他必须耐心地经过一段延长期，来进行完全的休养。

“现在全靠你了，瓦莱里亚。”麦卡伦夫人写道，“在这个新的灾难下，鼓励、安慰尤斯塔斯吧！在西班牙，当医生宣布他脱离危险时，他不会因为你离开了他而责备你。‘是我离开了她。’当我们第一次谈起这件事时，他对我说，‘认为我应当回到她身边去，是我妻子的权利。’这些是他的原话，亲爱的。为了遵守诺言，他做了他能做的所有事情。他无助地躺在床上，求你用行动接受他的心意，到巴黎来跟他相会。我想我对你有足够的了解，我的孩子，你自然会这样做的。在结束这封信之前，我只想增加一句提醒的话：避免接触《审判》一书，还有我们在格兰尼奇的家。我告诉你，要不是你在信里告诉我，你对德克斯特的拜访结束了，我恐怕永远都不会冒险求你到这儿来跟他相会。他目前正处于精神紧张、萎靡不振的状态，你会理解他的感受的。你相信吗？他对能让我们回想起过去的所有麻烦事都那么敏感。事实上，他求我同意卖掉格兰尼奇！”

尤斯塔斯的母亲虽然这样写，但并不完全相信她自己的说服力。信里还附了一张纸片，上面有两行字，是用铅笔写的。“噢，那么无力，那么疲乏！”我可怜的心上人写道，“我太虚弱了，不能走更远的路了。瓦莱里亚，你会来到我身边，并且原谅我吗？”接着是一些铅笔做的标记，模糊不清。写这两个不长的句子已经让他筋疲力尽了。

我不想为自己说太多，不过我承认我错了。我做的正确事情，至少我把它记录下来了。我立刻决定放弃跟“被撕碎信纸的复原”有关的所有调查。要是尤斯塔斯问我这个问题，我下定决心要确切地回答：“我做出了牺牲，以确保你的安静。尽管放弃很难，可为了我的丈夫，我撤退了。”

当我第一次知道我是妻子也是母亲的时候，让我下定决心返回英格兰的理由，在我做出这个决定的时候依然出现在了我的脑海里。我的一个改变就是，我现在把我丈夫的平静当成第一位的也是最重要的问题来看待。在做出这个让步的时候，不是没有希望支撑着我。尤斯塔斯可能也明白，宣布他无罪的问题，要从一个新视角来看。他可能明白，那是父亲应该为孩子担起的责任。

那天上午，我又给普莱莫先生写了封信，告诉他我的处境如何，说我要放弃调查。

第四十四章　我们的新蜜月

用不着掩饰或者否认，在去伦敦的路上，我情绪低落。

我放弃了我生命中一个满怀希望的决心，而我在追求它的过程中已经遭受了那么多的苦难。此时我已经离希望的实现那么近了（表面看起来），这是对一个女人的坚韧和一个女人的责任感的一种考验。然而，即使机会就在我的面前，我也不会收回我写给普莱莫先生的信。“已经做了，而且做得不错。”我对自己说，“我只有等到某一天去接受它，在将我的第一个吻给了我丈夫之后。”

我计划并且希望到了伦敦之后，能搭上夜间的邮政列车及时出发去巴黎。可是在从北部到伦敦的漫长旅程中，火车延误了两次。我没有办法，当天晚上只能睡在本杰明的别墅里，把出发的时间推迟到第二天早晨。

当然，我不可能告诉我的老朋友，我的计划变了。我的到来让他感到十分惊喜。我发现他独自一人坐在书房里，全神贯注于眼前桌上散落的一些撕碎的纸片。

“你在干什么?”我问。

本杰明脸红了——我是想说，像个少女。不过在我们生活的这个年代，少女们都不再脸红了。

“噢，没事，没事!”他慌乱地说，“别管它。”

他伸出手要把那些碎纸片从桌子上拂落到地上。那些碎纸片突然让我产生了怀疑，所以我制止了他。

“你收到普莱莫先生的信了!”我说，“对我说实话，本杰明。是，还是不是?”

本杰明的脸更红了，回答说“是”。

“信在哪儿?”

“我不能给你看，瓦莱里亚。”

这反倒让我下决心要看到那封信。说服本杰明把信拿给我看的最好的办法就是告诉他，为了满足我丈夫的心愿，我做出了怎样的牺牲。“在这件事情上，我没有更多的意见了，”对他讲完之后，我补充说，“是继续还是放弃，现在完全取决于普莱莫先生。这是我的最后一次机会，我要知道他到底是怎么想的。难道我不应当得到某些小小的满足吗？难道我没有要求看信的权利吗?”

本杰明听了发生的一切之后，太吃惊了，并且对我太满意了。他禁不住我的乞求，把信给了我。

普莱莫先生在信里秘密地请求本杰明先生做他的商业伙伴。他在长期的职业生涯里，也许听说过文件被故意或者偶然地撕碎后，能够拼在一起的事情。就算这种特殊情况他没有经历过，他也可以在伦敦打听到某个权威人士，让他就这种情况谈谈自己的看法。为了解释清楚这个奇怪的请求，普莱莫先生又回到了本杰明在迈泽里马斯·德克斯特家做的笔记上，让他知道他极不情愿地记录下的那些“胡言乱语”是多么的重要。他在信的结尾处建议，之后的所有通信都对我保密，理由是：我如果知道了，就会有过高的期望。

我现在明白了我可敬的顾问给我写信的时候为什么要采取那样的语气。显然，他对复原信件的兴趣是无法抑制的，可又害怕失败。惯常的审慎让他不得不向我隐瞒了这件事。我退出了，却看不出来普莱莫先生是否有可能放弃调查。我又好奇地瞟了一眼桌子上的碎纸片。

“在格兰尼奇找到什么东西了吗?” 我问。

“没有。”本杰明说，“我只是在给普莱莫先生回信之前，用我自己的笔记本做试验。”

“噢，所以你亲自撕碎了你的小笔记本?”

“是的。而且，为了增加把它们重拼到一起的难度，我把它们放在筐子里摇了摇。这件事情做起来很孩子气，以我的年纪——”

他停住了，那样子是在害羞。

“那么，”我接着说，“你又成功地把那些碎片拼在一起了吗?”

“不是很容易，瓦莱里亚。不过，我已经开始了。这跟我童年时玩的智力游戏是一样的。只要正确地找到主要的一块，那么早早晚晚，剩下的部分就会各归其位。亲爱的，请不要告诉别人——人们也许会说我老糊涂了。”

不如我了解本杰明的那些人，也许会那样说。我记起我的老朋友猜着廉价期刊猜谜栏目里的谜底时的高兴样。我完全明白，这个投其所好的“新谜”已经牢牢地抓住了他。“和解谜一样有意思，对吧?”我调皮地说。

“谜!”本杰明不屑地重复了一遍，“它比我以前解过的任何一个谜都强！毕竟得好好想想我笔记本里记的那些胡言乱语里隐含的某种意思！今天早晨我刚收到普莱莫先生的信。而且，我真的不好意思提——从那时到现在，断断续续地，我一直在做试验。你不会说出去的，对吧?”

我把一个热烈的拥抱作为对亲爱的老人的回答。现在他没有了一贯的自制和矜持，完全被我的热情感染了。我比以前更爱他了!

可我不是特别快乐，尽管我想表现得特别快乐。我尽最大努力挣扎着。在这样的时刻，我放弃了所有与那封信有关的东西。我觉得有点儿丢脸。想到尤斯塔斯，我才略感欣慰。此刻，我只有尽可能地把注意力集中到家庭幸福的前景上来，才能鼓舞自己坚持下去。在这儿，至少不必担心灾难的侵袭；在这儿，我能真切地感觉到自己成功了。我的丈夫自愿回到了我身边。在证词的猛烈攻击下，他没有屈服。在感恩之心和高尚的爱的感化下，他让步了。我的心又一次接纳了他，不是因为我的那些发现让他除了跟我一起生活别无选择，而是因为我相信他拥有了更好的心情，所以我毫无保留地爱他，信任他。为了得到这个结果，某些牺牲是值得的！正确，非常正确！可是我有点儿累了。啊哈！行了！行了！累了一天，该歇歇了。我要和尤斯塔斯在一起，越快越好！

第二天一早，我搭乘早班列车，离开伦敦去了巴黎。本杰明和我一起到了车站。

“我会通过今天的邮车把信寄到爱丁堡的。”火车驶离站台之前，他说，“我想，我能找到普莱莫先生要找的那个人，如果他决定继续下去的话。你有信要捎吗，瓦莱里亚?”

“没有。我跟这件事没有关系了，本杰明。我无话可说。”

“如果普莱莫先生真的在格兰尼奇做了试验，那么需要我写信告诉你结果吗?”

我回答时，感觉到了一点点痛苦。

“是的。”我说，“如果试验失败了，请写信告诉我。”

我的老朋友笑了——他十分了解我。

“行!”他听话地说，“我已经得到了你在巴黎的银行担保人的办公地点。你可以到那儿去取钱，亲爱的。你会意想不到地发现，那儿的办公室里有封你的信。把你丈夫的情况告诉我！再见！上帝保佑你!”

那天晚上，我回到了尤斯塔斯身边。

他太虚弱了。可怜的人儿，就连把头从枕头上抬起来的力气都没有。我跪在床边，亲吻他。当我的嘴唇接触到他的嘴唇的时候，他无精打采的疲倦的双眼被一种新的生活点燃了。“现在我必须努力活下去，”他低声说，“为了你。”

我的婆婆体贴地留下我们俩在一起。当他说这些话时，我再也禁不住诱惑了，要把照亮我们生活的新希望告诉他。

“现在你必须努力活下去，尤斯塔斯，”我说，“为了除了我之外的一个人。”

他疑惑地看着我。

“你是指我的母亲吗?”他问。

我把头靠在他的胸口，小声地回答说：

“我指的是你的孩子。”

虽然我放弃了希望，可我得到了全部回报。我忘了普莱莫先生，忘了格兰尼奇。在我的记忆中，我们的新蜜月从那天开始。

在我们居住的那条小街上，宁静的日子不复存在了。外面的巴黎人生活中的骚乱和吵闹，就在我们周围每天按部就班地上演着。我们既不去注意也不去听。虽然很慢，但很稳定地，尤斯塔斯的体力在恢复。医生们只是提醒一两句话，差不多把他完全留给了我。“你是他的内科医师，”他们说，“你让他越快乐，他就恢复得越快。”环绕着我的新生活的单调和安静完全没有让我厌倦，但我也需要休息。一走出我丈夫的房间，我就既没了兴趣，也没了快乐。

一次，只有一次，一次对过去生活的提及，就使得我们生活的平静被轻轻地打扰了一下。我无意中提到的某件事情，让尤斯塔斯想起了我们在菲茨·戴维少校家的最后一次见面。他非常谨慎地提到了我当时针对《审判》一书中对他的裁决说过的话。他把下结论的权利留给了我，想亲自听我说一句话，来证实他母亲对他说过的话。这会让他的心立刻平静下来，而且永远平静下去。

我回答时没有为难，也没有不情愿。我可以，而且的确是老实地告诉他，我已经以我的方式实现了他的心愿。不过，我担心，仅仅用回答让他感到满意，不是女人的方式。我认为尤斯塔斯也应当做些退让，做出让我心安的保证。我像往常一样，冲动地说出了那些话：“尤斯塔斯，曾经使你离开我的那些令人痛苦的怀疑，完全消除了吗?”

正如他后来所说，他的回答让我高兴得满脸泛起了红光。“啊哈，瓦莱里亚，如果我那时像现在一样了解你，就根本不会离开了!”

于是，最后一片不信任的阴影在我们的生活中消失了。

关于我过去在伦敦的那些日子的混乱、烦恼的记忆，现在似乎也慢慢地消退了。我们又成了爱人，我们又一次彼此吸引。我们差不多以为，我们又回到了我们的婚礼上，只不过是一两天前的事情。不过我需要取得战胜我自己的最后一个胜利，才能让我的幸福更加完美。在就剩下我自己的那些危险的时刻，我还是会偷偷地渴望知道对那封被撕碎的信件的寻找工作开始了没有。我做好了准备，宁肯把幸福置于危险之地，也不愿意对在格兰尼奇正在进行的事情一无所知!事实上，当我花光了钱包里的钱的那天，我欢呼了。这给了我一个因公去找银行担保人的理由，因此就能收到应该握在我手里的信件了。

我取钱的时候根本不知道自己在做什么，所有的时间都在想，本杰明给我来信了没有。我的眼睛在银行的柜台、柜台里面的办公桌上瞟来瞟去，在暗地里找信，却看不到那一类的东西。不过一个人从里间办公室里出来了，是一个丑陋的男人。可因为这个充分的理由，我觉得他也是漂亮的。他的手里拿着一封信:“这是给你的，夫人?”

对地址栏的一瞥，让我看到了本杰明的笔迹。

他们尝试着去恢复那封信了?他们失败了?

有人把我的钱装进了我的口袋里，然后礼貌地领我出来，走到一辆正在门外等着我的出租小马车边。我什么都不清楚了，一直到回家的路上，我读了本杰明的来信。他第一句话就告诉我，垃圾堆已经被翻查过了，而且被撕碎了的那封信的碎纸片找到了!

第四十五章 被打扰的垃圾堆

我晕眩了。我不得不等一等，让我那无法抗拒的激动平息下来，才能接着读下去。

停顿了片刻，我又开始看信。我的眼睛偶然落到了末尾处的一句话上。这句话让我吃惊，甚至让我震惊。

走到我们住的那条街的街口时，我让车夫把车停下来，让他带我去巴黎最美丽的公园。我是想在回家面对我的丈夫与他的母亲之前，有足够的时间把信好好读一遍，然后确定我该不该把收到这封信当成秘密保守。

采取了这种防范措施之后，我读了好心的本杰明写给我的故事。他写得那么明白，那么细致，在有条不紊地叙述了各种各样的相关事件后，他才以一份报告——我们派去美国的使者适时发来的信——开始了他的故事。

在美国西部某个州的一个小城里，我们的人成功地找到了看门人的女儿和她的丈夫。普莱莫先生的介绍信立刻让他赢得了夫妻俩的热情款待。他们耐心地听他讲明了这次越洋而来的目的。

他的最初几个问题并没有引来鼓舞人的结果。女人由于惊讶而思维混乱，无法提供任何有用的信息。幸运的是，她的丈夫是个非常聪明的人。他把使者偷偷带到一边，对他说："我了解我的妻子，你不了解。把你想知道的事情准确地告诉我，让我去问。"

这个明智的建议被欣然接受了。为此，使者又等了一天一夜。

第二天清早，丈夫对他说："现在去找我妻子谈话，你将发现她有事情要告诉你。不过，要记住一点：当她提起琐事时，不要嘲笑她。就连对我，谈到琐事时她都是羞愧的。她认为男人们是不屑于这些事情的，你是知道的。安静地听，让她谈，这样才能得到你想要的一切。"

使者按照他的指示，得到了想要的一切。

女人记得，非常清楚地记得，在出身高贵的人们全都离开格兰尼奇之后，她被派去清洁、整理那些卧室。当时她妈妈的髋关节疼得厉害，不能跟她一起干，也不能帮她。在发生了那样的事情之后，她无法一个人待在那幢大宅子里。她在去干活的路上，遇到了两个住在附近的佃农家的孩子，他们正在庄园里玩。麦卡伦先生对贫苦的佃户总是很友善，从来不反对周围的孩子们在草地上追逐嬉戏。两个孩子没事干，就跟着她到了宅子里。她让他们进了屋，跟着她。前面已经提到了，她不喜欢那个地方。她觉得在那些很久没有人住的屋子里，他们可以给她作伴。

她在客人们的走廊里开始干活——把另一个走廊里发生死亡事件的那间屋子留到最后打扫。

头两间屋子没什么可打扫的，没有太多的垃圾。她扫了地，清洁了壁炉，随身带来的杂物桶还没有装够一半。孩子们在后面跟着她。总之，在那个人迹罕至的地方，他们是"非常好的伴儿"。

第三间屋子（曾经被迈泽里马斯·德克斯特占据的那间卧室）比另外两间乱得多，需要进行大量的整理工作。在这儿，她被手头的活计占着，没太注意孩子们。她把地毯上的垃圾清扫完，把煤渣和灰烬从壁炉里掏出来，全部装进了桶里。这时，她的注意力被一个孩子的哭声吸引到了孩子们身上。

她在屋子里四下打量，起先并没有找到他们。

又一声突然的大哭把她引到了正确的方向。她看到，孩子们躲在屋子一角的一张桌子下面。两个孩子里面年龄最小的那个陷在一个废纸篓里。年龄大的那个找到了一个很旧的橡胶瓶，手里拿着插在瓶塞上的一把刷子，正在认真地用瓶子里剩下的那点儿东西往年龄小的孩子脸上涂抹。小孩子之间正常的打闹，结果是理所当然的：废纸篓被推倒了，接下来是正常的突然大哭。

在这种情况下，得赶紧采取补救措施。女人把瓶子从大孩子手里拿过去，又鼓励年纪小的站起来。她把他们俩带到角落里，让他们安静下来。做完这些，她清扫了从纸篓里翻落到地上的那些碎纸片，然后把它们和橡胶瓶一起倒回了纸篓里。她取来杂物桶，把纸篓里的东西都倒入了桶里。然后，她整理了第四间，也是走廊里的最后一间屋子。至此，她那天的工作结束了。

离开宅子后，两个孩子跟在她后面。她把装满垃圾的桶拿到垃圾堆那儿，在半山腰处的一个凹陷的地方清空了桶。然后，她带着孩子们回家了。至此，这一天的工作结束了。

这就是请求那个女人回忆格兰尼奇的事情之后得到的结果。

普莱莫先生从这些细节中得出的结论是，我们现在有希望复原那封信。那些碎纸片被倒在女仆的废物桶里，后来被第四间屋子里的垃圾盖住了。当它们被倒在垃圾堆上之后，会像下面的垃圾一样，被上面的垃圾保护住。

随后的一周又一周，一月又一月，垃圾不断地积聚，从而增强了这种保护。再加上那个地方不被人注意，垃圾堆并没有因为有人去找肥料而被打扰。从一家人离开格兰尼奇的那一刻，一直到今天，垃圾堆就在那儿，没有被人碰过。在那里，在隆起的垃圾堆深处的某个位置，一定藏着那封信的碎片！

这就是律师的结论。他立刻把这些写信告诉了本杰明。那么，基于此，本杰明做了什么呢？

在对信件碎片的重组进行了尝试之后，他对用神秘信件本身做实验充满了信心。这件事对这个老人的诱惑太大了，他无力抗拒。“我几乎是在幻想，亲爱的，就像被施了魔法。”他写道，“做个闲人是我的不幸。我既有时间又有金钱。结果就是，我在格兰尼奇履行我的职责——得到了好心的普莱莫先生的允许，在垃圾堆里寻找！”

本杰明对格兰尼奇的行动区域的描述，跟在几行典型的道歉式的话语后面。

我不拘礼节，略过了描述。那个场景历历在目，我不需要任何提醒。我又看到了黯淡的月光下的那个垃圾堆，它曾经那么奇怪地引起了我的注意。我又听到了普莱莫先生说的话，他向我解释苏格兰乡村院落里堆放垃圾的习惯。普莱莫先生和本杰明做了什么？普莱莫先生和本杰明找到了什么？我真正的兴趣点在那儿。于是，我急切地翻到了下一页的相关部分。

他们的工作已经在有条不紊地进行了。当然，他们是一只眼睛盯着英镑、先令，还有便士，另一只眼睛盯着看得到的东西。在本杰明身上，律师发现了他从我身上没有感受到的一种认同感，意识到了预算报表的价值，并且对人类美德中最有益的美德有了更深刻的理解。

只用了一个星期，他们就安排人挖开了垃圾堆，筛掉了灰烬。他们租了一顶帐篷，把翻动过的垃圾堆遮蔽起来，使其免受风雨侵蚀。他们请来了一个年轻人（本杰明推荐的）为他们服务。年轻人在一位化学教授的领导下为实验室工作。最近，伦敦一家著名公司发生了伪造案件。这个年轻人因在破案的过程中对纸张的高超处理技术而名声在外。在这些准备工作的保证下，他们开始了工作。本杰明和年轻的化学家住在格兰尼奇，轮流监督工作的进程。

三天锹挖网筛的劳动没有产生哪怕是一点点重要的结果。无论如何，情况都在两个平静、坚定的男人的掌控之中。他们不气馁，他们接着干。

第四天，第一批碎纸片被找到了。

经过检查，证实这是一位零售商的产品说明书的碎片。本杰明和年轻的化学家没有沮丧，还是坚定不移。那天工作快结束的时候，更多的纸片被找到了。这些纸片被证实，上面有字迹。关于笔迹，他们请教了普莱莫先生（他每天晚上结束了法律上的工作之后，就去格兰尼奇）。经过仔细辨认，他断言，那几个有部分损毁的句子，毫无疑问，是尤斯塔斯·麦卡伦的第一任妻子写的！

这个发现把寻找者们的情绪激发到了狂热的程度。

从那一刻开始，铁锹和筛网成了禁用工具。可是这个任务实在不让人高兴，对垃圾堆的进一步检查只能用手来进行。首先也是最重要的程序是，在一个专门准备的平底纸板盒里，按照发现的顺序摆放这些碎纸片。夜晚来了，劳工们被打发走了，本杰明和他的两个同伴在灯火下工作。碎纸片被成沓成沓地找到了，不止一两堆。寻找工作一度很成功，然后碎纸片就不再出现了。它们全都被找到了吗？要不要换人继续挖下去？下一层垃圾被小心地移开了，当天的重大发现接踵而至。橡胶瓶——看门人的女儿提到过它！在它下面，是更多的写着字的碎纸片，它们被倒在垃圾堆里的时候，橡胶瓶里流出的最后几滴液体滴在了上面，把它们全都粘在了一起！

此时，画面转移到了宅子里面。搜索者们又集合在一起，坐到了格兰尼奇书房里的那张巨大的桌子旁边。

事实证明，本杰明童年时的“拼图”经验对他的同伴们是有用的。偶然粘在一起的碎片，很可能是彼此契合的，肯定是最容易重拼的碎片，可以以此为中心开始拼接。

分离开这些纸片，并且让它们保持彼此粘连时的顺序的精细活儿，被分配给了化学家。不过他的任务远不止这些。纸的正反两面都有字，为了重拼，只能把每一片纸剥离成两片。这样就用手工制造出一个空白面，可以在这一面上涂抹优质黏合剂，用来把碎片重新组合成完整的纸片。

对普莱莫先生和本杰明来说，在这种不利的条件下，成功地把信拼接起来几乎是没有希望的，但他们的同伴很快就让他们相信，他们错了。

他把他们的注意力都吸引到了纸上——质量最好的信纸。他在处理伪造案件时，不止一次地处理过这种纸。对他来说，在他从伦敦带来的机械设备的帮助下，在特定的时间里剥离开那些被撕碎的纸片是相当容易的。

做了一些说明之后，他安静地投入了工作。与此同时，本杰明和律师仍然盯着最先找到的那些分散的信纸碎片，试着把它们拼接起来。化学家已经把大部分碎纸片从中间分开了，并且在专门准备的光滑的纸板上正确地拼出了信里的五六个句子。

他们急切地盯着重新拼接好的纸片上的字迹。

拼得完全正确，感觉真是太好了！通过检查得到的第一个结果，是对他们不寻常的努力的回报。纸片上的字迹清楚地告诉我们，已故尤斯塔斯夫人把她的信寄给了谁。

那个人是——我的丈夫。

上面的地址——如果最简单、最偶然的证据能被采信的话——和那封迈泽里马斯·德克斯特直到审判结束都不让宣读的信上的地址是一样的。它被撕毁了。

这些就是本杰明他们当时的发现。他正要寄信的时候，普莱莫先生建议再等几天，希望能有更多的发现告诉我。

“为了这些结果，我们感谢她。”律师说，“要不是她的坚定，和她对迈泽里马斯·德克斯特的影响，我们恐怕永远都不会发现垃圾堆里的秘密，我们恐怕永远都看不到哪怕一束真相之光。她最有权利知道最全面的信息。让她知道吧！”

因此，这封信又被保留了三天。三天结束了，信又被仓促地继续写了下去，里面的结论使我感到难以形容的惊恐。

“化学家的那部分工作进展迅速。”本杰明写道，“我成功地把撕碎的纸片拼接成了一个单独的部分，这部分很有意义。我们把他完成的和我完成的进行比较，得出了惊人的结论。除非普莱莫先生跟我完全错了，并且上帝也这样认为，否则向你周围的每一个人严格保守重拼这封信的秘密是非常必要的。即将大白于天下的秘密是那么让人心碎又那么恐怖，我无法下决心去写下它们。我完全是逼着自己这样做的。请原谅，我用这些消息打扰了你。我们迟早会就这个问题跟你商量，而且我们认为让你对可能得出的结论做好心理准备是对的。”

接下来是普莱莫先生写的附言：

“恳请严格遵守本杰明先生对你的警告。如果我们成功地拼接好了那封信，那么我认为最后一个看到它的应该是你的丈夫。”

我读着这几句令人震惊的话，问自己接下来该怎么办。

依照目前的情况，我丈夫的平静似乎该由我来负责。可是，我不应该在收到本杰明的信和普莱莫先生的附言之后一声不吭。同时，正是由于我自己，我应当诚实地告诉尤斯塔斯，我在跟格兰尼奇方面通信。我只能等待，直到我知道的比现在更多。

就这样，我说服了自己，并且无法确定我这样做是对了还是错了。

第四十六章　被推迟的危机

“当心点儿，瓦莱里亚！”麦卡伦夫人说，“我什么也不问你。我只是告诫你，为了你好。尤斯塔斯和我一样，注意到了你身上的变化。当心点儿！”

那天晚些时候，碰巧只有我们两个人在的时候，我的婆婆这样对我说。我尽最大努力隐瞒了来自格兰尼奇的奇怪的、可怕的消息。可是，在读了我读过的东西，感受到我现在的感受之后，谁还能保持平静的表情和举止呢？即使我是最卑鄙的伪君子，在脑子里全是本杰明的信的时候，也不一定能保持平静。

讲完了对我的忠告，麦卡伦夫人没有再说什么。我敢说，她是对的，但她似乎还是给我留下了一个难题，让我自己来决定接下来该怎么做。

在他健康的时候，让他看本杰明的信，置他们的警告于不顾，这样做再简单不过了。那样的话，我就会暴露自己。可是，让他完全蒙在鼓里也是不可能的。夜里，我不安地思考着这个问题。清晨来到了，我决定去请求我丈夫信任我。

我直奔主题：

“尤斯塔斯，你的妈妈昨天说，我坐车外出回来之后，你注意到了我的一个变化。她说的对吗？”

“非常对，瓦莱里亚。”他回答道，说话声调比平时低，而且没有看我。

“现在，我们彼此没有隐瞒。”我回答说，“我应当告诉你，有一封从英格兰寄来的信，使我感到既兴奋又惊慌。你能让我选个时间去取吗？你会相信吗，亲爱的？作为一个好妻子，我是为了尽我的责任，才提出这个要求的！”

我停住了。他什么也没有说。我看得出，他是在偷偷地跟自己抗争。我太冒险了吧？我高估了我的影响力吧？我的心跳得很快，我的声音在发抖。可我还是鼓足勇气握住了他的手，向他发出了最后的请求。“尤斯塔斯！”我说，“你还是不了解我，甚至不相信我吗？”

第一次，他把脸转向了我。当他望着我时，我看到他眼睛里的最后一丝怀疑消失了。

“你会把全部真相都告诉我吗？”他说。

“会的！”

“我相信你，瓦莱里亚！”

他那变得明亮的双眼告诉我，他说的就是他想的。我们用一个吻将我们的约定封存了起来。原谅我提到这些琐事，我还在写我们的新蜜月（要是你能好意地想起它）。

那天的邮政列车带去了我给本杰明的回信。在信中，我告诉他我做了什么，并且恳求他，要是普莱莫先生和他都赞成我的做法，就让我知道他们在格兰尼奇的更多发现。

过了一段时间——对我来说是没有尽头的时间——我收到了老朋友的第二封信，里面有普莱莫先生的另一份附言。

“在拼接信件这件事情上，我们进展顺利。”本杰明写道，“我们的一个新发现对你的丈夫极其重要。我们重拼了几个句子。很简单，尤斯塔斯的砒霜是在他妻子的要求下买的，在格兰尼奇，由她掌握着。记着，是他妻子的笔迹，还签着他妻子的名字——我们同时发现的。不幸的是，我不得不补充一下，我在上一封信中提到过的妨碍我们相信你丈夫的理由，仍然有效。我们对那封信了解得越多，就越倾向于把它扔回到垃圾堆里去，出于对不幸的写信人的同情。这封信我这一两天都不会寄出。到时候，会有更多的消息告诉你。”

普莱莫先生的附言在后面，日期是三天以后。

“已故麦卡伦夫人写给她丈夫的信的结尾部分，”律师写道，“意外地成了我们成功复原的第一部分。除了还剩下的几个缺口，结尾那几段被完全拼接在了一起。这段令人悲哀的内容，我既没有时间也不愿意详细地写信告诉你。再有两个星期，我希望能寄给你一份从第一行一直到最后一行的完整的信的复件。同时，我有责任告诉你，这份可叹的、骇人听闻的物证也有光明的一面。无论从法律上说还是从道德上说，它都能为你丈夫的清白作证。它也许应该被合法地使用——如果你丈夫能够宽恕死者，并且同意当庭宣读这封信。相信我，他不会再以我们所说的罪名接受审判了。出于某些技术原因，我没有必要用它们来打扰你。陪审团第二次做出的裁决，会完全维护你的丈夫。目前，这个信息只能让你知道。在读到复原的信件之前，面对尤斯塔斯时，请保持鲜明的立场。我担心你会畏缩，出于对他的同情。怎样才能不让他知道我们的发现，是另一个问题。关于这个问题，我们以后再商量。在那之前，我只能重复我的建议——等着，直到后面的消息到达你那里。”

我等待着。我忍受的一切，包括尤斯塔斯对我的看法，都不重要。现在除了真相，没有什么是重要的。

不到两个星期，复原信件的任务就完成了。除了个别句子以外，整封信都被拼接到了一起。信的复件被寄到了巴黎，转到了我这里。

在你也读到那封可怕的信之前，让我简单地提醒你一下，尤斯塔斯·麦卡伦是在什么情况下娶了他的第一任妻子的。

那个可怜的人爱上了他，却没有唤起他的爱情。发现了这一点之后，他离开了她，并且尽可能地避开她。她主动出现在他在伦敦的住处，没有一个字的通知。他尽全力挽救她的声誉。他失败了，尽管他没有任何过错。于是他草率地做出了决定，在绝望的那一刻。他通过跟她结婚，平息了毁灭她余生的流言蜚语。请牢牢记住这些（这是值得尊敬的证人们宣誓后的证词），恳请不要忘记。虽然他无聊地在他的日记里偷偷地写到了她，但事实证明，为了隐藏他对妻子的厌恶，他尽了全力。在能够客观评价他的人们眼里，他至少是个有礼貌的、考虑周全的丈夫。

现在请拿起信来，在基督教教义的光芒照耀下阅读：“你们不要论断人，免得你们被论断。”

第四十七章 妻子的忏悔

格兰尼奇，十月十八、十九日

我的丈夫：

我有非常令人痛苦的事情要告诉你，关于你的一个老朋友。

你从来没有给过我勇气，让我自信地接近你。要是你允许我跟你就像某些妻子跟她们的丈夫那样亲近，那么我会亲口对你说，而不是写信。事实上，如果我讲出这些话，你肯定不会接受。所以，我还是写吧。

我提醒你提防的人是住在这幢宅子里的一位客人——迈泽里马斯·德克斯特。世界上没有比他更虚伪、更缺德的人了。千万别把我的信扔到一边！我一直等着，直到找到了能让你满意的证据，我才会讲出来。我拿到了证据。

你也许还记得，当你最初告诉我你邀请了这个人来我们家做客的时候，我大着胆子表示不同意。如果你能给我时间亲自解释，那么我可能会大着胆子给你一个合理的理由，告诉你我为什么讨厌你的朋友。可是你不愿意等。你轻率地而且极其不公平地指责我，说我对那个可怜的人怀有偏见。其实，我对残疾人从来都是只有怜悯。实际上，我跟他们几乎有着同样的感受。更糟糕的是我自己，一个普通的女人，成了残废。我反对德克斯特先生成为你的客人，是因为从前他曾经求我嫁给他。我有理由担心，他怀着一种罪恶的、恐怖的爱觊觎着我（在我结婚之后）。作为一个好妻子，拒绝他来格兰尼奇成为你的客人，难道不是我的责任吗？作为一个好丈夫，鼓励我讲出更多实情，难道不是你的责任吗？

很好！德克斯特做你的客人已经许多个星期了。德克斯特居然又敢跑来对我倾诉他的爱。他侮辱了我，也侮辱了你，因为他说他爱慕我，他说你憎恶我。他向我保证，跟我的爱人到国外去，我会过上一种纯粹的幸福生活。他替我预言，跟我的丈夫待在家里，我会过上一种无法忍受的悲惨生活。

为什么我没有向你抱怨，让这个怪物立刻并且永远地离开这幢房子呢？

要是我抱怨了，而你亲密的朋友否认了他侮辱我的全部事实，你会相信我吗？我听你说过（当时你不知道我在听），虚荣的女人永远是丑陋的女人。你也许是在指责我的虚荣。谁知道呢？

可我不想为自己辩解。我是个爱嫉妒的不幸福的人，总是怀疑你对我的感情，总是害怕另一个女人取代了我在你心里的位置。迈泽里马斯·德克斯特利用了我的这个弱点。他声称他能向我证明（如果我允许他这样做），在你隐秘的内心里，我是你讨厌的对象。你不愿意碰我，诅咒你自己愚蠢地在那个时候娶我为妻。两天两夜了，我跟那个诱惑抗争着。对一个完全感受不到你对她的感情的真挚的女人来说，那是个可怕的诱惑。最终，它打败了我。我恶劣地隐藏了自己对他的反感，我恶劣地同意他亲自做出解释，我恶劣地允许他把我当成了知心人。又为了什么？因为我爱你，只爱你一个人。还因为迈泽里马斯·德克斯特的提议，回应了长期以来偷偷地折磨着我的对你的怀疑。

原谅我，尤斯塔斯！这是我对你犯的第一桩也是最后一桩罪。

我不会偷懒的，我要把我对他说过的话和他对我说过的话全都坦白地写出来。当你知道了我做的一切，可能会埋怨我的。不过，你至少得到了及时的警告，你将看到你虚伪的朋友的真实面目。

我对他说："你如何能向我证明我的丈夫在私底下是恨我的？"

他回答说："我能证明，用他自己的笔迹。你会在他的日记里看到的。"

我说："他的日记上着锁，他存放日记的抽屉也上着锁。你怎么能够打开抽屉拿到日记呢？"

他回答说："我可以用自己的方式把两个问题都解决，没有一点儿被你丈夫发现的危险。你要做的所有的事情就是，给我私下里见到你的机会。我保证，作为回报，把打开的日记本带到你的房间里来。"

我说："我怎么能给你机会？你的意思是什么？"

他指了指那把钥匙——插在连接我的屋子和小书房的那扇门上的钥匙。

他说："当我有了第一个来这儿看你的机会时，因为我的缺陷，我也许不能享受到它的好处。不过，我一定要选择我自己的时间，用我自己的方式秘密地来看你。让我拿着那把钥匙，把那扇门锁上。当钥匙不见了的时候，如果你说没关系，指出那扇门已经被锁上了，告诉仆人们不必自己给自己添麻烦，再找那把钥匙了，那么在这幢宅子里就没有干扰了。而我也安全地拥有了一种没有人会怀疑的跟你联络的方式。你愿意这样做吗？”

我这样做了。

是的！我变成了这个双面恶棍的帮凶。我自甘堕落，也伤害了你，通过跟他约会偷窥你的日记。我知道我的做法有多么卑鄙。我不会找借口的。我只能重复：我爱你，我非常担心你不爱我。迈泽里马斯·德克斯特提出，要让我通过你亲笔写下的日记，看到你内心深处最隐秘的想法，以此来结束我的怀疑。

为了这个目的，在接下来的两个小时里的某段时间内，他将跟我在一起（在你出去的时候）。只看一次并不能让我满足，我会跟他约定，明天的同一个时间，再把你的日记拿来给我看。在那之前，你会收到这些文字，由我的护士转交给你。读完它们之后，请像往常一样出去走走。不过要秘密地回来，然后打开你放日记本的那个上着锁的抽屉。你会发现它不见了。让你自己安静地待在小书房里，你会发现日记本在你的朋友手里（当迈泽里马斯·德克斯特离开我的时候）。

普莱莫先生的注释：复原工作中最大的困难发生在这封被撕碎信件的第一部分。在第四段里，从一开始，我们就不得不补充丢失了的语句，不少于三处。在第九、第十和第十七段做了同样的工作，工作量或大或小，都是必须的。最痛苦的是补充缺失的文字，看起来要跟写信人想表达的意思完全一致。

十月二十日

我读了你的日记。

至少我知道了你对我的真实看法。我读了迈泽里马斯·德克斯特答应让我看到的内容——你对我的讨厌的坦诚，是你自己写的。

你不会收到我昨天写给你的信了，在我计划的时间，以我计划的那种方式。尽管我的信很长，但我还有些话要加进去（在读完了你的日记之后）。写完了信，把信封的口封上，又写上了你的地址之后，我把它放到了我的枕头下面。当我被安放到墓穴里之后，它会在那儿被人发现的。然后，尤斯塔斯，我的信将被人交给你（当希望或者帮助都已经太迟了的时候）。

是的，我已经活够了。是的，我想死。

为了我对你的爱，除了我的生命，我已经牺牲了一切。现在我知道我的爱是没有回报的，剩下的最后的牺牲很容易。我的死能让你自由地迎娶博莉夫人。

你不知道，我费了多大的劲才控制住我对她的仇恨，企求她到这儿来旅行，而不必顾及我的疾病。要不是我这么喜欢你，这么担心流露出嫉妒会惹恼了你，我恐怕永远都不会这样做的。你是怎样回报我的呢？让你的日记回答吧！“我温柔地拥抱了她，就在今天上午。我希望，可怜的人，她没有发现我为此付出的努力。”

好了，现在我发现了它。我知道你私下里认为跟我在一起生活是“炼狱”。我知道你富于同情心地向我隐藏了“当你不得不接受我的爱抚时，你的战栗”。我只是个障碍，一个“纯粹的令人讨厌的”障碍，横在你跟那个你挚爱得甚至“爱慕她的脚接触过的土地”的女人之间。好吧！我不再挡你的道了。这对我来说既不是牺牲也没有好处。生命让我无法忍受！现在我知道，我全心全意爱着的男人，只要我一碰他，他就会偷偷地退却。

我有了死的办法——紧紧地攥在我的手里。

我两次请求你给我买回的砒霜就放在我的梳妆盒里。当时为了得到它，我说了几个普通的理由欺骗了你。我的真正理由是，想试试能不能改善我那难看的肤色。不是出于我的任何虚荣，只是想让自己在你的眼睛里看起来更好看、更可爱。为了那个目的，我用了一点儿，可是我把大部分留下来，用来杀死自己。毒药终于发挥了它的作用。它也许在改善我的肤色上是不成功的，但如果用它把你从你难看的妻子手里解脱出来，却不会不成功。

我死后，不要解剖我。请把这封信给照顾我的医生看。它能够让他知道我是自杀的；它能避免任何清白的人被怀疑毒死了我。我不想让任何人受到责备或者惩罚。我会取下药剂师的标签，仔细地倒空装毒药的瓶子，这样他就不会受牵连了。

我必须在这儿停下来休息一小会儿，然后再接着写我的信。信太长了，但这些是我告别的话——最后一次对你说话，我实在是想多说一点儿！

十月二十一日，凌晨两点钟

昨天，你进来问我夜里是怎么度过的时候，我把你撵出了屋子。尤斯塔斯，在你走了之后，我向雇来照顾我的护士不体面地提到了你。原谅我，我现在几乎疯了。你知道这是为什么。

三点半

噢，我的丈夫，我采取了把你从你憎恨的妻子手里解脱出来的行动！我吃了毒药。

我把纸包里剩下的都吃了，这是我找到的第一包。要是这些还不足以杀死我，瓶子里我还留了更多。

五点过十分

在把我的镇静药递给我之后，你走了。一看到你，我的勇气就没有了。我心里想："要是他温柔地看着我，我就会坦白我做了什么，还会让他救我的命。"可你根本不看我，只看着药。我让你走了，没说一句话。

五点半

我开始感觉到毒药的第一次发作了。护士在我的床脚下睡着了。我不愿意喊人来帮我，我不愿意叫醒她。我要死了。

九点半

痛苦超出了我的忍耐——我叫醒了护士。我看到了医生。

没有人怀疑任何事情。说起来很奇怪，痛苦离开了我。显然，我吃的毒药太少了。我必须打开装着更多毒药的瓶子。幸运的是，你不在我的身边。我要死的决心，或者更准确地说，我对生命的憎恶，像从前一样，虽然痛苦，却没有改变。为了鼓足勇气，我不许护士让人去叫你。她刚刚在我的命令下下了楼。我又不受阻碍地从我的梳妆盒里取出了毒药。

差十分十点

我刚来得及藏起瓶子（在护士离开我之后），你就进了我的屋子。

在看到你的那一刻，我又软弱了。我决定给自己最后一个生的机会。也就是说，我决定给你提供最后一次机会，温柔地待我。我请你给我拿杯茶来。你只要用一句温柔的话或者一个温柔的眼神鼓励我，我就决定不再吃毒药了。

你顺从了我的心愿，可是你并不温柔。你给我茶，尤斯塔斯，就像在给你的狗喂饮料时那样无精打采（我想，你一直都在想博莉夫人）。想知道为什么我在把茶杯递还给你的时候，会失手打碎了它吗？我真的控制不住它，我的手在颤抖。处在我的位置上，你的手也会颤抖的——砒霜就在床单下面。在你走开之前，你客气地希望，那茶能对我有好处。而且，噢，上帝，你说那句话时甚至没有看我一眼！你看着茶杯的碎片。

你一走出屋子，我就吞下了毒药——这一次是双倍的剂量。

在这儿，我有个小小的请求。

在取掉了瓶子上的标签，把它擦干净，重新放回我的梳妆盒里之后，我突然想起，那个倒空的纸包我没有采取同样的预防措施（在凌晨的时候），纸上面还有另外一个药剂师的名字。我把它扔到了一边的床罩上，混在一些别的零散的纸张里面。我的脾气暴躁的护士抱怨那些垃圾，把它们全都团了起来，丢到别处去了。我希望那个药剂师不要因为我的粗心而受到牵连。我在心里为他祈祷，他最好不要受到指责。

德克斯特——某个东西让我想起了迈泽里马斯·德克斯特。他把你的日记放回了抽屉里，逼着我答应他的求婚。这个虚伪的卑鄙小人有良心吗？如果他有，连他都会痛苦——当我用死答应他的时候。

护士又在我屋里了。我打发她走。我告诉她，我想一个人待会儿。

几点了？我找不到我的表了。是痛苦又来了，麻痹了我吗？我还没有敏锐地感觉到。

痛苦在任何时刻都可能到来。我还得写完我的信，还要注明交给你。此外，我必须节省体力，好把它藏在我的枕头下面，这样在我死之前就不会有人发现它。

别了，亲爱的。我要是更漂亮的女人该有多好！一个更钟情的女人（对于你）！我恐怕不是。即使现在，我也害怕看到你那可爱的面庞。即使现在，如果我允许自己奢侈地望着你，我都不知道你会不会迷倒我。让我坦白我做的事情吧，在无法挽回之前！

但是，你不在这儿。其实更好！其实更好！

再一次，别了！祝你比跟我在一起时更快乐！我爱你，尤斯塔斯！我原谅了你。当你没有事情可想的时候，不时地，尽可能温柔地，想想你那可怜的丑陋的妻子。

普莱莫先生的注释：在这封信的结尾部分，需要补充的文字和段落很少。偶然发现被橡胶粘在一起的那些碎片，最早被完全拼合在一起的那部分，是以这样的短语开始的："我不体面地提到了你，尤斯塔斯。"是以断裂的句子结束的："你只要用一句温柔的话或者一个温柔的眼神鼓励我，我就决定不——"有了这样的句子，我们就可以把信的结尾部分（日期为十月二十日）拼贴在一起了。这同我们在处理前述被撕毁的纸张时遭遇到的几乎不能克服的困难相比，是微不足道的。

第四十八章 我还能做什么？

读完了他的第一任妻子可怜又可怕的告别信之后，我刚一擦干眼泪、稳住情绪，就想到了尤斯塔斯。我的第一反应就是，不能让他看到我读过的东西。

是的！结果已经有了。为了达到一个目的，我献出了一切。那个目的达到了。就在那儿，我面前的桌子上，放着能证明我丈夫无罪的材料。而出于对他的怜悯，出于对他亲爱的妻子的怜悯，我希望他永远都不要看到它！我要尽最大努力把它藏起来，远离公众的视线！

我回顾了那前所未有的情况，那封信正是在那种情况下被发现的。

全是我的功劳——就像律师曾经说过的。可以说，我做得很盲目。最小的意外都有可能改变后来一系列事情的进程。当阿里尔乞求主人给她讲故事的时候，我一遍又一遍地干扰、制止了她。如果她没有成功，那么迈泽里马斯·德克斯特最后的努力回忆可能永远也不会直接指向格兰尼奇的悲剧。还有，如果我挪动我的椅子，给本杰明发出离开的信号，那么他恐怕永远也不会记下那些引领我们发现真相的话。

在这种心态下回顾那些事情的时候，我恰好瞥了一眼那封信，感到恶心、恐惧。我诅咒把它的碎片从污秽的"坟墓"里挖掘出来的那个日子。就在那个时候，尤斯塔斯找到了恢复健康和力量的令人厌烦的方式；就在那个时候，我们又结合在了一起，又快乐起来。再过一两个月，我们可能就要做父亲和母亲了，也是丈夫和妻子。那份对痛苦和罪恶的令人震惊的记录，像个复仇的幽灵一样出现在我们面前，跟我们作对。它在桌子上面对着我，威胁着我丈夫的平静。不，据我所知，要是他在恢复期的关键阶段读了它，就会危及生命!

壁炉台上的时钟敲响了。到了尤斯塔斯早晨到我的小屋里来探望我的时候了。他随时都可能进来。他有可能看到那封信。他有可能从我手里抢走那封信。在一阵充满惊恐和憎恨的狂乱中，我抓起那些可耻的纸张，把它们投进了炉火中。

只寄给我一份复印件是幸运的。要是原件在那儿，我相信那一刻我肯定也会把原件烧掉的。

最后一点儿纸刚刚被火焰吞没，门就开了，尤斯塔斯进来了。

他瞟了一眼炉火。壁炉的后部纸张燃烧后的黑色灰烬还在飘舞。一起坐在桌边吃早餐的时候，他看到了那封捎给我的信。他怀疑我做了什么吗？他什么也没有说。他站着，严肃地观察着炉火。然后他走近我，用眼睛盯着我。我想，我的脸色一定是惨白的。他说的第一句话是，问我是不是生病了。

我决定不欺骗他，即使在最小的琐事上面。

"我感到有点儿紧张，尤斯塔斯。"我回答道，"就这些!"

他又望着我，似乎想让我再多说几句。我保持沉默。他从外套的口袋里掏出一封信，把它放在我面前的桌子上——正好放在那份忏悔书被毁掉前放的位置上！

“今天早晨，我也收到了一封信。”他说，“而我，瓦莱里亚，对你没有秘密。”

我听懂了丈夫的后一句话里传递出的责备，可我不想回答他。

“你希望我读它吗？”我说，用手指着他放在桌上的信。

“我已经说了，我对你没有秘密。”他重复道，“信没有封口。亲眼看看里面装着的是什么吧！”

我把信封里的东西取了出来。那不是一封信，而是一段印好的文章，从一张苏格兰报纸上剪下来的。

“读读它。”尤斯塔斯说。

我读了如下内容：

格兰尼奇的离奇事———一个现实生活中的传奇似乎正在麦卡伦先生的乡村别墅里进行着。秘密挖掘正在进行。但愿读者会原谅我们的令人讨厌的暗示！在这世界上任何地方都有的垃圾堆上，的确找到了一些东西，不过没有人知道是什么。这件事情是独一无二的：在过去的几个星期里，两个来自英格兰的陌生人，在我们尊敬的普莱莫先生的指挥下，在格兰尼奇的书房里夜以继日地工作着，大门紧锁。秘密究竟能被揭开吗？对与格兰尼奇过去的历史相关联的我们读者熟悉的一件既神秘又令人震惊的事情，能通过调查获得新的线索吗？或许等麦卡伦先生回来的时候，他能回答这些问题。同时，我们只能等待事情的进展。

我一松手，报纸滑落到了桌子上——制造这个新闻的人没有真正基督徒的心境。某个寻找新闻的记者显然正在窥探格兰尼奇的庭院，很可能是某个住在周围的好事者给尤斯塔斯寄来了这段公开发表的文章。我完全不知所措，等着我丈夫先讲话。他没有让我焦灼地等待——立刻问我了。

“你明白它的意思吗，瓦莱里亚?”

我老实地回答了。我承认，我明白它的意思。

他又在等，似乎希望我再多说些什么。我仍然保持着沉默。

“难道我不应当知道得比现在更多吗?”停顿了片刻，他继续说，“你不准备告诉我，在我自己家里正在发生什么事情吗?”

通常，如果人们还能全面地思考，那么在紧急情况下的思维是很敏捷的。只有一个办法能让我摆脱我丈夫的最后一句话带给我的尴尬。是本能让我找到了这个办法，并且不顾一切地抓住了它。

“你已经答应了要相信我。”我说。

他承认自己答应过我。

“我必须请求你，尤斯塔斯，为了你自己，请暂时相信我一段时间。我会让你满意的，只要你给我些时间。”

他的脸色黯淡下来。“我要等多久?”他问。

我发现，时间是一种比语言更有力的说服方式。

“吻我一下，”我说，“我就告诉你!”

他犹豫了（这才像个丈夫）！而我在坚持（这才像个妻子）！他没有别的选择，只能让步了。不是很优雅地吻了我一下之后，他又一次坚持要知道，我想让他等多久。

“我想让你等……”我回答说，“等到我们的孩子出生。”

他惊呆了。我温柔地握住他的手，望着他。他也望着我（这一次，为了让我满意，非常地热烈）。“说你同意!”我在他耳边悄悄地说。

他同意了。

就这样，我又一次推迟了报应到来的时刻。这样，我赢得了时间，好再和本杰明、普莱莫先生商量。

尤斯塔斯待在我房间里的时候，我很镇定，还能跟他聊天。可是，他离开了我之后，过了一会儿，重新想起我们之间发生的一切，记起他那么宽厚地对我让步，我的心转向了对那些为人妻子的女人们（她们中的某些人是比我更好的女人）的怜悯。她们的丈夫在类似的情况下，可能会对她们说难听的话，甚至还可能采取更残忍的做法。她们的命运跟我的命运之间的这种比较的结果，完全征服了我。我做了什么，应该得到我的幸福？她们做了什么，可怜的女人们，应该遭遇她们的不幸？我敢说，读了尤斯塔斯第一任妻子的可怕的忏悔信之后，我的神经过于紧张了。我放声大哭——因为这封信，后来我过得反而更好了！

第四十九章　过去和将来

我全凭记忆在写，没有借助笔记或者日记。我们在国外住了多长时间，我记不清楚了，大概是几个月的时间。尤斯塔斯强壮得足以承受回伦敦的长途旅行了。很久以后，医生们坚持要他留在巴黎。他的一个肺出现了衰弱的症状。他的医学顾问们看到他在法国的干燥气候中恢复了健康，便警告他，不要过早地呼吸他自己国家的潮湿空气。

这样，当我收到从格兰尼奇寄给我的下一组消息时，我们正好还在巴黎。

这一次，两方面都没有信。让我感到既惊讶又高兴的是，一天上午，在我们美丽的法式客厅里，本杰明静静地出现了。他穿得那么反常，那么时髦，又那么令人费解地急于要让我们明白，他造访巴黎的唯一原因就是度假（当时碍于我丈夫）。于是我立刻猜到，他是以双重身份跨越海峡而来的。当三个人都在场时，他作为一个旅客在寻找快乐。当屋子里只有我跟他时，我们便是普莱莫先生的大使。

那天晚些时候，我制造了一次只有我们俩在一起的机会。我很快就发现，我的预感没有错。在普莱莫先生的明确要求下，本杰明动身来到巴黎，告诉我有关过去的事情，并跟我商量有关将来的事情。他把他的“国书”递交给了我，是律师写的一个小纸条。

“有几点疑问，”普莱莫先生写道，“是通过复原信件无法消除掉的。我尽了全力，在本杰明先生的协助下，为这些有疑问的事情寻找正确的解释。为了简明扼要，我以‘疑问’和‘答案’的形式，列出这些题目。你在爱丁堡向我请教时，我犯下了错误。你还愿意接受我的解释吗？事实证明，我拼命反对你回去找德克斯特是完全错误的——我怀疑德克斯特直接地而不是间接地对第一任尤斯塔斯夫人的死负有责任。我真诚地承认，我错了。请你问问本杰明先生，我那新的‘问与答’值不值得调查。”

我认为他那新的“问与答”绝对值得调查。如果你不同意这个看法，如果你对我和我的叙述都不感兴趣，那么请想尽办法跳到下一章！

本杰明拿出了“疑问”和“答案”。在我的请求下，他给我读了。下面的内容：

下面是在格兰尼奇找到的信上的疑问。第一组：与日记相关的疑问。第一个疑问：在获得麦卡伦先生私人日记这件事情上，是因为迈泽里马斯·德克斯特在这之前知道日记的部分内容吗？

答案：他是不是知道，不能证实。可能是他注意到麦卡伦先生那么小心翼翼地保护他的日记，因此推断，在上着锁的日记本里面有危险的家庭秘密。于是他配好了钥匙，想利用这些秘密达到个人的目的。

第二个疑问：在代理郡长办公室的工作人员没收麦卡伦先生的日记以及其他文件的时候，德克斯特为什么要干涉呢?

答案:在回答这个问题的时候,我们必须首先公正地对待德克斯特本人。尽管现在我们知道他做的事情很无耻,但这个人不是个纯粹的魔鬼。他偷偷地恨着麦卡伦先生,因为他的成功的对手赢得了他爱的女人的爱情,因此他用尽手段诱使不幸的夫人远离她的丈夫。这些都是不能否认的事实。另一方面,考虑到他的过错,他又容许信任他的朋友因为谋杀接受审判,没有努力挽救那个人的清白,这一点是完全值得怀疑的。担心日记和信件会不利于自己而毁掉它们,这种事麦卡伦先生根本不会去做(在他妻子的死上,他是无辜的)。在他冷不防被检察官即刻、秘密的行动吓了一跳之前,他甚至从来没有想过自己会因为谋杀妻子而被起诉。德克斯特肯定是从另一个角度来看这个问题的。在他最后的胡言乱语(他精神崩溃的时候说的)里,提到那本日记时用了这样的语言:"那本日记能把他送上绞刑架。我不会让他上绞刑架的。"即使他能找到机会及时地拿到它(对他来说,代理郡长办公室的工作人员来得不是那么快),也无法预见到它的出现在法庭上产生的后果。德克斯特会亲自把日记毁掉的。很明显,他非常强烈地意识到,他阻碍了治安官员执行公务。他派人去找普莱莫先生来干涉时,情绪非常激动。

第二组疑问:与妻子的忏悔有关。第一个疑问:当德克斯特最先在已故女人的枕头下面发现那封信时,是什么阻止了德克斯特去毁掉它?

答案:他抗拒没收日记并在审判时作证,以博得尤斯塔斯的好感,和保存了那封信,一直到判决结果出来,是出于同一个目的。再一次回想他最后说的话(本杰明先生记下来的),我们可以推断,如果结论是有罪,那么他恐怕会毫不犹豫地拿出妻子的忏悔信来挽救清白的丈夫。所有的邪恶都是有限度的。德克斯特的邪恶足以让他扣留那封信，那封揭露了他的卑鄙行径的信。但是，他还没有邪恶到故意让一个清白的人在绞刑架上毁灭。他能够让他憎恨的对手臭名昭著，忍受被公开指控谋杀的折磨。但是，如果是相反的结论，在让他被绞死的更可怕的结果面前，他会畏缩的。尽管他是个恶棍，当他读到妻子的忏悔书时，也会感到痛苦。他指望破坏她对她丈夫的爱情，可这种想法把他引领到哪里去了呢？他把他深爱的女人逼迫到用自杀来逃避！如果给这些想法应有的重视，你会明白，一些小小的补偿性的优点也许会主动显示出来，作为这个男人懊悔的结果。

第二个疑问：当麦卡伦夫人（瓦莱里亚）告诉他，她打算重新调查格兰尼奇毒杀案时，是什么动机影响了迈泽里马斯·德克斯特的行为？

答案：德克斯特十分心虚，因为那天早晨，他秘密进入停放第一任尤斯塔斯夫人的尸体的那间卧室时，有可能被人看到了。他控制不住自己的情绪，在门口偷听，通过钥匙孔偷看，所以他恐怕会怀疑其他人也有同样的习惯。带着这种担心，他心里自然会想，瓦莱里亚会遇上看到他的人，会听到那个人的叙述，除非一开始调查就把她引入歧途。她对博莉夫人的嫉妒给他提供了可以轻易这样做的机会，因为他本人也被对那位夫人怀有的极端的敌意鼓舞了，他更乐意从这个机会中获利。他把她当成了毁坏那幢宅子的女主人的家庭平静的敌人。他爱那幢宅子的女主人，因此，他恨她的敌人。他对秘密的保守和对博莉夫人的迫害：在他跟第二任尤斯塔斯夫人的关系上，你对他的行为有或多或少的促进。

普莱莫先生的注释：对这个观点的进一步说明，请回顾本杰明家的那一幕（第三十五章）。在那里，德克斯特在情绪失控的情况下，向瓦莱里亚泄露了他自己的秘密。

本杰明放下信纸，摘下了眼镜。

“我们认为进一步的调查是没有必要的。”他说，“你认为还有哪一点需要说明？”

我想了想。没有任何我能记起的要点需要解释。不过有一个小小的问题（刚才提到博莉夫人时想起的），我希望能彻底搞清楚（如果可能的话）。

“你和普莱莫先生谈过我丈夫从前对博莉夫人的爱恋这个话题吗？”我问，“在审判之后，普莱莫先生告诉过你，尤斯塔斯为什么没有娶她吗？”

“我亲自向普莱莫先生提出了这个问题。”本杰明说，“他回答得非常轻松。他是你丈夫亲密的朋友兼顾问，审判之后，尤斯塔斯写信给博莉夫人的时候咨询了他。在我的请求下，他复述了信的内容。轮到我了，听听我记住的信的内容好吗？”

我承认，我非常想听。本杰明紧接着告诉我的，跟迈泽里马斯·德克斯特曾经告诉我的完全一样——相关内容在第十三章。博莉夫人是我丈夫公开遭受侮辱的见证人。这本身就足以阻止他娶她了，因为导致他主动离开我的原因同样是……他断绝了同她的关系。同一个知道他曾经因谋杀妻子而被审判的女人在一起的现实，是他没有足够的勇气去面对的现实。这两个理由完全一致。终于，我的妒嫉心和好奇心得到了满足。本杰明也大方地将过去的事情从大脑中清除掉，谈起了更重要也更有趣的关于将来的话题。

他问的都是跟尤斯塔斯有关的问题。他问我的丈夫有没有对发生在格兰尼奇的整个事情产生怀疑。

我告诉他发生了什么，以及我怎样暂时想办法推迟了不可避免的暴露。

听了我的话，我的老朋友脸上“放晴”了。

“这对普莱莫先生来说是个好消息。”他说，“我们出色的律师朋友非常担心我们的发现会危及你跟你丈夫的关系。一方面，他自然渴望分担尤斯塔斯读了他妻子的忏悔书之后感受到的痛苦。另一方面，为了公正地对待你尚未出生的孩子，正如普莱莫提出的，查禁一份文件（这份文件能够把孩子的父亲从苏格兰裁决给他造成的伤痛中解脱出来）是不可能的。”

我听得很专心。提到我们的将来的时候，本杰明触及到了一个还在心里偷偷地折磨着我的麻烦。

“普莱莫先生打算怎么解决这个问题?”我问。

“他只能用一种方式解决。”本杰明回答道，“他打算把信的原始手稿密封起来，补充一个简单的说明，说明它是在什么样的情况下被发现的。还有你签名的证明材料跟我签名的证明材料，都可以作为证词。看来，只好把向你丈夫吐露秘密的任务交给你了，时间你自己安排。到那时就要由尤斯塔斯来决定是否打开封套了。或者，他有可能会不动它，带着未开启的封条，作为传家宝留给他的孩子们。等他们长到可以自己思考的年龄，公开与否，就由他们来决定了。你同意这种做法吗，亲爱的?还是你宁愿让普莱莫先生去见你的丈夫，代替你做这件事情?”

我毫不犹豫地决定，自己承担责任。我关心是什么引导尤斯塔斯做出决定。我认为我的影响无疑大于普莱莫的影响。我的选择，本杰明完全赞成。他着手写信去爱丁堡，通过当天的邮政列车寄出，好解除律师的忧虑。

现在只剩下一件事情要解决了，跟我们返回英格兰的计划有关。在这个问题上，医生们是权威。我答应他们下次探望尤斯塔斯的时候，跟他们商量这件事情。

“还有事情要对我说吗?”本杰明打开他的文具盒时，询问道。

我想到了迈泽里马斯·德克斯特和阿里尔。我询问他最近有没有听到他们的消息。我的老朋友叹了口气，警告我，我触及到了一个令人痛苦的话题。

“能够发生在那个不幸的人身上的最好的事情，很可能要发生了。”他说，“他的身体有瘫痪的危险。在你回到英格兰之前，也许会听到他的死讯。”

“阿里尔呢?”我问道。

“完全没有改变。”本杰明回答，“只要跟主人在一起，她就非常快乐。据我所知，这个可怜的人，她不认为德克斯特快要死了，她嘲笑这种想法。她耐心地等着，坚定地认为他还能认出她来。”

本杰明的消息令我悲哀。我什么也没有说，离开了他和他的信。

第五十章　故事的结尾

十几天后，在本杰明的陪同下，我们回到了英格兰。

麦卡伦夫人在伦敦的家里给我们提供了充足的食宿。当她邀请我们跟她住在一起，直到我们的孩子出世的时候，我们高兴地接受了这个对我们有好处的提议。于是，我们今后的日程被安排好了。

返回英格兰后不久，我们就得到了来自精神病院的令人悲哀的消息（对这件事情，在巴黎时本杰明就让我做好心理准备）。一点儿一点儿地，迈泽里马斯·德克斯特解除了生命的重负。咽气前几个小时，他一度恢复了神志，认出了床边的阿里尔。他虚弱地叫出了她的名字，望着她，还找过我。他们想起让人来喊我，可是太迟了。还没来得及让送信的人出发，他就说话了，声音里有一点儿他过去的那种自负："你们全都安静！我的大脑累了，我要睡觉了。"他闭上了双眼，再也没有醒过来。对这个人来说，这样的结果也太仁慈了，没有悲伤也没有痛苦！就这样，那个奇异的、多面的生命，带着他的内疚和痛苦，他一阵阵的诗情和灵光的闪现，他怪诞的欢乐、残忍和空虚，跑完了命中注定的人生路程，像梦一样消失了！

哎，阿里尔！她是为主人而活的。现在主人走了，她还能做什么？她会为他而死。

他们仁慈地允许她去参加迈泽里马斯·德克斯特的葬礼，希望仪式能让她确信他的死亡。这个愿望没有能够实现，她仍然坚决否认主人离开了她。棺材被沉入墓穴里的时候，他们不得不强行地阻拦她。葬礼结束的时候，他们只能用同样的方式让她离开墓地。从那个时候起，有几个星期的时间，她在语无伦次的精神错乱的发作和间歇性的昏睡之间生活着。精神病院举办一年一度的舞会的时候，对病人的监管有了某种程度的放松。快到午夜的时候，有人惊慌了——阿里尔不见了。看管她的护士禁不住诱惑，下楼去看人跳舞，留下她一个人睡觉。当她回到工作岗位上的时候，发现阿里尔走了。来了许多陌生人，再加上节日期间的混乱，为她提供了难得的逃跑机会。事实证明，那天晚上找她也没用。第二天早晨，传来了关于她的最后的动人又骇人的消息：她又流浪到了墓地。太阳快升起的时候，有人在迈泽里马斯·德克斯特的坟前发现了她。人死了，浑身冰凉，赤身裸体。忠诚至死，阿里尔追随德克斯特而去！忠诚至死，阿里尔死在了主人的坟前！

写完这些悲哀的文字后，我乐意变换一个痛苦程度低一些的话题。

在晚宴上，我跟克拉琳达夫人令人难忘地相遇之后，一系列的事情把我跟菲茨·戴维少校分开了。从那个时候开始，我很少，甚至没有听到过少校的消息。惭愧地说，我差不多把他完全忘掉了。一张送到我婆婆家里的令人惊讶的结婚请柬，让我想起了现代唐璜。少校的人生终于有了归宿。还有更惊人的：少校选择了“未来的歌后”，即那个拥有刺耳的女高音嗓音的圆眼睛、打扮得很过分的年轻女士，作为他的家庭和他本人的合法统治者！

我们正式前往祝贺，并对菲茨·戴维少校表示同情。

婚姻的折磨改变了从前那个快乐的、爱向女人献殷勤的人，我几乎不认识他了。他不再在年轻人面前夸耀，变成了一个绝望的、不加掩饰的老人。他站在椅子后面，椅子上坐着他那颐指气使的年轻妻子。他每向我说两句话就要顺从地望着她，似乎在等待她的许可。她随时打断他的话，一遍又一遍，毫不客气。他立刻报以看着可笑又令人反感的老迈的温顺和崇拜。

“她不美吗?”他对我说（说给他妻子听的），“多么美的体形，多么美的声音！你记得她的声音吧！这是一个损失，亲爱的夫人，一个无法挽回的损失，对歌剧舞台！你知道吗，我一想到那个令人钦佩的人可能取得的成就，就会问自己是否真的有权利娶她。我觉得，在名誉上，我好像欺骗了公众!”

受到上校莫名其妙的赞美之后，他的妻子像个老朋友一样，亲切又高兴地接见了我。尤斯塔斯跟少校讲话的时候，新娘把我带到一边，用一种完全不知羞耻的语气坦率地说明了她结婚的动机。

“你看到了，我们是个大家庭，完全没有生活来源!”这个讨厌的年轻女人在我耳边悄悄地说，“谈论我做个歌后以及跟它有关的其他事情很好，但是……上帝保佑，去歌剧院的次数已经够多的了，从音乐老师那里学到了很多，我知道培养一个优秀的歌手需要付出什么。我没有毅力像那些外国女人那样致力于它。一群厚颜无耻的放荡女人，我恨她们！你我都知道，通过嫁给上了年纪的先生得到钱财要容易得多。我被人供养，我的全家都被人供养。除了花钱，什么事情都不用做。我喜欢我的家人。我是个好女儿、好姐妹，我是！看看我的打扮，再看看那些家具！我不算手段不高明，对吧？嫁个老头非常有好处，你可以让他围着你转。快乐吗？当然！我相当快乐。我希望你也是。你现在住在哪儿？很快我就会去拜访你，跟你好好聊聊。我对你总有一种兴趣，而且现在我跟你一样高贵，我想成为你的朋友。”

对此，我给了一个简短而礼貌的回答。我心想，等她真的来拜访我的时候，我是不会让她进门的。我可以毫不迟疑地说，我完全嫌恶她。我认为，当一个女人把自己卖给一个男人的时候，那份可耻的合约依然会让他们声名狼藉，因为它恰巧是在教会和法律的允许下签订的。

当我坐在桌边思考时，少校跟他妻子的画面从我的记忆里消失了。我的故事的最后一幕场景慢慢地进入了我的视线。

地点是我的卧室。人物（两个人，如果你乐意原谅他们），是我本人和我的儿子。他已经三个星期大了。他躺在母亲的身边，很快就睡着了。我好心的姨夫斯塔克韦瑟就要来伦敦给他进行洗礼了。麦卡伦夫人将成为他的教母。他的教父将是本杰明和普莱莫先生。我不知道洗礼仪式会不会比我的婚礼更让人感到愉快！

医生刚走。他对我有些小小的困惑：发现我像往常一样靠在扶手椅里。不过，在这个特殊的日子里，他察觉到我有筋疲力尽的征兆。这在当时的情况下完全无法解释，这让他警醒。于是，他行使他的权利，把我送回到了床上。

事实上，我没有跟医生说实话。让我的医学护理感到惊讶的征兆有两个成因：忧虑和不安。

这一天，我终于鼓足勇气去实践我在巴黎向我丈夫许下的诺言了。这一次，他被告知，他妻子的忏悔书是怎样被发现的。他知道，根据普莱莫先生的意见，信可能在法庭上被用来公开维护他的清白，如果他愿意的话。还有，最后也是最重要的是，他现在知道，把忏悔本身作为一个秘密来保守，是富有同情心地为他考虑，也是对曾经是他妻子的那个不幸女人的尊重。

我不敢亲口对他谈起他的第一任妻子，只好写了一份情况说明，内容主要来自我在巴黎时收到的本杰明和普莱莫先生的信。现在他有充足的时间来读我写给他的全部内容，然后待在他自己的书房里好好想想。我在等，手里拿着那封致命的信。我的婆婆在隔壁的房间里等。我们要听他亲口说出，这封信是拆还是不拆。

时间一分钟一分钟地过去了，我们还没听到他上楼的脚步声。等的时间越长，关于他是如何决定的怀疑就越深。我在目前神经紧张的状态下，恰恰拥有这封信，这让我感到压抑，也让我心生反感。我不敢碰它，也不敢看它。我躺在床上，不安地把它从一个地方挪到另一个地方，还是不能把它从我的心里除去。终于，我有了个怪念头。我抬起婴儿的一只手，把信放在了它的下面。这样，把那份罪恶和痛苦的可怕记录跟清白、可爱的东西放在一起，似乎也让它圣洁、纯净起来了。

一分钟又一分钟过去了。壁炉架上的钟鸣声告诉我们，又过去了半个小时。终于，我听到他的声音了！他轻轻地敲了敲门，然后打开了门。

他的脸死人般的苍白。我在他的双颊上发现了泪水的痕迹。不过，他在我身边坐下的时候，没有流露出一点儿激动的情绪。我明白，他一直等到能够克制自己才过来——为了我好。

他握住我的一只手，温柔地吻我。

“瓦莱里亚！”他说，“让我再一次请求你原谅我过去说过的话和做过的事。即使别的我都不明白，亲爱的，我也明白这一点：我无罪的证据找到了，完全归功于我妻子的勇气和奉献！”

我等了等，好充分享受他说的那些话，陶醉在他充满爱和感谢的眼神里。然后，我提出了决定着我们的未来的那个重要的问题：

“你想看那封信吗，尤斯塔斯？”

他没有直接回答我的问题，而是连着问了我几个问题。

“你把信拿到这儿来了？”

“是的。”

“密封的？”

“密封的。”

他等了一下，好考虑考虑再决定下面该说什么。

“让我搞清楚！我确实知道我即将决定的是什么。”他继续说，“假设我坚持要读那封信——”

我打断了他。我知道克制自己是我的责任，可我无法尽责。

“亲爱的，别说要读那封信！求你，求你宽恕你自己——”

他举起一只手，示意我安静。

“我不是在考虑我自己，”他说，“我是在考虑我死去的妻子。在我有生之年，如果放弃了对我的清白的公开证明，不开启这封信，那么你能说我表现得十分宽厚、温和吗？”

“噢，尤斯塔斯，这毋庸置疑！”

“对由于我的不体谅而导致她活着的时候经受的痛苦，我能做些小小的补偿吗？”

“当然！当然！”

“而且，瓦莱里亚，我能让你满意吗？”

“亲爱的，你将让我心醉！”

“信在哪儿？”

“在你儿子的手里，尤斯塔斯。”

他绕到床的另一边，拿起婴儿粉红的小手亲吻着。他就这样待着，悲哀地自言自语。我看到他的母亲温柔地推开了门，像我望着他一样望着他。又过了片刻，我们的担心结束了。他重重地叹了口气，把孩子的手放回到密封的信上面，仿佛要通过那个小小的举动告诉儿子：“我把它留给你！”

就这样结束了！跟我想象中的结局不一样。可能跟你想象中的结局也不一样。对于我们自己的生活，我们知道什么？对于我们最亲爱的人的心愿，我们又知道什么？上帝知道——那才是最好的。

我必须合上本子了吗？是的。你没有更多的东西可读了，或者说我没有更多的东西可写了。

除此以外，好人们，别把我丈夫生命中愚蠢的错误放在心上。只要你高兴，就可以随便辱骂我。但是，恳求你善意地看待尤斯塔斯，为了我好。

Wilkie Collins
THE LAW AND THE LADY

本书根据英国 Everyman's Library 版译出